ハヤカワ・ミステリ

TOM FRANKLIN

ねじれた文字、ねじれた路

CROOKED LETTER, CROOKED LETTER

トム・フランクリン

伏見威蕃訳

TOKYO
HAYAKAWA
BOOKS

A HAYAKAWA
POCKET MYSTERY BOOK

CROOKED LETTER, CROOKED LETTER
by
TOM FRANKLIN

Translated by
IWAN FUSHIMI
First published 2011 in Japan by
HAYAKAWA PUBLISHING, INC.
This book is published in Japan by
arrangement with
SOBEL WEBER ASSOCIATES, INC.
through TUTTLE-MORI AGENCY, INC., TOKYO.

装幀／水戸部 功

ジェフ・フランクリンと
哀惜の念をこめてジュリー・フェンリー・トゥルードに捧げる

エム、アイ、ねじれ文字、ねじれ文字、アイ
ねじれ文字、ねじれ文字、アイひとつ
こぶの文字、こぶの文字、アイひとつ

——アメリカ南部の学童は、こういうふうにミシシッピ（Mississippi）の綴りを教わる

ねじれた文字、ねじれた路

おもな登場人物

ラリー・オット……………………………自動車整備士
サイラス・ジョーンズ………………治安官。通称"32"
ロイ・フレンチ…………………………保安官事務所の捜査主任
ジャック・ローリイ……………………保安官
アンジー・ベイカー……………………救急救命士
ウォレス・ストリングフェロー……ラリーの友人
シンディ・ウォーカー………………二十五年前に行方不明になった少女
ティナ・ラザフォード………………行方不明の大学生
カール・オット…………………………ラリーの父。故人
アイナ・オット…………………………ラリーの母
アリス・ジョーンズ……………………サイラスの母。故人

1

ラザフォード家の娘の行方がわからなくなってから八日が過ぎて、ラリー・オットが家に帰ると、モンスターがなかで待ち構えていた。

　その前夜、東南部の広い範囲が嵐に見舞われ、集中豪雨による射流洪水がニュースになった。まっぷたつに折れた木、ねじ曲がって壊れたトレイラーハウスの映像。四十一歳で独身のラリーは、ミシシッピの片田舎にある両親の家に、独りで住んでいる。いまは自分の家だが、そんなふうには考えられない。管理人のつもりで、各部屋を掃除し、郵便物に返事を出し、請求書の支払いをする。きちんと決まった時間にテレビをつけて、チャンネルが流してくれる番組をなんでも見ながら、マクドナルドかケンタッキー・フライドチキンを食べ、効果音の笑い声に合わせてにやにや笑う。そのあとは、野原の向こうの林から昼が流れ果て、夜が居つくまで、フロントポーチにつくねんと座っている。どの日もちがう、どの日もおなじ。

　九月初旬だった。その朝、コーヒーのカップを持ってポーチに立ち、早くもすこし汗ばんで、ぎらぎら輝く庭、ぬかるんだ私道、鉄条網のフェンス、その向こうのじっとりと濡れて青々とした野原を見つめていた。アザミ、アキノキリンソウ、ブルーサルビアが突き立っている。野原の向こう端、森のすぐ手前には、忍冬《スイカズラ》。いちばん近い隣家まで一マイル、何年も前に廃業した十字路の商店まで、さらに一マイルある。

　ポーチの上の軒からシダが何本か垂れさがり、母親のウィンドチャイムが、その一本に、ほうり投げられた人形みたいにひっかかっていた。ラリーはカップを手摺に置き、チャイムの細いパイプをシダの葉からはずしにいった。

母屋の裏の納屋で、ラリーは芝刈り機の車輪が取り付けてある両開きの扉をあけた。焦げたサーディンの空き缶をトラクターの排気管からはずし、壁の釘にかけて、トラクターに乗った。金属のサドルにまたがると、片足でクラッチペダルを踏み、反対の足でブレーキペダルを踏んで、古いフォードのトラクターのギアをニュートラルに入れ、キーをまわした。他のすべての物とおなじように、トラクターも父親のものだった。モデル8N。左右のフェンダーと丸っこいボンネットはグレーだが、エンジンとボディは消防車の赤に塗られている。赤いエンジンがかかると、数度ふかした。頭のまわりの空気が、心地よい排気ガスのちぎれ雲で青くなる。リフトをあげてバックで出ると、左右ともに十五ガロン（五十七リットル）の水を錘《おもり》として入れてある大きなタイヤが地面を転がり、サドルの上で揺さぶられた。トラクターは雑草や野の花を押し分け、マルハナバチ、蝶、ずぶ濡れのバッタ、母親がスネークドクター（南部方言。トンボがヘビに付き従い、ヘビが怪我をしたら縫合してやるという俗信による）と呼んでいたトンボを飛び立たせた。向きを変えて野原をまわりはじめると、トラクターが遠いフェンスに向けて長い影を投げた。鉄条網に沿ったイボタノキの生垣は刈り込んである。木々は高く緑が濃い。南の端はまだ日蔭で、露に濡れ、ひんやりしている。三月から七月にかけて一カ月に二回、藪を刈るが、秋の野の花が出はじめると、茂るにまかせておく。九月には渡ってきたハチドリが通りかかり、大好きなブルーサルビアのまわりで空中停止飛行《ホバリング》して、他のハチドリを追い払ったり追い払われたりする。

鶏小屋の前でトラクターのギアをバックに入れ、連結器を下げながら近づけた。首をふりふり、空を眺めた。遠くの林の上でまた雲が押し合い圧し合いし、空気が雨の気配をはらんでいる。馬具置き場で、口をひろげたプラスティックの牛乳容器に、餌とトウモロコシをひしゃくですくい入れた。茶色の粒状の餌と黄色くて埃っぽいトウモロコシが、かすかに土臭いにおいを発した。鶏の消化を助けるための砂粒――砕石も、すこし混ぜた。ラリーの記憶によれば、たしか母の日の贈物として父親がこしらえた以前の鶏小屋は、納屋の左手から二十フィートのびて、鳥屋《ねぐら》に改造された部屋までつづいていた。新しい鶏小屋は、それとはちがう。鶏がいつもおなじ狭いところで暮らし、乾期には土埃にまみれ、雨期には泥にまみれているのは気の毒だと、ラリーはつねづね思っていた。まして、母屋の周囲の農地は五エーカー近くあり、雑草がはびこり、虫が集まってくる。鶏がそのご馳走を食べられないのはもったいない。ためしに二度、放し飼いにしてみた。鶏がそのあたりにいて、納屋をねぐらにするのを期待していたのだが、最初の一羽は向こうの森を目指してフェンスをくぐり、いなくなった。つぎの一羽は、たちどころにアカオオヤマネコの餌食になった。じっくり考え、ようやくひとつのもくろみを立てた。夏の週末、身長ほどの高さで底のない檻をこしらえて、移動できるように、うしろ端に芝刈り機の車輪を取り付けた。父親の作った柵の一部を取り壊し、鶏小屋の扉に檻を取り付けて、出てくる鶏が檻にはいるようにした。毎朝、天気がよければ、檻の扉に留め木をかけてから、トラクターでひっぱって畑に出る。鶏が新鮮な餌――虫や草――を食べ、糞が芝草をだめにせず肥やしになるように、そのたびにちがう場所へ行く。鶏はそれが気に入ったと見えて、卵の黄身が前の倍ぐらい濃い黄色になり、味も倍ぐらいよくなった。

　餌を運び、表に出る。山みたいにむくむくと盛りあがった雷雲《かみなりぐも》が、北のはずれの林の上にそびえ、早くも風が強まって、ポーチのウィンドチャイムが歌っていた。鶏は外に出さないほうがいいと思ってひきかえし、留め木をあげて、鶏小屋にはいった。糞と温かい土埃のにおいがする。扉を閉めると、靴のまわりに羽根が落ちた。きょうは用心深い雌鶏が四羽、ベニヤ板の箱に座って、乾いた松葉に体を沈めている。

「おはよう、おばちゃんたち」ラリーはそういって、ドーナツをスライスするみたいに半分に切ったタイヤの上の蛇口をひねり、水を溜めはじめて、檻の扉をくぐった。落ち着きのない雌鶏の群れが、伴流《ウエーキ》に巻き込まれたみたいにあとをついてきた。檻の外では、トラクターのエンジンがアイドリングでまわっていた。プラスティック容器から餌をふり出したラリーは、まだらの糞や濡れた羽根のなかで、鶏がロボットめいた動きで、餌をつつき、コッコッと鳴き、ひっかき、首を上下に動かすのを、しばし眺めた。かがんで鶏小屋に戻り、卵を温めている雌鶏を足でどかし、糞が点々とついている茶色い卵を集めて、バケツに入れた。「ごきげんよう、おばちゃんたち」といって、出てゆき、蛇口を閉め、扉の留め木をかけ、プラスティック容器を釘にかけた。「あした外に出よう」

　母屋に戻ると、洟をかみ、バスルームの鏡の前で手を洗い、髭を剃った。玄関をはいったところにバスルームがある。流しのふちに剃刀を軽く打ちつけた。排水口のまわりに散らばった髭は、黒くはなくグレーがかっている。顎鬚を剃らずにいたら、三十年か三十五年前の猟期に父親が生やした顎鬚とおなじような胡麻塩になるはずだ。ラリーは、子供のころは丸顔だったが、いまは頬がこけている。母親が〈リヴァー・エイカーズ〉という老人養護施設にはいってからずっと、自分で散髪しているので、短い茶色の髪はむらになっている。川の近くにあるその施設は、世話をする側もされる側も、ほとんどが黒人だった。もっとましな施設に入れたかったのだが、金銭的にそれが精いっぱいだった。ラリーは頬を湯で流し、曇った鏡を足拭きマットでこすった。

顔が見えた。建前は自動車整備士ということになっている。ハイウェイ11北行き車線側に、二台分の作業ベイがある修理工場を持っている。崩れかけた白いコンクリートブロックの建物には、グリーンの縁取りがある。ラリーは、荷台が木でできている、一九七〇年代初期の赤いフォード・ピックアップに乗っている。父親のものだったピックアップは、三十年以上前の型で、走行距離はわずか五万六千マイル、六気筒のエンジンは積み換えておらず、フロントウィンドウやヘッドライトを何度か交換しただけで、あとのパーツは工場を出たときのままだ。ステップもついていて、故障車に呼ばれたときのために、レンチやソケットやラッチを入れた工具箱を、後部に積んでいる。リアウィンドウには銃架《ガンラック》があり、傘を差し込んである――9・11同時多発テロ以降、銃器を人目につくように携帯することは禁じられている。だが、その前からラリーは、前歴のせいで銃の所持を禁じられていた。

　ペイパーバックが山積みになっている寝室で、ラリーは制帽をかぶり、グリーンのチノパンと胸ポケットに楕円形で囲んだ〝ラリー〟という名入りの同色のシャツに着替えた。この季節は半袖だ。自動車整備士だった父親の習慣を受け継ぎ、爪先に鋼鉄が仕込まれている黒い安全靴をはいた。ベーコン半ポンドを炒めて、朝にとってきた卵をその脂でスクランブルにすると、コークを飲みながら、テレビのニュースを見た。ラザフォード家の娘は、依然として行方不明だった。バグダッドで米兵十一人が死亡。ハイスクールのフットボールのスコア。

　充電器から携帯電話を取った。着信なし。ズボンの前ポケットにそれを入れて、読みかけの小説を持ち、戸締まりをして、濡れたステップを慎重に下り、草を踏みしだきながらピックアップのほうへ行った。乗り込み、エンジンをかけると、バックで出して走り出した。早くも雨粒がウィンドウを叩いている。長い私道のはずれで、郵便箱に寄った。扉も赤いフラッグ（集荷してもらいたい郵便物がはいっていることを配達人に知らせるときに立てる旗の形の標識）もとうの昔にむしり取られ、黒ずんだ箱だけが支柱の上で傾《かし》いでいる。サイドウィンドウをあけて、なかに手を突っ込んだ。小包がひとつ。引き出すと、いくつか加入しているブッククラブからだった。あとはカタログ。電話の請求書。郵便物を助手席にほうり投げ、セレクターをドライブに入れて、ハイウェイに出た。ほどなく修理工場に着き、作業ベイの扉をあけて、ゴミ容器を引きずりだし、大きな裏口をあけ放し、空気が循環するようにボックスファンを配置した。ガソリンのポンプの前にしばらく立ち、向かいのモーテルに泊まっているメキシコ人労働者のだれかが、ブレーキの修理でも頼みにこないだろうかと思いながら、車が来るのを待った。やがてオフィスにはいり、ドアをあけたままにして、〝準備中〟の札を裏返し、〝営業中〟にした。角の自動販売機からコークを出し、オープナーに差し込んで王冠をはずした。そのあとは、いつものように窓から道路が見えるデスクの奥に陣取る。通る車は、三十分に一台か二台だろう。左下の引き出しをあけて、そこに足を載せ、ブッククラブの今月の本はなんだろうと、小包をあける。

ところが、四時間後には家路をたどっていた。携帯電話に電話があった。母親がきょうは調子がいいから、ランチを持ってきてくれないかといった。

「いいよ、母さん」ラリーはいった。

ランチにくわえて、写真アルバムも持っていきたかった——看護婦のひとり、感じのいい看護婦が、アルバムは記憶を呼び起こすのを助け、ぼけをできるだけ遅らせるのに役立つかもしれないといった。急げばアルバムを取ってきて、ケンタッキー・フライドチキンへ行き、正午前に向こうに着けるかもしれない。

いつもの分別も忘れて、車を速く走らせた。地元の警官はラリーの車を知っていて、たいがい毎日通る線路の近くに車をとめ、じっと観察する。夜中にティーンエイジャーが車をすっ飛ばして、庭をぐるぐるまわり、わめきながらビールの空き瓶や花火を投げるのはべつとして、客はめったに来ない。むろん、たったひとりの友人であるウォレス・ストリングフェローはべつだ。しかし、きのうのようなたまの来客は、どんなときでも嫌なものだった。ジェラルド郡保安官事務所のロイ・フレンチ捜査主任が、捜索令状を持ってやってきた。「わかるよな」フレンチはいつものようにそういって、令状でラリーの胸を叩いた。「あらゆる可能性を調べないといけない。おまえはわれわれの言葉でいえば、要注意人物だからな」ラリーはうなずき、令状を読みもせずに脇にどいて、フレンチを入れた。寝室の引き出し、キッチンの脇の洗濯室、クロゼット、屋根裏部屋をフレンチが調べるあいだ、フロントポーチに出ていた。フレンチは四つん這いになって床下を懐中電灯で照らし、納屋をつつきまわし、鶏をおびえさせた。「わかるよな」帰りしなに、フレンチはたいがいそうくりかえす。

もちろんラリーにはわかっていた。自分だって娘が行方不明になれば、ここを調べにくるだろう。どこもかしこも調べるはずだ。娘が森で迷い、縛られてだれかのクロゼットに入れられ、自分の赤いブラジャーで横木から吊るされているあいだ、なにもできずに待っているほどつらいことはない。

もちろんよくわかる。

ポーチの前にピックアップをとめ、ドアはあけたままにした。シートベルトはしない。一族郎党、みんなそうだった。急いでステップをあがって、網戸をあけ、鍵を出して錠前をあけるあいだ、足で押さえていた。なかにはいると、蓋をあけた靴の箱がテーブルに置いてあるのが目にはいった。

胸が冷たくなった。ふりむくと、モンスターの顔が目にはいった。その仮面を見て、たちどころにそれと知った。なぜなら、それはラリーが十代のころから持っていた仮面、母親が毛嫌いし、父親に馬鹿にされた仮面だった。土気色のゾンビの顔に、血まみれの傷口があり、もじゃもじゃの毛がついていて、プラスティックの眼球がひとつ、血糊の筋から垂れさがっている。だれが仮面をつけているにせよ、フレンチには見つけられなかったクロゼットの隠し場所から見つけ出したのだ。

　ラリーはいった。「なに――」

　仮面の男が、甲高い声でさえぎった。「おまえがなにをやったか、みんな知ってる」男が拳銃を構えた。

　ラリーが両手をひらいてあとずさると、男が拳銃を突き出して近づいた。「待ってくれ」ラリーはいった。

　だが、先週にラザフォード家の娘を誘拐してはいないし、二十五年前にもシンディ・ウォーカーを誘拐していないと否定するいとまはなかった。男がさらに近づいてきてラリーの胸に銃口を押し付けたからだ。一瞬、モンスターの顔に人間の目を、どこか見慣れたものを見たような気がした。つづいて銃声を聞いた。

　目をあけると、床に倒れ、天井を見ていた。耳が鳴っている。シャツの下で腹がひくつき、唇を噛んでいた。首をめぐらすと、さっきよりも小さく見えるモンスターが、ドアの横の壁にもたれ、息を整えることができずにいた。園芸用の白いコットンの手袋をはめ、拳銃を持った手も、なにも持っていない手もふるえている。

「死ね」モンスターが、かすれた声を発した。

　ラリーは痛みを感じず、血だけを感じていた。とてつもない速さで鼓動している心臓が、肺から真っ赤な血をどんどん押し出し、そのにおいがしていた。なにかが燃えている。左腕は動かせなかったが、上下に動いている胸に右手で触れた。指のあいだで血が泡立ち、シャツの下で脇腹をおりてゆく。舌に銅の味がする。寒く、眠く、ひどく喉が渇いていた。母親のことを思った。父親のことも。森に立っていたシンディ・ウォーカーのことも。

男が壁ぎわでしゃがみ、仮面越しに眺めていた。目の穴の奥の光る目。ラリーは不思議なことに、男を許す気持ちになった。どのモンスターもすべて誤解されている。男は拳銃を右手から左手に持ち替え、血塗られた仮面をはめているのを忘れたかのように仮面に触れ、あらたな赤いまだら模様をつけた。土気色の頬の塗料に、ほんものの血が塗り重ねられた。男は膝がほつれた古いブルージーンズをはき、のびた靴下が靴にかぶさり、シャツの袖には真っ赤な血のしみがあった。

ラリーの頭にも顔にも、ガラガラヘビが尻尾を鳴らすような音が充満し、自分が〝静かにしろ〟というような言葉をささやくのが聞こえた。

仮面の男が首をふり、また銃を持ち替えた。手袋が両方とも真っ赤に染まった。

「死ね」男がふたたびいった。

ラリーはそれでよかった。

2

サイラス・ジョーンズというのが本名だが、みんな32とか治安官《コンスタブル》とか呼ぶ。32は野球の背番号、治安官は職業だ。人口が五百人前後のミシシッピ州シャボットで、サイラスはたったひとりの法執行官として、取り外しができる回転灯付きの古ぼけたジープ（ソフトトップ［幌］型ではなくメタルトップのDJ型と思われる）を運転し、銃器三挺と〈ティザー〉の所持許可証を登録し、バッジを持っている。バッジはいつも首から紐で吊っている。火曜日のきょう、午後のパトロールから戻るときには、横のシートに置いてあった。町への近道の裏道で車外に視線を投げると、東のほうの空にハゲタカがやけにおおぜい群れているのが見えた。数十羽いる。爆撃機の周囲で高射砲弾が炸裂している第二次世界大戦の写真を見たことがある。そんな感じで、どす黒い雲を背景にいくつもの黒いしみがあった。

サイラスはブレーキを踏んでシフトダウンし、切り返して方向転換し、狭い山道に折れた。四輪バギーか車に轢かれた犬か鹿がいるのかと捜したが、路には濡れたヘルメットみたいなテラピン（アメリカの淡水カメの総称）が一匹いただけだった。山を一マイルほど下った沢あたりになにかがあって、木立のせいで見えないのかもしれない。ジープのギアをローに落として、ジープを泥道に入れた。スリップして車首が左右にふれたが、やがて轍を見つけた。ハンドルをタイヤに預けて轍を進ませ、やがて道が森のなかでカーブしはじめると、ぬかるみでそろそろとブレーキをかけはじめた。車がとまったところは、〈狩猟禁止〉という黄色い掲示があるアルミのゲートの前だった。ラザフォード林業と記されている。郡のこのあたり（と隣の郡）には、いたるところにこの掲示がある。裕福なラザフォード一族は、シャボットで製材所を経営し、植林地を数千エーカー所有している。山のもっと上のほうには狩猟の一等地があり、ハンターはたいがい白人で、ときどきオジロジカや七面鳥を追う。しかし、このあたりは伐採を待っているテーダマツがほとんどで、オレンジ色の斜線が記されている木や、赤旗をステープルで留めてある木ばかりだ。

ジープをおりると、サングラスが曇った。はずして襟にひっかけ、のびをして、雨のあとの温気を嗅ぎ、アオカケスの切り裂くような鳴き声に耳を傾けた。人里から何マイルも離れた森の壁のまぎわ、たった独りでいる。たとえ四五口径をぶっ放しても、鹿やアライグマのほかにはこの世のだれにも聞かれない。ましてや、ハゲタカの群れの下で発見することを願いつつ、逆にそうならないようサイラスが切に願っている十九歳の白人女子大生、ティナ・ラザフォードに聞こえることは、まずありえないだろう。製材所経営者の娘のティナは大学三年生で、ミシシッピ大学《オール・ミス》がある北のオクスフォードに戻るために、夏休みの終わりに家を出た。二日たって、心配になった母親が電話した。ルームメイトが、ティナが戻っていないといったので、行方不明者捜索願いが出された。州の警官が総出で捜しており、ことにこの地域では、ほかの仕事をすべてほうり出して、ラザフォードの娘を見つけようとしている。

サイラスは、鍵束からグリーンの札がついた鍵を見つけて、ゲートをあけると、ジープを入れてからまたゲートを閉じ、施錠した。

ジープに戻り、サイドウィンドウをあけて、どれもおなじ松のなかを流れるように進んでいった。道のまんなかに突き出している濡れた高いニガキが、洗車機のブラシみたいにボンネットをこする。傾斜地では、木の幹が肘を曲げた腕のような優雅な角度をなしていた。いっそえんこすればいいのにと思いつつ、激しく揺れ、スリップしながら走っていた。所轄の大部分が原野なので、山道を通ることが多い。だから、シャボットの町議会に、新しいブロンコを購入してほしいと、何度も要求している。もちろん新しい車はもらえず、以前は郵便配達に使われていたこのボロ車とずっとつきあっている――小さなテールゲートに、薄くなった〈米国郵便〉という文字が、いまも残っている。

無線機が乾いた音を発した。「来られるの、32?」

ヴォンシル。サイラスがシャボット警察だとすれば、ヴォンシルは町役場だった。

「行けないんだ、ミス・ヴォンシル」サイラスはいった。「ここに調べたいものがある」

ヴォンシルが溜息をついた。サイラスがそっちにいなかったら、ヴォンシルがオレンジ色のベストを着て、製材所の入口で早朝の勤務交替時の交通整理をしなければならない。

「貸しよ」ヴォンシルがいった。「美容院に行ったばかりなのに」

了解と答えて、ベルトに無線機を戻すと、上等な革のブーツをどうしたものかと思い、サイラスは首をふった。

時速五マイルに落とした。坂を下りきると道がとぎれ、ブレーキを踏んだものの、独りだけの土石流をこしらえて進みつづけた。ジープが勝手に向きを変えたので、ハンドルをそっちに切り、すぐに停止させた。横のシートからカウボーイハットを取って、ジープをおりた。ドアで樹木を押しのけて林にはいり、濡れた木の葉のカーペットに踵を食い込ませ、斜面を下っていった。一度滑って蔓草をつかむと、バケツ一杯分の水が降ってきた。風景はそのあたりのほうが美しかった。斜面が急なので皆伐できず、松ではない木が多い。雨に濡れた木の幹が黒ずみ、茸が何段もの棚をこしらえ、苔が幾重にも層をなしている。下るにつれて空気がひんやりとしてきた。底までおりると、サイラスは手で肩を払い、ハットにたまった水を捨てた。背後の山は熱帯のようで、雨とミミズのにおいがして、木から水が滴り、雷が落ちた直後のように空気が電気を帯びていた。樹冠の隙間の空をリスたちが跳び、頭上の木の虚《うろ》でキツツキがスネアロールを打つ。サンカノゴイが叫ぶ。

　足場に注意しながら水ぎわを歩くと、ウシガエルが蒲や葦からたてつづけに跳び出した。ケーン沢《クリーク》は渓流どころか沼だと、サイラスは思った。ほとんど流れておらず、クロイチゴ色の水を乱すのは、蛙の泳ぐ跡、底から浮かぶ泡、魚のたてるゆるい波だけだった。浮かんでいる木の葉やどす黒い枝のあいまに、酒の空き瓶や色褪せたビールの空き缶のたぐいがあって、沢の曲がりや入り江に溜まっている。いったいどうして、こんなところまで捨てにくるのか、サイラスには不思議でならなかった。顔を手であおいだ。おもちゃの飛行機みたいな虫が、高い枝のあいだを狂ったように飛びまわっている。たかだかアカオオヤマネコかもしれない、と思った。死ぬために沢におりてきたのだ。昔ながらの本能。傷つくと、水場に向かう。

　八年前に死んだ母親のことが、ふと頭に浮かんだ。白人の所有地にある狩猟小屋に住んでいたころが思い出される。水道も電気もガスもなかった。無断で住みはじめて一週間とたたないうちに、暗くなってから、片耳の雄猫がポーチに現われた。陰嚢がクルミほどもあった。シーッといって追い払ったが、朝になると、ひくひく動いているネズミをくわえて、ステップに寝そべっていた。おやまあ、雇ってほしいのかしらね、と母親がいった。それで雇うことになり、雄猫はそのうちにうまく取り入って、母親のベッドに潜り込むようになった。猫がいると足が暖まると母親がいった。数カ月後にその小屋を出たとき、猫もいっしょに引っ越した。何年もともに暮らしていたが、大学の最終学年、サイラスがオクスフォードに戻る直前に、猫は姿を消した。サイラスが気がついたときには、いなくなって一カ月になると、母親がいった。

「どこへ行ったの？」

「出ていったのさ」母親がいった。

母親は仕事のときにするヘアネットをかけたまま、流しで服を洗濯していた。「死ぬためだよ、サイラス。動物は死ぬときが来ると、出てって死ぬんだよ」

さらに下ると、下生えがまばらになり、空気が熱く、湿気がひどくなった。と、突然、燠火がはじけるように、樹木が高い白い空に向けて両腕をひろげた。カラカサタケの群れが湯気をあげ、ユスリカが蚊柱を立てる。濡れた木の葉が鏡のように輝く。蜘蛛の巣はさながら光る電線だ。蚊が一匹、耳もとでうなり、サイラスは腕や首を叩きながら、足を速めた。ブーツに葉っぱがへばりつく。いまや、甘い腐臭を帯びた空気が、つんと鼻を刺すのがわかる。

五十ヤード前方のなにかが、よたよたと近づいていた。サイラスが足をとめ、拳銃のホルスターのクイックリリースを親指でまさぐったとき、そいつも動き、地面がうごめいて息を吹き返した。が、そいつは羽ばたいて上昇し、離れていった。ハゲタカが一羽、脚をぶらぶらさせて飛んでいた。その他のハゲタカも翼をふって、毛羽だった体で水面を越え、川岸をよたよたと登っていった。

沼の手前のゆるい地面に近づくと、においがひどくなった。ずっと下のほうの川岸にも、ハゲタカがならんでいた。筋肉増強剤を使ったカラスに見えなくもない。首と頭に羽根がなく、顔が赤く、雄鶏みたいな隆起があるもの、鱗模様の鉤爪で足踏みしているもの、嘴をひらいているものがいる。

サイラスは空気を片手であおぎ、ぬかるみを踏みながら、ハゲタカを撃たずにすませたいと思っていた。シャボットの治安官になって二年になるが、標的以外のものは撃ったことがない。練習だけだ。本気で撃ったことはない。杭の上の亀ですら。

醜いハゲタカがまた一羽、川岸から飛び立って、沼の水面を叩き、そこに映るおのれの姿を打ち割って、節の多い低い枝にばたばたと登り、鉤爪を閉じたりひらいたりした。ハゲタカの群れが巣にした木は枯れてしまうと、ラリー・オットかだれかがいっていたことを思い出した。においを嗅いで、理由がわかった。臭い空気を吸ってさらに進むと、左右の樹木がまた迫ってきた。ヘビに用心しながら、サイラスは低い蔓草をくぐった。ヌママムシ――コットンマウス・モカシンと母親は呼んでいた。たちの悪い昔なじみさ、と母親ならいうだろう。黒人男の腕みたいに太くてぬめぬめ光ってる。口は黒人男が摘む綿花みたいに白い。

サイラスはハットを脱いだ。ぼろぼろになった格子縞の服にくるまれた塊が三つか四つ、イトスギの幹と根の瘤、ハゲタカの黒い集い、この世のありったけの蠅という眺めのなかで、向こうの水のなかにひっかかっていた。大きな影がひとつ通ったので頭上を見ると、旋回しているハゲタカが何羽もいて、あまり高度差がないのにぶつからずにすれちがい、翼や尾羽根の先端が陽光を浴びて銀色に光っていた。サイラスは口がからからになった。

早起きのハゲタカがせっせと働いたうえに、気温が高かったのが災いした。だいぶ離れていたし、腐敗の進みぐあいからして、身許確認は不可能だったろう。しかし、サイラスは首をふった。無線機の送信スイッチを入れた。

格子縞でわかったと、あとでサイラスはフレンチに語った。

数日前に、サイラスは、ダンプ・ロードからはいったところにある収穫期の綿畑の裏手のひっそりした区域に呼び出された。通りかかったゴミ収集車の運転手が、煙を見て、古いシヴォレー・インパラが燃えていると、無線で通報したのだ。

焼け焦げたバニティプレートのM&Mという文字で、サイラスはすぐにわかった。M&Mは、モートン・モリセットの綽名だ。ハイスクールでサイラスがショート、M&Mがセカンドを守っていた。卒業後、M&Mは製材所で十二年働いたが、背中を痛めた。いまは少額の高度障害給付を受けていて、噂によれば副業でマリファナを売っているらしい。M&Mは頭がよくて用心深く、麻薬中毒者は相手にしないので、警察の手入れを受けたことは一度もない。もちろん見張られていた。フレンチと郡の麻薬取締官は、所轄内のすべての密売業者と密売の疑いが持たれている人間のほとんどすべてに目を光らせている。しかし、M&Mの場合は、暴力行為も苦情もなく、だれにも裏切られなかったので、ほうっておくしかなかった。それで、M&Mは、一九九〇年代からずっと、信用できる地元の白人や黒人にマリファナを売りつづけてきた。

燃えた車の件では、サイラスはフレンチに連絡した――単純な脅迫・暴行事件よりも重大なものは、すべて捜査主任に知らせなければならない。フレンチがすぐにやってきて引き継ぎ、よく知られているクラック中毒者と特徴が一致する男がM&Mといっしょにその車に乗っているのを見たという年配の女を、二十四時間とたたないうちに見つけた。フレンチと麻薬取締官たちは、その男――チャールズ・ディーコン――をしばらく前から監視していたので、この機会に令状を出してもらった。だが、これまでのところ、発見できていない。M&Mもまだ見つかっていない。サイラスがパトロールを再開し、ラザフォードの土地の不法侵入者を見つけ、交通違反の切符を切り、車に轢かれた動物を片づけているあいだに、フレンチはM&Mの家を捜索し、だれかが、おそらくはM&Mが、撃たれてから運び出されたことを突き止めた。入念に拭き掃除されていたが、それでも血痕がいくつか見つかり、壁から二二口径弾をえぐり出した。銃弾は衝撃でマッシュルームの形につぶれていたので、捜査の役には立ちそうになかった。銃は発見できなかった。麻薬に関しては、〈トップ〉の巻紙が見つかっただけで、乾燥したマリファナの葉は一枚もなかった。数日後、M&Mの格子縞の中折れ帽が、数マイル離れたデントンヴィルの沢近くの木にひっかかっているのが見つかった。だが、ラザフォード家の娘が消息を絶ってからは、ディーコンの件は棚上げにされ、M&Mのこともほとんど忘れられていた。

　サイラスは、死体の風上の倒木に腰をおろしていた。沼べりのそこからでも、M&Mの顔がひどく膨れあがっているのが見える——枕ほどもあり、生きていたときよりも真っ黒く、奇怪で、皮膚が破れているところはピンクだった。目と舌は食われ、肉もかなりハゲタカに食いちぎられ、水中で内臓がゆるやかにくねる長い線を描いている。

　煙草の煙を嗅いだような気がしてふりむこうとしたとき、だれかに尻を叩かれた。

「くそ」サイラスは倒木から落ちそうになった。

　うしろに立っていたフレンチが、捜査官用の道具一式をおろした。「うらめしや〜」

「ふざけてる場合じゃないよ、主任」

　元狩猟監視員で、ベトナム出征を経験しているフレンチが、大笑いして小さな鋭い歯を見せた。齢は五十七、八、長身で痩せている。サングラスの奥の目は薄いグリーン、赤毛を短く刈り、おなじ色の口髭を生やしている。顎がしゃくれていて、飛び出た耳を片方ずつ動かすことができる。ベトナムでの綽名は雌鹿《ドー》だったという。ブルージーンズに迷彩のTシャツをたくし込んでいる。九ミリ口径のグロックが太い手に握られ、銃口をこっちに向けている図柄だ。〝おまえには黙秘する権利がある〟と胸に記されていた。〝永久にな〟。フレンチのベルトの拳銃は、Tシャツの絵とおなじ型だ。

フレンチがいった。「M&Mなんだな？」

サイラスは、片手を死体のほうへふってみせた。

「ハゲタカとナマズの食い残しはな」

「あそこへ行ったのか？」

「とんでもない」

「よし」

フレンチ捜査主任は、犯罪現場が荒らされることをなによりも嫌う。かがんでサイラスの顔を覗き込むと、にんまり笑った。「あそこでゲロを吐いても、ナマズが食ってくれるぞ」

サイラスはフレンチを無視して、梢と旋回するハゲタカのあいだから見える空を見あげた。自分たちが子供だったころのM&Mを思い出していた。休み時間にキャンディバーを買うと、かならずそこにM&Mがいて、ひとかけら恵んでくれといった。学校の給食がなかったら、M&Mも赤い目をした妹たちも、飢えていたにちがいない。

フレンチが、下唇からキャメルをぶらさげて座り、ブーツを脱いで、倒木の上にならべて置き、胴付き長靴《ウエーダー》をはいて、サスペンダーを調節した。

「ワニに気をつけなよ」サイラスはいった。

フレンチが倒木に煙草を押しつけて消し、吸殻をシャツのポケットに入れて、ラテックスの手袋をはめた。

「かならずや戻るであろう」（第二次世界大戦中、フィリピン脱出に際してマッカーサー将軍がいった言葉）そういい捨てると、立ちあがり、釣り師のような物腰で離れていった。沼にはいるときも躊躇せず、じわじわと進み、階段でもおりてゆくように、一歩ごとに体が沈んでいった。水の波紋が、うしろでそっと消えてゆく。

上空ではカラスがくるくると舞い飛んでいた。なんといっているのかは知らないが、その鳴き声をサイラスはしばらく前から聞いていた。

死体に近づき、腰まで水に浸かると、フレンチは身をかがめた。においにも光景にもひるむようすはない。ポケットからデジタルカメラを出して、あらゆる角度から撮るために水をかき混ぜて移動しながら、死体を撮影した。やがて背すじをのばし、長いことただ見つめていた。フレンチは猟獣鳥魚類局から郡保安官事務所に転職し、苦労して出世の梯子を昇って、いまの地位を得た。現職が引退する予定になっている来年に、郡保安官に立候補するという噂もある。

しばらくするとフレンチが戻ってきた。倒木に腰かけ、肩を揺すってサスペンダーをはずすと、脚をばたつかせてウェーダーを脱ぎ、足首を曲げのばしした。

「深さはどれくらい？」サイラスはきいた。

ブーツをはきながら、フレンチがうめいた。「死体を捨てるのにじゅうぶん深いと、だれかが思ったんだな。雨がこれだけ降って、浮かびあがったんだ」

「帽子だけデントンヴィルまで流れたわけ？」

「上流だぞ」

「それじゃ、だれかが捜査の目をそらそうとしたんだ」

「これは推測だがね、班長《ホンチョ》。犯罪知能が平均以上のやつが犯人らしい」

「だとすると、ディーコンの線はない」

「かもな」

やがて鳥が一斉に飛び立ち、救急救命士ふたりと検屍官が、腕をぴしゃぴしゃ叩き、悪態をつきながら、林からよろけ出てきた。救命士のひとりは、薄茶色の肌の小柄でかわいいアンジーだった。アンジーはすこし内股で、サイラスは数カ月前から彼女とつきあっていて、いまではだいぶねんごろになっている。サイラスがいちばん好きなのは、いつもちょっとすぼめているように見える口だった。片方にゆがんで、見えないミルクセーキでも飲んでいるように、つねに動いている。鼻が悪いので、いつもくんくん嗅いでいるのも、変わっているといわれるかもしれないが、かわいらしいと思っていた。

運転手のタブ・ジョンソンは、年配の白人で、いつも首をふっているように見える。いまも、ニコレット・ガムを嚙みながら、首をふっていた。

アンジーがサイラスのうしろに立ち、肩で背中に触れたので、サイラスはそっちにもたれるようにしながら、昨夜のことを考えていた。アンジーが上になり、顔を首にうずめて、腰をゆっくりとふり、耳に息を吐きかける。いま、アンジーの手がサイラスの背すじをなであげていた。アンジーのにおいは彼女のシーツとおなじにおいで、〝ぶらりちんちん〟とアンジーが呼ぶものが、ズボンの下でうごめいた。アンジーが鼻をくんくん鳴らしたので、サイラスは肩ごしにそっちを見おろした。

「今夜、来る？」アンジーがきいた。

「なるたけ行くようにする」

アンジーが手を離した。検屍官が近づいてきた。デニムのボタンダウンを着て、眼鏡を額に押しあげている丸顔の若い白人。仕事をはじめてから二、三年。アンジーたちの車に同乗してきた。バッグを持ち、シャツの裾を出して、ふたりのあいだに割り込むと、沼のまぎわまで歩いてゆき、片手を目の上にかざした。

「死んでいると断言する」検屍官がいった。「あとは頼む」

「ウゲー」サイラスを見あげて、アンジーがいった。「つぎの当直のときに見つけるわけにいかなかったの？」舌を突き出して、川岸を下りながら、ゴム手袋をはめ、外科手術用のマスクをかけた。

こんどは警察番の記者と保安官助手ふたりが、斜面をおりてきた。サイラスはそれに乗じてすこし歩きまわり、水に浮かんでいる吸殻や蜘蛛の巣にひっかかっている糸屑はないかと捜した。遺体袋にばらばらの死体が入れられるのを見たくないからでもあった。

二時間後、事務所に戻ったサイラスは、ふさぎ込んでいた。ハイスクールを出てからM&Mとは音信が途絶えていたが、もっと連絡すればよかったと思った。なにかしてやれたかもしれない。しかし、相手にされないだろう。M&Mが治安官とかかり合うわけがない。うわべは愛想よくしてくれるだろうが、それだけだ。親しく会うことはない。釣りにも行かない。

コンピュータに向かい、電子メールを削除していったが、警察番記者のシャノン・ナイトの電子メールのところで手をとめた。〝追加質問〟というタイトルだった。電子メールをひらき、答を打ち込んだ。死体を発見したのは自分だが、シャノンはフレンチからも話を聞くだろうし、新聞にはそっちの談話が載るはずだ。

サイラスは椅子にもたれた。シャボット町役場のひと部屋しかない建物を、サイラスは書記のヴォンシルとふたりで使っている。ヴォンシルのデスクは、木立に面した左手の窓ぎわにある。ここにいる時間が、町長と治安官のいる時間を合わせたよりも長いし、ふたりともろくにデスクにいることがないから、眺めのいい場所をもらう、とヴォンシルはいった。サイラスは、それでかまわなかった。共用のバスルームで便座をあげっぱなしにしてしまったときを除けば、サイラスはヴォンシルと仲良くやっていた。シャボットの常勤の職員はふたりだけで、給与は製材所から出ていた。町長のモーリス・シェフィールドは非常勤で、奥にデスクがある。シェフィールドは、駐車場の向かいに店を構えている不動産業者だった。ブラックベリーを持ち、ネクタイをゆるめ、素足にローファーといういでたちで、一日に一度か二度、町役場にぶらりとはいってくる。シェフィールドとサイラスは、有志の消防士で、月に一度の会議とたまの火事で顔を合わせるだけだった。

「だいじょうぶ、あなた？」ヴォンシルが椅子を引いてたずねた。自分で買ったパーティションの奥にデスクがある。ヴォンシルは目が青く、ぽっちゃりした顔はかわいらしい。老眼鏡の上からサイラスを見た。五十代はじめの白人で、二度離婚している。高々とセットして固めた赤毛に、朝の交通整理によって乱れたようすはない。

「ああ、マーム」サイラスはいった。「だいじょうぶだろう」

「Ｍ＆Ｍはかわいそうに。いっしょに野球をやったんでしょう？」

「ダブルヘッダーをなんなくこなせたころにね。どこの男の子でもやったように」

「いまも話をするの？　生きてたときのことだけど」

「そうでもない」

ヴォンシルが肩をすくめた。わかるという意味と、よくないわという意味が、同時にこめられている。しかし、サイラスは、警官仲間と逮捕した人間のほかには、ろくにひとに会わない。アンジーだけだ。ほかにだれもいらない。

ヴォンシルが仕事に戻ったので、サイラスは身をかがめた。スティーヴン・キングの古い本を脚の下に挟んでがたつきを直したデスクのそばの窓から、シャボットのべつの建物が見える。モー町長の不動産屋、郵便局、製材所の信用組合も同然の銀行、〈ハブ〉という簡易食堂《ダイナー》兼コンビニエンス・ストア、ＩＧＡ食料品店、ドラッグストア。いちばんはずれの二軒は、ファルサムにウォルマートができたので、閉店した。その手前、はずれから三軒目の事業所である〈シャボット・バス〉は、古いスクールバスをブロックに載せてバーに改造した店だ。奥にカウンターがあり、プラスティックのテーブルと椅子がいくつか置かれ、外にもいくつか出ている。サイラスは一週間に二回、製材所の従業員が家に帰ったあとの夜更けに、そこでアンジーと酒を飲む。最初にばったり会ったときには、そこで看板まで飲んでからジープでセックスをして、シフトレバーを動かしてしまい、雨裂（降雨によって掘られ、ふだんは水の流れていない峡谷）に転がり落ちる寸前にサイラスがハンドブレーキを引いた。バスの窓を眺めていると、窓に板を打ちつけてある空き家のオフィス二軒が目にはいった。町の建物はそれで終わりだ。浮浪者やクラック中毒者がはいり込まないように、サイラスは毎夜そこを調べている。シャボットが葛に埋もれた雨裂のきわに建てられた町であることも見てとれた。緑色のヘビのようなその蔓草は、どうやっても退治できない。雨裂にゴミを捨てるものがあとを絶たず、アライグマや野生に還った猫が寄ってきて、夜になると葉叢《はむら》の墨流しの闇をさまよう。亡霊のようにはしこく見え隠れして。

シャボットにはＡＴＭがない。もっとも近いＡＴＭは、十一マイル北のファルサムにある。携帯電話は、つながることもあれば、つながらないこともある。酒が飲めるジェラルド郡は、ふたつの禁酒郡に挟まれているので、飲酒運転の件数が多い。ファルサムは郡庁所在地で、ウォルマートがあるおかげで、たいした店のないシャボットよりも格が上《ハイ・コットン》とされている。シャボットのただひとりの散髪屋が死に、その息子が店を一度にすこしずつ壊しては、ピックアップで持ち去った。いまそこは空き地になっていて、野の花や雑草が繁茂している。散髪したければ、ファルサムに行くか、自分でやるしかない。

雨裂があるせいで、シャボットでは建物はすべて東向きで、まるで小規模な観客か、騎兵隊の最後の防戦の陣形みたいに見える。町役場の正面の窓の外、道路とその先の気動車やタンク車の列の向こうには、ラザフォード林業製材所のそびえたつ喧騒の街がある。それが背後の森を隠し、煙で空を焼いている。トタン張りの馬鹿でかい建物が何棟もつらなり、煙突で赤い警告灯がビーッという音を発している。コンベアベルトや荷物用エレベーターがその下にあり、木材運搬トラック、ローダー、スキッダーが、ブザーを鳴らしながらバックし、おが屑を轢きつぶしている。しなやかな生木が牙を抜くみたいに引っこ抜かれ、それぞれがたちまち板に切り分けられ、加工処理され、杭に使うためにクレオソートを塗られる。製材所は轟音を発し、きしみ、悲鳴をあげ、板や火花や埃をまき散らし、週に六日、一日に十六時間、排気を吐き出している。八時間交替の二勤、あとは保守点検のための六時間。オフィスは木造二階建てで、工場の百メートル奥にある。経理、営業、秘書、管理などの部門に二十数人がいる。社有の大きなフォードF－250四輪駆動ピックアップをあてがわれているものもいる。

　サイラスはちがう。そもそも製材所の従業員ではないので、シャボットの予算でまかなえるものをあたえられた。例のジープは競売で買ったもので、三十年以上たっている。エアコンは肺気腫を起こしているようだし、気筒が一本ガス抜けを起こしている。エアコンのフロンガスとブレーキオイルを、はなはだしく食う。エンジンオイルはいうまでもない。積算距離計は一四四〇〇七でとまっている。以前は郵便配達用だったとサイラスが文句をいうと、ヴォンシルはこういった。

「やめなさいよ、32。ハンドルが正しい側《ライト》で運がよかったわよ。つまり、左《レフト》ハンドルということ」（右側通行のアメリカの郵便配達車は、車からおりないで郵便箱に入れられるように右ハンドルのことがある）

　一時ごろにフレンチが電話をかけてきて、駐車場の向かいの〈ハブ〉にいるといった。なにか食わないか？

「ごめんだぜ」サイラスがいうと、フレンチが笑って電話を切った。

　数分後、脂のしみた茶色い紙袋とコークを一本持って、フレンチが正面ドアからはいってきた。モー町長のデスクを占領して、紙袋の巻いた口をひろげ、オイスター・ポーボーイ（牡蠣のから揚げのサンドイッチ）を出した。

「閣下はどこだ？」

　サイラスは顎をしゃくった。「土地を買いにいった」

「ロイ」子供たちの写真を隙間がないくらい画鋲で留めてあるパーティションから、ヴォンシルが顔を出した。「どうして毎日おなじ店のを食べるのか、気が知れないわ」

「だって」むしゃむしゃ食べながら、フレンチが答えた。「しかたないだろう。おれは郡中の酒場でだれかしら逮捕してる。バスの運転手、皿洗い、ウェイトレス、揚げ物のコック、店主、サイレントパートナー（経営にタッチしない出資者）。マーラには」――〈ハブ〉のコックのことだ――「予謀殺までひっくるめた無罪釈放のフリーパスがある。おれに食わせてるあいだはな。食べるしかないだろう」

「リンダはどうなのよ？」

　くちゃくちゃ食べながら、「仕事から帰ったら、あいつはなにもやらないでテレビの前に座り、現実《リアリティ》とかいう番組を眺めてるよ」

　最後のひと口を食べ終えると、フレンチは紙袋を丸めて、サイラスのデスクの脇の屑籠にほうった。げっぷをしてコークを飲み干し、キャメルのパッケージを出して、一本ふり出した。

「ここではだめよ」ヴォンシルが大声でいった。

　それでもフレンチは煙草に火をつけ、ヴォンシルが溜息をついて、ステープルを思い切り叩いたので、にやにや笑った。

「ご参考までに《FYI》」フレンチがサイラスにいった。「このあいだ、ノーマン・ベイツを訪ねたよ」

　サイラスは視線を投げた。「だれ？」

「〈サイコ〉に出てくる男」ヴォンシルが教えた。

「ラリー・オットのことよ」

フレンチが、煙の条を吐き出した。「行方不明者が出たときには、いつもそうする。ことに若い女の場合は。まず頭に浮かぶ要注意人物だからね」

サイラスは、眉根を寄せた。「ラリーがラザフォードの娘にかかわりがあると思っているのか？」

「ラリー？」

サイラスは、そういったことを悔やんだ。「おなじ学校だっただけだ。そのころ、すこしは知っていた」

「あの子、野球はやっていなかったわよね？」ヴォンシルがきいた。

「ああ。本ばかり読んでた」

「ホラーをな」フレンチがいった。「やつの家には山ほどある」

「ばらばら死体でも見つけたのか？」

「いや。あとで整備工場へ行くつもりだ。ちょっと脅かしてやろうと思って。けさも行ったんだが、あいてなかった」

「何時に？」サイラスはきいた。

フレンチが頭のなかで計算した。「二十分前」

「あいてなかったって？」

フレンチがうなずいた。

サイラスは、椅子をきしませてもたれ、腕を組んだ。

「営業時間になってもあけなかったことなんか、あったか？」

「だからどうなんだ。だいぶ昔からひとりも客が来ていないんだぞ。やつがいようがいまいがおなじだ」

「それはそうだが、だからといって、あいつは修理工場へ行くのをやめはしない。それをいってるんだ。月曜から土曜まで、時計みたいにかっきり出ている。昼飯も食べないことが多い」

「どっちが捜査官か、わからなくなってきたな」フレンチが、町長の椅子でふんぞりかえった。脚をのばし、足首のホルスターを反対の足で直した。「あんた、アルフレッド・ヒッチコックのほかの映画を見たか、ヴォンシル？」

「どれよ？」

「〈鳥〉は？」

「大昔にね」

「けさのハゲタカやカラスで、あの映画を思い出したよ。元気あふれる青年だったころ、ドライブイン・シアターで見た。映画のあとで弟がいったもんだ。〝ねえ、あれがほんとうになるといいな。鳥があんなになって。暴れまくる。ぼくたち、フットボールのヘルメットをかぶって、銃や弾薬をいっぱい持って、道路に出るんだ。鳥を殺して、みんなを助ける〟」

サイラスは、ほとんど聞いていなかった。ミシシッピ南部に戻ってきてからすぐに、ラリー・オットが電話してきて、留守電に吹き込んでいた。そのことを考えていた。

「ミス・ヴォンシル」サイラスはいった。「ハイスクールはファルサムだったよね？　ラリー・オットを知ってたでしょう？」

「あまりよく知らない」ヴォンシルがいった。「直接は知らない。何年も下だったし」

フレンチが、サイラスにウィンクした。「デートしたことがあるだろう、ヴォンシル？」

「一度だけ」ヴォンシルがいった。「そのあと、わたし、行方不明になっちゃった」

フレンチが、鼻を鳴らした。「そう願いたいね」

ハイウェイ11を北に向けて十分走ってから、自分がラリー・オットの修理工場を目指していることに、サイラスは気がついた。午後になって雨がようやくあがり、道路の水溜りから水蒸気が立ち昇っていた。犬種のわからないむく犬が、毛の水をふり払っていた。7でスピード違反を取り締まり、週のノルマと町の予算をすこしでも稼いでいるべきだったが、なにかが意識にひっかかっていた。

ラリーの最初の電話から、二年近くたっている。サイラスは固定電話をあまり使わないので、留守電のランプが点滅しているのに、二日ほど気づかなかった。

「もしもし?」サイラスがボタンを押すと、電話してきた相手の声が聞こえた。「もしもし、この番号で合っていればいいんですが。サイラス・ジョーンズに用があります。かけちがいだったら、お詫びします」

サイラスは、電話をじっと見つめた。いまどきサイラスと呼ぶものはどこにもいない。母親が死んでからは。

「サイラス」録音された声の主がつづけた。「ぼくを憶えているかどうかわからないが、ラリーだよ。ラリー・オット。邪魔して悪いけど、じつはその、話したいことがある。ぼくの番号は六三三-二〇四六」サイラスはそれを書き留めなかった。ラリーが咳払いをした。「きみが帰ってきたのを見た。どうも、サイラス。おやすみ」

サイラスは、ラリーに電話を返さなかった——ラリーが自宅ではなく町役場に電話してきたのであれば、電話せざるをえなかっただろう。

しかし、ラリーはその暗示に気づかず、また電話してきた。二週間後の金曜日の夜八時三十分、サイラスは食事に出かけ、彼女とデートするために、着替えに戻った。アンジーと付き合う前だった。電話が鳴り、受話器を取って、サイラスはいった。「はい」

「もしもし。あー、サイラス?」

「そうだ」

「ヘイ」

「そちらは?」

「ラリーだ。オットだ。邪魔して悪いね」

「ああ、出かけるところなんだ」暑くて汗が胸からしたたっていた。「どうした?」

ラリーが口ごもった。「ただ、その、お帰りっていいたかった。ねじれ文字《クルッキド・レター》にね」(サイラスのイニシャルSのこと)

「出かけないと」サイラスはそういって、電話を切った。それから三十分、ベッドに腰かけていた。シャツが背中の肌に張りついていた。少年時代のことを思い出し、ラリーへの仕打ちを思い出した。ラリーがああいうことをいったときに、ぶちのめした。

車を走らせながら、嫌な気持ちになった。ラリーがのけ者にされたことは、町を出てからずっと知っていたが、一部始終を聞いたのは、ミシシッピ南部に戻ってきてからだった。

木材運搬トラックのうしろにつけると、ジープの速度を落とした。いちばん長い木材にステープルで留めた旗がひらひら揺れている。テールゲート異状なし、ナンバーにも問題なし。反対車線にそろそろと出てアクセルを踏むと、ジープがバックファイアを起こした。ボロ車め。クラクションを軽く鳴らしながらトラックを追い抜き、汚い黒煙の雲を残した。トラックの運転手が、エアホーンで応じた。

オットモーティヴ修理工場に地元の客が来ないというフレンチの話は、事実だった——そもそも客などひとりもいない——ラリーの父親が死に、ラリーが引き継いでからは。証言してもいい。ファルサムに行く途中でしじゅう前を通るが、だれかが車を修理してもらっているのを見たことは一度もない。いるのはラリーだけ、とまっているのは例の赤いフォードだけだ。それでも、ラリーは毎日出てきて、よその土地へ行く途中のだれかが寄るのを待っていた。ラリーの評判を知らない人間が、エンジン調整やブレーキを見てもらうために来るのを待っていた。作業ベイの扉は、口をあけているなにかみたいに、いつでも上にあげてあった。

ラリーは背が高くなり、痩せていた。近くで見たわけではないが、頬がこけ、唇を結んでいるように見えた。かつてはいつも口もとがゆるんでいて、頭が悪そうな感じだった。だが、そうではなかった。頭はよかった。とんでもなく風変わりなことまで知っていた。

キングコブラは十六フィート以上に成長することがあり、鎌首をもたげると高さが八フィートか九フィートになると、話してくれたことがあった。想像してみろよ、とラリーはいった。この世のものとも思われない、鱗のある巨大な揺れる植物みたいなのが、きみを見おろすんだぜ。きみが死ぬ直前に。

　サイラスは、ウォルマートの前を通り、ファルサムの商業地区を示す標識を通り過ぎた。ほどなく道路がすぼまって、二車線になり、商店がまばらになる。舗道はひび割れ、雑草がにょきにょき生えている。張り紙があり、窓やドアに板を打ちつけてある建物が増える。かつて郵便局だった建物の前を過ぎた。長いこと客足が途絶えたせいで、在庫を入れ替えないで、つかのまアンティーク衣料品店になってしまった衣料品店のそばを通った。右手の店はもとは〈ラジオ・シャック〉だった。窓は叩き壊されたか、あるいは撃たれていた。屋根が完全に落ちて、床がこけら板を敷いたようになり、壁はくぼんで曲がりかけている。このあたりで営業しているのは、ご休憩でセックスをする男女やメキシコ人労働者相手の安モーテルと、サイラスが近づいてゆく修理工場だけだった。オットモーティヴ修理工場とグリーンで記した壁のペンキが、色褪せている。

　フレンチがいったとおり、いつもの場所にラリーのピックアップがとまっていなかった。作業ベイの扉も閉まっている。サイラスはジープの速度をゆるめた。ウィンカーを出して、敷地に乗り入れ、給油するようなふりをして、ガソリンのポンプのそばにとめた。ここにこれほど近づくのは、いつ以来か……いや、こんなに近づいたことはない。だが、ポンプは相当古いもので、何年も前から使えなくなっている。デートをしているロボットのカップルみたいに見える。最後に使われたときの値段が、金属の帯に白く浮き彫りになっている。無鉛が三十二セント。有鉛が四十一セント。

サイラスはジープのエンジンを切り、工場の横手の長方形に草が枯れている場所に目を向けた。陸軍で兵役をこなした期間はべつとして、ラリーはハイスクールを退学してから毎日、そこに車をとめていた。おなじピックアップを。おなじ家からおなじ距離行き来する。おなじ一時停止の標識、おなじ信号。それを示すものは、枯れた草だけだ。

工場内には赤い工具箱、手動のジャッキ、壁に立てかけたクリーパ（自動車整備士が車の下に潜り込むときに使う車付きの板）、天井から吊るされた移動式ランプがあるとわかっている。通りかかるとき、ラリーが長箒にもたれて車を眺めているのを見かけることがあった。そういうとき、サイラスはいかにも重要な行き先があるとでもいうように、目を前方に向ける。往来を眺めながらレンチやソケットをウェスで磨けるように、キャスター付きの工具箱をラリーがひっぱり出していることもあった。ラリーは、ときどき手をふった。

だれも手をふり返さない。とにかく地元の人間は。だが、町の外から来た人間で、ブレーキが鳴いたり、ベアリングが甲高く歌ったり、ショックアブソーバーがガクンという音をたてたりしたら、ひょっとしてということがある。故障が心配になっていたとして、古風な趣のあるグリーンの縁取りのペンキが剥がれかけ、建物そのものは粉の洗濯石鹸の色をしている修理工場が目に留まったら、速度を落として、そこに車を入れるかもしれない。ガソリンのポンプを見て、その値段ににんまり笑う（あるいは顔をしかめる）だろう。ほかに客がいないのを見て、ついてると思う。なぜなら、そのころにはラリーがポケットからウェスを出して、外へ歩いてくる。シャツには名前の縫い取りがある。短い茶色の髪、帽子は耳にかかるほど深くかぶっている。

ついてますね。
でも、それはラリーの評判を知らないからだ。ハイスクールのとき、ラリーの近所に住んでいた女の子が、ラリーといっしょにドライブイン・シアターへ行き、その後だれも彼女の姿を見ていない。地元では一大ニュースになった。女の子の継父がラリーを逮捕させようとしたが、死体は見つからず、ラリーも自白しなかった。

サイラスは時計を見てから、いましばらくそこにいた。サイラスもシンディ・ウォーカーをよく知っていた。行方不明の少女。ラリーに紹介されたようなものだった。

道路の先をちらりと見た。

ラリーはいったいどこにいる？　おそらく、家でスティーヴン・キングを読んでいるのだろう。ついに一日休むことにしたのかもしれない。あるいは工場を畳むことに。

だが、気になって仕方がなかった。仮に、いま行方不明になっているティナ・ラザフォードの係累かなにかが、ラリーの評判のことを根強く考え、みずから会いにいったのだとしたら？

おまえ、どうしたんだ、３２ジョーンズ？　サイラスは、心のなかで自問した。あわれなラリーをこれだけ長いこと無視していたのに、いまになって心配するのか？

「３２」無線機。

「ああ、ミス・ヴォンシル」

「十四番西へ行って。だれかの郵便箱にガラガラヘビがいるのよ」

「なんだって？」

「ガラガラヘビ」ヴォンシルがくりかえした。「郵便箱」

「フラッグは立っていたのか？」

「ハハハ。郵便配達が通報したの。だって、なかにいるのよ。連邦法に触れる犯罪だわ」

「どうしてわかる？」

「32」ヴォンシルがいった。「あなたはその制服を着て二年にしかならない。わたしがどれだけ長いこと、この椅子に座っていたと思うの？」

「それじゃ、前にもあったんだな？」

「しつこくきくものじゃないわよ。シャノンに電話する」

ヴォンシルが記者に連絡するといったので、サイラスはよろこんだ。新聞に名前や写真が載るたびに有名になる。勤務評定のときに、給料をあげてもらえるかもしれない。宣伝しだいでは、黒人のビューフォード・プッサー（一九六〇年代半ばから七〇年にかけてほとんど独力でテネシーとミシシッピにまたがる酒の密造や賭博などの犯罪を取り締まった、テネシー州の伝説的な郡保安官）になり、十年後には保安官に立候補できるかもしれない。

ラリーの家にはあとでいってみようと思い、ジープのエンジンをかけた。だが、それよりもいい案が浮かんで、携帯電話をひろげた。

「32」アンジーがいった。「また腐った死体を見つけたんじゃないよね？」

「だといいんだが」サイラスはいった。「そっちはどんなあんばいだ？」

たいしたことはないと、アンジーが報告した。ハイウェイ5で一件片づけた。鹿が一頭死んだだけで、怪我人はなし。州警察はもう解散した。タブと鹿を轢いた男が、あとで肉を分けることにして、応急処置《フィールド・ドレッシング》してる（さばいているのを婉曲にいっている）。「タブが、テンダーロインがほしいかってきいてる」

「アンジー」サイラスはいった。「ラリー・オットは知ってるね？」

電話に雑音がはいった。「おっかない《スケアリー》ラリー？」

「そう。勘に従ってみる気はないか？」

「いいかも、ベイビー。もっと詳しくいって」

「時間があったら、ちょっと見にいってほしいんだ。シャボットの細い路だ。キャンプ場・墓地道路からはいったところ」

「家は知ってる。どういうわけ？」

「時間があればでいい。そこが問題ないかどうか見てほしい。いまきみがいるところから遠くない」

「ちょっと待って」アンジーがいった。

サイラスはジープをハイウェイの路肩に寄せ、木材運搬トラックを待った。木材を揺らしながらトラックが轟然と通過すると、ジープが揺れた。

「アンジー？」

「いいわ。でもね、３２」

「なに？」

「これで、あんたは日曜日、あたしといっしょに教会へ行くことになった」

「あとで話をしよう」サイラスはいった。「テンダーロインはもらっておいてくれ」

いずれにせよ、所轄での仕事は果たすことができる。ダンプ・ロードからナマズの養魚場までは、きょうのように回転灯を光らせてすっ飛ばせば、十五分で行ける。ほどなく十四アヴェニューに近づいた。サイラスはそこは白人の屑通り《ホワイト・トラッシュ・アヴェニュー》だと思っている。坂の多い赤土の路の左側に、八軒から十軒の家やトレイラーハウスがならんでいる。右側はラザフォードの地所で、五十ヤードごとに杭が打ち込まれ、柵で囲って、貧乏な白人どもが森で鹿や七面鳥を撃つのを防ごうとしていた。自然保護は製材所のイメージを高めるのにもいい。松林を車で通るとき、鹿が渡れるようにブレーキを踏む。足もとがおぼつかない子鹿のこともある。アカギツネやアカオオヤマネコもたまにいる。木で金儲けしていることを、一瞬忘れるわけだ。

サイラスはそこを一週間に一度か二度、パトロールしていた。時間を変えて、家の裏手のエアストリームのトレイラーに目を光らせる。道路からは、小屋の蔭になっている。トレイラーハウスの窓に板が打ち付けてあり、ドアに南京錠がかけてあることから、結晶メタンフェタミン（覚醒剤）の密造工場ではないかと思っていたが、相当な理由——近所の住民の苦情や爆発など——がないと、調べることはできない。

そこをゆっくりと走るたびに、白人の住民がポーチの椅子から渋面を向ける。薄い刺青を入れて髪をブロンドに漂白した女たちが、赤ん坊を膝に乗せている。家庭着姿のくたびれた顔のばあさんたちが、煙草を吸っている。庭にはゴミ。物干し綱でシーツが風に持ちあがっている。薄手のパンティ、ナイロンのストッキング。ある庭にはボンネットのない古いシヴォレー・ヴェガがあり、ニガキがエンジンブロックを抜けてのびている。ウィンドウは割れ、トランクはあいている——舌を突き出した犬がそこに座っているのを見たことがあった。ロープにつないだ山羊も一頭見かけた。草に貫かれた打ち捨てられた車のパーツ。送電線から垂れているルアー。鶏小屋に使われているキャンピングカーのボディ。雑草のなかをがむしゃらに走りまわる鶏とホロホロチョウ。子供用プールにアヒルが一匹。若者たちが、草深い野原で四輪バギーのエンジンをふかしている。白人と四輪バギーのつながりが、サイラスには理解できなかったが、どの家にもかならず一台ある。

犬もいる。

どの家にも五、六匹いて、よく知られている犬種はめったになく、ほとんどはただのハインツ57（雑種犬。ハインツ・ケチャップが製品の種類が五十七もあると謳ったことに由来）で、去勢せず、首輪もつけておらず、けたたましく吠える。坂下でカーブを曲がるたびに、そういう雑種犬が待ち構えていて、森がふたたび深くなるあたりまで追ってくる。

案の定、犬が群れてきた。喜び勇んでいる総勢の潮流が、乗り入れてきたジープの左右に分かれ、横っちょで吠える。でかくて黒い三、四匹はバスで吠えながら、悠然と併走する。中くらいのはすくなく、小さいのが何匹もきゃんきゃん鳴いている。前方に郵便配達車が見えた。サイラスのジープよりもずっと新しい型で、道端の日蔭にとまり、回転灯をつけている。運転しているオリヴィアという女とは、知り合いだった。〈シャボット・バス〉で出会い、二度ほどデートしたが、オリヴィアにはふたりの幼い男の子がいる。サイラスはあまり子供好きではないし、オリヴィアは自分の子供たちをかわいがってくれない男はあまり好きではなかった。あるデートのときに、白人の屑通りの話をした。自分はそう呼んでいるとサイラスが打ち明けると、自分の配達ルートの厄介な場所だと、オリヴィアが話した。犬がいるので、車を降りて白人の家の玄関まで小包を届けることを拒否していた。その代わりにクラクションを鳴らしたが、住民が怒ることはわかっていた。だれも出てこないときには、郵便局まで取りにくるようにと書いた配達通知を郵便箱に入れる。ところで、どうして子供が嫌いなの？

　そのオリヴィアが、配達車をおりて、四人の女と佇んでいた。四人とも白人で、ひとりは赤子を抱いている。シャノンはまだ来ていない。近くの庭で、膝まで草に埋もれて、男の子が三人立ち、眺めていた。ふたりはクルーカット、もうひとりはマレットヘア（前髪を短くし、襟足を長くのばした髪型）だった。ひとりはエアガンを持ち、もうひとりはプラスティックの弓矢を持っていた。

　サイラスは、惰力で進んで停止し、エンジンを切った。運転席側に犬がたかり、ちび犬が一匹、サイドウィンドウから見えるくらい高く跳ねていた。

「どけ」サイラスは、拳銃とおなじで、執務中には使ったことのない〈テイザー〉をまさぐった。

「セラーズ」女が叫んだ。「犬をどうにかしなさい」

　エアガンを持ち、シャツも着ず、汚れた顔の男の子が、ジープに近づき、犬を蹴飛ばしたので、サイラスはドアを押しあけることができた。マレットヘアの男の子がくわわり、犬を追い払うのを手伝った。

「ヘイ、３２」オリヴィアがいった。

「ヘイ、ガール」サイラスはカメラを持って、女たちに近づいた。四人がサイラスを品定めし、サイラスがカウボーイハットの鍔に触れた。

「ヘイ」若い女がいった。「来てくれて助かった」カットオフ・ジーンズをはき、スポーツブラの上にタンクトップを着ている。裸足だ。男好きのする感じ。二十二、三だろう。左右の二の腕に刺青があり、くりの深いタンクトップからも覗いている。グリーンの蔦の刺青が、ジーンズから出ていた。どこからはじまっているのだろうと思わずにはいられない。「あたし、イリーナ・モット」

「ヘイ、モットさん。３２ジョーンズだ」

イリーナが小首をかしげ、まぶしい太陽に、かわいらしく目を細めた。「イリーナでいい」

「彼女の郵便箱なのよ」オリヴィアがいった。

「マンスリー・ヘビ・クラブが早く届いたの」鼻にピアス、黒いアイライナーのべつの女がいった。

「ええ」イリーナがいった。「でも、注文したのはアメリカマムシ」

オリヴィアが、郵便箱を指差した。支柱の上で傾ぎ、住所の文字が剝がれかけている。「通りかかって、あけようとしたら、スズメバチの巣みたいにブンブンうなるのよ。細めにあけたら、内側からなにかが扉にぶつかってきたから、もとどおり閉めたの」

サイラスは郵便箱をしげしげと眺め、親指でフラッグに触れた。小さなモーターのようなうなりが、なかから聞こえた。「だれか、シャベルを持ってきてくれないか？」

「エドワード・リース」肥った女が、庭から眺めていた男の子のひとりにいった。「急いで取ってきな、わかったか？」

男の子が、家をまわって見えなくなった。犬の群れが、尻尾をふりながらついていった。

「前にあけたのは何時？」サイラスは、イリーナにきいた。

「きのうの夜、暗くなったころ。電話の請求書を入れた」

「だれがやったか、見当はつかないか？」

女たちが、眉根を寄せて顔を見合わせた。赤子を抱いた女が、反対に抱き変えた。

「元夫とか？」サイラスは水を向けた。「頭にきた彼氏とか？」

「あのね、おまわりさん」イリーナがいった。「離婚した女がここに三人住んでるの。三人でもって、いったい何人考えられる、マーシャ？」

「おやまあ。絞り込まないとね」

「頭にきたやつのリストがひとつ」イリーナがいった。「嫉妬してるのはべつ。それから、ものすごくおっきなリスト」

「頭のいかれたやつのリスト」マーシャがいった。

「上述すべて、以下省略」

男の子がシャベルを持って戻ってきて、柄を先にして差し出した。

「ありがとうよ」サイラスは、道路の先をちらりと見た。シャノンが来るまで引き延ばそうかと思った。

「ご婦人がた、離れて」

「いわれるまでもないって」マーシャがいった。

サイラスは、オリヴィアにカメラを渡し、シャベルを持って郵便箱の脇に立つと、扉を引きあけた。低いうなりが大きくなる。砂粒がこぼれる。犬がまた吠えはじめた。

「気をつけて」オリヴィアがいった。

サイラスは位置を変え、あまり近づきすぎないようにしながら覗いた。うしろで女たちが、サイラスの背中ごしに見ていた。ガラガラヘビが郵便箱の奥で胴体を跳ねあげ、三角の平たい鎌首を下げていた。細い目を怒らせ、舌をちろちろと出している。

「見てよ」イリーナがいった。「電話の請求書におしっこしてる」

「くせえな」犬の群れをまとめようとしていた男の子たちのひとりがいった。

「ヒシモンガラガラヘビだ」サイラスはいった。オリヴィアがカメラを渡したので、何枚か撮ってから、サイラスは返した。息をひとつ吸うと、シャベルをそろそろと郵便箱の正面に近づけた。ヘビが躍りかかってシャベルにぶつかり、イリーナが悲鳴をあげて、サイラスの腕をつかんだので、サイラスはビクッとした。

「くそ」サイラスは悪態をついてから、子供がいるのを見て、「すまん」といった。

　またシャベルをそろそろと持ちあげた。イリーナがまだ腕にしがみついていた。ヘビが襲いかかり、サイラスはその首を郵便箱のへりに押し付けて動けないようにしてから、地面に払い落とした。ヘビがとぐろを巻き、怒り狂い、首をすぼめ、ぼやけるほど早く尾をふり、ガラガラの鳴る音が高まった。

「みんな、こんどこそ気をつけろ」サイラスはいった。犬の群れが迫る。「それに、犬どもを離れさせろ」

「撃てよ」ひとりの男の子がいい、他の男の子といっしょに犬を蹴って追い払いはじめた。

「そんな必要はない」サイラスがシャベルの刃をヘビの首に向けると、ヘビが胴体を柄に巻きつかせた。鎌首を押さえつけたまま、サイラスはシャベルの足踏みにヒールを置き、路に押しつけ、皮一枚を残して首を挽き切った。胴体がのたうち、よじれ、ガラガラがまだ鳴っていた。

「死んだの？」男の子がきいた。

「ああ。でも、気をつけろ」突然、ラリーの声が聞こえ、サイラスはいった。「頭だけでも殺されることがある。牙は針みたいに鋭い」

「ガラガラをもらえる？」マレットヘアの男の子がいった。

　サイラスは、女たちのほうを見た。

「かまわないわよ」肥った女がいった。「この子の誕生日は来月だし」冗談だというのを知らせるために、サイラスにウィンクした。サイラスは腰をかがめて、乾いた軟骨をシャベルで切り取り、ヘビが襲いかかれない距離に蹴飛ばした。男の子がそれを拾ってにっこり笑い、ふりながら走り去った。他の男の子と犬がついていった。

　サイラスはシャベルでヒシモンガラガラヘビをすくいあげた。長さが二フィートあり、まだすこし動いている。路を渡ると、鉄条網の向こうの森に投げ込んだ。オリヴィアは濡れた郵便物の集荷を拒否して去ったが、サイラスはしばらくそこにいて、供述を取ったり、メモを書いたりして、シャノンはまだ来ないのかと思っていた。イリーナとは、あまりいちゃつかないように気をつけていた。いつの間にか、ヘビを轢こうとしたときの話をしていた。黄色い条がある大きな茶色のヌママムシだった。あそこにあるジープでやった。ちょうどオクスフォードからここに戻ってきたばかりのときに。

「オクスフォード」イリーナがいった。

「シーッ」マーシャがいった。「終わりまでしゃべらせて」

「ヘビを轢いたら、そのまま走っていくわけにはいかない」サイラスは、ハットを傾けながらいった。「轢かれたってヘビは怒り狂うだけだ。殺したけりゃ、バックしてタイヤをスピンさせないとだめだ」そうしようとした。路のまんなかでブレーキをかけ、バックして、ヘビの真上で停止しようとした。ヘビの尻尾を左側の後輪で押さえつけ、ヘビがタイヤに咬み付いたので、クラッチをつないだ。だが、スピンしたタイヤですり殺すことはできなかった。ヌママムシは死なずにタイヤの上にまわって、タイヤハウスに跳び込んだ。ジープの車体の下から落ちるのを待って、サイラスはドアをあけたまま身を乗り出して走った。「落ちなかった」

「くそ」イリーナがいった。「どうなったの?」

「そこで死んだ。ロッカーパネルの奥で。二カ月もにおった。夏の暑い盛りさ。ときどき」サイラスはいった。「走ってると、いまもにおうような気がする」

女たちは、にやにや笑っていた。

「いい気味だね」と、イリーナがいった。

時計を見ると、サイラスの笑みが消えた。五時三十分の勤務交替に間に合うように、急いでシャボットに帰らなければならない。またすっぽかすのはまずい。ヴォンシルの髪が危険にさらされる。

「ご婦人がた」サイラスは、ハットの鍔に触れ、自前の名刺をイリーナに渡した。「なにか思い出したら電話してくれ」

「ええ、あたしたち、そうする」イリーナがいった。

十五分後、サイラスはオレンジ色のベストを着てサングラスをかけ、線路の前の道路に立っていた。汗を吸ったハットが重い。制服の腹にへばりついている部分が、すこし黒ずんでいる。左手では製材所が轟き、低くうなり、電動鋸が火に焼かれている人間みたいな悲鳴をあげている。サイラスはホイッスルを吹き、両手をあげて、両車線の車をとめてから、熱い舗道からおりて、製材所の敷地から出る順番を待っているピックアップの列を手で招き寄せた。ヘルメットで髪に癖がついた薄汚れた男たちが、エアコンのきいた運転台で煙草に火をつけている。何人かは〈シャボット・バス〉にビールを飲みにいく。サイラスもそうしたいところだった。

携帯電話が鳴りはじめた。勤務交替時の交通整理中は、出てはいけないことになっているので、そのまま手をふってピックアップの列を進ませた。ハイウェイの車のドライバーたちが、おまえの登場でせっかくの一日を台無しにされたとでもいうように、サイラスを睨みつけていた。これがサイラスの人生の最終目標だとでもいうのか。大学で野球をやって肩を壊し、海軍にはいって、除隊後にトゥペロの警察学校へ行き、オール・ミスで十年間学生のお守りをして、友愛会のパーティをおひらきにさせ、フットボールの試合でゲートを警備し、酒酔い運転を取り締まった。その長い歳月は、ドライバーたちの一日をぶち壊す下準備だったわけだ。もっとちがう仕事なのかと思っていた。インターネットによれば、〝集落の治安官《コンスタブル・オヴ・ア・ハムレット》〟となっていた。どちらの言葉も辞書をひかなければならなかったが、いい言葉だと思ったし、警察の仕事ができる。勤務時間が柔軟で、車ももらえる。

　クラクションがさかんに鳴らされたので、サイラスは強く腕をふった。ピックアップのドライバーたちは、高くなっている線路をのろのろと越えていた。おまけに事態をややこしくしたのは——北のほうで大きな汽笛が鳴った——四十五分遅れでカーブをまわってくる、二時三十分メリディアン発の列車だった。煙の嵐を吐き、木材や柱を積むために停車しようと減速している。サイラスはホイッスルを吹いて、片手をあげ、近づいてくるピックアップの前に出た。大きなフォードF-250で、あろうことかドライバーは製材所の職長だった。急ブレーキを踏んだ職長が、サイドウィンドウをあけた。

「通れただろうに。くそ、32、これから釣りに行くんだ」

　サイラスはホイッスルを噛みしめた。列車が近づき、その影が一瞬の日蔭をこしらえた。

「くそったれ」職長がそういって、クラクションを押しつづけた。

　サイラスはそれに目もくれず、ハットを脱ぐと、紐で吊ってあるホイッスルを吐き出して胸に落とし、ハットであおいだ。携帯電話がまた鳴った。かまうもんかと思い抜き出した。電話で話をしたからクビにするとモー町長がいうんなら、そうすりゃいい。

「３２？」アンジーだった。

「ああ」

電話に空電雑音がはいった。「３２」アンジーがくりかえした。「あたしたち、ラリー・オットの家にいる。いわれたとおりに」

「それで？」

「たいへんなの」アンジーがいった。

3

最初に気づいたのは、ふたりがコートを着ていないことだった。一九七九年三月のある月曜日夜明け直後、ラリーは父親の車で、学校に送ってもらうところだった。フォードのピックアップが、青い排気ガスをたなびかせていた。春休みはあっという間に終わったのに、いまごろ季節はずれの寒気が戻って、地面が凍り、ラリーの母親の雌鶏も納屋を出たがらないほど寒かった。霜がついたサイドウィンドウの外の常緑樹がぼやけて見え、ラリーはまたもや本に熱中していた。八年生になってスティーヴン・キングに耽溺しているラリーは、父親がブレーキを踏んだので、『呪われた町』から目をあげた。

一軒の店にほど近い道路のカーブに、そのふたりは立っていた。長身の痩せた黒人女とその息子。ラリーとおなじ年頃で、おどおどした子だった。学校で見かけたことがある、転校生だ。学校から遠いこんなところで、店があく前になにをしているのだろう、とラリーは思った。この寒さなのに、男の子は擦り切れたジーンズに白いシャツを着ているだけだし、母親はブルーのワンピースが風で張りついて体の線が出ている。髪に布を巻きつけ、口からひきちぎられる白い息が、まるでティッシュペーパーを箱から抜き出しているように見える。

父親はとまらずに通り過ぎた。ラリーは首をめぐらし、外から覗き込んでいる母親と男の子を眺めた。

ラリーは向き直った。「お父さん」

「えい、くそっ」父親がブレーキをかけた。ふたりのところまでバックしなければならなかった。そして、ベンチシートのラリーの上から身を乗り出し（シートには母親が陸軍の毛布をかけてあった）、ドアノブをがちゃがちゃと動かした。凍りつくような空気が吹き込み、それに包まれてふたりが乗り込んだ。女がドアを閉めてもなお、冷気が渦巻いているように思えた。四人は体をくっつけるしかなかった。ラリーは片方を男の子に、反対側を父親にくっつけた。父親はめったにラリーに触らないので、居心地が悪かった。ぎこちなく手を握ったり、鞭打ったりするだけだ。エンジンがアイドリングのまま、一瞬、四人は大惨事のあとで息を整えているみたいに、じっと座っていた。男の子の歯が鳴っているのが、ラリーに聞こえた。

やがて父親がいった。「ラリー、焚き火に薪をくべろ。暖めてやるんだ」

ヒーターを強にすると、ラリーの隣の黒人少年は、じきにふるえがおさまった。

「アリス」車を出しながら、父親がいった。「坊主どもを、紹介してやれ」

「ラリー」まるで前からラリーを知っていたみたいに、女がいった。「こちらはサイラスよ。サイラス、こちらはラリー」

ラリーは、カーフスキンの手袋をはめた手を差し出した。サイラスのほっそりした茶色の手に手袋はなく、黒人式に手を打ち合わせただけでも、肌が冷え切っているのがラリーにはわかった。手袋を片方貸してあげれば、ふたりとも片手だけは温かい。そうしたかったが、きっかけがつかめなかった。

サイラスと母親は煙のにおいがしていたので、どこに住んでいるのか、ラリーには察しがついた。ラリーの父親は土地を五百エーカー所有していて、大部分は郡の右下の隅にある。その東南の角、山道から二分の一マイルはいったところに古い狩猟小屋があり、目星さえついていれば見つけられる。地面の小さな瘤のように、木立に囲まれ、数エーカーの野原のまんなかに建っている。わずかな家具があり、土間で、水も電気もない。暖房は薪ストーブだ。でも、いったいいつから住んでいたのだろう？ それに、どういう取り決めで？

ラリーの父親と、アリスと呼ばれた女は、ひどい寒さだという話をしていた。

「ケツまで凍る」父親がいった。

「ええ」女がいった。

「こんなの、見たことあるか？」

「ありません」

「シカゴでも？」

女は答えず、沈黙が気まずくなると、父親はラジオをつけて、天気予報士が寒さの話をするのを四人で聞いた。今後も寒さはつづくでしょう。水道管が破裂しないように、今夜は蛇口から水を流しっぱなしにするように。

ラリーは横の男の子を盗み見てから、本を読んでいるふりをした。黒人の子供が怖かった。夏に十一になったあとの新学期、七年生のときに郡の学校の学区が変更になり、ファルサムの公立学校から、シャボットの学校に転校しなければならなくなった。そこは生徒の八十パーセント（と教師の大部分と教頭）が黒人で、製材所の工員や木材運搬トラックの運転手や伐採作業員の子供がほとんどだった。ラリーにできないこと——バレーボールのスパイク、フットボールのスローイングとキャッチ、ゴロをさばく、ドッジボールを投げる——が、黒人の生徒にはできた。楽々と。まるで手品みたいにボールを操り、バスケットボールをリングに当てずに入れ、野球ではボールをかっ飛ばす。鋭い目の黒人少年たちは、すっ飛び、カーブを描いて、ブーメランみたいになめらかに人生を進んでいた。でも、本は読まないし、ラリーの読書好きも理解しない。いまちらりと見ると、サイラスが口を引き結び、ラリーの本のページを目で追っているのに気づいた。

「何年？」ラリーはきいた。

サイラスが、母親のほうを見た。

「自分で答えなさい」母親がいった。

「八年」サイラスがいった。

「おなじだね」

ファルサムに着くと、学校の前で父親が子供ふたりをおろした。アリスがおりて、つぎがサイラスだった。黒人が白人の車からおりるのは、めったになく、ふさわしからざることだというのが、ラリーは気になった。ベンチシートで尻を滑らせるときに、ラリーがふりかえると、父親は道路を見つめていた。サイラスの姿はなかった——やはり特殊な状況だというのに気づいたのだろう——アリスという女のそばを通り、笑みを向けられたときにはじめて、ラリーは彼女がうっとりするくらい美しいことに気づいた。

「さようなら」アリスがいった。

「じゃね」ラリーはつぶやき、本を持って歩み去った。

一度ちらりとふりかえると、父親がなにかをいい、女が首をふっているのが見えた。

昼の給食のとき、ラリーは食堂のテーブル二卓を占領している黒人生徒のなかにサイラスがいないかと捜したが、見つからなかった。見ているのを気づかれたら、あとで殴られるので、用心する必要があった。いつものとおり、白人生徒の集団からすこし離れたところに、トレイとミルクを置いて座った。ときどき、こっちへ来いと誘われることがあった。きょうは誘われなかった。

夕方にいつもどおり母親が迎えに来て、いつもどりきょう一日のことをたずねた。朝に黒人の母子を乗せたことに、母親は驚いているようだった。どこに立っていたのかとたずねた。

「コートを着ていなかった」ラリーはいった。「凍えてたよ」

「どこに住んでいるの？」母親がきいた。

だが、しゃべりすぎたと察したラリーは、知らないと答えた。そのあとずっと、車を走らせるあいだ、母親は黙っていた。

アリスとサイラスがどこに住んでいるにせよ、ふたりは翌朝もおなじ時間におなじ場所にいた。ラリーの父親がピックアップを道端に寄せ、薪の煙のにおいが凍れる風とともに運転台に吹き込み、たちまち四人は横にならんで無言で乗っている。ラリーはサイラスが目を留めるように『呪われた町』を持つ。いちばんいいところだ。女が吸血鬼になって戻ってきて、男の窓の外で浮遊する。

水曜日と木曜日が過ぎ、いずれの日も黒人ふたりは待っていた。夕方に迎えにきた母親が、朝の登校について質問した。その女のひとは、お父さんと親しそうに見えた？　お父さんはどんなふうだった？　いつもみたいにつっけんどんだった？　それとも——

「どうして気にするの？」ラリーはきいた。

母親は答えなかった。

「ねえ？　母さん？」

「気にしていないわ。あなたの一日に関心があるだけ」

「たぶん」母親を傷つけたのではないかと心配になり、ラリーはいった。「東南の土地のあの古い小屋に住んでるんじゃないかな」

「そうなの」母親はいった。

その日の夕食のとき、ようすがおかしいことにラリーは気づいた。鶏に餌をやりなさいと母親がラリーに命じたが、もうやったあとだった。父親はお祈りを忘れそうになった。夕食のテーブルを囲んでいるあいだ、父親と母親は口をきかず、カボチャやミートローフをよそうだけだった。皿を片づけるために席を立つ直前に、あしたから自分の車でラリーを学校に送っていくと、母親がいい放った。

父親が、ラリーのほうをちらりと見た。「どうしてだ、アイナ」

「あのね、朝にあのガス屋が来るし、わたしでは話が通じないのよ。毎週来てと、あなたからいってくれないと。毎週よ、ちゃんとわからせて。それに――」皿を流しに運ぶと、テーブルに戻ってきた。「〈ベッドソールズ〉に返すものがあるの」

父親がうなずき、ラリーの顔を見てから、テーブルを押すようにして立ちあがり、冷蔵庫にかがみ込んで、バドワイザーを出し、栓を抜いて、ニュースを見るために椅子へ行った。

「カール」母親が、すこし乱暴にパイ皿を置いた。

「ごちそうさま」父親が大声で返事をした。

母親に渡された皿を拭いているとき、父親の信頼を裏切ったのだとラリーは受けとめた。翌朝、母親のビュイックに乗った。アリスとサイラスが抱き合ってふるえながら待っているカーブを通った。母親が速度を落とすと、サイラスがアリスから身をふりほどくのが見えた。ラリーでもそんなふうにしていたはずだ。寒さで唇から血の気が引き、肌は女たちが飲むコーヒーの色合いに近かったが、やつれた顔は美しかった。髪はスカーフにくるまれていた。目を瞠り、怯えていた。「おまえ」ラリーの母親がいった。「窓をあけてちょうだい」

ラリーは、アリスから目を離さず、サイドウィンドウのクランクをまわした。

「ハロー、アリス」ガラスがおりてゆくときに、母親がいった。

「アイナさま」アリスがいった。しゃちほこばって立っている。サイラスは数歩下がっていて、顔をそむけていた。

ラリーの母親が、リアシートに手をのばして、食料品店の紙袋を取った。そこから冬用の厚いコートを二着出した。玄関ホールのクロゼットに入れてあった古いコートで、母親のはアリス用、ラリーのはサイラス用だった。「合うはずよ」そういって、母親はサイドウィンドウから押し出した。ラリーが両手で押すと、車のヒーターでコートは温まっていた。その前はクロゼットで温められ、その前は体で温められていたコートが、寒さのなかで手袋もはめていない手に渡された。

アリスはコートを握り、着ようともしなかった。一瞬、サイラスがラリーとその母親を睨みつけた。そしてうしろにさがった。

「これまでだって平気だったろう」ラリーの母親が、アリスに強い視線を据えていった。「他人のものを使っても」

そこでアクセルを踏み、コートを持ったふたりはラリーの側のサイドミラーに映ったまま、置き去りになった。

一瞬、母親がラリーの膝に触れた。「母さん？」

ラリーは母親を見た。

「窓を閉めて。凍えそうよ」

サイラスとその母親は、二度とそこには現われなかった。ラリーと父親はもとからろくに話をしなかったのだが、いまでは何マイルもの未舗装路と二車線のアスファルト舗装の道路を走るあいだ、ひとことも口をきかない。ラジオの農業通信と、足もとから吹きつけるヒーターの音ばかりだった。

自分が父親に毛嫌いされるのも無理はないと、ラリーは納得していた。幼いころから吃音があり、病気がちで喘息持ちだった。花粉症、アレルギー、しじゅう鼻血を出し、神経性の胃炎を起こし、何度も眼鏡を割った。ずんぐりむっくりで、なで肩で、もたもたした感じの、母方の亡くなった伯父たちに似てきた。伯父たちはみな遺影となって額縁に納まっている。カールはぜったいに壁にかけさせないだろう。ラリーが五、六歳のころ、コリンという伯父が訪ねてきた。最初の夕食でコリン伯父は、菜食主義者《ヴェジタリアン》だと宣言した。父親が唖然とするのを見て、意味がわからなかったラリーは、恐ろしいことなのにちがいないと思った。「ステーキを食べないのか？」父親がきいた。「食べない」「ポークチョップは？」「ぜったいに食べない」父親はしきりと首をふった。「チキンは食べるだろう？」「たまにね《レアリー》」伯父が笑みを浮かべていった。「生焼け《レア》じゃない」コーンブレッドをちびちび食べながら、なおもつづけた。「魚もときどき食べるよ。テラピア。うまいマヒマヒ」そのころには、カールはもうフォークとナイフを置いて、自然の摂理に反する重罪人がこのテーブルにいるのはおまえのせいだといわんばかりに、母親を睨みつけた。

教会へ行くときに見たのだが、コリン伯父はシートベルトを締めるただひとりの男でもあった（そこでは聖体拝領のクラッカーとぶどうジュースを拒絶した）。シートベルトを締めることは、肉を食べないことよりもいっそうラリーの父親を憤慨させた。父親はけっして口にはしなかったが、シートベルトをするのを臆病だと思っていことを、ラリーは知っていた。ラリーは、父親が感心しないと思っていることを読み取る名人になっていた。横目で見る、低い溜息を漏らす、両目を閉じる、首をふるという仕種から、何事か何者かを愚かしいと見なしていることがわかる。

「あなたたち、似てるわね」コリン伯父がつぎの日に帰るというとき、夕食の席で母親がラリーとコリン伯父を見比べてそういった。

ラリーは、カールが鹿の肉を挽き切っているのを見た。

「わたしのちっちゃな分身《ドッペルゲンガー》だ」コリン伯父がいった。

カールが視線をあげた。「なんていった？　ちっちゃな、なんだって？」

分身というのは性器のことではないと、コリン伯父は説明しようとしたが、我慢できなくなっていたカールは席を立った。

「ドッペルゲンガーだと？」といい、ラリーを見た。

ラリーは父親の投手向きの長身の体格、ブロンドのくせ毛、浅黒い肌、グリーンの瞳ではなく、コリン伯父や母親のすべらかに日焼けしたような肌、まっすぐな茶色の髪、睫毛の長い茶色の目を受け継いだ。女なら長い睫毛は魅力的だが、ラリーもコリン伯父も女性的に見える。シートベルトを締め、テラピアを食べる男に。

おまけに、ラリーは機械おんちだと、父親に思われていた。ボルトを左にまわせばゆるむことが、いつまでたっても憶えられず、どのナットにどのソケットが合うか、バッテリーのどっちのケーブルがプラスかもわからない。子供のころ、それを理由に修理工場に入れてもらえなかった。怪我をしたり、ボルトのねじ山をだめにしたりするかもしれない。だから、土曜日は長年、家から出なかった。

十二歳の誕生日にようやく、ラリーにもう一度やらせてみなさいと母親がカールを説得し、暖かな土曜日、古いジーンズと汚れたTシャツを来たラリーは、不安と恐怖にかられながら、カールに従い、オットモーティヴへ行った。掃き掃除やクリーニングなど、カールに命じられたことをすべてやり、それ以上のことをした。修理工場の濃厚な金属のにおいや、柄の長い鋤でこそげ落とさなければならないくらいにオイルと埃が床に厚くこびりついているのが好きだった。湿ったかさぶたの下に鋤の刃を食い込ませて剝ぎ取る手順を眺めては楽しんだ。重い鋼鉄のレンチやドライバー、各種のプライヤーや〈チャンネルロック〉の工具類や丸頭ハンマー、四分の一インチと二分の一インチのラチェットとソケットのセット、優美な長い延長パイプ、お気に入りのユニバーサルソケットのクリーニングが好きだった。赤いコットンのウェスの上で拭って乾かし、きちんとならべて、オイルを注《さ》してあってなめらかに動く引き出しを閉める。手回しのジャッキで車体を持ちあげ、レバーをさっと動かして、油圧のシューッという音を聞きながら下げるのが好きだった。大きな平たいスケートボードみたいな車輪付きのクリーパを転がしていって、奥の壁に立てかけるのが好きだった。オレンジ色のコードから移動式ランプがぶらさがっているあんばいや、〈ゴージョー〉を使って手を洗うのが好きだった。

でも、いちばん好きなのは、コカコーラの配達車が赤と黄色の木箱を七つか八つ、自動販売機の横に置いていったときだった。空き瓶は運び去られ、スプライト、ミスターピッブ、タブ、オレンジニーハイ、そしてコカコーラの新しい瓶が、小瓶と大瓶ともに置いてある。ラリーは大きな自動販売機のロックをあけるのが好きだった。奇妙な円筒形の鍵をまわすと、角ばったロックがバネの力で飛び出す。このロックをひねると、自動販売機の前面そのものがシュッという音とともにあき、天国のようなものと向き合う。氷の玉がついている長い金属のトレイが、待っている手に向けてすべり落ちる穴のほうに傾いている。冷気が殺到し、鋼鉄の甘いにおいがする。銭箱は二十五セント玉や十セント玉で重たい。木箱から瓶を出して、一本ずつラックに置く。指示を忘れず、瓶を打ち当てないようにしながら。

すぐ隣に住むセシル・ウォーカーや、その他の男たちが集まってくるようなとき、ラリーはずっと姿を見られないようにしていた。彼らは、ラリーがあっと驚くような話を聞きにくる。父親は、家ではぜったいにしないような話をした。夕方になると、ピックアップに乗った男たちが、製材所から何人もやってくる。タイロッドががたついていたり、エンジンブロックから異音が発していることもあるが、たいがい作業台でカールが話をするのを聞きにくる。ひとだかりが三重にも四重にもなり、カールがきれいなウェスにキャブレターを置くのを眺める。

酒瓶をまわしながら、セシルがきく。「カール、あんた、このあいだ話してくれたよな、いかれたニガーのこと――」

ちっちゃなドライバーを選ぶときに、カールがくすりと笑い、話しはじめる。キャブレターの小さなネジをゆるめながらいう。デヴォイド・チャップマンがメリディアンで中古の赤いＭＧミジェットを買い、ダンプ・ロードの家に乗って帰る途中で、まさにオットモーティヴの前を通り過ぎようかというときに、エンジンフードの掛け金がはずれ、風にあおられてあいたのさ。ドライバーで示す。「まさにあそこだ。ＭＧはコンバーチブルで、幌を畳んでた。それはいったよな。で、デヴォイドは桃摘みのバスケットなみの大きさのアフロヘアにしてた。例のブラックパワーのフィストコーム（柄が黒人の握り拳になっている櫛）がそこから突っ立ってた。そのとき、やつは幌をおろしてた。風が髪をこするのが好きなんだといってたぜ。やつはぜったいに認めないだろうが、ハイウェイのあそこで時速五十五マイルでフードがはずれたとき、あの鳥の巣頭のおかげで命拾いしたのさ。おれはこの目で見た。神に誓う」カールが、笊《ざる》付きの容器にパーツを入れて、真っ黒になっているいやなにおいのキャブレター・クリーナーにそれを沈めた。「フードがめくれて、風防のふちに当たり、ねじ曲がってデヴォイドのやつの頭を叩いた。パカン！ ミジェットがスピンした。運よく近くに車はいなかった。あそこで土埃に捲かれてようやく車をとめられたデヴォイドは、もっと運がよかったわけだがね」

　ずっとしゃべりながら、笊をクリーナーからあげて、乾かすために容器ごと清潔なウェスの上に置いた。話がとぎれるのは、指先のなにかがいうことをきかない、たとえばバルブのバネがつかえるというようなときだけだ。それを始末するのに、五秒、十秒、もしくは一分かかる。男たちのあいだを通って、小さなソケットとか、べつのプライヤーを取りにいかなければならないこともある。「おまえ、どうしてつかえるんだ？」と、ネジに話しかけることもある。それともしかめ面をするか。とにかく、それにどれだけ長くかかっても（長くかかることはない）、問題が解決すれば、途切れたことなどなかったみたいに話をつづける。

「――ＭＧをここの正面でとめてな。土埃を手で払いのけながら、デヴォイドのやつがよろよろとおりてきた。頭を押さえながらわめきちらす。〝救急車を呼んでくれ！〟。鼻から血がひとすじ垂れてたよ。悪態を一から十までならべて、これをののしり、あれをののしり、くそったれだのちくしょうだの馬鹿野郎だのいいたい放題だ。いかれたニガーめ」笑いながらカールがいう。「その場で、その車をおれに売りつけた。現金で二百ドル。おれはフードを閉めて針金で縛り、ＭＧで送ってった。やつはずっと首を縮めて、フードのことを心配してたよ。オートバイのヘルメットをかぶるかときいたら、いらねえとやつがいった。どうせこの髪に合うはずがねえよって」

男たちが全員で爆笑し、酔っ払ったセシルが煙草を口にくわえ、もう一本を耳に挟んで、だれよりも馬鹿笑いし、こういう。「まだあるだろ、カール。やつの名前をきいたときの話をしろよ」

カールが作業台に身をかがめて、キャブレターを覗き込む。「ああ、そうだった。一度、〝デヴォイド。なんて名前なんだ。意味知ってるか？〟ってきいた。ああ、調べたって、やつが答えた。〝不毛とか、空っぽとか、荒地とか〟。学校じゃ、〝カス〟って呼ばれてたそうだ」

「まだあるよな」セシルが、首をふりふりいう。「あの犬の話をしてくれ、カール」だれだれの父親の葬式の一件を、カールが語りはじめる。もっとも近い舗装道路から十マイルか十五マイル離れた辺鄙なところで、墓のまわりに全員が立っていた。「だれかが追悼演説でM・O・ウォルシュを――そいつの葬式だった――褒めちぎってた。たいそう紳士だったとか、白々しい嘘をついてるとき、うしろからパン！　と銃声が聞こえた。つぎの瞬間、ちっこい犬がきゃんきゃん鳴くのが聞こえ、その犬が脇腹から血を流して森から飛び出してきたもんだから、こっちは大笑いだ。犬は鳴きながらおれたちのあいだを通り、墓石のあいだを駆け抜けて、道路の先へ行っちまった。おれは背を丸めていったよ。〝みなさんがた、おれの番が来たときには、犬三匹の弔砲にしてもらいてえ〟」

男たちが笑い、セシルがいちばん馬鹿笑いする。みんなコカコーラかビールを飲み、頬を嚙み煙草でふくらましている。唾を吐いては、手の甲で口を拭う。たいがい野球帽をかぶっている。白いTシャツ。全員が安全靴だ。ドアを額縁にピックアップ・トラックの群れが見え、大きな扇風機二台が、熱い空気をかき混ぜ、煙草の煙が鳥の巣の多重像《ゴースト》みたいに高い梁で渦巻いている。セシルの酒瓶からみんなが盗み飲みし、カールも酒を飲み、ラリーは隠れて耳をそばだてている。物語がラリーの想像力を組み立て、父親の声がさも幸せそうな色合いを帯びる。組み立てたキャブレターを父親の手が、待っている車へ運んでゆく。吸気マニホルドには、清潔なウェスがかぶせてある。馬鹿でかい手が外科医の心配りで車の胸に心臓をはめ込み、ネジをまわし、燃料パイプをつなぐ。車の持ち主が運転席に座って、ドアをあけたまま、片脚を出し、指示に応じてエンジンをふかすあいだ、カールは小首を傾げて耳を澄まし、ガソリンの流量を加減し、それからようやくエアクリーナーをキャブレターにかぶせて、蝶ネジを締める。エンジンの回転があがり、ガソリンのにおいが立ち込め、カールは下がって腕を組み、うなずく。うしろの男たちの影もうなずいている。ラリーは自動販売機の蔭から眺めている。セシルがいう。「切り株に立って説教たれてた老いぼれニガーの話をしてくれよ――」

そしていま、父親の車で学校に向かい、ミシシッピ川をがたごと揺れながら渡っているときに、ラリーはオットモーティヴでのその特権を永遠に失ってしまったのではないかと心配していた。いつもおりる体育館脇に車が近づいた。毎日、ピックアップのドアを閉める前に、ラリーはいう。「グッバイ、お父さん。送ってくれてありがとう」

「さよなら」父親が、ほとんど目もくれずにそういう。

その後、ラリーは運動場の向こう側にサイラスの姿を見ることがあった。クラスでは、洗面所に行くときにそばを通る。カフェテリアでは、サイラスは黒人生徒の群れといっしょで、いっしょに笑い、ときどき口もきいていた。ラリーにしてみれば、裏切りだった。だってサイラスはぼくのドッペルゲンガーじゃないか？　サイラスが、林のそばの野原で野球をやっているのを見た。素手でフライをキャッチし、大きすぎる靴は金網のフェンスにひっかけてある。

やがて、三月下旬のある日曜日の午後、母親が奉仕活動に出かけ、父親が仕事をしている（日曜ですら、教会から帰ると制服に着替えて、家族が金遣いが荒いから働かないといけないと文句をいう）ときに、ラリーは家の前の路を歩いていった。折り畳みナイフをズボンの尻ポケットに入れ、父親の古い銃のうちの一挺、二二口径のマーリン・レバーアクション・ライフルを持っていた。十歳の誕生日から、ラリーはライフルを持って森へ行っていた。ときどき鳥やリスを適当に狙い撃ち、めったに当たることはなかった。当たったとしても、満足感と罪の意識がごたまぜになった気持ちで、獲物をじっと見つめて一分か二分佇み、横たわっているのをそのまま置いていった。だが、きょうは安全装置をかけ、ライフルを肩にかついでいた。寒さが長引いているので、厚手の迷彩のコートを着ていた。あとは迷彩のキャップとズボン、裏が毛皮のブーツというでたちだ。凍った土の地面には、足跡が残らない。たいがいその路を東へ進み、セシル・ウォーカーが妻とその十五歳の連れ子シンディと住んでいる家のほうへ行く。シンディの姿をちらりと見たいと期待していた。夏にはウォーカー家のまわりで森をこっそりと通り、板張りのベランダにタオルをひろげてビキニ姿で日光浴をしているシンディを眺める。馬鹿でかいサングラスをかけて仰向けになり、茶色の脚を片方あげていたと思うと、うつぶせになり、ブラジャーのストラップを片方ずつはずして、乳房を敷くように寝そべる。ラリーの心臓がウシガエルになって、胸から跳び出しそうになる。ひんやりした日には、シンディは煙草を吸うために外に出てきて、電話の長いコードをドアからひっぱりだす。話がラリーに聞こえるほど声は大きくない。ラリーはシンディに言葉をかけてもらったことはほとんどなく、いつの日か、セシルが外に出てきてシンディに手をあげて、電話を切れだの煙草を消せだのといったときに、シンディが助けを求めにくる場面を想像していた。いつの日か、シンディが太陽を浴びて寝そべっているときや、キャメルを吸っているときに、森の端で眺めている自分に気づくといいのにと思っていた。

でも、きょうはちがう。

きょう、ラリーは西に向かい、鉄条網のフェンスをくぐって森にはいった。この寒々とした界隈では、夜に銃声のような音が聞こえる。一度、まっぷたつに折れた木に行き当たるまで、それが寒さで木が割れる音だとは気づかなかった。若木も、古木も。凍てつく夜に耐えてきた木が、突然心臓を破裂させ、上半分が倒れてきて、恐ろしい悲鳴をあげて地面をひっかく。まっぷたつに折れた木が、縛り首になった人間みたいにぐるりとまわる。

歩きながらラリーは、まだふたりはあそこに住んでいるのだろうかと思った。サイラスとその母親。ほとんど音をたてないように南へと歩き、狭い岩場を用心深く下り、底のもつれた茨のあいだを抜け、森の奥へ分け入った。

黒人の友だちをこしらえるというのは、いままで思ったこともなかった痛快な考えだった。学区が変わってからずっと、黒人の生徒がつねに近くにいた。学校とはちがって教会では人種隔離が行なわれていたので、大人たちが交わらないのに、どうして子供は交わらせるのだろうと、ラリーは不思議に思った。二年前、シャボット・ミドルスクールに初登校した日、昇降口で白人生徒がうしろから近づいてきて、「ジャングルにようこそ」といったことを思い出した。

たまに白人生徒に話しかけられることがあった。たいがい、ふたりきりのときか、他の友人がそばにいないときに運動場で通りすがったときだった。ラリーは、だれとも目を合わせないようにして昇降口を抜ける。そのほうが安全だからだ。鼻はハンカチか本で隠す。ぜったいに仲間に入れてもらえない転校生。ときどきはつきまとうのを許してもらえるが、白人生徒は仲間がいるとラリーを笑いものにした。馬鹿にされても、相手にしてもらえるだけありがたかった。黒人生徒は喧嘩腰で、通りしなにぶつかったり、うっかりやったように見せかけて、机から本を叩き落としたり、洗面所へ行こうとしたときに脚をひっかけたりした。

　七年生の学期が終わるころ、ケンとデイヴィッドというふたりの白人生徒のあいだで、ブランコに乗っていた。ふたりとも父親が製材所で働いていて、どちらもラリーより貧乏だった――それがわかったのは、無料で給食をあたえられていたからだ。ラリーは脚を蹴りだして、ブランコを高く、高く、漕いだ。校舎は運動場を見おろす小高い場所に建っている灰色の二階建てだった。話を聞かれない二階の非常階段で、全員が黒人の教師たちが煙草を吸い、笑っている。

　その下の右手のほうで、アフロヘアにして短いショートパンツをはいているガリガリに痩せた黒人の女生徒が群がって立ち、体育館の自動販売機から買ってきた小瓶のコークをちびちび飲み、〈レイズ〉のポテトチップスをまわして食べている。男子生徒を眺めたりしないで、黒人娘がしゃべるようなことをしゃべり、ときどきキャアキャア甲高い声で笑っては、「うわ、すっげえ！」と叫ぶ。ケンが、彼女たちには聞こえないところで、その物真似をする。

　デイヴィッドが低い声でいった。「ニガーの女ども、猿の群れみたいだな」

「おまえニガー」ケンが鋭い声を発し、ラリーは笑った。

「おまえのかあちゃんニガー」デイヴィッドが、その年に流行っていた台詞で応じた。

「おまえのとうちゃんニガー」ケンがいった。

「おまえのねえちゃんニガー」

「おまえのあんちゃんニガー」遠い親戚やら、親の連れ子のきょうだいやら、大叔母やら、それが延々とつづいた。

ケンが、親戚をならべるのに飽きて、ブランコを漕ぎながら、スニーカーの爪先で黒人女生徒を示した。

「猿《モンキー・リップス》口を見ろよ」歯と口が大きい小柄な黒い肌の女生徒、ジャッキー・シモンズに、そういう綽名をつけていた。「あんなに黒かったら、夜には笑わないと見えないぞ」

ラリーは笑っていった。「ジャッキー類人猿《シミアン》か」

「なんだって?」ケンがいった。

「あのでかい歯《ティーフス》は闇でも見えるぜ」デイヴィッドが、歯のことを方言でそう発音した。「ドライブイン・シアターの映画でも見てるかと思っちまう」

ブランコを前後に揺らし、勢いよくすれちがいながら、三人はハイウェイ21のドライブイン・シアターの話をした。〈ファンタズム〉という映画を見たと、ケンが話していた。ラリーは、雑誌で読んでその映画のことを知っていた。霊園に忍び込んだ兄弟の話だ。刃が突き出した鉄球が回転して頭に穴をあけ、ホースで水を撒くみたいに血が飛び散るありさまを、ケンがしゃべっていた。

「きみら、いつ行くの?」ラリーはケンにきいた。兄貴が彼女といっしょに、自分やデイヴィッドを連れていってくれて、兄貴たちはリアシートでネッキングし、デイヴィッドと自分はフロントシートで映画を見るのだと、ケンがいった。ケンとデイヴィッドが、見た映画の話をした。〈ゾンビ〉は、ラリーも雑誌で読んで、見たくてたまらなかった。ゾンビが人間を引きちぎり、悲鳴をあげているのを食べる。〈アニマル・ハウス〉では、テレビのバラエティ番組〈サタデイ・ナイト・ライブ〉に出ていたジョン・ベルーシが、梯子を昇って女子寮を覗き見する。女子学生が枕投げをやって、服を脱ぎ——。

「おっぱいは見た？」ラリーはきいた。

「くそ」ケンがいった。「あそこ《プッシー》もな」

「しょっちゅう行ってる」デイヴィッドが、ブランコですれちがいざまにいった。「おれとケンは金曜の晩も行ってる。だよな」

「そうさ」

ラリーは、ブランコの鎖を握り締めた。「ぼくもたまには行けないかな？」うしろ、横、上へと動くデイヴィッドのほうに首をめぐらした。

　走っている人間の脚みたいに逆向きにブランコをふっていたデイヴィッドとケンは、なかなか目を合わせられなかった。

「兄貴はおまえを連れていかないだろうな」ケンがいうと、なんて馬鹿なことをきくんだというように、デイヴィッドが笑った。

「行けるかもしれない。ひとつだけやれば」デイヴィッドがいった。ケンと意地悪そうな目配せをしたことに気づいたが、ラリーはそれでも餌に食いついた。

「どうやれば？」

「おれたちの仲間にはいんなきゃいけない」

「ああ」ケンがいった。

「どうやってはいるの？」

　しばし間があり、三人はブランコを漕いだ。

「ジャッキーを〝猿口〟って呼べ」デイヴィッドがいった。「面と向かって」

　校舎で予鈴が鳴り、教師たちが煙草を揉み消していた。

「見てろ」といって、デイヴィッドが脚を思い切り強く蹴りあげ、あがったブランコの鎖がゆるむくらい高く漕いだ。ゴムの座席で激しく弾むと、ブランコがうしろにふれ戻り、鎖がぴんと張る。前方に漕ぎながら、デイヴィッドはブランコから跳び出した。うしろで座席がばたついた。シャツをはためかせ、両腕を突き出し、足をぶらぶらさせて、地面の上を長いあいだ飛び、なにかのことでくすくす笑いながら校舎へ引き返してゆく黒人女生徒の群れにぶつかりそうなくらい近くに着地した。

デイヴィッドが滑り、舞いあがった運動場の砂をかぶった女生徒たちが、飛びのき、悲鳴をあげた。

「あんた、すげえじゃん」ひとりが尻の砂をはたきながらいった。笑い出しそうになっている。

「首の骨を折るよ」もうひとりがいった。

校舎のほうでは、教師たちがなかにはいる手前で立ちどまり、眺めていた。

ラリーが気づく前に、ケンも跳んでいた。鎖をぴんと張り、ブランコをばたつかせ、飛翔した。宙返りをして、ジャジャーンとだれかを紹介するときみたいに両手をひろげ、足をつくという華麗な着地で、女生徒たちがあとずさった。

「あの白人の子たち、すっげえ」べつの女の子が甲高く叫び、生徒の一団は離れていった。だが、ラリーが脚を思い切り蹴りあげ、勢いをつけ、身構えているのを、全員が、デイヴィッドが、ケンが、女生徒たちが、教師たちが見ていた。だれよりもすばらしい跳びかたをすれば、ドライブイン・シアターへ連れていってもらえるかもしれないと思い、父親にその話をするところを想像した。どこへ行くんだ？　友だちと、車でドライブイン・シアターへ行く。

ブランコを漕ぎ戻し、蹴り、上がり、蹴り、戻る。女生徒たちが待っている。ケンとデイヴィッドが見ている。みんなのどまんなかに着地して、逃げ惑わせたら、すごい話になる。ケンやデイヴィッドと校舎にはいっていき、ラリー・オットが飛行し、ミサイルみたいにニガーの女の子の群れに飛び込んだと、ふたりがみんなにいうはずだ。

つぎに跳ぼうとしたとき、教師がふたり、二階のドアからはいっていった。もっと高さが必要だったので、ラリーはブランコをうしろに漕いだ。黒人の女生徒たちは、もう背を向けている。前に漕ぎながら、ラリーは待ってくれよと心のなかでつぶやいたが、そのとき本鈴が鳴り、女教師が校舎にはいるようにと手をふり、運動場ががらんとしはじめた。

　ラリーが跳んだときには、デイヴィッドも見るのをあきらめていて、見ていたのはケンだけだった。ラリーは、脚をじたばたさせ、腕をうしろにのばして跳び出した。

「猿口！」と叫び、着地の足をまちがえて、走るような倒れるような格好で急停止し、自分の捲き起こした土埃のなかに転げ込んだ。腹這いになって、息がつまり、転がって目をあけると、木の葉の格子模様に縁取られた高い白い空が見えた。つぎの瞬間、上に現われたのは、ジャッキーの顔だった。みんな校舎にはいっていて、運動場が静まりかえり、自分の叫び声が遠くまで届いたのだと気づいた。ケンとデイヴィッドが足をとめ、ふりかえっていた。

「あたしをなんて呼んだのよ？」ジャッキーがきいた。

　ラリーは息ができなかった。答えられなかった。

「いいなさいよ、白んぼ」

　ラリーは口をあけた。

　だが、ジャッキーは背を向けていた。ラリーに怒りの目を向けている友人たちに背中をなでられながら、歩み去った。ラリーは肘を突いて体を起こした。肺が燃えるようで、目尻に涙がしみ、自分がいったことを後悔していると、校舎の端のドアがあいて、黒人女教師のタリー先生が女生徒たちを迎えに出てきて、ケンとデイヴィッドがなかにはいっていった。

「あの白んぼ、ジャッキーをなんていったと思う？」女生徒のひとりがいった。

　タリー先生が、ジャッキーの前でしゃがんでなにかをいい、ほかの女生徒とともに校舎に入れた。ラリーが膝を突いていると、タリー先生が来て、その脚で校舎が見えなくなった。

「白人の子にあんなふうに呼ばれなくても、あの子はこの世で山ほど悩みを抱えているのよ」タリー先生がいった。

ラリーは、顔をあげられなかった。「ごめんなさい」

「あなたが謝る相手はわたしじゃないわ。ジャッキーに謝りなさい」

「はい、先生」

「お父さんにも電話したほうがいいわね」歩み去りながら、タリー先生がいった。「でも、なんの役にも立たないわ」

ラリーは教室に戻った。そこではケンとデイヴィッドとラリーと、白人の女生徒ふたりだけが、黒人の男子生徒八人と女生徒九人に混じっていた。女教師のスミス先生も黒人で、首をふりながら、ラリーに机を示し、生徒たちは世界史の授業を済ませた。

しばらくすると、先を読んで自習するようにとスミス先生がいい、教室を出ていった。ラリーはまだ顔をあげることができず、机に置いた『シャイニング』のペイパーバックに意識を集中していた。突然、歴史の教科書が頭の横に当たった。思わずたじろぐと、教科書が肩から床に滑り落ち、耳がちぎれたような感じがした。ラリーは机の上で曲げた腕に顔を埋めた。黒人の女生徒や男子生徒が、くすくす笑いはじめた。

「白人の子」キャロラインという女生徒が、鋭い声を発した。ジャッキーの友人で、体がごつく、肌の色は薄い。乱暴な子だ。

ラリーは、聞こえないふりをした。

「白んぼ！　その本を持ってきな」

頭がずきずきしたが、ラリーは顔をあげなかった。

「白んぼ。オマエだよ」キャロラインがどなった。生徒たちがこちらをなめるように見ているのが感じられた。教室の向こうでケンとデイヴィッドが笑い出し、白人の女生徒たちもくすくす笑っているのが聞こえた。黒人の生徒たちは、はやしている。ほかのだれかが教科書を投げた。まただれかが投げた。ラリーは顔を伏せたまま、『シャイニング』のページにたまった自分の饐えた息を嗅いでいた。つぎつぎと頭に教科書が当たる。スミス先生が外で煙草を吸ってだれかとしゃべっている窓は見張りがふさいでいるにちがいないと、ラリーにはわかった。

　猿口、と頭のなかでつぶやくあいだ、また教科書が投げつけられた。猿口、猿口、猿口。ついで、ニガー、ニガー、ニガー、ニガー。

　机の脚が床にこすれてきしみ、だれかが頭のうしろを叩いた。「おまえ、あたしにケツをひっぱたかれる前に返事しな」

「ひっぱたいてやれよ、キャロライン」黒人男子生徒のひとりが叫んだ。

　ニガー、ニガー、ニガー、ニガー。

　キャロラインがラリーの頭をつかみ、髪をわしづかみにして、引き起こした。両腕でこしらえた巣から頭が出ると、笑い声がけたたましくなった。白人生徒が団結し、よくぞいってくれたと感心してくれることをラリーは多少なりとも願っていたが、ふたりは笑い、指を差していた。白人の女生徒ふたりもおなじだった。ドライブイン・シアターへ行けないのとおなじように、応援は望めないと悟った。

　キャロラインが髪をさらに強くねじった。ラリーは腕を押しのけようとしたが、髪はしっかりと握られていた。泣くなとラリーは自分にいい聞かせた。やがてキャロラインがラリーの顔を机に思い切り叩きつけた。みんなが笑ったので、もう一度やった。

　ラリーは横目でキャロラインの顔をこっそり見た。そんなに怒った顔は見たことがなかった。そんな怒りをかき立てられる力が自分にあるとは思えなかった。髪をつかんだまま、キャロラインが反対の手でラリーの腕をつかんでねじあげた。ラリーは席から転げ落ち、そばの床に『シャイニング』が落ちてきた。腕をつかんだまま、キャロラインが足をラリーの首に載せて押した。

「キャロライン！」だれかが低く叫んだ。「スミス先生が来る」

一瞬のうちにラリーは解き放たれ、何本もの黒い手が教科書を取りにきた。ラリーが席に戻ったとき、先生がガムを嚙みながら戻ってきていた。「いまの騒ぎはなに？」

教室を見まわした。奇跡的に全員が席につき、世界史の教科書に読みふけっていた。ラリーに目を向けたとき、先生の視線がとまった。

「まあ、あなた。髪をとかさなきゃだめよ。それに、どうして顔が真っ赤なの？」

生徒たちが爆笑し、ラリーはまた机に顔を伏せた。

それから一年以上たったいま、ライフルを持って森のなかを通っていても、その記憶には屈辱をおぼえた。その晩、父親にベルトで叩かれた——ブランコから跳びおりて服が破けたために。おれが一所懸命働いて買った服だ。翌日、ジャッキーに謝った。そばに行って、ぼそぼそと「ごめんなさい」といったが、ジャッキーはそのまま離れていき、ラリーは置き去りにされた。

いま、ラリーはサイラスと母親が住んでいた小屋に向けて進んでいる。木立がまばらになり、二二口径ライフルを持って野原の端へ近づき、凍った折り返し畝《ターンロウ》の上を見やると、小屋のストーブの煙突から、くの字に曲がった濃い煙が出ていた。

壁をなしている林のきわで、倒木を楯にしてしゃがんだ。キイチゴが目の前で交差し、窓からはぜったいに顔が見えないはずだ。前に来たことがあるので、小屋のようすはわかっている。革の蝶番のドアを押しあけ、埃と闇のなかを覗き込むと、細い光が漏れていて、丸太の隙間を埋める漆喰の塗りかたが雑であることがわかる。ほかに見るものはあまりない。木のテーブルが一卓、ハンターが以前使っていたシングルベッドが二台、洗濯盥がひとつ。奥の角にあるストーブは鉄の扉があいていて、まっすぐな煙突が屋根へとのびている。曲がった部分に支えが巻かれ、アルミニウムの表面が黒ずんでいる。薪入れには埃が積もり、蓋をあげると、なかにあるのはゴキブリの死骸とネズミの糞だけだ。

　小屋を見ながらラリーは、サイラスは薪の明かりで宿題をやるのだろうかと、ふと考えた。水は樹木にふたたび占領された畑の反対側の沢から運ばなければならない。もっと近づけないだろうかと思った。森のきわをまわっていって、小屋にもっとも近いところへ行くべきかもしれない。現在は真正面にある家の裏手に。ここから小屋までは約百ヤード、見晴らしのいい野原で、ホワイトオークが一本、まるで爆発のように枝を空に向けてひろげているだけだ。夜のほうがいい。犬がいないことがわかった。

「ヘイ」うしろから声が聞こえた。

　ラリーはライフルを持ってふりむいた。サイラスだった。太い枝を腕いっぱいに抱えている。薪。

　サイラスが薪を落とし、強盗みたいに両手を挙げた。つかのま、ふたりはそうして立っていた。サイラスは、ラリーの母親があげたコートを着て、そのコートのポケットに入れておくことを母親が思いついたにちがいないラリーの古い防寒帽をかぶっていた。

　サイラスが口をあけた。「おれを撃つのか？」

　ラリーはライフルを動かした。「いや。びっくりさせるからだ。忍び寄って」

「忍び寄ってねえ」サイラスは、手をおろした。

「ごめん」ラリーはいった。二二口径を木に立てかけ、ちょっとためらってから、サイラスと握手をしようと足を進めた。父親の習慣。サイラスもためらったが、森のなかでふたりきりだったし、教師も生徒もいなかったので、ふたりは握手した。サイラスの素手の指が、またしてもラリーの手袋を包み込んだ。

ふたりは一瞬見つめ合ってから、いっしょにかがみ、薪を拾った。サイラスがかかえている束の上に、ラリーが枝を積んだ。サイラスが礼の代わりに肩をすくめて、ラリーのそばを抜け、野原のへりに出てから、足をとめた。肩ごしにふりかえった。

「ここでなにしてるんだ？」

「この土地はおやじのだよ」ラリーは、銃口を上にして松の樹皮に当て、ライフルを立てかけてあるほうを向いた。「猟をしてた」

「なにか殺したか？」

ラリーはかぶりをふった。

「銃声を聞いてねえから」

「鹿狩りなんだ」ラリーはいった。

「おれに銃があったら、リスを撃つよ。おふくろにから揚げにしてもらう」

ラリーは、ライフルに手をのばした。

「それを貸してもらえねえかな？」サイラスがきいた。「おまえのおやじ、まだ何十挺も持ってるだろ」

持っている。何挺か。ラリーがそれを持ち出したのは、あとの一二番径や二〇番径のショットガンや、口径の大きいライフルよりも、反動が小さく、銃声もうるさくないからだった。

「町へどうやって行ってるんだ？」ラリーはきいた。

「おふくろの車がある」

「どうやって手に入れた？」

「知らない。おまえのおやじは、あのピックアップをどうやって手に入れた？」

「買った」

ふたりは立っていた。サイラスが小屋のほうを見て、また薪を落とすと、ふりむいて、二二口径を指差した。

「撃たせてくれよ」

ラリーは、小屋のほうを見た。「お母さんに聞かれないか？」

「働きに出てる」

「早番じゃなかったのか。ピグリーウィグリー（南部のスーパー）で」

「ああ。そのあと、ファルサムの食堂で遅番をしてる。さあやろう」サイラスが歩を進めて、黒人の子のやることをとめたためしのないラリーからライフルを取った。

「もう薬室にはいってる」ラリーはいった。「コックして撃てばいいだけだ」

「どう撃つ？」

「撃ったことがないのか？」

「銃に触ったこともねえ」サイラスは、ウェイトでも持つような感じで、床尾と前部握把《フォアアーム》を握った。

ラリーは、両腕を挙げて、銃の狙いをつける真似をした。「どっちの手だ？」

「なにがだよ？」

「利き手は右か、左か。ぼくは右だ」

「左だ」

「それじゃ、ちょうど逆だ。そこに撃鉄があるだろ？」ラリーは指差した。「それをうしろにコックする」

サイラスはそうした。右の頬に床尾を当てようとするのを見て、ラリーはいった。「左だよ。木に顔を載せる感じだ」

「冷《ひや》っけえな」サイラスがいった。

「今度は右目を閉じて、左目で銃身の上を見る。その小さな照準器が見えるだろ？　撃ちたいものにそれを合わせるんだ」

サイラスが、野原の向こうのなにかを狙った。小屋寄りなのでラリーははらはらした。と、銃声とその反響が、木立を叩いていった。

「たいしてうるさくねえな」サイラスがいった。ライフルをおろして、撃った場所を覗き込んだ。

「だからそれが気に入ってるんだ」

「もう一度撃ってもいいか?」

「いいよ」

「弾丸《ブリット》は何発ある」

「弾薬《カートリッジ》っていうんだよ。この銃は弾薬を発射する。二二ロングだ」

「二十二回撃てるってことか?」

ラリーは思わず頬をゆるめた。「ちがう、このライフルは二二口径なんだ。弾薬にはロングとショートがある。きょうはロングを持ってきた」

「何発ある?」

「たっぷりある」

サイラスが、またライフルを構えて、銃身の上から覗いて狙い、引き金を引いた。なにも起こらない。

「レバーを動かせ」ラリーは手真似をした。

サイラスがレバーを動かすと、空薬莢が横から跳び出したので、顔をさっと引いた。

「そうやって装塡されるんだ。もう撃てるから、気をつけてくれよ」

うやうやしくライフルを抱え込むと、サイラスはかがんで空薬莢を拾った。

「熱いぞ」ラリーはいったが、サイラスは指でつまみあげ、掌に握った。

「これはどうするんだ?」

ラリーは肩をすくめた。「捨てる」

サイラスが、空薬莢を鼻に近づけた。「いいにおいだ」

「火薬だよ」

「火薬」

ふたりは見つめ合った。

サイラスがまたライフルを構えて、野原を横に見ていき、小屋を過ぎて、ぐるりとまわり、ラリーのほうを向いて、ぴたりととめた。一瞬、ラリーは銃口の完璧な○を目にして、そこからサイラスのあけた目を見て、呆然とした。

「これでおあいこだな」サイラスはいった。

と、サイラスはライフルの向きを変え、横に動かしつづけて、松に向いたところでとめて、撃った。レバーを動かし、今回は飛び出した空薬莢を受けとめた。掌にあった空薬莢に当たり、カチンという音がした。ふたつとも、サイラスはコートのポケットに入れた。貴重なものとしてサイラスがそれを取っておくことに、ラリーは一抹の悲しみをおぼえた。

「持ってていいよ」ラリーは口走った。「ライフルを」

サイラスが笑うと、歯並びのいい歯がよく見えた。

「ほんとに？」

サイラスがほほえむのを、ラリーははじめてみた。

「だけど、返してもらうよ。じきに。いいね？　約束だよ」

「リスを何匹か撃つだけだ」サイラスはいった。梢のなにかに狙いをつけた。「弾丸はあるんだろ？　弾薬だっけ？」

ラリーはコートのポケットのジッパーをあけて、小さな白い箱をふたつ出し、サイラスのほうに差し出した。サイラスがうやうやしく受け取り、自分のコートのポケットに入れた。ラリーは薬包の込めかたを教え、父親から教わったとおりに、照準と射撃のコツを教えた。ライフルのクリーニングのやりかたをサイラスに教えたころには、森の外の空が赤くなり、大枝が黒ずみ、小屋から出ていた煙が消えていた。

「たいへんだ」サイラスが、片手で集められるだけの薪をつかみ、反対の手でライフルを持った。「火が消えたら、おふくろに殺されちまう」

あっちこっちを向いている薪を抱えて、サイラスは太陽に向けて駆け出した。ライフルの銃身と薪の小枝の見分けがつかなくなるとようやく、ラリーは向きを変えて、早くも夜の襞が濃くなりつつある森にひきかえした。闇に歓迎され、気持ちがふくらむのがわかった。最後にやったのは、指の部分をつかんで左の手袋を脱ぎ、つづいて右も脱いで、木の葉の下の冷たい腐葉土にY字形の枝を立てることだった。その二股の枝に、ラリーは手袋をひっかけておいた。

4

「ひどい」ラリー・オットの状態について、アンジーはそういった。現場に到着すると、ラリーが血だまりに仰向けに倒れていた。胸に銃創がひとつあり、手に拳銃を持っていた、とアンジーが報告した。

サイラスの耳に、サイレンの音が届いた。「助かるかな?」

「まだなんともいえない」息を切らしている。

「ほかにだれかいたか? 争ったあとは?」

「だれも見てないし、揉み合ったようすはなかったよ。銃は床に置いてきた」

サイラスは、携帯電話を反対の耳に持ちかえた。ヘッドライトが照らすつるつるのアスファルト舗装の二車線道路が、スプールからくりだされるフィルムみたいに禿山を上下にうねりながらのびている。ジープは高みを走っていた。

「ほかには？」サイラスはきいた。

「見たところ、あとはなにも。だけど、手当てに追われてたから」

「だろうね、スウィーティ。行ってくれてありがとう」

「病院に来る？」アンジーがきいた。行けるようなら、残っているし、カフェテリアでコーヒーでも飲める。

「いや、ラ——オットの家に行って、調べてみる」

「今夜、〈バス〉で会える？」

「むずかしいかもな」

「ちぇっ、会いたいのに」

サイラスは笑った。「行けても、どれだけ遅くなるかわからない」

つぎに、ファルサムの保安官事務所にいるフレンチに電話した。フレンチは、なにかをくちゃくちゃ噛んでいた。

「嘘だろう」

「いや、ほんとだ。胸を撃たれてる」

「ついに起きたか」フレンチはいらだっているようだった。「アンジーとタブは、どういうわけで、そこへ行ったんだ？」

前方の木材運搬トラックのせいで、サイラスは速度を落とした。いちばん長い丸太は枝を払っておらず、それに残っていた松葉がふるえていた。「おれが行かせた」

長い間合い。「おまえが行かせた」

「そうだ」

フレンチが待った。「で？」

自分が口にする言葉が気になって、サイラスはいいよどんだ。「勘だよ」

「勘？ おまえさん、何者だ？ シャフトか（テレビドラマ

〈黒いジャガー〉の黒人私立探偵ジョン・シャフトのこと）？」

サイラスは、一連の出来事を説明した。

「くそ、３２」フレンチがいった。「朝にはハゲタカの大群を追って沢に浮かぶ死体を見つけ、午後には〝勘〟に従って殺人未遂を見つけた。おれの仕事を狙ってるのか？」

サイラスはウィンカーを出し、うわの空でサイドウィンドウから手をふりながら、木材運搬トラックを追い越した。「給料をあげてほしいだけだ。しかし、オットのはただの殺人未遂じゃないかもしれない」

「そうだな」くちゃくちゃ噛んでいる。「あわよくば、助からないだろう」

「オイスター・ポーボーイかい、主任？」

「シュリンプだ、きいたふうな口を叩くな」

「ふん、電話からもにおってくるぜ」

「おれが病院に行こう」フレンチがいった。「被害者を見てくる。おまえはダチの家へ行け。おれもできるだけ早く行く。どこにも手を触れるんじゃないぞ」

サイラスは、了解といって、電話を切った。ラリーのようすを見にいかずにすむので、ほっとした。

もうすっかり暗くなっていたので、ヘッドライトをつけ、ぼろぼろの家の前を通った。年配の黒人男が、ポーチの明かりの下で、揺り椅子に座って煙草を吸っていた。サイラスがクラクションを鳴らすと、男が手をふった。

ラリーの修理工場はファルサムの郊外にあるが、家はエイモスの集落の近くで、サイラスの所轄内だった。大きな町の住人はだいたい、シャボットはちっぽけだと思っているが、ミシシッピ州エイモスに比べれば大都会だ。エイモスには店が一軒あったが、それすらもいまは閉店している。舗装道路は数本で、あとは舗装されていない路が多数。下水溝、木材を切り出された丸裸の雨裂。皆伐地の奥に住宅やトレイラーハウスが、髪を刈ったら現れたホクロよろしく点在している。

そういう土地だった。メリディアン発の列車がとまったこともあったが、いまはガタンゴトンと揺れながら通過するだけだ。この数十年のあいだずっとエイモスの人口は減りつづけ、残っているのはダンプ・ロード沿いに住む黒人だけだ。サイラスの母親も、かつてはしばらくそこで、銀行が差し押さえたトレイラーハウスに住んでいた。ちかごろでは、人口は八十六人に減っている。

M&Mのことが頭に浮かんだ。八十五人だ。

小さな橋のたもとで速度を落とし、看板を見た。〈エイモスにようこそ〉。そのすこし先で、ラリー・オット・ロードに曲がった――9・11同時多発テロ以後、起きる可能性のあるテロ攻撃への対応として、舗装されていない路まで名称をつけるか番号をふらなければならなくなった。ここの場合、ティーンエイジャーがしじゅう盗むので、標識があったためしがない。

サイラスはブレーキを踏み、ウィンカーを出して曲がった。ハイビームで闇を抜けるあいだ、ラリーのぼろぼろの郵便箱《メイルボックス》がヘッドライトに浮かんだり沈んだりした。もう二十年も目にしたことがなかった路だった。四分の一マイル先で、失踪したシンディが住んでいたウォーカー家のかたわらを過ぎた。屋根がくぼみ、窓に板が打ち付けられた家は、ポーチも落ちて、雑草のなかの傾いた掘っ立て小屋と化していた。コンクリートブロックのステップは、だれかに盗まれていた。

泥道でタイヤがスリップしたので、サイラスは速度をゆるめ、尻をふり、直進に立て直してから、タイヤの跡を捜し、救急車とおそらくラリーの車のものとおぼしい轍を見つけた。なにかがほどけているように、交差してはまた分かれている。犯罪現場の捜査にとって、未舗装路はじつにありがたい。サイラスは、一年ほど前に、数件の犯罪でフレンチに手を貸した。押し込み及び暴行が二件、殺人が一件。フレンチが黒い磁《マグ》性粉《ネティック・パウダー》体で指紋を浮かびあがらせ、蒸留水とコットンボールで血のサンプルを採るのを見てきた。映画やテレビとはちがい、被害者の口からピンセットで蛾をつまみ出すようなことはない。ただ注意して見て、流し《シンク》の髪の毛、絨毯にひっかかった爪のようなものを捜すだけだ。

晴れはじめている空のもと、ラリーの家の前で、サイラスはジープをとめた。星はまだ出ていないが、黄色い明るい月の半分が、畑の向こうの林に食い込んでいる。サイラスは、ラテックスの手袋をはめており立ち、懐中電灯を向けた。かなりぬかるんで、足跡がいっぱい残っている。

ラリーのピックアップは、私道の近くにとまり、ドアは閉まっていた。明るければもっとよく見えるのにと思った。暗いなかでは、犯罪現場を台無しにしがちで、なにを踏んでしまうかわからない。朝まで待つのもけっして悪くない。もちろん、証拠は新しければ新しいほどいい。ことに指紋がそうだ。しかし、その手の探偵仕事をやる道具を持っていないし、それは自分の仕事でもない。だからこそ、時給十四ドルという高給で、フレンチが雇われている。

まずピックアップを調べた。運転席側のサイドウィンドウがあいている。エンジンフードに手の甲で触れた。冷たい。雨が運転台にはいっていたが、ウィンドウは閉めなかった。そのままにしておいたほうがいいからだ。

ふりむき、雨がやんだのにほっとしたが、母屋へ行く前に懐中電灯を消して、夜気を吸い、遠くのヨタカの叫びと、四方のコオロギが脈打つようにすだくのに耳を傾けた。

木造の小さな母屋は、白く塗られ、高い基礎の上に建っていた。手摺つきのフロントポーチ、正面の窓すべてに網戸がある。ポーチに通じる舗道の最下段のステップで、ブーツの泥をこそげ落とし、ステップを昇った。つかのま立ちどまる。クッションを置いた揺り椅子があり、毎晩ラリーがここにいる光景を想像した。ポーチのあとの半分には、なにもない。

　網戸を引きあけ、腰で押さえて、指二本で玄関のドアノブをまわした。指紋が残る可能性がもっとも高い場所だ。施錠されていない。きしむ網戸を親指の付け根で内側に押し、床を懐中電灯で照らした。血だまりから光が反射した。拳銃がその横にあり、握り《グリップ》が血にまみれている。

　なかにはいり、スイッチを探り当てて、明かりをつけると、部屋がいつもの姿を取り戻した。四隅まで掃除され、埃を払ってある。古めかしいテレビ。折り畳みトレイ付きのリクライニング・チェアが、畳んで壁に寄せてある。キッチンは左手。サイラスは拳銃のそばで腰を落としたが、手は触れなかった。二二口径のようだ。

　深く息を吸い、立ちあがった。消毒薬と白カビのにおい。ここには一度しか来たことがないが、それでも憶えている。ドアを閉じ、血だまりを踏まないように気をつけながら、部屋を横切って、暗い廊下に出た。向こう端までは見えない。明かりをつけた。寝室は三部屋、バスルームが一カ所、突き当たりにドアがある。ショットガン・ハウス（部屋が一直線につらなっている構造の家）。壁伝いに歩くとき、最初の部屋がラリーの寝室だと思い出した。ライフルやショットガンが収まっていない銃器戸棚が廊下のなかごろにあり、郵便物や本が山積みになっていた。

　ラリーの部屋で、明かりをつけた。きちんとしたベッド。シーツの四隅を折り込んである。鏡板張りの壁。ラリーが子供のころに読んだ本がぎっしり詰まった本棚。スティーヴン・キングのハードカバー。ターザンのペイパーバック。『コナン・ザ・グレート』。ハーラン・エリスン。ルイス・ラムーアなどなど。多くは、サイラスが聞いたこともないような作家だった。隅にも黄ばみはじめている郵便物の山があった。カタログ数百冊、広告のチラシ。ブック・オヴ・ザ・マンス・クラブのカタログ全冊の山。ダブルデイ・ブック・クラブのカタログ全冊の山。クォリティ・ペイパーバック・ブック・クラブ。古い《TVガイド》も積んである。サイラスはクロゼットのきしむ扉をあけて、ずらりとならんだスーツやシャツに眉をひそめた。いっぽうの端は子供時代の服、ロッドには徐々に成長するあいだの服が順序どおりにかけられ、反対の端は大人の服だった。床には制服が積んである。シャツの胸には〝ラリー〟の文字。

　バスルームで、薬戸棚の鏡に映る自分の姿のかたわらを通る。処方薬はない。金属部分が錆びた〈バイエル〉のアスピリンの缶があるだけだ。歯磨きのチューブ。デンタルフロスはない。

　便器には、サイラスのとはちがい、輪の形の変色はなかった。変色を落とすには〈コメット〉かなにかを使わなければならないはずだ。ブルーの消毒薬まであった。カーテンの奥のシャワーはきれいで、排水口はすこし錆びて、髪の毛が何本か残っている。〈ヘッド&ショルダーズ〉（ふけ防止シャンプー）、ちびた石鹸。

　他の部屋に移動して引き出しをあけ、ベッドの下を見たが、意外なものはなにもなかった。明かりをすべてつけて、裏口を出ると、ステップを下った。闇に立ち、鳥や虫の声に聞き入った。そこは裏庭というようなものではなかった。裏野原だ。懐中電灯の円錐形の光が足跡を照らした。地面が乱されていないところを見つけて、門まで行ったところで、足をとめた。

　あそこにある。

　納屋。

　門に寄りかかって立ち、何年も前の自分自身を見た。ここへ来た日の自分を。大人はおらず、教師もいない、他の男の子も女の子も、黒人も白人もいない。自分とラリーだけだ。ラリーのあとから家のなかを通り、ライフルやショットガンがラックに立ててある銃器戸棚の前を通ったのを憶えている。裏口から出て、あの広い庭を越え、納屋の扉をごろごろとあけて、なかにはいったのを憶えている。トラクターによじ登り、トカゲを捕まえた――ラリーがアノール（アメリカカメレオン）と呼んだ。それから、あわててつけくわえた。
「でもトカゲとも呼ばれている」ふたりはそれを、サイラスがはいらなかった暗くて散らかった部屋からラリーが見つけてきたガラスの水槽に〝幽閉〟（ラリーの言葉で）した。軒下の梁に巻きついていたヘビを見つけ、サイラスはコットンマウス・モカシンだといい張ったが、ラリーがそれをネズミトリヘビと呼んだ。ラリーが尻尾をつかんで梁からはずすと、ヘビは咬み付こうとして、舌を出した。ラリーがヘビの首をつかんで握り締めた。馬鹿でかいヘビで、灰色に濃いグリーンの菱紋があり、ふたりの身長よりも長かった。サイラス、つかんでみたい？　ぜったいに嫌だ。腹にソフトボール大のふくらみがあり、ネズミかなにかを食べたにちがいないと、ラリーがいった。納屋にはでかいネズミがいる。このヘビも幽閉しようぜ、とサイラスはいい、一ガロン瓶に入れて、水槽とならべた。サイラスはいった。「爬虫類屋敷《レプタイル・ハウス》だな」するとラリーがいった。「爬虫類展示館《ヘルペタリウム》」

そしていま、サイラスは深く息を吸って、刈られた芝草のスイカに似たにおいを思い出した。短く刈り込まれた庭に光を向け、納屋のほうをふりむくと、光芒のあとを追うように干草置き場の扉へ行き、引きあけた。郵便箱のヘビを思い出し、ヘビが夜にうろつくかどうかを思い出そうとしながら、そっと闇に分け入った。懐中電灯の光が奥の壁にトラクターの影を映し、地面を探る。板はなく、やわらかな地面だけだ。ネズミがこそこそと遠ざかる。黒い絶縁テープを巻いた芝刈り機の柄が突き出している。チェーンソーが釘にかけてある。左手のドアが目に留まり、奥の動きが聞こえた。がさごそという音。

鼓動が速くなった。2×4《ツー・バイ・フォー》の木切れを壁に打ち付けて、留め木にしてある。懐中電灯を右手に持ち替え、左手でホルスターの四五口径を抜くと、そっとドアに近づいた。あのにおい。なんだろう？　一瞬、死体を思い浮かべた。こわばった腕で拳銃を構えながら、懐中電灯で留め木をまわしてはずした。そうするとドアがさっとあき、物音がやんだ。

首を突っ込むと、一羽の雌鶏が光のなかで羽ばたいた。サイラスが魂消て叫び、拳銃を発射し、他の鶏もすべて飛びあがった。

「くそ」サイラスは笑いながらいった。

鶏たちも同感だった。

ラリーの家のポーチで、ウィンドチャイムを聞きながら待っていると、アンジーが電話してきて、タブとふたりで〈バス〉へ行くといった。いっしょに飲まない？　できればそうする、とサイラスはいった。

しばらくして、フレンチのブロンコが車体を揺らして登ってきて、ヘッドライトでサイラスの目をくらまし、ジープの横にとまった。フレンチが拳銃のぐあいを直しながらおりた。なにかを入れたポリ袋を持っている。足もとに用心しながらブロンコの後部にまわると、テールゲートをあけ、重くて黒い現場捜査キットを出して、ポーチのサイラスのところに来た。下唇から煙草をぶらさげている。フレンチがそのバッグを置いた。

「容態は？」

「死んでない」フレンチがいった。鍵、財布、携帯電話を入れたポリ袋を差しあげて、鼻から煙を吐き、首をしきりとふった。おそらく、事件全体の性質に対する反応だろう。「だいぶ出血した」

「そうらしいな」

フレンチは、庭を通っているコンクリートの舗道を指差した。小さなスニーカーの血に染まった足跡が、母屋から遠ざかり、徐々に薄くなっている。

「あれはアンジーのだ」

サイラスはカウボーイハットをかぶり、自分の懐中電灯を持ってポーチを横切り、庭を扇形に照らしていった。指紋を消し、血のついた服を始末し、武器を隠すのは、たいがいの人間がやる。だが、この世でもっとも単純な昔ながらの証拠、足跡のことはめったに考えない。タイヤの跡のことも。

フレンチが懐中電灯を持って歩道の脇にしゃがみ、古代文字《ルーン》と轍《ラッツ》を解読していた。煙草が指のあいだでいぶっている。サイラスはステップの上に行った。

フレンチが懐中電灯の向きを変えた。「おまえのブーツの底をこっちに向けろ」

サイラスはそうした。

「よし、これをやるよ」

フレンチがシャツのポケットに手を入れて、太いゴムバンドの束を出した。「靴にはめろ」といい、サイラスがゴムバンドをのばして甲の高い部分にかけるのを見ていた。フレンチも自分の靴にはめた。ゴムバンドの条がない足跡は、捜査員のものではなく、今後、調べる必要がある。

「面目ない、主任」サイラスはいった。

フレンチが、煙草の灰を掌に落とし、風のなかに撒き散らした。「足跡の型をとれっておれにいわれたときに、そういうといいさ」

煙草を消しもせずに、フレンチが現場捜査キットを持ちあげ、サイラスはそのあとから母屋にはいった。フレンチがキッチンのテーブルから椅子を引き出し、ポリ袋とキットをそこに置いて背すじをのばし、腰のうしろに両手をあてがい、ポキッという音がするまで押した。

リビングルームでふたりは床を見つめた。血が糖蜜の色になるまで乾き、不快な強いにおいが立ち込めていた。フレンチが、銃身を持って拳銃を拾いあげ——

血の染みが残った――じっくりと眺めて、回転弾倉をふり出した。「二二口径。一発だけ発射している」まわした。「シリアルナンバーは削り落とされている」もとの場所に戻し、立ちあがった。「ローリイ保安官が、オットの所持許可を取り消した。おやじが死んだあとで。銃器はいっさい所持してはいけなかったはずだ」

「どうやって取り消した？」

「ただ取り消した」

ふたりは廊下の銃器戸棚へ行き、グリーンの内張りに置かれた古い雑誌の山を見おろした。フレンチがいちばん下の引き出しをあけた。そこにも郵便物があった。「オットは副業で郵便配達でもやっていたのか」

「どこへ行ったんだ？」サイラスはきいた。「あれだけ銃があったのに」

「郡が競売にかけたんだろう」

「それじゃ、あの拳銃はどこで手に入れた？」

「オットのだとすればの話だろ？　質屋。展示即売会。古い型だ。持ち主が十数回代わっている可能性がある。追跡してみるが、わからないだろうな」

フレンチが、ポケットからデジタルカメラを出した。「射入口はまっすぐにはいってる」保存された画像をつぎつぎと見せながらいった。サイラスは見える位置に移動した。酸素マスクに覆われたラリーの顔。フレンチがささやかなスライドショーをやり、自動車整備士の制服を着て、胸が血にまみれて手術台に載っているラリーの画像を見せた。シャツは鋏で切りとられ、腕に点滴の針が刺さっている。傷口のクローズアップ、涙の跡、黒ずんだ肌。

「おれの推理？」フレンチがいった。「自傷だな」

ほかの画像。ズボンが切り取られ、卵みたいな白い脚。手術着にマスクのひとびと。鍵。財布。携帯電話。扇形にひろげた紙幣。ラリーの運転免許証のクローズアップ。

「クラック中毒者をびっくりさせたのかも」サイラスはいった。

「かもしれん」フレンチが、なおも画像を調べた。「しかし、財布があったからな。それに、ここが焦げているだろう？ シャツと皮膚が。至近距離、おそらく数インチのところから撃ったことを示している」

テーブルの前にサイラスを残して、フレンチがテレビのほうへ行った。マホガニーのキャビネットに、手でまわすダイヤルという、たいそう古めかしいテレビだった。フレンチがテレビの裏を覗いた。

「この被害者は、リモコンを持たない最後のミシシッピ州民だな。いや、ケーブルもない」窓のほうへ行き、テレビの上側から窓へ、そして上のアンテナへとつながっている平たいコードをいじくった。「留守電もない。パソコンもありゃしない」

「だから？」

「ふつうじゃない性格《キャラ》だ。一九六〇年代のまま凍り付いてる。たとえば」フレンチがつづけた。「やつの整備工場へ行ったことがあるか？ 大昔のパーツばかりだ。ローターは手でまわす。電動ツールは使わない。手動ジャッキを使う。道路の先のケーンの修理工場に行けば、エア・ラチェットがあり、コンプレッサーやらコンピュータやらを使う。エンジン異状ランプがついたり、パワーウィンドウが動かなくなったり、燃《フュー》料噴射《エル・インジェクション》装置が詰まったときには、コンピュータを交換するのさ。いまはそういうやりかただ。コンピュータのチップをひとつはずして、取り替える。なにもかもコンピュータだ」

「ラリー・オットは仕事がないから、アップグレードする必要がないんだ」

ふたりはじっと眺めていた。

サイラスはいった。「ここまでケーブルを引けないんだろう」

「衛星アンテナでもいい」

「本ばかり読んでいたのかな」

「本か」

　ふたりは、部屋を見渡して立っていた。

「主任」サイラスはいった。「あんたのいうとおりかもしれない」棚のほうへ行って、それまで気づかなかったものを手に取った。特典やチャンネルをならべたてているディレクTVのパンフレット。

　フレンチがそばに来て、一冊の本の背表紙を手袋の指の付け根でなぞった。「ホラーなんかにのめりこんでる。いちばん手前の寝室にも、こういう本ばかりある。両親の寝室はべつだが、あとのふた間にもしこたまある。図書館も含めて、郡中の本を集めたよりも、いっぱい本があるんじゃないかな」

　フレンチは廊下の先に進んだが、サイラスはしばし佇んでいた。この本は憶えている。ラリーが両手に持ち、筋を説明しているのが目に浮かぶ。一瞬、少年時代のふたりは森にいて、ライフルをそれぞれ持ち、歩いていた。

　フレンチがラリーの両親の寝室で引き出しをあけているのを、サイラスは見つけた。女の服がはいっている引き出しをあけたところで、フレンチは調べるのをやめた。「この家のリビングルーム以外の部屋は、先週におれが調べたときと、まったく変わっていない。母親が施設に行ったあと、オットはこの部屋のものにはいっさい手を触れていないんだと思う」

「なにも異様なことじゃない」

「異様だなんていってない。義理の姉の母親が死んだあと、姉は母親の部屋にだれも入れさせなかった。姉はときどきそこに泊まって、ボズ・スキャッグスの歌を歌っていたよ。だから、異様だなんていうのはよせ」

　キッチンに戻ると、フレンチが冷蔵庫をあけた。

「こいつは驚いた」フレンチがいった。

　サイラスは、フレンチの体ごしに見た。パブスト・

ブルーリボン・ビールのケースが、卵やファストフードの容器に混じってはいっていた。一本なくなっている。

「ラリーは一生に一度も酒を飲んでない。おやじは酔払い運転の事故で死んだ」

「飲みはじめたのかもしれない」

「かもな」

フレンチがテーブルへ行って、天板の表面を調べ、現場捜査キットの上にはいっていたタオルを出すと、そこにひろげて、黒い革カバンのなかをまさぐった。昔の田舎医者がそんなカバンを使っていたことを、サイラスは思い出した。だが、それよりもっと大きい。そのキットがサイラスはうらやましかったが、もっと安いキットを町議会に請求したものの、却下されている。

フレンチが、ビデオカメラのテープを巻き戻した。頭が煙の頭巾に覆われている。「型の取りかたは憶えてるか？」

「ああ」

「カバンにパッケージがはいってる。硬化剤もある。不審な足跡はすべて型をとれ。家の表も裏も」

サイラスは、土壌硬化剤のスプレーと、木の枠三つ、あらかじめパッケージされている型取りキットを持って、表に出た。キットには、砂糖の袋ほどのポリ袋入りの水がはいっている。その外袋の水にセメントの小袋が浮かび、揺れているのがわかった。それをポーチに置き、懐中電灯を持って、自分のジープとフレンチのブロンコのタイヤ跡を調べはじめた。他の車の跡があったとしても、雨がほとんど消していた。足跡はいくつかあった。全体のものと、一部のもの。自分とアンジーの足跡は無視したが、歩道の近くでひとつ見つけた。そこに枠をはめて、ポーチからポリ袋を取ってきた。指で押してなかのセメントの小袋を探り当て、両方の親指で中身を搾り出して、外袋を揉み、水とセメントを混ぜ合わせた。つぎに、泥の地面に硬化剤をスプレーして、ポリ袋の端を破り、足跡に慎重に注ぎ込んでから、その最初の枠のぐあいを直した。裏でべつの足跡を見つけて、おなじ手順をくりかえした。

母屋に戻ると、フレンチが拳銃をポリ袋に入れて、指紋を採取していた。

「ここだ」フレンチがいった。「これにラベルを貼れ」

一時間近くかけて、ふたりは指紋を分類した。どうせぜんぶラリーのだろうと、フレンチが何度もいった。つぎに、蒸留水とコットンボールを使って、血のサンプルを採ったが、リビングルームの床の大きな血だまりのほかには、血痕は見つからなかった。それと、拳銃についた血だけだった。最後に廊下を進んで裏口から出ると、夜が鳥やカエルや虫を従えて悲鳴をあげるなか、納屋を眺めて佇んだ。

「あそこを見たか?」煙草を納屋に向けて、フレンチがきいた。

「ああ。雌鶏の群れに待ち伏せを食らった」

フレンチが、鼻を鳴らした。

納屋では鶏が騒いでいた。フレンチは、マグライトで埃っぽく暗い隅を探り、荒らされたばかりの土間、ゆるんだ板、血、髪の毛、一見して怪しそうなものを捜した。

「前とおなじだな」フレンチがいった。餌やり場へ行き、鳥屋の扉をあけて、光を向けた。

それからしばらく調べ、表に出て、セメントの重い足型を持ちあげ、フレンチのブロンコに運んだ。つぎにフレンチが、黄色いテープを罰点に貼って、納屋の扉に封をした。納屋の暗がりにふたりで立ち、フレンチが盛大に吐き出す煙が、動かない空気のなかで、物干し綱にかけたシーツみたいに漂っていた。サイラスは、どこかでフクロウが鳴いたように思い、赤ちゃんのフクロウは〝子フクロウ《アウレット》〟というのだと、ラリーに教えてもらったことを思い出した。

「あした」フレンチがいった。「オクスフォードへ行く。保安官と話をする。ラザフォードの娘の友だちから話を聞く。彼氏にも。教授もひとりかふたり」煙草を落とし、足で踏み消した。「あすの朝、交通整理が終わったら、もう一度ここへ来たらどうだ。もっとよく見えるだろう。型をとれる跡がもっとあるかもしれない。とにかくざっと見てまわるんだな。オットの土地は三百エーカーくらいだろう」

「これがラザフォードの娘と関係があると思ってるのか？」

「ありえないとはいえないだろう」フレンチがいった。「だがな、おまえはずっと、ほんものの警察の仕事をしたがってたんだろう？　いい機会じゃないか」

納屋と母屋の裏口にもテープを貼り、脇にまわった。ポーチでサイラスはなかに手を入れて、明かりを消した。そして待っていると、フレンチが玄関にテープを貼って鍵をかけ、ラリーの鍵束と携帯電話をほうってよこした。「終わったら返してくれ。なにか見つけたら、おれに教えるんだぞ」

「わかった」

「あいつの意識が戻ったら、話を聞きにいこう」

庭に出ると、フレンチがブロンコの後部にバッグを載せた。「型取りの残り二個分は持っていけ。あした、必要になるかもしれない」

「ああ。シャノンに電話しようか？」

「いや、いい。すぐに嗅ぎつけるだろう」フレンチがのびをした。「おれはうちに帰る」

サイラスは、ラリーの私物をトレイラーハウスのキッチン・テーブルにならべて、その横にガンベルトを置いた。重いベルトをはずして、ほっとした。手錠、懐中電灯、予備の弾倉。冷蔵庫をあけて、ほとんどなくなりかけている十二本パックからバドワイザーを一本抜き、流しの脇の水切り籠からグラスを取った。海軍にいたときに、イギリスも含めてあちこちの国でビールを飲んだ。イギリスでは生ぬるいのを飲んだ。ベルギーではビールの銘柄ごとにグラスがちがう。ブラジルでは馬鹿でかい瓶で出されて、おなじテーブルの仲間と分け、小さなグラスで飲む。その習慣をこっちでもつづけているが、独りきりのときだけだ。〈バス〉では、グラスでは気取っていると思われるので、瓶からラッパ飲みする。気に入っている小さめの水用グラスと瓶ビールを持ち、リビングルームへ行って、コーヒーテーブルに置いた。古いソファにもたれて、ブーツを脱ぎ、靴下をはいた足に息をつかせた。洗濯機や乾燥機は買えないので、たいがい週末にアンジーの家へ洗濯物を持っていく。

ビールの王冠を飛ばして、グラスいっぱいに注ぎ、飲み干すと、残りをぜんぶ注いで、空き瓶をコーヒーテーブルに立て、自分の鍵束とラリーの鍵束がならべておいてあるほうを見やった。ビールを飲み終え、冷蔵庫にはいっていた最後の一本を出して、片手でシャツのボタンをはずしながら、通路を進んでいった。寝室で乱れたままのベッドに腰かけ、ナイトスタンドを見た。その上に白いＴシャツをほうり投げてあった。

時計をちらりと見た。午後十一時。アンジーに電話して、へとへとだから会えないといおう。グラスにビールを注いで飲み、グラスと瓶ビールを床に置いて、ナイトスタンドからＴシャツをどかし、留守番電話機を見た。ランプが点滅している。手をのばし、再生ボタンを押した。

「サイラス」

はっと身を起こした。

「邪魔して悪いね」ラリー・オットの声だった。「忙しいのは知ってるけど、頼むから折り返し電話してくれ。電話できるときに。晩《おそ》くてもいいから。いまは月曜の朝で、工場にいる」サイラスは聞きながら、このトレイラーハウスを買ったときからあり、ずっと剝がしてしまおうと思っていたシャギーカーペットの向こうに視線を据えていた。それがクロゼットの予備の制服二着のうしろにあることは、見なくてもわかっている。二二口径のマーリン・レバーアクション・ライフル。

　ラリーが修理工場の電話番号をゆっくりと唱えた。まるで爆弾の起爆装置を解除する番号でも教えるように。それからこういった。「頼むから折り返し電話してくれ。晩くてもいいから。重大なことなんだけど、電話ではいえない。それじゃ」

　折り返し電話してくれ。晩くてもいいから。

　もう遅い。そうだろう、ラリー。遅すぎる。

5

　母親がノックする前に、ラリーは起きた。夏休みの初日、土曜日で、自由な三カ月が控えている。昨夜のうちに決めておいた服をすばやく着た。古いTシャツと、膝の出たブルージーンズ。汚れてもいっこうにかまわない。折り畳みナイフを尻ポケットに入れ、スニーカーの紐を結び、廊下を進んで、だれにも姿を見られずに玄関から出た。ポーチのそばに立てかけてあった自転車に跳び乗り、勢いをつけてペダルを漕いだ。水溜りをよけ、ヘビに気をつけながら、木立のあいだの私道を飛ぶように走った。ウォーカー家の前を通り過ぎる。コーヒー・カップと煙草を持ったセシルがポーチにいて、煙草を持った手を差しあげた。ラリーは手をふり返し、ずんずん進んで、オット家とウォーカー家の郵便箱がならんでいる前で、横滑りしながらとまった。自転車からおりずに小さな扉をあけて、手紙やちらしを引き出した。セシルの郵便物も出して、ちらりと見た。ラリーには、ときどき郵便が届く。注文したコミックの本や雑誌。シンディ・ウォーカーにはけっして来ない。ウォーカー家に届くのは、たいがいダイレクトメールばかりだ。

　ひきかえすとセシルの姿はなかったので、ラリーはちらしをポーチに置いた。うちに帰ると、父親の郵便物をキッチンのテーブルに置き、席に座った。すぐに裏口が閉まり、エプロンで卵を抱えた母親が、キッチンにはいってきた。

「びっくりさせないでよ」母親がいった。

「ごめんなさい」

　母親が卵を調理台に置き、郵便物に気づいた。「漫画が届いたの？」

「ううん、母さん」

「月曜日かしらね」

　暖かいので、母親は素足だった。マッチをつけてコンロに近づけると、炎がぱっと息を吹き返し、裏庭の大きな金属のタンクから管を通ってくる天然ガスのにおいがした。一カ月に一度、トラックが充填しにくる。

「きのうの夜、呼吸はどうだった？」卵を洗いながら、母親がきいた。

「だいじょうぶ。平気だった」

「よかった」母親はもうひと口のコンロに点火し、引き出しをあけていた。「目玉焼きにする？」

「うん、母さん」

　家の奥でなにかがどすんとぶつかり、ふたりは顔を見合わせた。と、テレビがつけられて、カールがボリュームをあげ、ニュースキャスターの声がやかましくなった。食べながらニュースを見て、郵便物に目を通すのが、カールの朝の儀式の一部になっている。

ほどなく、半袖のグリーンの制服のシャツをブルージーンズにたくし込みながら、カールがキッチンにはいってきた。それも土曜日のしるしだった――平日にはシャツとおなじグリーンのズボンをはく。土曜日に働かなければならないことに、カールはしじゅう文句をいうが、仕事場にいるのが好きなのだと、ラリーは知っていた。いつもの土曜日なら、ラリーはいっしょに行きたくてたまらなくなる。

だが、きょうはちがう。

「おはようございます、お父さん」コマーシャルになったところで、ラリーはいった。テレビの画面は、カールの席からしか見えない。

ラリーの父親は、郵便物を目の前にひろげていた。

「おはよう」

陶器のコーヒーポットを持った母親が、カールの肘のところに現われ、カップになみなみと注いだ。

「ありがとう」カールが手をのばして、砂糖を山ほど入れた。

母親は、カールのそばでぐずぐずしていた。「あなた」

カールがコーヒーをひと口飲み、ふたりに見られていることに気づいた。土曜日のいつもの儀式で、ふたりが父親に対しチームを組み、言葉には出さずに、ラリーがきょう修理工場へ行っていいかどうかをたずねる。

しかし、きょうは父親が手にした手紙を見てこういったので、ラリーは胸をなでおろした。「きょうは忙しいんだ、アイナ。トランスミッション二個、キャブレター一個。こいつは邪魔になるだけだ」

うしろで、ガスコンロにかけたフライパンが、ジュージューと音をたてはじめた。

「いいんだ、お父さん」ラリーはいった。

「また来週ね」母親がいった。ノーは、しょっぱなからぜったいにだめだという意味だと、カールはだいぶ前にはっきりさせていた。

やがて母親がラリーの前に目玉焼きを置いた。ラリーは塩をふって、卵とベーコンをすばやく食べた。食べ終えると、父親が皿を見ているのを感じながらきいた。「行ってもいいですか？」

「お母さんになんていうんだ？」

「ごちそうさまでした」

「行け」

廊下を自分の部屋に行きかけたが、父親が呼ぶのが聞こえた。「おい、おまえ」

ラリーは急いで戻った。「なんですか？」

「きょうは外にいろよ。草を刈れ」

つまり、一日本を読んでいるのはだめだ、という意味だ。

「わかりました」

廊下を進んで、きのう飲んだビールの空き瓶で重たくなっているゴミの紙袋を持ち、表に出て、父親のピックアップの荷台に積んだ。カールは修理工場のゴミ容器にそれを捨てる。

重たい芝刈り機を納屋から押し出していると、カールが赤いフォードのピックアップで通り、速度を落として、ウィンドウをあけた。

「芝刈り機で小枝を轢かないようにしろ。刃を研いだばかりだ」

「わかりました」

父親が走り去るあいだ、手をふってから、ラリーは三エーカーの野原に向いた。母屋はその中央にあり、納屋は奥の木立の手前にある。半日以上かかる仕事だ。

「ちくしょう」ラリーはささやいた。

早く片づけたほうがいい。そうすれば、残る半日は使えるし、揉め事にも巻き込まれない。ラリーは芝刈り機の燃料を足して、オイルを点検した。スターターの紐を引くと一発でかかったので、私道のきわに沿い押していって、草や小石やからまった小枝を脇に飛ばし、学校が終わったことにあらためてほっとした。来年はファルサムに行く。郡の公立ハイスクールはそこしかない。

芝刈り機を押しながら、アリスの車はどうやらカールが都合したにちがいないと考えていた。だが、その話はしないほうがいいとわかっていた。アリスとその息子のことは自分たちだけの秘密だったということに気づかず、カールを一度裏切ってしまった。男は自分たちのもくろみを妻（や母親）と話し合ってはいけないのに、まったくうかつだった。

サイラスに二二口径を貸してあるので、ラリーはいま三三口径のモデル94レバーアクション・ライフルを使っている。家にある銃のなかで、それが二二口径にもっとも似ている。母親は銃二挺をならべて見せてもちがいがわからないが、レバーアクションではない銃、たとえばポンプアクションのショットガンや、単発のライフルや半自動ライフルを持ち出せば、父親に気づかれるはずだ。

その春中、行けるときにはつねに、ラリーはライフルを持って森を抜け、小屋へ向かった。サイラスが二二口径を持って、悪気のない待ち伏せ攻撃よろしく飛び出してくるたびに、いくら遅くなってもじっと待っているにちがいないと、ラリーは思うのだった。サイラスはいつも大きな口をあけて、にやにや笑う。

学期が進み、暖かくなると、サイラスはラリーのあげた手袋とコートを身に着けなくなり、前よりもいい服を着ているのがわかった。サイラスの母親（ファルサム食堂のウェイトレスをして、食料品店のカフェテリアで働くという、ふたつの仕事をこなしている）が、TG&Y（安売り雑貨店チェーン）で買っているのだ。ふたりはライフルで撃ち、ラリーのナイフでジャックナイフ投げをして遊び、追いかけっこ、戦争ごっこ、カウボーイとインディアンごっこ、木登りをした。サイラスはラリーの自転車に乗って走りまわり、ウィリーや横滑りをやった。ラリーは、路で日向ぼっこしているヘビを探しながら、枝を持ってついていった。ヘビが——クロヘビかブタハナヘビ——見つかったときには、ラリーが枝で頭を地面に押さえつけ、首をつかむ。ヘビは手首に巻きつき、舌を突き出す。持ってきたピロケースにラリーがヘビを突っ込むあいだ、サイラスはいつも遠くに離れている。

四月には、小屋の向こう側の沢で釣りをはじめた。納屋のひと部屋に、ラリーの父親は釣竿数本とリールを壁の釘にかけて保管していた。馬鹿でかい釣り道具箱《タックルボックス》もあり、注意して使いさえすれば、ラリーはそれを持ち出すことを許されていた。

釣竿、リール、タックルボックス、ライフルという大荷物をふたりで運びながら、サイラスはラリーに、今年は野球をやらないのかとたずねた。やらないとラリーは答えた。やったことがないし、やろうとも思わなかった。

「どうして？」

「下手だから」

沢のもっとも広いところで、ラリーはサイラスに餌をつけ、浮きを投げ、魚を釣りあげ、針からはずすやりかたを教えた。人工の餌、ゴムのミミズ、ルアー——ブロークンバックミノー、スナッグレスサリー、シルバースプーン、さまざまなプラグ——の使いかたを教えた。だが、どれもバス釣り用で、沢にはほとんどおらず、釣るのは難しい。そこでふたりはたいがい浮きと錘の仕掛けを使った。沢の底をぶくぶくと泳いでいるナマズは、そのほうがかかりやすいからだ。ラリーは、最初に釣れたナマズを母親のところに持ち帰るようサイラスに勧めたが、だめだとサイラスがいった。

「どうして？」ラリーは問い詰めた。

「おふくろだよ。おまえと遊んじゃいけねえって」

「どうして？」

サイラスは、肩をすくめただけだった。ナマズがしわがれた声を発したので、サイラスは水にぼちゃんと落とした。「いまのはなんだ？」

ラリーはにやりと笑った。「ああやってしゃべるんだよ」

サイラスが、ナマズをまた引きあげた。

「その長いひれに気をつけろ」ラリーはいった。「刺さるよ」

サイラスは、ナマズの顔を覗き込んだ。「なんていってるんだ、ナマズのおっさん？」

「ぼくが白人だからだね」

「えっ？」

「だからきみのお母さんは、ぼくと遊ぶなっていうんだ」

「さあな」

「お母さんはいわなかったのか？」

「こういっただけだ、〝あの子のそばに行かないで〟。〝行かない〟って約束した」

「どうしてだよ」

「わからねえっていっただろ」

ラリーは怪訝に思った。肌の色のせいにちがいない。ほかになにがあるんだ？ 自分の父親も許さないだろうとわかっていた。カールにこの友情のことはぜったいに話さない。しかし、サイラスのほうは事情がちがうのではないか？ 黒人の母親は、息子に白人の友だちができたら、よろこぶのではないか？ コートも車ももらっている。黒人の怒りは、白人の態度への反応だと、ラリーは判断していた。おまえたちがはじめた、と。しかし、黒人と親しくなる白人がいて、贈物をして、住まいをあたえたら、黒人は感謝すべきなのではないか？

「ライフルのことは話した？」

「とんでもねえ。隠してるよ」

「どうして？」

「返せっていわれる」

「返してもらわないといけない」ラリーはいった。「父さんが捜す前に。これ」ナイフを差し出した。

「交換しよう」

「ナイフと銃を？」

「頼むよ」

「話をしてくれよ」

サイラスがいうのは、スティーヴン・キングの物語のことだ。ラリーは本を貸したが、宿題だけでうんざりで本は読みたくないと、サイラスがいった。どのみち、小屋には明かりがない。石油ランプが一個と蠟燭だけだ。それと懐中電灯が一本。だが、サイラスはラリーが物語の筋を話すのを聞くのが好きだった。いまラリーが語ったのは、「トラック」という短篇だった。超自然的な力が、インターステート出口の（そしておそらくは世界中の）トラックすべてを乗っ取り、凶暴な車に包囲されたひとびとが簡易食堂《ダイナー》に閉じ込められる。結末近くでトラックがクラクションを鳴らしはじめ、生存者のひとりが、それがモールス符号だということに気づく。

サイラスは、トレブルフックにミミズをつけようとした。「なんだそれ？」

トンとツーで伝える符号のことを、ラリーは説明した。トラックは、ガソリンを入れてほしいということを、クラクションのモールス符号で伝えようとしていた。ひとびとがトラックの世話を焼き、順番にガソリンを入れてやるところで、物語は終わる。飛行機二機を見あげて、登場人物のひとりがいう。「あれに人間が乗っていればいいんだが」

サイラスは、ずっと空を眺めていた。

ラリーは正午前に草刈りを終え、缶詰の肉をマヨネーズで和えたサンドイッチに塩味のクラッカーという昼食を母親がこしらえた。食べながらラリーはテーブルでコミックを読み、グラスのコークを飲み干し、母親に礼をいって、廊下の銃器戸棚から三三口径を出すと、弾薬ふた箱とスティーヴン・キングの短篇集『ナイトシフト』を持ち、玄関のところで叫んだ。「出かけるよ」網戸がバタンと閉まり、母親が出てきてうしろから見ているのが感じられた。母親をごまかすために、いつものようにシンディの家に向かい、三三口径のマーリン・ライフルを肩から吊って、路を歩いていった。角を曲がると折り返して、東を目指した。

サイラスが学校で野球をはじめたので、取り残されるのではないかとラリーは心配していた。一度家に呼んで、納屋で遊び、サイラスに草を刈らせた。だが、サイラスは二度とそういうことはしないだろうと、ラリーにはわかっていた。森を通って、シンディの家のほうへ行ってもいい。シンディはずっとラリー独りの秘密だったが、そろそろ分かち合う潮時だ。

三十分後、ラリーはライフルをおろして、森のきわにしゃがんでいた。小屋の裏に土をもってこしらえたマウンドに立っているサイラスを、野原ごしに眺めた。サイラスが肩ごしにふりかえったので、ラリーは首をすくめたが、空想上の一塁ランナーを見たのだと気づいた。と、サイラスが両手を胸にあげて、片脚を蹴りあげ、灰色の条が六十フィート離れた木に向けて放たれた。木の幹に当たったボールがドスッという音をたて、跳ね返って転がり、戻ってくるのを、ラリーはすっかり感心して見ていた。サイラスは早くもダッシュして、素手で叢《くさむら》からボールを拾い、ラリーの方角に投げる真似をした。テレビで見るアトランタ・ブレーヴスの選手みたいに華麗な動きだった。

サイラスの母親の車はどこにも見えない。働きに出ているのだ。冬には枯れて灰色になっていた、小屋のまわりの野原が、いまは緑をなしはじめ、アキノキリンソウの上を蝶がふらふらと飛び、蜘蛛の巣のまんなかで丸まっている蜘蛛が、まるで瞳のようだ。

マウンドでは、サイラスが一塁と二塁のランナーに目を配り、ボールを投げて、おなじことをくりかえした。ラリーは木にもたれて、靴下とズボンからヌスビトハギをつまみ取った。ボールの当たる音が聞こえ、サイラスがうめき声か喚声を発したが、ラリーは『ナイトシフト』をひらいて、お気に入りの短篇、「人間圧搾機」を読みはじめた。

顔をあげると、サイラスが立ちはだかっていた。胸を波打たせている。「スパイしてたのか？」

ラリーは本を閉じた。サイラスのすぐうしろに猫がいるのを見て、においを嗅ぎつけ、近づいてきたのだと気づいた。サイラスは猫を追ってきたのだ。

「ちがうよ」ラリーは肩をすくめ、立ちあがると、ライフルを見おろした。「会いにきたんだけど、ボール投げしてたから」

サイラスが、ラリーをしげしげと見た。まだボールを握っている。学校から盗んだのだろうかと、ラリーは思った。

サイラスが、マウンドと木のほうをふりかえった。「時速七、八十マイルで投げられると思う」

「ああ」ラリーはいった。「ここで見てて、ものすごく速く見えた」

「なに読んでるんだ？」

ラリーは本を差しあげた。掌と指に目がある人間の手が描かれている。手の一部と指に、ミイラみたいに包帯が巻いてある。

サイラスがきいた。「おっかない話？」

ラリーは、洗濯工場の機械で指を切った女性に捜査員たちが会いにいくという「人間圧搾機」の一場面を教えた。捜査員たちの途方もない推理が当たっているとするなら、一連の奇怪な出来事は、悪魔に乗っ取られた〝圧搾機〟という綽名の機械が起こしたのだという。謎を解く手がかりの最後のひとつはヴァージンの血だと、ラリーはサイラスに教えた。そこで、捜査員たちはついに女の子にきく。「あなたはヴァージンですか?」「結婚するまで守ろうと思っています」と女の子が答える。だが、そのときにはもう手遅れだった。〝人間圧搾機〟が全員を殺そうとしていた。

サイラスは、眉根を寄せた。「ヴァージンってなんだ?」

「まだ性交していない女のことだ」

「性交? まだヤッてないっていう意味?」

「ああ」

「べつの話をしてくれ」サイラスがいった。ふたりはもう歩きだしていた。ラリーはライフルを肩に吊り、サイラスはボールを掌でこねていた。

ラリーは、短篇の「呪われた村〈ジェルサレムズ・ロット〉」の話をして、長篇の『呪われた町』のもとになった作品だと説明した。

「ぼくがきみと最初に会った日に読んでた。きみたちを拾ったときに。憶えてる?」

「本は憶えてない」

ラリーは肩をすくめた。

「どこへ行く?」サイラスがきいた。「おまえのうちには行きたくない」

ふたりは、ラリーの家の納屋から四分の一マイル離れた森にいた。納屋を迂回し、ウォーカーの家を目指していた。

「見せたいものがあるんだ」ラリーはいった。「人間だけど」

「だれ?」

「じきにわかる」

「女か?」

「すごくかわいいぞ」

「だれなんだよ?」

「隣に住んでる」ラリーはいった。「継父のセシルがおかしなやつなんだ。いつもすげえことをやる」

「どうすげえんだ?」

サイラスの先に立っていたラリーは足をとめ、二年前の大晦日にウォーカー一家がやってきて、カールが花火を山ほど買ってあったときの話をした。父親の間のとりかたを真似ようとしながら、ラリーは話した。女房たちが家のなかでチキンを料理したり、おしゃべりをしたりしているあいだに、ラリー、シンディ、カール、セシルが、花火を持って表に出た。大人ふたりは酔っ払っていて、ラリーにとってもっとも楽しい思い出のひとつだった。黄色と赤の煙玉、ローマ花火。いつもつんけんしているシンディですら、セシルがへまをやり、シューシューいっているロケット花火を何発も片手で持ち、投げる前に一発か二発が爆発したときには、笑っていた。黒く焼けて煙に包まれている手をセシルがふると、みんな大笑いした。セシルは導火線を上にして、ひと束をポケットに突っ込み、早撃ちよろしく抜いては点火し、投げた。カールは射撃にくわわらず、ビールと煙草を手に、ポーチから眺めていた。

セシルがキッチン用の長いマッチで火をつけ、花火がシューッといいはじめた。お下げにした十四歳のシンディが、コークの瓶をそばに置いて、ブルージーンズとセーター姿ですこし離れたところにしゃがみ、ライターの火を自分のロケットにかざしていた。

「おい、シン」セシルがいい、シンディが顔を起こすと、ロケット花火をシンディのほうにはじき飛ばした。

シンディが悲鳴をあげて跳びのき、花火がビュンとかすめ飛び、野原で破裂した。

「セシル、ひどいよ」シンディがいうと、セシルは早撃ちよろしく花火を抜き、火をつけて、またシンディのほうにはじき飛ばした。

「踊れ！」シンディの足もとを狙い撃っている拳銃使いを気取って、セシルが叫んだ。

「その子の耳がいかれちまうぞ」カールが大声でいった。「それとも目がいかれちまうか」

ラリーは、セシルのうしろにさがり、また一発に点火して飛ばすのを見ていた。

こんどは、セシルから逃げて暗がりに行こうとしていたシンディに当たった。尻に当たって爆発し、シンディが悲鳴をあげた。カールがステップを下りはじめ、ラリーはシンディが無事かどうかを見にいこうとした。あわてふためいて母屋のほうをふりむいたセシルが、マッチを落とした。シンディが泣きわめいていて、女房たちがポーチに出てきたとき、だいじょうぶだとわかった。花火はシンディの体から跳ね返って、草地で破裂していた。

だが、セシルが落としたマッチが、ロケット花火が入れてある上着のポケットにはいっていた。すっかり酔っ払っていたセシルが、あたりを見まわしていった。

「なにかが燃えてる」

「上着が燃えてるよ、セシル」ラリーは指差して教えた。

セシルが片腕を上げて見おろしたとき、一発目のロケット花火が、シュッという音とともにポケットから飛び出し、宙で破裂した。つづいて二発目。セシルが腕をふり戻して悲鳴をあげたときに、また花火がたてつづけに飛び出し、上着はいまではめらめら燃えていた。ラリーの耳に父親の馬鹿笑いが聞こえ、セシルがわめき、上着を叩き、駆け出して、また何発も花火が空を昇っていった。そのうちにシンディも笑い、ラリーも笑い、女房たちまで笑い出した。シェリアが両手で口を隠し、セシルがあいかわらず花火を撒き散らしながら、上着を脱ぎ捨てて、踏み消しはじめ、自分も笑い出して、ひっくりかえった。その話をしながら、ラリーはいま笑い出していた。

だが、サイラスは笑わなかった。

ラリーは、カールが前にその話をするのを聞いたことがあり、修理工場で男たちが笑い声を轟かせていた。セシルがいちばん大笑いして、笑いがとまらなくなり、ああ、ほんとうだ、上着を燃やしちまって、かみさんに叱られたといいながら、うなずいていた。だが、サイラスは笑みも浮かべなかった。

「すごいっていうより、ひどすぎるよ」サイラスはいった。「そんなやつには会いたくない」

ラリーは、サイラスの袖を引いた。「いいから」ウォーカー家の敷地の境になっている森のきわに近づくと、ラリーは指を唇に当て、膝を突いて、這っていった。うしろでサイラスがおなじようにしていた。斜面を登り、家が見える寸前に、ラリーはぴたりと伏せた。サイラスは、服を汚したくないのか、ためらったが、とうとうラリーとならんで伏せ、ふたりして森の外を覗いた。五十ヤード向こうのウォーカーの家は汚らしいでこぼこの長方形で、ろくな設計もせずに増築した部分に貼った黒いタール紙の端がめくれていた。ふた部屋にまたがるできの悪いウッドデッキがあり、シンディはそこでよく日光浴をする。

だが、きょうはセシルがカールとともに、みずからデッキに立っていた。

「おまえのおやじだ」サイラスがいった。「あそこでなにしてるんだ？」

ラリーには、見当もつかなかった。

カールが煙草を吸い、修理工場で話をするときのようにしゃべって、瓶のビールを飲み、セシルが話を聞いていた。セシルは製材所で木挽きをやって背中を痛め、いまは少額の高度傷害保険をもらって、それを煙草とビールに注ぎ込んでいる。

「行くぞ」ラリーはささやき、滑って戻ろうとした。

「待て」サイラスは、ラリーの腕をつかんだ。「ここまで這ってきたんだ。女の子が出てくるかも」

地べたに張りつくようにして、ふたりは待った。ふたりが競い合うようにビールを飲んで、いいかげん酔っ払うあいだ、ラリーはときどき言葉を聞き取った。やがて、ようやくシンディがデッキに飛び出してきた。

ラリーは、葉蔭で凍りついた。

小さなタオルにくるまり、もう一枚をターバンのように頭に巻いて立つシンディを、ふたりは見守った。シンディは、片手をふりまわし、反対の手でタオルの胸のところを押さえて、セシルといい争っていた。

シンディが、大きな声を出した。「出かけていいって、ママがいったのよ！」

シンディの母親が夜に東ファルサムのネクタイ工場で働いているのを、ラリーは知っていた。

「あの女の子の名前、なんだっけ？」サイラスがささやいた。「学校で見たことがある」

「シンディ」

デッキのシンディは、いっそう腹を立て、声を荒らげてた。

セシルが身をかがめてカールをつつき、シンディのタオルをひっぱろうとした。シンディがセシルの手を叩いたが、セシルは放さず、いっそう強く引いた。カールが笑い、座っていたステップから立ちあがり、半分見えている乳房の谷間がもっとよく見える場所で、手摺にもたれた。

「セシル！」シンディが金切り声をあげた。「放してよ！　ママにいいつけるわよ！」

タオルにしがみついたまま、セシルがなにやらつぶやいた。頬をかきながら、ビールをぐいぐい飲んでいるカールにウィンクした。シンディのタオルが太腿からずりあがり、胸からずり落ちてきた。シンディがセシルの手を平手で打った。

サイラスが葉蔭から出て、膝の泥を落としながら、庭を半分行ったところでやっと、ラリーはサイラスが横にいないことに気づいた。大股で歩いているサイラスは、ふたりがさきほど会ったときよりも背が高くなったように見えた。

ラリーは凍りついたまま、サイラスがデッキの酔っ払った白人男ふたりに近づくのを見ていた。ふたりはサイラスの出現に、言葉を失っていた。

「おまえら、女の子に手を出すな」サイラスはいった。セシルがシンディを放し、タオルをぎゅっと巻きつけたシンディが、自分の家の庭にいる黒人の少年をじっと見ていた。あとのふたりとおなじように言葉が出ず、つと向きを変えて家にはいり、ドアがバタンと閉まった。

その音に、セシルがうろたえた。「おまえ、だれだ？」

だが、サイラスはそのまま歩きつづけて、デッキをまわり、道路に向かっていた。

「待て」カールがいっていた。「おい、小僧！」ビールを持ってステップをおりると、家をまわったが、サイラスは全力疾走で走り去り、影も形もなかった。

ラリーは、爬虫類みたいに落ち葉をかさこそ鳴らしながら、斜面をそろそろと下りはじめた。底に着くと、荒く息をついた。ライフルを持って起きあがり、とぼとぼと家に戻ろうとしたとき、上のほうでカールが木立にはいってきた。ほかに黒人の少年はいないかとたしかめるように、きょろきょろ見まわしたので、迷彩服を着ていてよかったと思いながら、ラリーはぴたりと伏せた。カールが腰をひねってジッパーをあけ、ズボンに手をつっこんだ。父親が撒き散らす小便が、乾いた落ち葉の上で炎がはぜるような音をたてるあいだ、ラリーは顔をそむけていた。用を足すと、カールはつかのま佇んだ。

「おい、カール！」

セシルが呼んでいた。

「そっちにまた原住民がいたのか？ 槍で刺されないようにしろよ」

ラリーが目をあけたとき、斜面の上から父親の姿は消えていた。


ラリーが見つけたとき、サイラスは太い木蓮にボールをぶつけ、跳ね返ってくるのをさばいていた。

「シンディを助けてくれてありがとう」ラリーはいった。

サイラスがワインドアップして、木をめがけて投げた。ゴロをさばかず、雑草の上でとまるのを待っていた。「おまえ、いつもひとをスパイするんだな」

「スパイしてない」

「あの子をデートに誘ったことは？」

ラリーは答えなかった。

「助けにいかなかったな」

「助けたかった」

サイラスは、しばしラリーの顔を見てから、ボールを拾い、小屋に向けて歩きはじめた。ラリーはついていった。森のなかは涼しく、ふたりは落ち葉を踏みしだき、枝をくぐった。低木の茂みが途切れたところで、サイラスが前方にダッシュしてふりむき、走りながら体をひねって、ラリーめがけてボールを投げた。ラリーは手をのばしたが、目を閉じて捕らえそこね、ボールはうしろで弾んで見えなくなった。

「くそ」サイラスがいった。

ラリーのそばを駆け抜け、ボールを捜しにいった。


裏口からはいり、三三口径を廊下にある銃器戸棚のグリーンのベルベットの溝にはめ込もうとしたとき、ようすがおかしいことにラリーは気づいた。

カールが横歩きでキッチンから出てきて、前に立ちはだかった。

「こっちへ来い」カールがいった。

ラリーが意志の力で父親のほうへ歩くと、袖をつかまれて、リビングルームにひっぱりこまれた。カールが、ラリーの持っていたライフルを取った。

「おれのマーリンはどこだ？」

ラリーは、自分の両手に視線を落とした。

「取ってこい」父親がいった。

ラリーは動かなかった。

「おまえ」

「持ってないよ、お父さん」

「〝持ってないよ、お父さん〟」

「はい、そうです。つまり、持ってません」

ラリーの母親が、ふたりのうしろに来ていた。「カール」母親がいった。

カールが指を立ててみせ、息子を見おろした。「おれのぼろライフルはどこだ？」

ラリーは、手を揉み絞っていた。「友だちに貸してる」

「友だち」父親がいった。「友だちがいたとは知らなかった」

「カール――」

「アイナ・ジーン、この子はおれの銃を又貸ししてる。だれなのか知りたいね。ええっ？」

ラリーは答えなかった。

「二度ときかないぞ」

「ぼくたちが拾った子」

「どの子だ？」

「サイラス」

「サイラス」父親がいった。「ニガーのサイラスか？」

「カール」

父親が顔を動かし、ビールと煙草のにおいがするほどラリーの顔に近づけた。その瞬間、斜面の下にいたのを見られたのだと、ラリーは気づいた。「ちょっと待てよ。おまえはおれの銃をニガーの友だちにくれてやったのか？」

「カール、やめなさい」

カールが、指を突きつけている妻のほうを向いた。

「カール・オット、いますぐにやめなさいといったのよ」

父親が、ラリーの袖を放した。「そうさ、おまえが正しい。教会のあとで、やつらを食事に呼びたいのか？」

「あなたって――」母親がいった。「あなたってひとは――」

「あすだ」カールが、ラリーにいった。「あすの朝いちばんに、あいつらが断りもなしに住んでるあそこへさっさと行って、おれのくそマーリンを取り戻せ。わかったか？」

「カール、言葉に気をつけなさい」

「アイナ・ジーン、そういうことをいってる場合じゃない」

「それなら、どういう場合？　あのひとたちは、いつからそこに住んでるの、カール？」

「口を閉じてろ」

「まちがってるわ」

ラリーは、父親の椅子のうしろの隅にはまり込んでいた。

「まちがってない」父親がいった。

「あのひとたちが出ていかないんなら、わたしとラリーが出て行くわ。今夜」

一瞬、父親が笑い出しそうに見えたが、首をふっただけだった。「その気にさせるなよ」

「カール」母親がささやいた。

父親が、ラリーのほうへ手をふった。「隅っこから出てこられたときには――」

「カール」

「銃を取り戻せ」父親が、歯を食いしばっていった。「あすおまえがここにいようがいまいが」

父親が廊下を玄関に向かい、ぶつかるようにして網戸をあけて、ポーチに出た。網戸がそのあとでゆっくりと閉まった。

「カール」母親が叫び、父親のあとを追い、網戸ごしに覗いた。「どこへ行くの？」

椅子の蔭に隠れていたラリーには、父親の言葉は聞こえなかった。

その晩、母親が部屋にはいってきて、ベッドに腰かけた。ラリーが成長するあいだ、母親は毎夜そうしてきた。ラリーは壁のほうを向いたままで、よく知っている食器洗い石鹸のにおいがして、母親の手が肩に置かれても、ふりむかなかった。

「ラリー」

ラリーは答えなかった。

「おまえ」

喘息の発作を起こしていたころ、息をしようと必死になっているラリーのそばに母親はずっといて——夜のほうがひどかった——〈ヴィックス〉を胸にすり込み、喘息が治りますようにとふたりで祈った。雄鶏が時をつくるとようやく、長い夜がほぼ終わったことがわかる。一年生のとき、シェリー・ソールターに結婚してほしいといい、イエスとノーのチェックボックスを描いたメモを渡したことを、ラリーは母親に話した。シェリーはノーにチェックをつけた。「馬鹿な子ね」ラリーの胸をさすりながら、母親がいった。「おまえみたいな美男子に。母親じゃなかったら、わたしはきっとおまえの気を惹こうとしたわよ」二年生になると、吃音が出はじめ、笑われていることを母親に話した。母親が治りますようにと祈った。治らなかった。喘息も。どちらも悪くなった。三年生では音読の授業があり、ラリーはそれがある日が嫌だった。読むのにつかえると生徒たちが笑い、わざとやっていると思った教師に叱られた。「あしたはぼくが音読する番なんだ」ベッドに母親が腰かけると、ラリーはいった。「神さま」母親が祈る。「神様のお恵みに感謝します。あしたラリーがちゃんと読めるように力を貸してください。吃音が治りますように。今夜は楽に息ができますように。それから、かけがえのない友だちをひとりよこしてください。神さま、ラリーだけの友だちを」お祈りは効果があったが、それはだいぶたってからだった。

「神さまのご予定は」と、母親はいった。「神さまが決めるの」四年生の終わりごろに吃音はほとんど一夜にして治り、めったに再発しなくなった。喘息もしだいにおさまり、六年生になる前の夏の終わりにはすっかり消えていた。そして、やがてサイラスがやってきた。友だち。お祈りがはじめてかなえられて現われたサイラスのことを、母親にいうわけにはいかない。サイラスとアリス・ジョーンズにコートをあたえたときの冷たい母親が戻ってきて、ふたりを森の小屋から追い出そうとするはずだ。いまでは母親のお祈りは、「お優しい神さま、お恵みに感謝いたします。ラリーの吃音と喘息を治してくださったことに感謝いたします。どうか、かけがえのない友だちをひとりよこしてください。ラリーだけの友だちを」となっている。

すでにかなえられたことをお祈りでお願いするのは、まちがっているのではないか？　吃音や喘息が舞い戻ってくるのではないかと、ラリーは心配になった。

「おまえ」

ラリーは依然として壁のほうを向いていた。母親が肩から手を放した。

ラリーは答えなかった。

母親はしばらく座っていた。ラリーは自分の部屋のにおい、ベッドの裏の埃のにおいを吸い込んでいた。

「ラリー」

ついに母親が溜息をつき、肩に手が置かれるのがわかった。「お優しい神さま」母親が祈った。「神さまのお恵みに感謝いたします。ラリーの吃音と喘息を治してくださったことに感謝いたします。どうか」泣くまいとしていることが、その声からわかった。「どうか、神さま、ラリーにかけがえのない友だちをひとりよこしてください。ひとり——ラリーだけの友だちを。アーメン」そういうと、母親は出ていった。

朝、目が醒めると、歯がざらざらしていた。歯を磨かずに寝てしまった。何事もなかったかのように、母親がキッチンで朝食をこしらえていた。窓から見るとカールのピックアップがなかったので、セシルの家に泊まったのだろうかと、ラリーは思った。

　朝食を食べずにそっと脱け出し、尻ポケットに本を入れて、サイラスの小屋までずっと早足で歩いていった。アリスの車が小屋の前にとまっているのが、いつもの木蔭から見えたので、ピグリー・ウィグリーの制服を着てヘアネットをかぶったアリスが家から出てくるまで待った。ボンネットで陽を浴びて眠っていた老猫が、アリスに耳のうしろを掻いてもらうと、起きあがって、のびをした。アリスがシッといって猫を追い払い、錆があちこちに浮いてハブキャップのない古いシヴォレー・ノヴァに乗り込んだ。エンジンがかかるまで何度もスターターをまわしたが、ようやくかかると、バックで車を出した。猫が路に座って眺めていた。

　やがてサイラスが出てきて、ポーチから跳びおりると、ボールを投げはじめた。どういうわけか、いまではグローブも持っている。ラリーは森から出て、サイラスが立って待っているところへ歩いていった。

「ヘイ」ラリーはいった。

「ヘイ」

　ラリーは、あたりを見まわした。それから手を差し出した。「これを持ってきた」

『ナイトシフト』だった。

「本が好きじゃないのは知ってるけど、これはみんな短篇だし、すごく短いのもあるから、読んでみたら」

　サイラスは、ボールをグローブにぽんと収め、本を受け取って眺めた。

「二二口径を返してもらわなきゃならないんだ」ラリーはいった。

「どうして？」

「返してもらわなきゃならないんだ。頼むよ、サイラス」

「どうしてかいえよ。いっぱいあるだろう。おれには一挺しかないんだ」

「前にもいったじゃないか。返してほしいって」

「だめだ。おれたちにはあれが要るんだ」

「父さんのだ」サイラスが、口真似をした。

ラリーは、ジーンズの右の尻ポケットに折り畳みナイフを入れていた。そのポケットに指を一本入れたが、ナイフを使うことはありえないとわかっていたし、持っていることすら弱みに思えてきた。

「おまえ――」サイラスがいいさして言葉を切った。ラリーのうしろの木立を見ていた。ラリーはサイラスの視線を追った。なにが見えるかはわかっていた。

バーボン・ウィスキィを持ったカールが、ふたりのほうに歩いてきた。「やい」大声でいった。「おまえのあとを跟《つ》けたんだ。まうしろにいたのに気づかなかったな。一度も。追いかけてるうちに酔っ払った」よろけたが、進みつづけた。「おまえは自分のまわりのことが、これっぽっちもわかっちゃいない。おまえとそのモンスターの本のまわりのことが。これが昔なら、おまえはとっくに死んでる。インディアンに喉をかっさばかれるか、東洋人に手榴弾で殺られるか。あっさりとな。一日のんびり本を読んでる母ちゃん子。アニメを見て、お人形遊びをして、漫画を読む。だが、自分の命を救うためのボルト一本はずせない。くそバッテリーも充電できない。いざ喧嘩をする段になっても、父親の銃を盗んだやつから取り戻すことすらできない」

カールがふたりのそばに来て、サイラスを見おろした。「気に入らんようだな、小僧？」

サイラスは右手にグローブをはめたまま、腕組みをした。カールのほうは見ようともしない。

「答えろ」

「そうだよ」

「そうです、といえ」

「そうです」

「どうして？」

　そこでサイラスは、カールの顔をまっすぐに見た。

「だってなにも盗んでねえよ」

「そうか、なにも盗んでないんなら、気を悪くすることはない」ウィスキィをごくごくと飲み、キャップを戻すと、指で口を拭った。「おまえがなにも盗んでいないんなら、ぜんぶ返してもらおうか」

　カールは、少年ふたりを交互に見た。「おやおや、われわれ平等の民は、ここで人種間の争いを抱え込んだようだぞ」サイラスのほうを見た。「おまえ、いくつだ？」

「十四」

「父親がだれだか、いってみろ」カールが、しばらく待った。「二度とはきかない」

「死んだ」

「死んだ！　そいつはかわいそうに。その父親は、おまえに銃を遺さなかったのか？　それは父親のつとめだろうが。息子に銃を遺すのは。

　おまえたちに、いいことを教えてやろう」カールが木のそばへ行き、サイラスがボールをぶつけているために磨り減っている幹に手を置いて、ずるずるとしゃがみ込み、ついにその根元で胡坐をかいた。

「さて、おまえたちは、ふたりともライフルをほしがってる。聖書を憶えてるか？　ソロモン王の話を。歴史上もっと賢い男だ。ふたりの女が赤ん坊とともに王の前に来て、どちらも自分の子だと主張する。王はなんといったかな？　その子を半分に切って、ふたりに分けあたえよ、といったんだ」カールが、赤ん坊を鋸で切って、半分をラリーに、あとの半分をサイラスにあたえる真似をした。「女のひとりはいった、〝結構です。そうしてください〟。もうひとりがいう。〝や

めて。その子を殺さないで。そのひとにあげていいか
ら〟。ドカーン。謎が解けた。おれがいいたいのはな、おまえたちはおれをソロモン王の立場に追い込んだっていうことなんだ。おれは赤ん坊をちょん切らないといけない」

「おれが銃をもらう」サイラスがいった。

「そうあわてるな」カールが、ウィスキィのキャップをはずした。「おれの頭のなかでフラッシュがパッと光るまで待つんだ。そうしたらこれを片づけよう。待てよ――」咳をして、手の甲で口を拭った。「光ったぞ。おまえたち、戦え。男同士で。白と黒で。どっちでもいい、勝ったやつが銃をもらう」

はじめのうち、サイラスは腕組みをしたまま立ち去ろうとしたが、そうしたらおふくろにいいつけてやるとカールがいった。昼と夜の仕事を終えたおふくろが疲れて帰ってきたとき、いささか酔っ払ったおれさまが家のなかで待っている、と。

「戦え」カールがいった。

少年ふたりは、黙っていた。

「ラリーのほうが年上だが、女々しいから、互角だと思うぞ」

サイラスはいった。「無理にやらせようったって、やらねえよ」

「やらせられないって？」

「ああ」

「そうですといえ。ふたりとも戦わないんなら」カールがベルトを抜き、とぐろを解いたヘビみたいに、それが手から垂れた。「おまえたちをひっぱたく」

カールがベルトをふりあげて踏み出した。サイラスはラリーのそばへ行き、あまり強くなく押した。カールがさがり、闘鶏の調教師みたいに身を低くした。ラリーが押し返さなかったので、サイラスがまた押して、カールが「やれ」とわめいた。サイラスが三度目に押したとき、ラリーがサイラスの胴体をやる気なさそう

に締めつけた。サイラスが膝をあげてラリーの下腹を蹴り、ラリーは手を放して倒れた。腹が燃えるようで、息ができなかった。息ができたら泣きわめいていたはずだから、それがありがたかった。

「立て」カールがいった。

ラリーは転がった。

「こいつ、ダウンした」サイラスがいった。

「そのおかまケツを持ちあげろ」カールがいった。ベルトをふりながら踏み出し、ラリーの尻をぴしりと叩いた。

屈辱が両頬に押し寄せ、ラリーはそれをほとんど感じなかった。身を起こすとき、地面に突いた自分の手が見えた。サイラスは数歩さがっていた。サイラスは背中を丸めて身構え、ラリーが突進すると、サイドステップでかわして、仰向けにひっくりかえした。ふたりは地面で取っ組み合いをして、土埃のなかでぶつかる鈍い音がして、服が裂け、うめきが漏れた。なんなら噛み付いてもいいとカールが上でいっているのが聞こえた。噛みたければ噛め、許す、きんたま膝蹴り、許す、キドニーパンチ、ラビットパンチ、そこまで、そこまで、目をえぐれ、やれ、ずるく戦え。サイラスとラリーが地べたで腹這いになるまで、カールはずっとバーボンをらっぱ飲みしていた。土埃がおさまると終わっていた。ほんの数十秒だ。

「は、は、放してよ」ラリーがいった。声がくぐもっている。

「おまえがライフルを勝ち取ったみたいだな、小僧」カールがいった。

「ぼ、ぼ、ぼくを起きさせて」ラリーがもっと大きな声でいった。あわてている。

サイラスが、手に力をこめた。

「き、き、き、聞いてやれよ、口のまわらない坊やのいうことを」カールがいった。

「やめろ、ササササイラス！」ラリーはわめいた。

「おねおねお願い」

サイラスは、押さえつけていた。

「おまえ」ラリーはまくしたてた。「ニ、ニ、ニガー」

サイラスがラリーを放し、起きあがった。両手をひらいて、あとずさった。

ラリーは膝を突き、顔の泥を払い落とし、唾を吐いた。顎から涙がこぼれ落ち、シャツについた泥にしたたった。サイラスと向き合って立つと、サイラスはラリーがいままで見たこともない形相をしていた。その両目は、学校の他の黒人男子生徒とおなじ憎悪をひらめかしていた。キャロラインとおなじ目。ラリーはすまないと思ったが、取り返しがつかないとわかっていた。

なぜなら、サイラスが近づいてきて、こんどはみずから殴りかかろうと身構えているのが見えたからだ。サイラスが左手を引いて体をまわし、ラリーは目を閉じて待った。ラリーの頭がパカンという音をたて、周囲がぼやけ、熱いホワイトノイズと光の斑点になった。目をあけると、逆方向を向いていた。膝の力が抜け、口をあけたり閉じたりして、血の味がして、それでもサイラスをああ呼んだことをいっそうすまないと思い、水没した視野を通して、『ナイトシフト』が表紙を下にして地面に落ちているのが見えた。どこかうしろのほうからふたりの声が聞こえ、二度ともとには戻らない世界のほうをふりかえった。

　カールがバーボンの瓶を落として倒れはじめ、バランスをとろうとしてサイラスに抱きついた。ブタクサの叢で異様なダンスを踊りながら、小屋に向かっていた。サイラスが泣き叫ぶような声で、「オットさん、放してくれよ」といいながら、ふり放そうとしていた。カールが耳もとでなにやらろれつのまわらない口でいうと、サイラスがカールの手を打って引き剥がした。身をふりほどいたサイラスは、遠くの森に向けて全力で走り、ラリーは雑草ののびた地面に父親とふたり残された。

6

水曜日の朝、サイラスは〈ハブ〉の奥の小さなテーブルに向かい、二個目のソーセージ・ビスケット（丸パンに挟んだサンドイッチ）の最後のひとかけらを食べていた。きのうの夜、アンジーに電話して、今夜は行けないがあしたのランチでも食べようと約束した。よく眠れず、ラリー・オットの夢まで見たが、奇妙な物語をまとめようとして、濡れたシーツにからまって起きあがったときには、夢は消え去っていた。〈ハブ〉へ車で行く途中で、病院に電話すると、ラリーは回復室から集中治療室に移されたと看護婦がいった。手術は終えたが、まだ意識は戻らない。

サイラスは車のウィンドウから製材所の煙突を眺め、

ラリーと顔を合わせなくてすむことにあらためてほっとした。ラリーがつかえながら〝ニガー〟といったことを、これだけの歳月、避ける口実にしてきた。故郷にはめったに帰らなかったとはいえ、ミシシッピ大学や海軍から戻ってきたとき、ラリーについてたずねたことは一度もない。酔っ払い、M&Mやおたがいの友だちとマリファナを吸うとき、たまにラリーの名前が出る。おっかない《スケアリー》ラリー、とみんなが呼ぶようになっていた。車でやつのところへ行って暴れようか？　だが、サイラスは話題を変え、ラリーのことを意識から追い出す。ああ、カール・オットが死んだのは聞いた。どうでもいい。

「もう一個どう、あんた《シュガー》？」マーラが大声できいた。灰色の髪にヘアネットをかけ、白いTシャツが脂で汚れている。六十代のはじめで、太鼓腹のマーラは、サイラスが学校に通っていたころから、ここで料理をしていた。手はなめし革のようで、声は男のようだ。ロイ・フレンチの血縁かと思うほど、不気味なくらい似ている。ソーセージ・ビスケットをきちんと作れなかったら、お目にかかりたい面相ではない。

「いや、ありがとう、ミス・マーラ」サイラスはいった。テーブルに置いてあるアルミのディスペンサーから抜いた紙ナプキンで顎をなで、手錠に挟まれないように、ベンチシートの上で座りかたを変えた。口を拭い、ペプシをひと口飲んだ。ここの料理が好きだった。ことにホットドッグは、シカゴを思い出させる味だった。マーラはキールバーサ（ポーランドの燻製ソーセージ）を使い、真っ黒になるまで焼いて、大量のケチャップ、マスタード、ピクルス、タマネギのみじん切りを添える。仕上げにホットソースをふるので、食べ終えたときには唇がひりひりする。

　サイラスは立ちあがり、手帳を尻ポケットに入れ、横の椅子からカウボーイハットを取ると、釣り具や化粧品の陳列棚の横を通り、レジへ行った。正面では、煙草、ライター、安物の葉巻、アスピリン、BCパウダー（鎮痛剤）、エナジーピルが壁をなしている。

「ホットドッグを二個、お持ち帰りにするよ」マーラが、肩ごしにいった。煙草を口にくわえ、グリルのフードの下でいつも煙が立ち昇っている。

「ありがたい」ハットを反対の手に持ち替えながら、サイラスはいった。

すぐにマーラがカウンターに来て、脂のしみた紙袋をよこした。

「ありがとう、ミス・マーラ」もう代金を払うふりもしなくなっていた。その代わり、マーラがうしろのなにかをとろうとしてふりむいたときに、サイラスはチップの広口瓶に、そっと五ドル札を入れた。

「見たよ」とマーラがいい、ケチャップの小袋を四つと、塩と胡椒の小袋もいくつかよこした。レジの脇の灰皿で煙草を揉み消した。「ラリー・オットが、だれかに撃たれたんだって」

「そうなんだ。あとで現場に行く。調べに」

「無事なの？」

「ICUにはいってる」

「やれやれ、まったくもう」いかめしい顔で、マーラがいった。「最初がティナ・ラザフォード、つぎがM&M、それからこれ」舌打ちをした。「まあ、悪いことは三度重なるっていうから、しばらくはもうないかもね」

「だろうね」

マーラがぼんやりとうしろに手をのばし、マルボロを出して、セロハンを剝きはじめた。「ねえ、32、ずっと気の毒だと思ってたのよ。ラリーのこと」

「そうなのか？」

「そうよ、シュガー。郡の人間はみんな、ラリーが誘拐犯か強姦魔か殺人鬼か、その三つぜんぶだと思ってるけど、ここにコミックを買いにきたころのことを、あたしは憶えてるの。コミックを置いてたころよ。ほんとうに礼儀正しかったのよ。ほとんど目を合わせないの」

「最近、会うことは？」

　マーラが首をふり、ビックのライターで煙草に火をつけた。「何年か前に、レジの女の子を雇ってたの。いつあったことかわからないけど、その子があとで得意げにいったのよ。こういう〝家族向けのお店〟には出入りさせませんとかなんとか、ラリーにいったんだって。それで辞めてもらった」

　サイラスはうなずき、ハットをかぶった。

「きょうロイに会う？」マーラがきいた。

「わからない」まだ温かい紙袋をあけると、サイラスは調味料をなかに入れた。

「会ったら、釣りたてのナマズがあるっていって」

「わかった。ありがとう」サイラスは、もらったときよりも脂のしみがひどくなっている紙袋を、持ちあげてみせた。「これもありがとう」

「どういたしまして、シュガー」煙草を吸いながら、マーラがいった。

　サイラスは、オットモーティヴの正面のガソリン・タンクのそばに車をとめ、ラリーの鍵束をお手玉しながらおりた。修理工場はまったく変わっていないように見えた。白く塗られたコンクリートブロックは、へりが好もしい感じに崩れ、基礎に沿って雑草の茎が突き出している。向きを変えた。ここはまったく動きがない。ハイウェイの向かいのモーテルはしんとしている。入口の脇に子供の自転車が置いてある。ラリーのせいで、町のこのあたりはさびれたのか？　ファルサムはたしかに東にずれていったが、そのわけは？　サイラスは、鍵束を宙に投げ、受けとめた。それから、ジープに戻り、ホットドッグのにおいを嗅ぎ、ガソリン・タンクのそばを通って、オイルの染みがまったくないのを目に留め、ラリーが毎日、車を置いておくフォードの形をした枯れた草地にとめた。ラリーのフォードは、郡でもっとも手入れの行き届いた車にちがいない。フルタイムの専属医師がいる患者だ。がたつきは聞こえないかと耳を澄まし、ノッキング、ベルトのきしみ、ブレーキの鳴き声に期待しながら、ラリーは車を走らせる。

サイラスは鍵を選んだ。オフィスのドアをあけると、細長い光が、サイラスの影とともに暗がりを貫き、なかに注いだ。サイラスはなかに手を入れて、明かりをつけた。グリスと古い埃のにおい。不快ではない。オフィスは狭く、右手にデスク、カレンダーの下の壁ぎわに椅子数脚、古めかしいコークの自動販売機、空き瓶を収めたケース、本棚。

やっぱりな、と思った。本。いたるところにある。茶色のバインダーの自動車修理マニュアルに混じり、ページの角が折れた小説本が前後二列にならんでいる。突き当たりにまたドアがあり、工場に通じていた。ドアをあけ放し、壁にある明かりのスイッチを手探りした。スイッチを見つけ、光が降り注いだ。工場は天井が高く、木の梁が剝き出し、バンパーや長いパイプやホースが、柱のあいだに保管してあった。奥の壁には工具やベルトが吊ってある。〈インターステイト・バッテリー〉の棚があった。オイル貯めの溝が裏側にある金属製の作業台。五十五ガロン入りのドラム缶がいっぽうの隅に積まれ、べつの隅には手動の巨大なジャッキが、キャスター付きの赤い工具箱とならべて置いてあった。サイラスは歩を進めて、いちばん上の引き出しをあけた。こんななめらかなベアリングの動きは、味わったこともない。

作業ベイの扉をあけるチェーンを引き、思い出に襲われてハイウェイをじっと眺めた。もう何年も前のことだが、母親が死んだと聞き、オクスフォードから車で帰ってきた。ファルサムにはいる手前で、ここの前を通り、自分がいま立っているここにラリーが立っているのを車のウィンドウから見た。この場所だった。ラリーに見つかったかもしれないと思い、そのときサイラスは前方を見据えた。長い歳月のあいだずっとラリーがそこに立ち、自分が帰ってくるのを待っていたように思えた。それが気になってしかたがなく、母親の葬儀をさっさと終わらせて、ミシシッピ南部から逃げ出そうとした。母親は葬儀費用を前払いし、郡の墓地に小さな区画も買っていた。自分の死にそなえ、早々と段取りをつけていた。サイラスは書類にサインし、わずかな所持品を引き取ればいいだけだった。そこにラリーのライフルが含まれていた。サイラスはそれらをすべて受け取り、ライフルはキャリングケースに入れ、持ち帰った。町を出て帰り道にオットモーティヴの前を通ると、ラリーがやはり立っていたので、サイラスは顔を前方に向けた。

　ラリーの家の前で車をおりると、サイラスは日向に立った。ラリーの空の切れ端、木々の眺め、家を見やった。ラリーの空気を吸った。

　見おろすと、私道の小石と土の地面で、なにかがきらきら光っているのが目に留まった。カウボーイハットをあみだにして、サングラスをはずし、しゃがんだ。ガラス。それに触れないようにして、すでに熱気を発している路面に顔を近づけた。小さな四角いかけら、厚い。フロントウィンドウか窓ガラス。数は多くない。だれかが大半を片づけたのか、あちこちにいくつかあるだけだ。サイラスは犬みたいによつんばいになり、地面の上で視線をゆっくりと動かした。

　ジープから取ってきた、いろいろな物がはいった段ボール箱から、証拠品袋を何枚か出して、ピンセットを使い、かけらをいくつか拾った。

　つぎに、犯人の身になったつもりで足を運びながら庭をくまなく歩いた。いくらのろくてもゆっくりすぎるということはないと自分にいい聞かせながら、母屋を一周したが、謎を解く手がかりになりそうなものは、やはり煙草の吸殻ひとつ見つからなかった。

　フレンチが無線で呼びかけてきて、新しい情報はあるかときいた。なにもないと、サイラスは答えた。

「会いにいったか？　オットに？」

　まだだというと、フレンチがその先を待っているのが感じられた。

「意識が戻っていない。戻ったら行く」

「戻れば、だな」といって、フレンチが無線を切った。

　遠くのエンジンのうなり声。つねに聞こえているチェーンソーと、それ以外のときにずっと聞こえている四輪バギーの音を、サイラスは聞き分けられるようになっていた。これは四輪バギーだ。野原を通り、納屋の脇を歩いていった。薪が、太いものは斧で割って、壁に沿いきちんと積んであり、納屋の高い軒によって雨から護られている。森の端にいくつか切り株が残っているのは、ラリーが薪を切った跡だ。じょうぶな木はけっして殺さず、枯れたか枯れかけている木だけをラリーが切り倒すことを、サイラスは知っていた。きびすを返して納屋に向かった。地面が柔らかかったので、視線を落とした。

　それからしゃがんだ。四輪バギーの跡。トレッドをよく見た。あそこだ。身を起こした。あそこにもある。あそこ、あそこ、あそこにも。タイヤ跡には、一定の間隔で完全な丸があった。この四輪バギーは釘でも踏んだのか。たしか、フレンチの型取りキットが、もうひとつあったはずだ。

　三十分後、ポーチに座り、汗をかき、型が乾くのを待ちながら、マーラのくれたホットドッグを食べていると、芝草のなかになにかが見えた。ほかの角度からは見えなかった小さな点。

　マリファナの吸い差し。露に濡れ、汚れ、たぶん役に立たないだろうが、それでも一応。

　ピンセットで証拠品袋に入れ、これだけでもけさの捜索の甲斐はあったと気づいた。バッジを賭けてもいいが、ラリーはマリファナはやらない。ここにほかのだれかがいた。吸い差しを入れた袋と、ガラスのかけらのふた袋をならべて置き、もう一度母屋を一周した。鶏小屋で、鶏が一羽残らず駆け寄ってきた。

「おまえら、腹が減ったんだな」サイラスはそういい、コッコッという鳴き声やつぶやきを、減ってるに決まってるだろ、餌をくれよ、阿呆、といっているのだと受けとめた。

檻のうしろ側に車輪がついているのを見て、眉をひそめ、その前を横に歩き、向きを変え、また歩くあいだ、ずっと鶏がついてきた。牽引用の金具に爪先で触れた。ラリーはどうしてこの檻に車輪を取り付けたんだろう？ 野原のほうを見やり、雑草や野の花で鮮やかな緑をなしている野原に、白茶けたところが数ヵ所あるのを見つけた。どれもこの檻ほどの広さだ。ラリーがこの檻をトラクターで野原に曳いてゆき、鶏がなかで羽ばたいているのを思い浮かべながら、サイラスは歩いていった。納屋からもっとも遠い黒ずんだところで足をとめた。雑草も芝草もぺしゃんこになって土にめり込み、糞や羽根が点々と散らばっている。最近、檻が置かれたところにちがいない。納屋にひきかえすあいだに、もう一ヵ所見つけた。草の葉が潜望鏡をもたげている。つぎの三ヵ所目では、芝草がもっと元気そうに見え、糞は雨と梅雨で流されかけていた。つぎのところでは、芝草にさらに勢いがあり、雑草が生い茂り、ブルーサルビアやアキノキリンソウがそこかしこにのびていた。芝草に読み取れる時に、サイラスの長い影が映っていた。あと五日か六日たてば、野原は回復し、檻の跡も見分けられなくなるはずだ。

納屋に戻ると、サイラスは黄色いテープをくぐってなかにはいり、遠い昔に乗ったことのある古いトラクターを、しばし見つめた。

鶏がしきりと文句をいっていたので、鎌やなんだかわからない道具が吊るしてある壁ぎわを進んでいった。鉄棒に太いスプリングが巻きついているものがあった。ラザフォード家で書斎の壁に飾るような代物だ。檻に首を突っ込むと、鶏がわらわらと扉から出てきた。一瞬、ふたつの餌袋を見て迷った。ひとつには灰色がかった粒状の餌がはいっていて、もうひとつには埃っぽいトウモロコシがはいっていた。餌はすくなめよりも多いほうがいいと、ようやく肚を決め、それぞれの袋の四分の一を、三叉の跡の残る地面に撒いた。鶏が餌をつつきはじめると、ラリーとふたりで丸太をひっくりかえし、カブトムシやゴキブリをつかまえて、金網から押し込み、鶏がそれを追いかけて食べたときのことを思い出した。

納屋の釣り道具置き場を覗くと、古いチェーンソーとラリーの釣竿が、壁の大きな釘にきちんと掛けてあるのが目にはいった。タックルボックスは、隅のほうで、埃まみれの蜘蛛の巣によって床につなぎとめられていた。サイラスはしゃがんでタックルボックスをあけ、まだきれいなルアーや釣り針を調べていった。懐かしいものを手にしても、遠い昔よりもずっと小さく見えた。ラリーと釣りをしたことを思い出した。ヘビやナマズや子フクロウや芝刈り機についての知識にあふれていたラリーは、だれかにそれをいいたくてたまらず、しゃべりづめだった。

母屋に戻ると、窓に取り付けたエアコンを最強にした。手袋をはめ、時間をかけて本の背表紙を見ていった。古い作品、プロット。ラリーが説明してくれたのでよく憶えている。キッチンで冷蔵庫をあけると、すっぱいにおいがした。ケース入りのパブスト。瓶入りのコーク数本。ピグリー・ウィグリーで買った発泡スチロール容器の食品。コークを一本出して、冷蔵庫にくっつけてあったイエス・キリストのマグネットで栓を抜き、飲みながらキッチンの引き出しをつぎつぎとあけた。フォーク、スプーン、ナイフ。椅子に乗り、上のほうの戸棚を覗いた。ほとんどが古い郵便物の保管庫になっている。カタログ、ちらし、新聞、パンフレット。ひと束おろして、上の埃を吹き払い、日付を見た。一九八八年六月十一日。べつの束は、一九八〇年代はじめのものだった。《イーリー》や《クリーピー》といったモンスター雑誌の束もあり、《ファンゴリア》というホラー映画専門誌もあった。ラリーといっしょに何冊か読んだのを、サイラスは憶えていた。いったん下におりて、椅子を動かし、べつの戸棚を覗き、奥を調べるために束をずらした。下のほうの戸棚は、洗濯用品がはいったひと棹を除けば、郵便物ばかりだった。

廊下に出て、銃器戸棚を見おろした。溜息をついて、郵便物、ちらし、ブッククラブのカタログ、《フィールド&ストリーム》、《アウトドア・ライフ》の束を選り分けた。〈カール・オット〉という名前と住所のステッカーが、一冊ごとに貼ってある。

体がこわばってきて、ほぐそうと首を曲げたとき、屋根裏の跳ねあげ戸《トラップドア》に気づいた。

キッチンから椅子を持ってきて、その上に立ち、トラップドアを押しあげた。懐中電灯を持って、暑い闇にはいると、そこは箱の街だった。くしゃみが出た。上の隅には蜘蛛の巣、正面のたったひとつの窓から光。天井から紐が一本垂れていたので、引くと明かりがついた。またくしゃみをして、サイラスはシャツのいちばん上のボタンをはずした。

箱には古い不動産譲渡証書、税金の書類、黄ばんでひび割れた手紙がはいっていた。それらをざっと見て、過ぎ去った物事やとうに死んだひとびとについて、ありありと書かれていることに驚嘆した。書類を見ていった。カール・オットは、かつて五百エーカー以上を所有していた。それらの記録によれば、この二十年間にラリーは、そのほぼ半分を一筆ずつラザフォード林業に売却していた。それは驚くにはあたらない。ラリーには仕事がないし、ラザフォードは土地を買い漁っている。

弁護士の請求書を捜したが、見当たらなかった。一時間後、薄明かりのなかで身を起こしてのびをしたときに、隅のファイルキャビネットに気づいた。調べ終えた箱をまたいでそちらへ行くと、キャビネットに鍵はかかっていなかった。いちばん上の引き出しが、ひと声きしんで文句をいい、それぞれにラベルが貼ってある茶色のファイルホルダーを見せてくれた。一通にはフレンチが来たときの捜索令状がはいっていた。べつの一通には、アイナ・オットがいる養護施設の請求書。ガスの請求書、電気の請求書、家計費、最近の所得税申告書。サイラスは、〈電話〉というラベルのホルダーを抜き出して、脇によけた。

いちばん下の引き出しには、古い写真を入れた靴箱がひとつはいっていただけだった。それと電話のファイルを持って、トラップドアにひきかえし、椅子の上におりると、キッチンへ行き、それらをテーブルに置いた。服が汗まみれだったので、リビングルームに戻り、数分のあいだエアコンの前に立っていた。手袋を脱いで両手をぱたぱたふり、キッチンに戻った。

テーブルに向かうと、電話のファイルをあけて、丹念に調べた。長距離電話はない。一本も。興奮させてくれる女の子への一-九〇〇（有料情報サービス）通話もない。郡内の通話だけで、料金は一定している。だが、べつの請求書があった——サイラスは眉をひそめた——携帯電話。携帯電話はフレンチが持っていった。記録されている通話はすべて、たったひとつの番号からだった。サイラスはその番号を手帳に書き留めた。月に一度のこともあれば、何カ月もかかってこないこともある。ファイルを順序どおりに戻して閉じ、テーブルから押しのけると、木の床の血の染みが黒ずんでいるリビングルームを覗き込んだ。

つぎは靴箱、写真。ほとんどはポラロイドカメラの写真で、順番に関係なく重ねてあった。奥の寝室にアルバムが何冊かあったから、これははねられたか、だぶっている写真だろう。一枚ずつ手にとってちらりと見た。ティーンエイジのラリーが、絵を描き、本を読み、魚を差しあげている。カールとアイナの写真がひどくすくないと思いながら、サイラスは手を早めた。考えるまでもなく、写真を撮ったのはアイナだとわかった。ラリーが草を刈り、ライフルを持ってポーズをとり、クリスマスツリーの下でGIジョーの箱をあけ、イースターの晴れ着で立ち、ヒキガエルを持っている。サイラスが写真を深く掘り起こすにつれて、ラリーが若返り、幼児期のラリーが、湯船にはいり、三輪車に乗り、泣いていた。いちばん下のほうの一枚は、女の膝に抱かれている赤子のラリーだった。女は胸から下しか写っていないが、両手は黒い。メイドだろうと思った。流しでラリーに湯を使わせている女の黒い腕が写っている写真が、さらに数枚あった。おしゃぶりをくわえさせている写真。その女が主になっている写真は、一枚もない。椅子かテーブルにひとしい扱いだった。

顔が映っているのが一枚だけあった。サイラスはその事実に愕然とし、信じられなかった。その女はサイラスの母親だった。

サイラスが十三歳のころ、七年近くいっしょに暮らしていた母親の恋人が、凶器所持をともなう暴行容疑で逮捕された。シカゴ南部のジョリエットでの出来事だった。警官隊がテラスハウスのドアを蹴破り、ショットガン、暴動鎮圧用の楯、大きな角ばった拳銃を構えて突入した。オリヴァーという母親の恋人は、サイラスが動く前に廊下を抜けて裏口から出ていた。

そんなに柄の悪い地区ではなかったし、シカゴではありふれた出来事ではなく、ましてサウスサイドではめったにないことだった。三人は黒人だけが住む地域の黒人の家ばかりの静かな界隈で暮らしていた。ブラッドフォードという品種の梨の木が並木として植えられ、木蔭、ベンチ、電話ボックスがあった。たいがいの家に小さな裏庭があり、裏庭で飼うような小さな犬がフェンスの下から吠えている。子供用のプールや水遊び場がある家も多く、一軒はそこでアヒルまで飼っていた。サイラスの好きなテレビドラマ――シカゴの中・低所得者向けの公営集合住宅で暮らしているエヴァンズ家を描く〈グッド・タイム〉とは似ても似つかない。サイラスは悪評高いそういう集合住宅を見たこともなく、まるで火星のように思えた。だが、白人もめったに見ていなかった。白人に出会うようになるのは、母親とともに南部に越してからだ。

母親の恋人のオリヴァーは、配達トラックを運転していた。いないことが多く、家にいるときにはサイラスを無視していた。

警官に手錠をかけられたオリヴァーが廊下を連れ戻され、家のなかを捜索している捜査員八人を睨みつけた。サイラスは母親とともにソファで縮こまっていた。母親はめそめそ泣いていたが、サイラスは悲しくなかった。オリヴァーとのいきさつは、サイラスにふたつの事柄を教えた。ひとつ、男たちはアリス・ジョーンズに目をつける。ふたつ、男が女に目をつけるとき、子連れはぜったい結婚相手にはしない。ふたりが撃たれた二日前の晩の喧嘩の現場にオリヴァーがいたことを警察が突き止め、銃を捜していたことを、そのときのサイラスは知る由もなかった。母親がいなかったら自分は路頭に迷う、ということを悟っただけだった。

ひとりの警官がいった。「あったぞ」キッチンの戸棚の上のほうから、銃身の短い拳銃を出した。アリスの顔には、そこにそんなものがあるとは知らなかったと書いてあった。オリヴァーは嫌悪の色を浮かべた。警官ふたりに引き立てられ、部屋から連れ出されたオリヴァーが、口を両手で覆っているサイラスの母親に向かって、「弁護士を呼べ」と叫んだ。
二日とたたないうちに、アリスは家を売りに出して、保釈金を工面した。だが、外に出ると、裁判所がまだ見えているところで、オリヴァーはアリスの顔を見てこういった。「ガレージセールをやって、ありったけの金を手に入れろ。どういうわけか、やつらはまだ気づいていないが、おれにはべつの逮捕状が出てる。すぐにばれて、そうなったらこんどこそムショ行きだ」通りに立ち、サイラスの目の前でアリスの口にキスをして、乳房を握った。「あばよ」サイラスには目もくれずに、そういった。

そして、いなくなった。

アリスは、オリヴァーが行方をくらましたことがばれる前に、ガレージセールをやり、いくらかの現金を手に入れた。保安官事務所が未処理事件の逮捕状を持ってやってきたときには、オリヴァーはメキシコかどこかにいて、サイラスと母親も姿を消していた。

グレイハウンドの長距離バスで、サイラスは大きな車体のリズムに揺られている母親の肩にもたれた。

「どこへ行くの、母さん？」

「南よ」

「どうして？」

「知り合いがいるから」

「父さんが？」

「シーッ、ちがう」

「それじゃ、だれなの？」

母親が肘で突いた。「あれやこれや、きくんじゃないよ。雑誌を読みな」

サイラスは、膝に置いた《スポーツ・イラストレイテッド》をひらいた。だが、読む気分ではなかったので、窓の外を見た。シカゴを出られてほっとしていた。オリヴァーが話しかけるのは、角の店で煙草を買ってこいと命じるときか、おれがおまえのママと〝男と女の持ち物くらべ〟をするあいだ出かけてろというときだけだった。サイラスは狭いポーチに出て、道路の先の十数軒のおなじように狭いポーチを眺める。それぞれにだれかが出ている。二の腕の肉がたるんで垂れて枕みたいになっている大女、葉巻を吸い、カードテーブルでドミノの牌をつなげている老人たち、ポーチの手摺につながれた犬。母親はシャツ工場の縫い子、オリヴァーは茶色い配達トラックの運転。その時期はそう悪い暮らしではなかったと、サイラスはあとでわかった。暖かな食べ物も自分の部屋もあった。テレビも。〈グッド・タイム〉の登場人物J・Jの失敗に笑い転げ、アリスまで口をほころばせた。オリヴァーがコメディアンのフリップ・ウィルソンの物真似をしたときには、大笑いしたこともあった。サイラスは品のいい学校へ行き、友だちもおおぜいできた。通りを二本越えれば空き地があり、そこで野球をやった。サイラスは、九歳のクリスマスに最初のグローブをもらった。それが小さくなり、去年買ってもらったばかりだった。

それがいま、南部にいる。グレイハウンドのバスが大きく息を吐き出しながら小さな町に着くたびに、外に出て腕と脚をのばした。停留所は、ひとつひとつちがっていた。奥に自動車修理工場があると思えば、つぎはガソリンスタンド、そしてイリノイ州グラディオラの霧雨がしとしと降る一角。バスの窓の外では、どこまでも平坦なイリノイが、地平線にひろがっている。スチル写真みたいに。サイロ、木立に囲まれた異様に高い家々、しかしそれらを除けば、収穫を終えた小麦やトウモロコシの大海原で、枯れて乾いた刈り株が、汚れた雪のギプスをはめられている。

そのあと、なぜかしらミズーリとアーカンソーを抜けるあいだはずっと眠り、家からこれほど離れたのは生まれてはじめてという場所で目を醒ました。つぎの停留所のメンフィス、騒々しいビール・ストリートで、母親はラリー（両手にスーツケースを提げていた）をせっつき、自分もスーツケースをふたつひきずって、明るい朝の街を進んでいった。教わった住所は、接収されて板を打ち付けた建物で、ふたりはそれを見あげ、どうしたものかと考えていた。通行人がふたりをよけて、どこへ行くのか、それぞれの路をたどっていた。

「どこへ行くの、母さん？」ラリーはきいた。バス停留所に戻ると母親がいった。そんなに遠くなかったでしょう？　歩けばいいわ。母親は道順を憶えているつもりだった。

よたよたと進むうちに、荷物が多すぎるのだとわかった。そこで角の質屋を見つけた。カウンターの奥には、ボウタイをした長身の白人がいた。その男がおべんちゃらをいいながら、スーツケースをあけて、母親の皿や陶器を出した。どれもブラジャーやスリップでくるんであった。母親が半生をかけて集めた品物を男が取り出すあいだ、サイラスは離れて、切羽詰まったひとびとが手放した品物が乱雑にならんでいるところや陳列棚を眺めていた。釣竿、ライフル、拳銃、ダート用のバイク、テレビ、レコード・プレイヤー。所持品すべてにつけられた値段があまりにも安いので、母親が首をふっているほうを、サイラスは見やった。

その夜の後刻、ミシシッピ州ジャクソンでふたたびバスをおりた。肉付きのいい白人の運転手が、最後のスーツケースふたつをアリスが道路におろすのを手伝った。シカゴやメンフィスにくらべて、ジャクソンの中心部はずっと静かなようだった。ずっと聞いて育った列車の音もなく、サイレンやクラクションも聞こえない。午後十時だった。暗がりに数人が潜んで酒瓶をまわしているだけで、通りに人影はない。高い建物が二、三棟、空に見えていて、寒い川に架かる橋がシルエットをなしている。一月なのに汗をかいているバスの運転手が、舗装道路に面して立った。青い制服のシャツは、裾が出ていた。運転手が帽子を脱ぎ、裾を押し込んだ。

「あんたら、これからどこへ行くんだ？」運転手がきいた。

「モーテルを見つける」アリスがいった。

運転手が、スーツケースを見た。オリヴァーのものだった大きなほうを。

「ずっと先までモーテルはない」運転手がいった。「もっといいホテルだけだ。エディソン・ウォールソールが、あっちへ半マイル行くとある」

「もっといい」アリスがいった。「黒人を泊めないってこと?」

運転手が、ブルーのグレイハウンドのラペルをひっぱった。「いや、部屋代がほんとに高い。おれだって払えないだろうな」

アリスが、通りの先を見た。

「いいことがある」運転手がいった。「おれはここで非番になるし、あっちに車をとめてある。待っててくれりゃ、乗せてってやるよ」

「そんなことしなくていい」母親がそういうのを、サイラスは聞いた。

「どうってことない。どこへも行かないでくれりゃ、すぐに戻る」なかにはいる前にふりむいた。「あんたら、あのドアの奥で待てばいい。営業時間外はいちゃいけないが、あそこのワンダに話しておく」

「あたしたちなら、平気だから」と、サイラスの母親がいった。

運転手が、どうかなという顔をしたが、そのままなかにはいっていった。

じっと待つのは寒かった。

「あのひとといっしょに行くの?」サイラスはきいた。

アリスが、ひと気のない通りを見渡した。向かいのドライクリーニング店は閉まっていて、その隣は保釈保証人だった。白人がステップで煙草を吸い、こちらを眺めていた。レストランは見当たらない。

「母さん」サイラスは入った。

母親は身を乗り出して見ていた。ブルーのコートとスカーフを身につけていた。一台の車が通り、運転していた黒人の男がやけに長いことふたりを見つめた。サイラスは、うしろの停留所を覗き込んだ。肥った運転手が、クリップボードになにやら書いている。サイラスと目が合い、運転手がにっこり笑った。

「母さん」サイラスはもう一度いった。「ぼくたち、どこへ行くの？」

「サイラス」母親が、道路を見つめていった。「いまは黙ってなさい」

「母さん。あの白人といっしょに行くの？」

「黙れといったよ」

「母さん――」

ふりむくのがあまりにも速かったので、サイラスは母親の手を見なかった。前にもぶたれたことはあったが、表でそんなふうにぶたれたことはない。サイラスは真っ先に、運転手に見られたかどうかをたしかめた。よしんば見られていたとしても、目をそらしていた。

つづいてとっさに逃げようとした。向きを変えたが、母親に手首をつかまれた。

「よくも逃げようなんてできるね」母親がいった。

「おまえを愛してるたったひとりの人間から」

サイラスは、腕をふりほどいた。

「どこへ行くかもわからないくせに」サイラスはいった。

母親の目を見て、泣き出しそうになっているのを見てとった。やめるべきだとわかっていたが、やめられなかった。「寒いよ、母さん。帰りたい」

「どこへ帰るのよ？」

「うちに」

「やめなさい」母親が、サイラスのほうを見ずにいった。

やがて、ピックアップがそばにとまり、制服の上着をブルーのデニムのコートに着替え、赤い鳥のワッペンがついた野球帽をかぶった大柄な運転手がおりてきた。カーディナルスのファン。ボブ・ギブソンがいるチーム。

ハザードランプは点滅させたままだった。スーツケースを荷台に積むときに、運転手がうめいた。「石でも運んでるのか？」

アリスの笑みがふるえを帯びていた。

「チャールズだ」運転手がいった。

アリスが、自分の名前とサイラスの名前を教えた。

「はじめまして、サイラス」チャールズが手を差し出した。

「サイラス」母親がいった。

サイラスはチャールズのビフテキみたいな手を握った。その間に、母親は車をまわって助手席のドアをあけ、サイラスを待った。だが、サイラスは母親と目を合わさず、あおりごしにバックパックを荷台に投げ込み、自分もつづいて跳び乗った。

「坊主、そこに乗るとえらく寒いぞ」チャールズがいった。

「サイラス」母親が、なかばなだめるような、なかば脅しつけるような声でいった。「前に乗りな」

チャールズが手を打った。吐く息が白い細い線になる。「坊主、お母さんのいうとおりにしろ」

「サイラス」

だが、サイラスはがんばった。「そっちには乗らないよ」しいて母親には目を向けず、ふたりしてこっちを見ているあいだ、母親の気まずさに負けないようにじっとしていた。

ようやく、アリスがわざと浮ついた声でいうのが聞こえた。「じつは、あたしたち、シカゴから来たんです。このミシシッピの寒さなんか、あの子にはへいちゃらなのよ」

ドアを閉める前に、チャールズがいった。「寒くて我慢できなくなったら、リアウィンドウを叩くんだぞ」

サイラスは運転台後部にもたれて座り、がらんとした通りをピックアップが走り出すと、スーツケースとバックパックを引き寄せた。角を曲がるときに速度が落ちると、跳びおりようかと思った。歯が鳴りはじめ、車体が弾んだ。肩ごしに盗み見ると、長いベンチシートで母親ができるだけあいだをあけて座り、ドアに体を押しつけているのが見えた。チャールズが手を動かしてあれこれ指差していることからして、話をしているようだ。

チャールズが母親となにをしたいか、サイラスにはわかっていた。自分はある意味で足手まといなのだと思った。自分さえいなければ、母親はなんでも必要なことがやれる。見られるおそれもなく、この寒い夜をやり過ごせる。どこへでも行きたいところへ行ける。母親の美しさを、サイラスは知っていた。

つぎに速度を落として角を曲がるときに跳びおりようかと、もう一度考えた。さきほど列車の汽笛が聞こえたし、近所の横丁にたむろしていた年寄りたちが話していたように、北へ帰る路線に乗ればいいと思った。年寄りたちは、五十五ガロンのドラム缶で焚き火をして、有蓋貨車から見てきた世界のことをいとおしげに語る。果てしなくつづく生きている壁画の世界にすっかり取り込まれ、缶ビールを傾けて乾杯する。

もう十時半に近く、サイラスは自分の体をきつく抱き締めた。信号に行き当たり、ピックアップは完全にとまった。サイラスは風除けのバックパックごしに左手を見て、ネオンがならんでいるのを見た。あそこがモーテルにちがいない。右手を見ると、街灯が淋しい通りへとのびていた。

だが、ピックアップが曲がろうとしていたのは、その方向だった。前方の道路は暗い。サイラスはのびあがって、話を聞いてほほえんでいる母親の横顔を見た。チャールズは片手でハンドルを握り、反対の手をひらひら動かしている。母親が笑うような話をしているのだろう。サイラスは、母親のほうを見なくても、笑うにちがいないとわかった。それが礼儀だし、母親はいつでも礼儀正しくしなければならない世界で暮らしている。

サイラスは、そういう世界にはいたくなかった。母親の世界にいたくなかった。すでに立ちあがり、バックパックを片手に持ち、あおりを越えておりていた。北行きの列車に跳び乗り、放浪したり働いたりして故郷に帰る。街灯に向けて駆け出すと、背後でチャールズのピックアップのブレーキランプがついた。サイラスは右に折れて、暗い建物ふた棟のあいだの横丁を駆け抜け、暗い通りを一本越えて、街灯がすくないつぎの通りへ向かった。ピックアップがゆっくりと通ったとき、横丁のゴミ容器の蔭にうずくまった。やがてチャールズと母親が車をおりて叫びはじめた。母親のひどく狼狽した声に、サイラスは身を起こしてそちらへ行きそうになったが、そうはせず、背を向けて両耳に指を突っ込み、横丁を駆け出した。

過ぎた時間が十分だったのか、一時間だったのか、サイラスにはわからなかった。どこまで遠くきたのか見当もつかなかった。金属製のゴミ容器の蔭からだれかにひっぱられ、サイラスは泡を食った。バックパックがむしり取られ、コートが引き剝がされる。だれかの手がズボンのポケットをまさぐり、ポケットナイフと四十セントを奪った。叫ぼうとしたが、だれかに口を押さえられ、ナイキのスニーカーを脱がされた。サイラスはあらがい、相手の手を噛み、手がぱっと離れると悲鳴をあげた。つぎの瞬間、チャールズがそこにいて、強盗のひとりを引き離し、もうひとりが横丁を逃げていった。チャールズが袖をつかんだ強盗は、サイラスとそう齢が変わらない黒人少年だった。

「放せ、くそ野郎」少年がチャールズにいって、腕を激しく引き、袖がちぎれた。少年は横丁を逃げていなくなり、チャールズは風を受けていない吹流しみたいになった袖を握っていた。

「だいじょうぶ、おまえ？」母親がサイラスを抱き締めていた。サイラスの体を押し放し、顔を見た。「怪我は？」

　サイラスは首をふった。終わったのだと、悟りはじめていた。もう心配はいらない。老朽化した高層共同住宅の明かりが、ちらほらともっていた。

　母親とチャールズが、サイラスを助け起こし、数ブロック離れたところにとめてあったピックアップに連れていった。

「ちくしょう」チャールズがいった。だれかにハブキャップを盗まれていた。

「ほんとうにごめんなさい、チャールズ」母親がいった。

　手をのばし、チャールズの手首に触れた。

　ピックアップの荷台にあったサイラスのスーツケースも、運転台のなかにあった母親のスーツケースも、盗まれていた。シートに置いてあった母親のコートもない。奇跡的にもハンドバッグは持っていて、金は盗まれずにすんだ。母親がベンチシートのまんなかに座り、サイラスが冷たいドアの側に乗った。それでもサイラスはふるえながらドアに体を押しつけた。靴下だけの足が冷え切っていた。

「ほんとうに」母親が、チャールズに向かっていった。

「なんて迷惑をかけてしまったの」

　チャールズがいった。「まあ、こんな時間じゃ、モーテルは見つからないっていうのが、ほんとのところだ。とにかくまともなのは、満室だろう」

「それじゃ、そうじゃないのに泊まってもいいわ」母親がいった。

「どうかな」チャールズの声はくぐもっていた。あくびを噛み殺した。「送っていくよ」

　母親が断ろうとしているのが聞こえたが、サイラスはへとへとだったので目を閉じた。目をあけると、温かくなっていて、靴下だけの足もヒーターで乾き、アリスがまたしゃべっているのが聞こえた。もう不安そうな口ぶりではなく、どこでも行きたいところまでチャールズが乗せていってくれるので、うれしそうにしていた。

サイラスは目を閉じた。

しばらくすると、母親に揺り起こされ、ピックアップからおろされて、すぐに戻るからバス停留所のドアの前にいるようにといわれた。いわれたとおりに、まだ半分眠りながら、ドアに向かった。足の下のコンクリートが氷のようで、サイラスは自分の体をかき抱き、ふるえて目を醒ました。停留所の大きな窓を覗いた。照明が落とされ、切符売場は閉まっている。大きな時計が、午前六時に近いことを示していた。ピックアップのほうをふりかえると、母親がチャールズの側のサイドウィンドウの前に立ち、話をしていた。

うしろでカチリという音がして、停留所のドアがあいた。馬鹿でかい鍵束を持った白人の女が、外を見た。警官に似たブルーの制服を着て、煙草をくわえている。

「おやまあ、坊や」女がいった。「凍え死ぬ前にはいんなさい」

サイラスがはいると、女がスイッチをいくつもはじき、天井の明かりがひと区切りずつついた。

「あんたひとりだけ？」歩きながら、女がいった。

「さあさあ」名札には、〈クララ〉とあった。

「ううん」女のあとから冷たい白いタイルの上を歩き、サイラスはいった。「母さんがすぐに来る」

「ううんじゃなくて、いいえ、マーム」女がいい直させた。「どこにいるの？」

「来るよ」

クララがサイラスに笑みを向け、スタンド型の灰皿で煙草を揉み消した。「北から来たの？」

「ああ」

クララが両眉をあげた。

「はい、マーム」サイラスはいった。「シカゴです」

「やっぱりね。このあたりの黒人《カラード》の子とは、しゃべりかたがちがう」

　数分後にアリスがはいってきたときには、クララはサイラスに発泡スチロールのカップにはいったホットチョコレートを飲ませ、遺失物から落とし主の現われないスニーカーまで見つけていた。サイラスの母親は、もう切符売場にはいっているクララと話をしてから、ラジエターのそばの椅子に腰かけていたサイラスのそばに来た。

「母さん――」

「サイラス、あたしに話しかけないで」

　サイラスは母親のあとから寒い外に出て、簡易食堂《ダイナー》へと通りを歩いていった。店内は暑く、明るく、メラミン化粧板のテーブルが光り輝いて、一瞬、サイラスは頭がくらくらした。コーヒーとベーコンを炒めるにおいがした。ふたりは角のボックス席に滑り込み、母親がラミネートされた巨大なメニューをひらくあいだ、サイラスはゆるめの新しい靴のなかで指先をもぞもぞ動かしていた。若い白人のウェイトレスが母親のコーヒーを持ってきた。母親はサイラスにベーコンと卵にグリッツを添えたもの、ゼリー、オレンジジュースを注文したが、自分はコーヒーだけでいいといった。待っているあいだ、母親は窓の外を見て、ひとこともしゃべらなかった。湯気をあげているサイラスの食べ物がほどなく運ばれてきたが、母親はサイラスが食べるのを見ず、両手でカップを持ち、コーヒーをすこしずつ飲みながら、忍びやかな夜明けが訪れ、コート姿の人影が通り過ぎ、車がクラクションを鳴らしているのを、窓から見つづけていた。

　ウェイトレスがサイラスにゼリーを持ってきて、アリスのコーヒーを注ぎ足した。

「あんまり混まなかったら」サイラスの母親がたずねた。「バスが来るまでしばらくいてもいいかしら?」

「いいですよ」ウェイトレスがいった。「なにかご用があったら、いってくださいね」

ウェイトレスが行ってしまうと、サイラスはいった。

「母さん」

母親はサイラスの顔を見なかった。

「なによ?」

「おなかすいてないの?」

そこで母親が目を向けた。「サイラス、おまえになにが足りないかわかる?」きつい目つきだった。「おまえはひどい目を見てない。あたしにはわかってる。あたしはひどい目を見てきたから。でもおまえは。おまえはいままであたしよりずっと楽してきた。だけど、それでおまえがどんな男になったか、いまわかったよ。おまえをだめにしたんじゃなければいいいんだけどね」

サイラスには、母親の顔が見られなかった。

「おまえといい争ったからには、これからどうするか話しておこう。ここはミシシッピ州ファルサム、あたしが育ったところとそう離れてない。ここからシャボットっていう町までバスで行く。そこからは歩くか、ヒッチハイクで行く。あたしの知ってるところまで。しょっぱなは、たいしたところじゃない。でも、そのうちによくなる。あたしが仕事を見つけたら。いっしょに来たいんなら、おまえはいままでとは、ぜんぜんちがう子にならなきゃならない。わかったね?」

サイラスは答えなかった。

「サイラス?」

ウェイトレスが、また料理を持ってきた。両面焼きの卵がふたつ、つながったソーセージが四つ、グリッツ、キャットヘッド・ビスケット（猫の頭ほどもあるふんわりしたパン）。サイラスの皿をずらし、それを置いた。

アリスが、ウェイトレスの顔を見あげた。「おねえさん、これは注文してないよ」

その料理やその他の食べ物の湯気が、ウェイトレスの髪を縮れさせていた。「突っ返されたのよ。奥のうるさいじいさんに。手をつけてもいないのに。いらないんなら捨てちゃうわ」

「ありがとう」母親がいった。

「ごゆっくり」ウェイトレスがそういって、歩み去った。

「サイラス」母親がいった。

「なに？」

「頼みがあるの」

「なんだよ？」

「空いた席を見つけて、あたしが食べるあいだそっちにいて」

「でも、母さん」

「行って」母親がいった。「混んできたら戻ればいい」

サイラスはするりとボックス席を出て、母親のうしろのいくつか離れた席へ行き、ゆっくりと食べている母親の頭が動くのを見ていた。食堂はけっして満席にはならず、料理を突っ返したうるさいじいさんを捜したが、まだ食べていない客はひとりもいなかった。

ふたりはずっと離れた席にいて、母親が立ちあがるとサイラスはついていった。母親が勘定を払い、テーブルに戻って一ドルのチップを置くあいだ、サイラスはドアのそばに立っていた。やがて母親がウェイトレスになにかをきき、一枚の紙を持ってくるのを待っていた。求人広告。

サイラスは両腕で体を抱いて、母親のあとから朝の町に出て、通りを進み、バスに乗って、見たこともないくらい木がいっぱいあるところを抜けて、五マイル東のシャボットへ行き、いまは毎日見ている製材所なるものを、そこではじめて目にした。ダッシュボードがひび割れ、ウィンドウのノブを万力の柄で代用している、古ぼけたピックアップの老人が、ふたりを乗せて、エイモスという通りのカーブにある店の前でおろした。母親が店にはいり、いくつかの品物を買って金を払い、肥った白人の店番と話をして、この季節はほんとうに寒いと相槌を打っているあいだ、サイラスは通路を行ったり来たりした。そこからは、それぞれが紙袋をひとつずつ抱え、ふたりともコートなしで、サイラスは大きすぎる靴で、舗装されていない路を二マイル歩いた。古い鎖をまたぎ越えて、高い木が両側に迫っていて雲を覆い隠している踏み分け路を進むころには、サイラスはガタガタふるえていた。森に囲まれた畑のまんなかにある狩猟小屋に行き着くと、アリスは食堂を出てからはじめて、息子に言葉をかけた。

「薪を取ってきて」

それから二十五年がたち、ラリー・オットのキッチンで母親の写真を見つめていると、サイラスの頭は過去であふれかえった。シカゴからの旅で持ち物をすべてなくしたので、母親の写真を見るのは数十年ぶりだった。薄い色の肌、ひっつめた髪をスカーフにくるんでいる。浮かべている笑みは、白人のまわりで使うもので、サイラスが憶えている心底うれしいときの笑いとはちがう。そういうときには顔の造作がすべて動き、口をゆるめるだけではなく、目尻に皺が寄り、生え際が後退し、輝く白い歯がすっかり見える。母親が齢をとるにつれて、そういう笑顔はめったに見られなくなった。だが、この作られた笑み、こんな写真でも、なにもないよりはましだ。

携帯電話が鳴り、サイラスは跳びあがった。

「まだランチする気ある?」アンジーがきいた。

「ああ」

「どうしたの、ベイビー? 声が変だよ」

「なんでもない」母親の顔を見つめながら、サイラスはいった。「すぐに行くよ」

携帯電話を閉じ、キッチンを見まわして、写真をシャツのポケットに入れた。犯罪現場から証拠を盗んでいることは、ぼんやりと意識していた。だれかに見られているような気がして、汗まみれで立ちあがった。

だが、写真一枚もらったところで、だれが気にする？

どうせその秘密を知っているのは、ここにいる亡霊たちだけだ。

7

一九八二年だった。ラリーはベッドに起きあがり、眠たい目をこすってから、窓の外を見た。トウモロコシ畑とその向こうの林の眺めを、フェンスが切り分けている。ラリーの人生は一変していた。ベッドから出て、手早く服を着ると、バスルームの鏡で自分の顔を見た。髪を濡らしたまま廊下を進んで、席につき、母親がラリーの好みに合わせて卵をフォークでぐちゃぐちゃに潰し、塩と胡椒をふって、フォークと紙ナプキンのあいだにその皿を置くのを見ていた。

「ありがとう」

「お父さんはもうお祈りをいったわよ」

紙ナプキンを制服の襟に挟んだ父親が、テーブルの上席に座り、ニュースが見えるように首をまわしてふんぞり返っていた。コマーシャルになると、カールが自分の皿の卵、グリッツ、ベーコンに注意を戻した。塩をすこしふった。

「郵便はどこだ？」

ラリーは考えてもいなかった。「忘れた」

「ラリー」母親がいった。「お父さんに話したの？」

父親がベーコンを嚙むのをやめたが、ラリーのほうは見なかった。「なにをお父さんにいうんだ？」

「ラリーは、シンディにデートを申し込んだの」

父親が目を向けた。「くそたまげた」

「カール」

「すまん」

母親がラリーの隣に座り、自分のコーヒーを吹いて冷ました。「どういうふうに申し込んだのか、教えて」

「ぼくがただ申し込んだだけだ」ラリーはぼそぼそと答えたが、事実はその逆だった。

その前日、ライフルを持ったラリーは、もう千回もやったみたいに、ウォーカー家の前を歩いていた。一家の車がなかったので、シンディがまるで待ち構えていたみたいに家から出てきたときには、びっくり仰天した。シンディはカットオフのジーンズにTシャツという格好で、話しかけられたとき、ライフルがあり、両手を遊ばせておかずにすむことにほっとしながら、ラリーはそこに立っていた。

「映画は好き？」シンディがきいた。

「ああ」ラリーはいった。「映画」

「行く？」

「〈スター・ウォーズ〉を見た。〈トランザム7000〉も。メリディアンで」

「あのドライブイン・シアターには行った？」

行ったことがなかった。ハティズバーグへ向けて二十分走り、淋しい二車線の道路からはいったところにある。それに、R指定の映画しかやらない。ケンとデイヴィッドが、何年も前に運動場でその話をしていたことを思い出した。いまではふたりは毎週末、恋人を連れてダブルデートして、ビールやマリファナを持ち込み、ネッキングしている。

「あたしたち、行ってもいいわよ」

「ぼくたち？」

「車は用意できるわね？」

盗まなければならなくても用意する。「ああ」

そんなふうに、道路のまんなかに立ち、ラリーはデートを申し込まれた。

「金曜の夜？」シンディがきいた。

「金曜の夜」ラリーは答えた。

「くそたまげた」父親がいった。

母親が身をかがめ、父親のコーヒーを注ぎ足した。

「たいしたもんでしょう、カール？」

だが、ニュースがまたはじまっていたので、父親はコーヒーを飲みながら、またテレビを見た。

ラリーが哀れっぽい視線を母親に投げたので、コーヒーポットを持った母親が、テーブルをまわって父親の視界をさえぎり、顔を近づけて目と目を合わせた。

「わたしの車を貸してあげないといけないのよ、カール。あなたに頼みなさいって、ラリーにいったの」

父親が母親から顔を遠ざけたが、どことなくくつろいだようすだった。ラリーが命じられなくても草刈りを終えていたときのようだ。「自分でおれにきけば、貸してやらないでもない」カールがいった。

母親がうしろに体をのばし、ラリーにうなずいてみせた。

「いい？」ラリーはきいた。

「なにがだ？」

「金曜日の夜にシンディとドライブイン・シアターへ行くので、どうかお母さんの車を貸してください」細かいことをいったのを、即座に悔やんだ。

「どこですって？」母親がいった。「だめよ——」

カールが、にやにや笑いたいのをこらえていた。

「おっぱいが見られるところだな？」

「カール——」

「いつもそうじゃないよ、お父さん」顔が真っ赤になっていた。「こんどは西部劇なんだ。ジェイムズ兄弟の強盗団。〈ロング・ライダーズ〉だよ」

「〈ロング・ライダーズ〉か」父親がいった。「レーティングは？」

ラリーは、皿に視線を落とした。「R」

「カール——」

「ジェシー・ジェイムズ映画、おっぱいまで見られる」

「カール！」

カールが頬をゆるめかけ、両眼がいたずらっぽくきらめいていた。「当時だって、そういうものはあったんだぞ、アイナ。そうとも、あったはずだ。よし、坊主」ラリーに向かっていった。「行っていいぞ。ビュイックに乗っていけ。リアシートがずっと広い」

「カール・オット、やめなさい！」

「アイナ、こいつは十六歳なんだぞ。ようし。金も出してやる」財布を出して、二十ドル札を一枚抜いた。テーブルで平らにのばし、ラリーの皿マットのほうへ滑らせた。

千ドル札をよこされたとしても、ラリーはそれほどびっくりはしなかっただろう。一瞬、なにをいえばいいのか、わからなくなった。

「ラリー」母親が両眉をあげた。

「ありがとうございます」

「さあ、郵便を取ってこい」

父親はあいかわらずラリーを学校へ送っていた。会話のない長い時間を、ふたりとも耐えていた。どちらも狩猟小屋での出来事を口にせず、ラリーとサイラスの喧嘩の話もしなかった。あの晩、カールはしばらくしてから帰ってきて、謝りもせず、ライフルのこともいわず、まるでずっと働いていたみたいに家にはいってきた。冷蔵庫へ行ってビールを出し、テレビの前に座って野球を見た。その日の夕食では、母親がいつも求めているお祈りをカールが唱えただけで、だれも口をきかなかった。「この食事に祝福のあらんことを、アーメン」だが、翌日、そしてその翌日というように、しだいにいつもの三人での暮らしが戻ってきた。カールが働き、母親が料理と掃除洗濯をやり、教会の奉仕活動をして、ラリーは学校へ通った。

そしていまも、ラリーは父親の赤いフォードの助手席のドアにもたれ、窓から自分の人生の風景を眺めていた。きょうはちがう風景。木立、蔓草、サイドウィンドウの外を流れ過ぎるウォーカーの家、でこぼこのポーチ、タール紙を貼った壁、ラリーのデートの相手がなかで動き、服を着たり脱いだりし、かわいい顔がバスルームの鏡に映っている。

ほどなくラリーと父親は、ファルサム近辺の建て込んだ家並みを過ぎ、父親の修理工場を過ぎ、商業地区を抜け、学校に着く。ラリーは、「グッバイ、お父さん」といっておりる。父親がいつものようにちらりと見て、「さよなら」といい、ラリーは本をいっぱい抱えて教室へ行く。

ラリーはいま三年生で、そのハイスクールは黒人生徒のほうが白人生徒よりも多いが、シャボットの学校よりも比率はましだった。教室で四人の白人生徒のうちのひとりであるラリーは、黒人生徒が五人なので、いくらか安心できた。女生徒はまったく同数だった。

その朝、そっと着席したラリーは、うしろの席のケンにいわずにはいられなかった。「こんどの週末、ドライブイン・シアターに行くよ」

「ひとりきりで？」

一列向こうのディヴィッドが、くすくす笑った。

「ちがうよ、ケニー。デートのお相手がいるのさ」手を丸めて、マスターベーションをする仕種をした。

「毎晩のデートの相手とおなじだよ」

「シンディ・ウォーカーだ」といってから、ラリーは正面を向いた。教師がはいってきて、静かにしなさいと生徒たちに注意していた。

「うっそだろ」ケンが、ラリーの頭のうしろに向けて鋭いささやきを発した。「おまえなんかと付き合うわけがねえ」

「それがそうなんだよ」ラリーは、肩ごしにささやいた。

「ミスター・オット」教師がいった。「クラスのみんなに教えたいことでもあるのかしら?」

全員の視線が注がれたので、ラリーはいった。「いいえ、先生」

休み時間に、教室のある建物を過ぎて、体育館の裏にまわり、野球のグラウンドを目指した。金属製の屋根のない観客席《スタンド》が二カ所にあり、一カ所が生徒の喫煙場所に指定されている。ラリーはここにはめったに来ない。休み時間はたいがい体育館のベンチで独り本を読むのだが、きょうはちがう。シンディが煙草を吸い、漂白したジーンズにＴシャツの友人たちとここにたむろすることを、ラリーは知っていた。グラウンドでは野球チームが練習をしていて、ショートを守るサイラスが強い打球をさばき、なんなくセカンドのモートン・モリセットにボールをほうっているのが見えた。このダブルプレイ・コンビは地元では有名で、３２ジョーンズとＭ＆Ｍというふたりの若者の二遊間を抜くのはボールを銃から打ち出さないかぎり無理だと、新聞に書かれていた。

ラリーはしばらく眺め、白人女生徒の群れのなかで煙草を吸っているシンディを見つけた。スタンドの蔭から出ると、ラリーはシンディに手をふった。シンディが友人たちになにかをいい、歩いてきた。

「ヘイ」ラリーはいった。

「ヘイ」シンディが、煙草をしゃぶるように吸ってから、ふたりのあいだに落とした。「なんなの？」

「いっておいたほうがいいと思って。ドライブインの映画は〈悪魔の棲む家〉なんだ」

「なに？」

「〈悪魔の棲む家〉。お化け屋敷の話だ。雑誌でぜんぶ読んだ。うちの母はホラー映画なんかぜったいに見るのを許さない。それで、いったんだ」

シンディは、野球のグラウンドのほうを見ていた。

「なにを」

「〈ロング・ライダーズ〉を見にいくって。ジェシー・ジェイムズ物の」

「だれ？」

「西部開拓時代の無法者《アウトロー》」

「あ、そう」


ふたりは、しばし佇んだ。

「あのね」シンディがいった。「もう行かないと」

「待って。何時に迎えにいけばいい？」

「七時。映画は暗くならないとはじまらない」

「わかった」ラリーがそういったときには、シンディは歩きだしていた。

と、ふりむいた。「ラリー」

「ああ」

「ビール、用意できる？」

「たぶん」

ラリーはしばし佇み、シンディを見送ってから、グラウンドに目を戻した。サイラスがじっとふたりを見ていた。シンディと話をしているのをサイラスが見ていたことを願い、ラリーは片手を挙げてふろうとした。だが、M&Mがグローブで口を覆ってなにかをいい、サイラスがふりむいて、ゴロがショートバウンドする瞬間にきわどくキャッチした。

ラリーの一生でもっとものろい一週間だった。時計は敵で、一分一分を凍りつかせ、分針と時針でラリーをあざけった。果てしなく長く思える授業が、これまたよけい長く思え、読書もつまらなくなっていた。夕方に母親が迎えにきて、一日のことをきく。だいじょうぶだよ、とラリーは答える。シンディと話をした？　ううん、お母さん。どうしてよ？

「お母さん、きくのやめてよ」水曜日に、ラリーはいった。

「あなたたちがなにをするのか、話してもらえないかと思って」

「話したでしょう、月曜日に。映画に行く」

「あの子はよろこんでいるの？」

そうは見えない。ラリーはカフェテリアでシンディに手をふったが、シンディはうなずくか顎をあげるだけで、ばつが悪そうだった。

「たぶんね」

「わたしは最初のデートを憶えているわ」

「お父さんと？」

母親が、ラリーをちらりと見た。「ちがうわ。べつの男のひとと」いっしょに釣りに行き、釣り針に餌をつけてくれるときに、その男が気もそぞろで水に落ちそうになったという話をした。母親がしゃべりつづけているあいだ、二度目のデートではシンディを釣りに誘うべきかもしれないと、ラリーは考えていた。

木曜日のランチのとき、ラリーはオレンジ色のトレイにフィッシュスティック、サヤインゲン、コーンを載せて、白人男子生徒のテーブルへ行き、ケンやディヴィッドが混じっている数人からすこし離れたところに座った。行儀よくさせるために、どのテーブルにも教師がひとりずつ端の席にいる。職業指導をしている農学教師のロバートソン先生が、父親が牛を育てているフレッドという肥った生徒とならんで、奥の席に座っていた。食事のほうにかがみ込んでいる黒人男子生徒と女生徒の頭の上からシンディが見える場所に、ラリーは座った。バンドで髪をひっつめにしたシンディが食べるのを見守った。サイラスはいつものように、野球チームやハイタワー監督といっしょのテーブルだ。

「オット」ケンが呼んだ。

ラリーが顔をあげると、ケンが手招きしていた。驚くとともに不安になり、ラリーはトレイをテーブルの上でずらした。

「ゴムは手に入れたか?」デイヴィッドがきいた。

ラリーは首をふった。

「買うのにいちばんいいのは」デイヴィッドがいった。「チャップマン薬局だ。チャップマンのじいさんなら売ってくれる。《プレイボーイ》も売ってくれる」

「そうなの?」ラリーはいった。

「なんでこいつがゴムがいるんだよ?」フィリップという生徒がきいた。

「オットは金曜日にデートするんだ。だろ?」

ラリーはうなずいた。

「だれと?」

「ジャッキー」だれかがいい、テーブルに爆笑がひろがった。

ラリーが顔を真っ赤にして答えようとすると、ケンがいった。「シンディ・ウォーカー」

男子生徒が全員、ラリーのほうを向いた。

「すぐやらせる女だ」ひとりがいった。

「どうして知ってる?」ケンがきいた。

「おまえ、どう思う?」

「あいつはニガーが好きだって聞いたぞ」フィリップがいった。

「おまえの母さんニガー好き」ラリーはそっといった。考えもせずに。

一瞬、そのテーブルは、カフェテリアのハリケーンのものすごく静かな目になり、男子生徒たちはラリーとフィリップを見比べていた。ラリーは尻ポケットの折り畳みナイフを意識していた。するとケンが笑って掌を差し出し、ラリーはそれをひっぱたいた。

「おい、強がってるのか？」フィリップがいった。

「あんたの負け」と、だれかがいった。

「映画はなんだ？」緊張をほぐそうとして、ケンがラリーにきいた。ラリーが題名をいうと、みんながその話をしはじめて、さぞかし血みどろにちがいないといった。フィリップまでもが、話にくわわった。一本とられたのを帳消しにしたいのだろうと、ラリーは憶測した。ラリーはうれしくて食べるのも忘れ、トレイのコーンを見た。デートはあすだし、その話ができる友だちがいる。カフェテリアの向こうでは、シンディが友だちふたりといっしょに立ちあがり、混み合ったテーブルのあいだを通って配膳口へ行き、太い黒い手にトレイを渡すと、喫煙所に向かった。

　表に出たラリーは、いつのまにかケンとデイヴィッドといっしょに舗道を歩いていた。デイヴィッドが財布を出した。

「ほらよ」セロファンにくるまれた平たいものを、ラリーに渡した。〈トロージャン〉だった。

　ラリーはコンドームを見たことはなかったが、そうだとわかって受け取った。中身がぬるぬる動く。「きみはいらないの？」

「そうなんだ、こいつにはいらない」ケンがいい、三人は笑った。ラリーは自分の財布を出して、それを二十ドル札に重ねて入れた。


　ラリーはキッチンをうろついていた。となりの部屋で父親がテレビを見て、ビールを飲んでいる。母親がうしろでコーンブレッドをこしらえている。廊下を進み、銃器戸棚の前を通り、バスルームの鏡で自分の顔を見てから出てきた。父親は自分の椅子に座っている。キッチンに戻った。冷蔵庫をあけ、バドワイザーが九本あるのを見た。カウンターで鼻歌を歌っていた母親が、ラリーのほうをちらりと見てほほえんだ。

「紳士らしくね」

「わかってる」

「それがどういう意味か、わかるの？」

「やさしくする？」

「そうよ。それに、彼女が部屋にはいってきたときには、立ちあがるの。ドアをあけてあげる。食事のときには、椅子を引いてあげる」

「映画に行くんだよ」ラリーはいった。

「それじゃ、切符を買ってあげなさい。お父さんからもらったお金で。ポップコーンを食べるかどうかときいて、買ってきてあげる。大きなカップ入りのをふたりで食べるのはロマンティックよ。でも、彼女が自分ひとりのがほしければ、それはそれでいい」

　ラリーは缶ビールを一本ポケットに入れて、そちら側を母親に見られないようにしながらキッチンを出た。

　父親は靴下だけはいてビールをちびちび飲んでいる――作業用の靴は、ポーチのドアのそばに置いてある。ラリーは自分の部屋でベッドの下に冷えた缶ビールを隠し、父親のそばを通ってキッチンに戻ると、冷蔵庫をあけた。

　母親が、フライパンにバターを塗っていた。「あなたたち、なんの映画を見るんですって？」

〈ロング・ライダーズ〉だとラリーはいい、なんの映画かときかれたので、いらだちが声に出ないように気をつけてまた説明し、ビールをもう一本ポケットに入れた。

「坊主」父親の呼ぶ声。

　ラリーは、ドアのところでぴたりと立ちどまった。

「はい」

「ビールを持ってきてくれ」

「はい、お父さん」ラリーはポケットからさっと缶ビールを出した。ラリーがキッチンを出たとき、カールはテレビの前にしゃがんで、チャンネルを変えていた。ラリーはコーヒーテーブルの父親の椅子寄りにビールを置き、きびすを返した。

「おい」父親がいったので、ラリーは足をとめた。

「はい」

カールが、じっと見ていた。「セシルにあの金をやるんじゃないぞ」

「あげませんよ、お父さん」

「釣りがあったら返せ」

「わかりました」

ラリーはビールをもう一本盗み、それでぎりぎりだと考えた。太腿が冷たく、ポケットが濡れて染みになっている。

夕食のときに、カールが焼いた肉をひと口大に切り分け、母親がふたりの最初のデートの話をするあいだ、ラリーはグレイヴィーソースをまぶしたライスをろくに嚙まずに食べた。

「あわてないで」母親がいった。「早すぎるのはだめよ。女の子はそういうのが嫌いなの」

「わかりました、お母さん」

カールが、ポテトを取ってくれといったので、母親が渡した。

「あの古い木のこと憶えてる、カール?」母親がきいた。

「木?」

「憶えているわよね。結婚する前。崖の上」

「ああ」カールは肉とライスとグレイヴィーソースをまぜて、ニンジンとポテトもくわえ、盛大なシチューをこしらえていた。「コリンズじいさんの土地だ」

「そういう名前だったわね。木があったでしょう」母親が、ラリーに向かっていった。「崖の横から生えてるの。なんていう木だった、カール?」

「ライブオーク(常緑のブナの一種)」

「そうそう。崖からずっと下まで根が見えていてね、底は茨のものすごい茂みだった。憶えてるでしょう、カール？」

「ああ。ブルドーザーでどかしたもんだ」

「そこでお父さんとわたしとお友だちは集まったの。そうよね、カール？　焚き火をして、男の子たちがその古い木に登り、ロープでぶらさがった。わたしたち、女の子は見物してた」

「お母さんはやろうとしなかったんだ」カールがいった。

「そんなはしたないことはできないわよ」母親がいった。「ワンピースなんだから」

　三人はしばらく食べ、減っていないアイスティーのグラスに、母親が注ごうとした。

「あれは憶えてるかな」カールがいった。「セシルに金を出して、ぶらさがれといった。あいつは酔っ払ってた」

　憶えていないと、母親がいった。

　ラリーは、父親の顔を見た。

「ああ、あのときはいなかったかもしれない」父親が、ラリーにウィンクした。「べつの女を連れていたかもな」

「カール・オット」

　ラリーはいった。「どうなったの？」

　カールが皿を押しやって、立ちあがった。冷蔵庫へ行き、ビールを出した。五本しか残っていないのに気づくのではないかと、ラリーはびくびくした。だが、カールは腰をおろし、皿を引き戻して、プルタブをあけた。

「おれたちは」カールが語を継いだ。「その木を登ったんだ。でっかい幹が二本、上のほうにあってな、一本に立って、高いほうの幹にロープを結びつける。握れるようなでっかい結び目をこしらえて、輪に足をかける。幹に立って息を吸い、その谷底の上に跳び出す。夜が最高だ。真っ暗ななかでくそコウモリみたいに飛びまわる」

ラリーはそれを思い浮かべた。世界の上を風を切って飛ぶ。胃袋は木に残し、ぐるぐるまわるあいだ、無重力になる。ロープがふれる頂点でとまり、揺り戻され、手みたいに待っている幹をつかむ。

「母さんがいった茨の茂みはそのとおりでな」カールがいった。「先っぽが黒い棘ときたら、ナマズのひれなみの大きさだ。トレブルフックが散らばる穴に落ちたほうがましさ。ウルシもある。おまえのコミックに出てくるみたいなやつさ。

で、セシルのやつは、高いところが怖い。スクールバスのステップも昇りたがらない。木登りしてるところなんか見たことがない。だが、その日はたしか、おれたち男は六人か八人いて、ビールを飲み、セシルを車に乗せて昼からずっと連れまわし、弱虫だの女々しいだのといってた。やっと暗くなったころに、おれはいったんだ。〝おい、セシル。やったら一ドルやるよ〟

セシルがでかい木の幹を見あげていった。〝そんなはした金じゃ足りねえよ〟

〝それか〟だれかがいった。〝二ドルにしよう〟

ビールを飲みながら、セシルがいう。〝みんな、金じゃ買えねえこともあるんだぜ。三ドルならやるよ〟」

その話をしながら、父親はにやにや笑っていた。

「セシルはその金を拝むために、おれたちに金を出させた。カットオフのブルージーンズだけで、シャツも靴もなしだ。やつの家族はみんな、ニガーなみに貧乏だった。夏休みになると、セシルのおふくろは長ズボンを切って半ズボンにし、靴は弟におさがりできるように取りあげる。そのころは、おれたちはみんな夏は素足だった。足の裏が硬くなって、ナイフでしばらく削ってもなにも感じないほどだった。

それはともかく、セシルはまたビールをぐいと飲んだ。その前から、クーター・ブラウン（南部の伝承にある酔っ払いで、あまり意味もなく比喩として使われる）みたいにぐでんぐでんだった。手の関節をポキポキ鳴らし、頭の弱いターザンよろしくその木によじ登り、低いほうの幹にまたがった。下は見ない。地面からは十フィートくらいだが、その崖は二十フィートか二十五フィート落ち込んでる。飛び込む深さはたっぷりある」

カールが間を置いて、ビールをぐびりと飲んだ。

「おれは焚き火のそばの仲間ににじり寄って、〝見ろよ〟っていった。セシルはもうロープを握ってた。暗かったが、どうにか見えた。輪に足を突っ込もうとしてた。やつは酔っ払ってた。さもなきゃ、跳ぶどころか、木にも登らなかったさ。そのときセシルがウォーッと叫んで幹から跳びだした。ターザンの叫び声をあげてたが、途中で声が変わって、とぎれた。おれたちは崖っぷちへ行って、どうなったのか覗いてみた。なにが見えたと思う？　くそロープがひらひらと戻ってきた。セシルなしで。闇から悲鳴が聞こえ、ぶつかる音がした。ずっと下の茨の茂みだ。おれたちは口をぽかんとあけて、顔を見合わせた。セシルを殺しちまった。

だが、そのとき悪態が聞こえてきた。谷底から、半マイルも離れてるみたいだった。〇〇ったれだの、〇〇野郎だの、こんちく〇〇〇だの――」

「カール」母親はいったが、笑いをこらえていた。

「それで、おれたちは地べたで笑い転げてた。セシルは茨や棘をよけられるような服も着てなかったからな。ようやくセシルが二十分くらいして崖を登ってきた。アカオオヤマネコといっしょの檻にはいってたみたいに、ミミズ腫れができ、全身切り刻まれ、血を流し、頭にはでかいたんこぶができてた。おれたちは笑いすぎで声も出なくなってた。おれは息もできなくて、顔が真っ赤になって、窒息しそうだった。茨が髪の毛から突き出てるセシルが、焚き火の明かりのなかに立ってたが、おれたちが笑ってるのを見て、あの馬鹿、自分も笑い出し、血まみれの手を差し出して、金をもらおうとした」

　父親が首をふり、にやにや笑い、母親も声をあげて笑っていた。ラリーも笑った。

「その木はどこ？」シンディを連れていけるかもしれないと思い、ラリーはきいた。「ロープはまだあるの？」

　ラリーをちらりと見て、父親はいった。「いや」

「どうなったの？」

「切り倒された。製材所に」父親が皿を脇にのけて、テーブルから立った。「ごちそうさま」というと、冷蔵庫からまたビールを出して、リビングルームへ行った。

　ラリーと母親はしばし座っていた。リビングルームでテレビをつける音がした。

「もう行ったら」母親がいった。「待たせてはだめよ」


　ラリーは、ウォーカー家の前でビュイックをおりた。車がない。シンディの母親は仕事に出かけているのだ。セシルがポーチで煙草を吸って待っていた。いつもどおり、脂じみた野球帽にカットオフ・ジーンズ、汚れた白いTシャツという格好で、靴ははいていない。

「ヘイ、セシル」切り傷だらけで血まみれになっているセシルを思い浮かべてにやにやしながら、ラリーは庭を通っていった。

　セシルが、煙草をラリーのほうにはじいた。「小僧、きょうからは二度とセシルと呼ぶな。これからはウォーカーさんだ、わかったか？」

　ラリーは立ちどまった。

「わかったかといったんだ」

「うん」

「なにが？」

「わかりました」

「こっちへ来い」セシルがいった。

シンディが出てくればいいのにと思いながら、小さな家の窓を見やって、ラリーは庭を横切った。

「どうかしたの、セ——」ポーチに近づくと、ラリーはいった。「——その、ウォーカーさん？」

セシルがふざけているのならいいのだがと思い、ステップの下で足をとめた。いまにも下の歯が欠けている口をあけて、粗野な笑いを浮かべ、肘で小突いてこういうのではないか、と。「おちょくっただけだ、ラリー坊。おまえもなかなかのもんだな」

だが、ラリーの襟をつかんでステップをあがらせた手は、大ハンマーみたいに硬かった。このセシルは、切り傷だらけで目をぱちくりさせている間抜けではない。セシルがラリーをくるりとまわして、ざらざらの壁に顔を押しつけた。古ぼけた灰色の板とそのかすかに甘いにおいが、ラリーの鼻をくすぐった。涙か血かわからないが、なにかが頬を伝った。セシルは片手でラリーのうなじを押さえ、もういっぽうの手で腰を押さえていた。セシルが顔をくっつけて、髭がラリーの頬にちくちく刺さり、ビールと煙草と歯に挟まった古い肉のにおいがした。

「おまえがあの子に指一本でも触れたら」セシルが、鋭くささやいた。「そのちっぽけなちんちんをこの手で切り落としてやる」首を押さえていた力がゆるんだが、ラリーがもがく前に、睾丸を握られた。

ラリーは膝の力が抜けそうになったが、セシルの手は首に戻り、壁に顔を押しつけた。

「わかったか、弱虫小僧？」

吐くかもしれないと、ラリーは思った。セシルが手をどかすと、ラリーはくずおれた。ポーチの板を踏む靴音が聞こえ、動こうとした。

「わかったかときいたんだ。それから、おやじにひとことでもいったら——」

「セシル！」シンディだった。ふたりのあいだにはいり、継父を押しのけた。

セシルが笑い、ラリーをまたいでドアへ行った。

「こいつと出かけろ。今夜はおまえの役に立たんだろうよ、淫売」

網戸がバタンと閉まった。

シンディが助け起こそうとしたが、ラリーは首をふって、倒れたまま息を整えた。

「すぐに戻るから」シンディがいった。

ラリーは両目を閉じていたが、水が――涙ですらなく、水が――頬にこぼれ落ち、口と顎にかかるのがわかった。熱い焼肉のげっぷが何度か出て、吐かないようにするのが精いっぱいだった。家のなかでどなり合っているのが聞こえる。

やがて網戸がきしみ、バタンと閉まり、シンディが戻ってきて、ラリーを立たせた。シンディの体が触れるのをラリーは意識し、汗臭い香水と煙草のにおいがした。

「歩ける？」

「うん」

ふたりは車に向かった。

「あのろくでなし」シンディがいった。「大ッ嫌い」

ラリーは、シンディのためにドアをあけてやった。

シンディが礼もいわずに乗り込み、ラリーはよたよたしながら、家のほうを見つつ、車のうしろをまわった。運転席に乗った。シンディは窓の外、道路の向かいを見ていた。

「あと三十分で」ラリーはいった。「暗くなる」

シンディは答えなかった。

「最初になにをやりたい？」

「これ」シンディがいった。「こっち来て」

ドライブインではなくここでキスをするのかと思ってびっくりしたが、ラリーはシートの上で腰をずらした。だが、シンディは自分の側のドアをあけておりると、車のまわりを走り、運転席に乗った。

セシルが出てきて、煙草に火をつけていた。

「ビールある？」

「二本だけ」

「ちっ。どれ？」

ラリーは、座席の下に手を入れて、一本出した。

シンディが受け取り、ちらりと見た。「ぬるいよ」

「ごめん」

シンディがプルタブをあけると、泡が噴き出して手にかかった。「ちっ」シンディがかかったビールを指からふり落とした。

シンディはビュイックのエンジンをかけ、タイヤを滑らせて発進し、継父に向けて中指を突き出した。ラリーがうしろを見ると、車はもう砂利を飛ばして遠ざかろうとしていたのに、セシルがポーチからおりてすたすたと歩いてきた。

シンディがビールを飲んで顔をしかめた。ラジオをつけて、ダイヤルをまわし、ビージーズの〈ステイン・アライヴ〉を流している局に合わせた。サイドウィンドウをあけて煙草に火をつけるのに苦労したので、いったん閉めて火をつけてからまたあけた。片手にビールを、もういっぽうの手に煙草を持って、未舗装路で加速した。短いスカートをはいていて、風で裾がめくれ、ラリーには脚のかなり上まで見えた。股を軽くひらいていて、日光浴のおかげで茶色く日焼けしている。ひとに運転させたことをカールが知ったら、ラリーは厄介な目に遭うはずだった。セシルはいいつけるだろうか？　いまごろうちに来ているのではないか？

「ぼくが運転したほうがいい」ラリーはいった。「だいたい免許を持ってるの？」

「聞いて」シンディがいった。「頼みがあるの」

「わかった」

シンディは、ビールを飲みながら、ラリーのほうを見ずに運転していた。「今夜、べつに行きたいところがあるの。映画じゃなくて」

「どういうこと？　どこ？」

シンディがラリーのほうをちらりと見た。口を出た煙がサイドウィンドウから吸い出される。「あのくそじじいが出かけるのを許したのは、あんたがいっしょだからだよ」

「ぼくが？」

「そうさ。あんたとなら安全だと思ってるから」

「安全だよ」ラリーはいった。

「知ってる。だからファルサムに行かないといけない。彼に会わないと」

「だれ？」

「あたしの彼氏」

　ラリーは、脚をおずおずと動かした。睾丸がまだ痛かった。「でも――」

「聞いて」シンディがいった。「助けてほしいんだ。ほかのだれにもできない。セシルのやつ、あたしを狙ってるし、彼に会いにいけなかったら、もうぜったいにセシルから逃げられない」

「だけど――」

　ハイウェイに近づくと、シンディは速度を落とし、左右もたしかめず、ウィンカーも出さずに曲がった。ドライブイン・シアターとは逆の方向に向かっている。

　ラリーは、なにをいえばいいのかわからなかった。吐き気はおさまっていたが、べつのものがそれに代わっていた。

「シンディ」ラリーはいった。「ただデートできないの？」

「これからだいじな話をするよ」シンディがいった。

「だれも知らないこと」

「わかった」

「ぜったいにだれにもいわないって、神に誓わなきゃならないようなことよ。いい？」

「誓う」

「ぼくは誓います」

「神に」

「神に」

　シンディが、煙草をサイドウィンドウから投げ捨てた。

「赤ちゃんが生まれるの」ビールを飲みながら、シンディがいった。

　なんといえばいいのか、ラリーにはわからなかった。

「なんだって？」

「赤ちゃん。ちびの赤ちゃん。セシルに知られたら殺される」

「だれなの、その父親は？」ラリーはきいた。「きみの彼氏？」

　セシルが、ラリーの顔を見た。「いえない。セシルに知られたら、彼も殺される」

「ぼくはなにをすればいいの？」

「話し合うために、彼に会わないといけない。計画を立てないといけない。しばらく車を走らせてて。でも、だれにも見られないようにして。映画に行っていいけど、二度目がはじまるまで待って。もうそのときには入場料はとらないし、車ではいってっても、あたしが乗ってるかどうか、だれにも見えない。奥のほうにとめて。彼がうちの近くの路まで送ってくる。そこで十一時にあたしを拾って、家まで乗せてって。そうすれば、セシルにはわかりゃしない」

　ラリーは、このデートのことを何十回も空想した。ドライブイン・シアターにはいり、一台あたりの料金の五ドルを払い、敷地を進んでいって、乗用車やピックアップに乗った客たちのそばを通り、スピーカーが吊るしてある柱のそばを通る。最後部の二列まで行けば、いちばんプライバシーが保てると、デイヴィッドが教えてくれた。スピーカーをはずして窓にかけ、女の子といっしょにシートを乗り越えてリアシートへ行き、毛布をかぶる——兄貴は座席の下にビールといっしょに隠している——そうしたら、ネッキングをはじめる。タイミングを見計らい、女の子が燃えてきて、股がひらきはじめたら、ゴムをはめて……。

　そういったことが、すべて吹っ飛ぼうとしていた。ファルサムに向かうハイウェイで、それがすぐ横を時速六十マイルで流れ去っていった。シンディが空き缶をサイドウィンドウから投げ捨てた。「もう一本ある？」

「シンディ」ビールを渡しながら、ラリーはいった。「こういうことはやりたくない。映画に行くだけじゃだめなの？」

「あたしの話を聞いてなかったの？　くそっ——」プルタブをあけると、ビールが爆発した。「あたしのいったこと、聞いてなかったの？」

「聞いてた」

　シンディが、手をシートで拭った。「映画なんかくそくらえ。あたしを助けられる人間は、この世にあんたしかいないのよ、ラリー。まったくもう。わかった？」

「帰り道はわかるよね？」車をおりて、助手席のウィンドウにかがみ込み、ラリーのほうを見ながら、シンディがいった。

　シンディの運転でファルサムを過ぎ、四車線の道路が二車線になり、標識のない田舎道に折れて、さらに舗装されていない路に出た。クロヘビが砂利の上を横切っていたので、シンディはハンドルを切って、轢こうとした。ラリーはとめもしなかった。べつの路でシンディが車をとめた。人家は見あたらない。木立は高く、青々としていて、鳥がいっぱいいた。

「帰り道はわかるかってきいたんだよ」

「ああ」ラリーはシンディの顔を見なかった。

「うちのそばの路に十一時だよ。わかったね？」

「わかった」

「来てくれるんだろう？」

ラリーはうなずいた。

「誓う？」

「うん」

「神に誓いな、ラリー」

シンディの手の暖かさがハンドルに残っていて、煙草のにおいがして、シートはビールで濡れていた。母親に勘付かれないように、サイドウィンドウをあけっぱなしにしておかないといけない。

「神に誓います」ラリーはいった。

ラリーが車を出すと、脇道に入れてバックして方向転換するあいだ、シンディは離れていた。シンディが手をふったが、ラリーはふり返さず、ハンドルをきつく握って、アクセルをそろそろと踏んだだけだった。ビュイックが揺れながら走り、クロヘビがのびているところを通り、迫り来る闇のなか、シンディを森のなかに置き去りにした。走り去るあいだ、ラリーはミラーでシンディを眺め、シンディが向きをかえて走り出す——その路の先のどこかで待っている彼氏のほうへ走ってゆく——のを見ていた。

そのあと、ラリーはシンディにいわれたとおりにした。ひとりで車を走らせた。ドライブイン・シアターへ行き、ビュイックを目につかないところにとめ、アミティヴィルの家とそこに棲む悪魔から家族が逃げ出すという筋書きの映画の第一回上映が終わるまで、木の枝のあいだから見ていた。休憩時間と予告篇をやり過ごし、ラジオがラリーには聞こえない歌を流し、感じられない天候について説明するあいだ待っていた。第二回がはじまるのを待ち、ライトを消して入場券売場を通り過ぎてはいっていった。シンディがいったとおり、入場券売場にはだれもいない。上のほうでスクリーンがちらちら光り、ビュイックは、男や女や少年や少女が乗った乗用車やピックアップのあいだをそろそろと抜けて、スピーカーが鳴り響き、甲高い音を発している金属柱のそばを通り、風に押されているポップコーンの箱の脇を通り、コークの空コップがそのうしろで転がった。最後列から二番目の列の端近くに、ラリーは車をとめた。木立のせいで、月明かりは届かない。サイドウィンドウをあけてスピーカーをひっかけ、スクリーンで動いているひとびとを眺めた。

　映画がはじまって三十分たつと、一列前の数カ所先のスペースにいた車が、バックで出てきた。スクリーンの明かりで見ていると、それがケンの父親のフォード・フェアモントの形をなしはじめ、はいってきたのを見られたにちがいないとラリーは気づいた。パーキングライトをつけたままで、その車が列の端まで進み、向きを変えてラリーのほうへ戻ってきた。ビュイックに近づくと速度をゆるめ、いったんとまってから、すぐうしろのスペースにバックではいってきた。パーキングライトが消えた。そこからだと、ケンとデイヴィッド、もしくはケンとデートの相手に、ひとりだというのを見られてしまう。

　ラリーは座席の下に手をのばし、持ってきた毛布を出した。あいた手をすばやくそれでくるんで、肩の横で差しあげ、女の子の頭に見せかけた。シンディがくっついて座っているように。バックミラーを見たが、フォードの車内は見えない。ケンたちではないのかもしれない。だが、そうだとわかっていた。車から出てこないことを願いながらじっと座り、腕を曲げて、彼女が身を乗り出し、なにかを耳もとでささやいているように見せかけた。キスしているのかもしれない。数分後に腕の筋肉が疲れると、手をのばして座席からアームレストを引き出し、そこに肘を乗せた。スクリーンの動きは、まったく頭にはいらなかった。

　ミラーに映るフォードの車内が明るくなり、ケンとデイヴィッドの顔が見えた。ケンが運転席側のドアをあけたのだ。車をおりたケンが立っていた。ポップコーンを買いにいくのかもしれない。それでも、ラリーはハンドルの下から手をのばし、手首が曲がって痛かったが、エンジンをかけた。ケンがやってくる。近づいて首を曲げ、覗こうとしていた。ラリーはセレクターをドライブに入れ、左手でハンドルを切って、車体を傾がせながら走り出した。右手を必死で持ちあげ、毛布を安定させていた。シンディも自分も、映画にはうんざりしたとでもいうように、あいたスペースに立つケンを残していった。

シンディの彼氏が見られるかもしれないと思い、十一時十五分前に、ラリーは路の決められた場所に着いた。車で見分けられるかもしれない。年上の男ではないかという気がした。金曜日は、シンディの母親のミス・シェリアがネクタイ工場の遅番勤務で、午前零時まで帰ってこない。でも、早く帰ってきた場合にそなえ、念のためウォーカー家とオット家の郵便箱の前を過ぎて、見られる気遣いのないずっと先に車をとめた。煙草とビールのにおいが消えることを願ってサイドウィンドウをあけたまま、ヘッドライドが見えるのを待った。

十一時に、シートで背すじをのばした。もう来るころだ。

だが、十一時十五分を過ぎても、車は来なかった。高く昇った黄色い半月が、空で小首を傾げ、手前の木立を黒ずませている。十一時三十分になっても、一台も来ない。彼氏はシンディを早く送ってきたのかもしれない。だが、それでもシンディはデートに出かけたふりをしたいはずだ。ラリーはエンジンをかけて、ヘッドライトをロービームにすると、シンディがハンドバッグを持って郵便箱のそばに立っているのを期待しながら、曲がり角のそばをゆっくりと通った。

シンディはいなかった。もう一度通過してくだんの場所にとめた。不安がいっそう強まっていた。

十二時十分前に、車をおりてハイウェイのへりに立ち、コオロギやカエルの鳴き声のなかでなにかが聞こえないかと耳を澄ました。左右を眺めた。頭上では飛行機が一機、灯火を明滅させながら空を横切っていた。深いあばたのある月の頬が、それを穴埋めするパテみたいな星々のまんなかにある。もっとよく見ようと、道路に出た。事故があったのかもしれない。それをセシルにどう説明する？　父親にも、恐ろしい考えが浮かんだ。ひょっとして、警察がもう電話していて、みんなは知っているのかもしれない。

　十二時十分になると、なぜかしら気づかなかったのだろうと、都合のいいように考えはじめた。シンディの彼氏は、セシルが隠れているのを怖れ、ライトを消してそっと近づいてきたのかもしれない。ラリーはビュイックのエンジンをかけ、ヘッドライトをまたもやロービームにして、路面に車を戻し、ウォーカー家の前をくねくねと曲がって、一マイル先のラリーの家で突き当たりになっている、なじみの路へ曲がり込んだ。かんかんになったシンディが木立から飛び出すことを願って、車を走らせた。いままでどこにいたのよ？　十一時だっていったでしょう！　セシルにケツを蹴られちまう。あんたもよ。だが、怒った少女がヘッドライトを浴びることはなかった。蔓草が垂れさがり、木の葉に斜めに刻まれている、土埃まみれの樹木のジオラマや、森と溝を絶縁している鉄条網のフェンスがあるばかりだった。

　ラリーは、ハンドルを指で叩きながら、五分のあいだじっと座っていた。こっちの両親も心配しているはずだ。一時間以上も帰るのが遅れている。デートを一度もしたことがないので、両親が起きて待っているかどうかがわからない。母親の張り詰めた顔を思い浮かべた。デートはどうだったの？　ライトを消し、バキバキと砂利を鳴らしながら進んでいった。車が通るとコオロギが黙り、行ってしまうとまた鳴き出した。シンディは家と路のあいだのどこかにいるのかもしれない。酔っ払って気絶しているのかもしれない。シンディを轢いてしまうことを怖れて、ラリーは速度をさらに落とし、ほとんど進んでいないくらいにした。

セシルに気づかれるのも怖かった。ひょっとして、もう酔いつぶれているかもしれない。セシルもシンディも家にいて、こっちはなんでもないのにやきもきしているだけなのだろう。なにかわけがあるはずだ。こんなことで大騒ぎすることはない。ライトを消して、のろのろと走らせ、ウォーカーの家にさらに近づいた。ついに、最後のカーブに差しかかった。そこを曲がれば、庭がすっかり見える。指であいかわらず叩いている。やらなければならないことはわかっていた。玄関へ行って、シンディが無事に帰ったかどうかをたしかめる。

カーブをまわると、家は真っ暗だった。それが気になって、速度を落とした。みんな眠っているのか？　シンディの母親のために、明かりをひとつぐらいつけておくのではないか？　車が見えないから、まだ帰っていないはずだ。ブレーキをそっと踏み、セレクターに手をかけて、バックに入れようとしたとき、まるで松明でも点《とも》したみたいにセシルが闇から現われ、サイドウィンドウを熱い酒臭い息と怒りと汗まみれの腕が覆った。

「どこへ行ってた、このくそチビ？」

セシルの手がラリーの首、シャツの襟をつかんだ。ラリーはその腕にあらがい、車ががくんと前進し、ブレーキを踏みつけた。セシルが放さなかったので、セレクターをパーキングに叩き込んだとき、サイドウィンドウからひきずり出され、ドアのロックボタンがベルトループにひっかかって折れるのがわかった。

セシルがシャツの前をつかみ、ラリーを車体に押しつけた。

「あの子はどこだ？」

「知らない」ラリーはいった。「帰ったんだと思った」
「帰ったんだと思った？」セシルが、ラリーを地べたにほうり投げた。「帰るわけがねえだろう」
「おろしたよ」ラリーは、手でかいて逃げようとした。だが、セシルが迫ってきて、ラリーにまたがった。ふたりとも地面にいて、セシルがうなった。「どこでおろした？」ラリーはしゃべろうとしたが、セシルの両手が首にかかった。車のライト――ミス・シェリアが仕事から帰ってきた――が突然、地べたで揉み合っているふたりを捉えなかったら、絞め殺されていたかもしれないと、ラリーはあとで思った。

三十分後、郡保安官が到着した。

それよりも前、ラリーの両親がカールのピックアップに乗ってやってくる前に、両手をふるわせているミス・シェリアが、コーヒーを入れた。ラリーは擦り切れたソファのまんなかに座っていた。家のなかにはいるのがはじめてだということに、おぼろげに気づいていた。天井が低く、暗く、床が波打っている。小さなテレビには、ウサギの耳の形のアンテナ、チャンネル・ノブがない。どの灰皿も吸殻が山になり、枠に入れたシンディの学校の写真がいくつか壁にある。ラリーはそれを見ないようにした。オット夫妻を待つあいだ、ミス・シェリアは床を掃いたり、ビールの空き缶を片づけたりして、せっせと動きまわり、セシルはラリーの向かいでキッチンの椅子に座り、ラリーを睨みつけ、煙草をつぎつぎと吸っていた。ビールからコーヒーに切り換えているのは、ミス・シェリアに叱りつけられたからだ。「警察が来たときに酔っ払っていたくないでしょう」

単刀直入に真相に迫ろうとする感じの保安官は、制服を着ておらず、素足に室内履きで、ラリーの隣に座り、両親を無視して、辛抱強く、正確になにがあったのかときいていた。ラリーは、大人たちに見られているのを意識しながら、森のなかでおろすよう頼まれたことを話した。ドライブイン・シアターのことでは、毛布をシンディの頭に見せかけたことははしょり、二回目の途中で出たといった。誓いを立てていたので、シンディが妊娠していることは話さなかった。保安官が膝に両手を突いて、座りなおした。ティーンエイジャーのことだ、と保安官がいった。そうやきもきしても仕方がない。きっとどこかの男の子といっしょにいて、そのうち帰ってくるだろう。そういうことをやりそうにない子かね？　いいえ、ミス・シェリアが認めた。やりかねません。ティーンエイジャーというものは、と保安官がくりかえした。さて、みんなうちに帰ろう。朝になってもその子が帰らなかったら、電話してくれ、調べるから。

　悪態をつきながら外に飛び出していったセシルを除けば、それで全員が納得したようだった。だが、ラリーが立って出ていこうとすると、保安官がいった。

「ちょっと待て、若いの」

　ラリーが立ちどまると、保安官が尻ポケットを探り、折り畳みナイフを出した。

「男の子はみんな持ってる」ラリーはいった。

「そうか」保安官がいった。「まあ、あすまでようすを見よう」ナイフを自分のポケットに入れた。

　翌日になっても、シンディは帰らなかった。つぎの日も、そのつぎの日も、帰らなかった。ラリーとデートして行方不明になったという噂が立ち、月曜日に学校で、ラリーとシンディの車がタイヤを鳴らして走り去ったと、ケンとデイヴィッドが話した。保安官に報せがいった。それを話していなかったので、ラリーの話には穴があり、作られているように見られた。ラリーは火曜日に父親に付き添われて保安官事務所へ行き、何度もくりかえされる〝話し合い〟の第一回を受けた。保安官は厳しい態度になり、カールは怒り、妊娠しているとシンディがいったことをラリーは打ち明けた。

どうしてこのあいだの夜にいわなかったのかと、保安官が追及した。いわないと誓ったからです、とラリーはいった。

三人は保安官の車に乗った。ラリーはフロントシートと金網で区切られ、ドアをあけるノブが内側にないリアシートに乗せられた。シンディをおろした森のなかへ行き、保安官が、待っている車のタイヤの跡を見なかったかときいた。煙草の吸殻は？　コンドームは？　きみが嘘をついているのではないことを証明するのに役立つようなことが、なにかないか？　ありません。なにもありません。そうか、保安官がいった。若い娘を森に独りで置き去りにするのが、心配ではなかったのか？　紳士たるものが、そんなことをするものなのか？　答に窮したラリーは、車に連れ戻された。

シンディの友人たちが、情報を自発的にいうよう求められた。いっしょに行った可能性のある人間、行った可能性のある場所。だが、だれもなにも知らなかった。だれとも付き合っていないと、だれもがいい張った。その間も保安官助手たちが、猟犬にひっぱられ、落ち葉を蹴散らし、沢を渉《わた》って、カールの森でシンディを捜した。郡の他の地域でも捜索し、湖を浚い、ラリーを何度もくりかえし聴取し、告示を送り、ポスターを貼った。ラリーは復学せず、数週間が過ぎ、数カ月を経て、もっとも強く楽観していたひとびとですら、家出ではなかったと思いはじめ、サイラスがオクスフォードへ去ったあとも、自分の部屋で何時間も本を読んでいた。父親はビールではなくウィスキィを飲むようになり、酒量がどんどん増えた。商売が先細りになり、月ごとに客がまばらになり、しまいにはよそ者の車がぽつりぽつりと来るだけになると、飲みはじめる時間が早くなった。はいってくる客は、オフィスに座って煙草を吸っている、だらしない身なりの酔っ払いに出会う。その男は息子とはもういっさい口をきかず、馬鹿話もしない。ラリーの母親は教会へ行くのをやめて、家にこもり、鶏の世話をしていた。鶏小屋に立って宙を見つめたり、キッチンの流しで黄色い手袋をはめた手を黒ずんだ汚れ水にひたして窓の外を眺めたりすることも多かった。一家の暮らしは絵のように停止し、凍りつき、日々はカレンダーの空白の四角でしかなかった。夜には三人がテーブルに向かい、だれも味わうことなく黙然と食事をする。あるいは、絵のなかの人物のようにテレビの前に座る。明かりは野球の試合だけ、物音は、解説者の声、バットの打音、歓声、それにカールのグラスの氷のカチンという音だけだった。

　だれが思いついたことだったのか、ラリーには思い出せないが、一年近くたって、陸軍に入営した。シンディの遺体は発見されず、痕跡も、髪の毛一本、血痕ひとつ、短いスカートの糸屑一本見つからなかったので、ラリーがレイプして殺したというのが郡の住民のおおかたの見かただったにもかかわらず、ラリーはファルサムで長距離バスに乗ることができた。窓外の母親の姿が小さくなり、クルーカットにしてダッフルバッグを持ったラリーは、州のどん底のファルサムを離れて、基本訓練のために北のハティズバーグを目指した。陸軍の帳簿係は指揮官にラリーの事情を伝え、証拠が現われたときは送還して公判に付すということに、全関係者が同意していた。軍はラリーに目を光らせることになる。

　バスの車内でラリーはウィンドウに映る自分の顔を見て、手をのばし、眼鏡をはずした。眼鏡がないほうが痩せて見える。キャンプ・シェルビーに着くと、眼鏡はシートに残した。

　陸軍の没個性な生活が自分に合っていることがわかった。淡白な食事、休むひまもない基本訓練で、二十ポンド痩せた。配置指定のときに、どういう才能があるかと軍曹がきき、なにもないとラリーは答えた。それじゃ、おやじはなにをやっている。ラリーはいった。

「自動車整備士です」軍曹が書式になにやら記入してつぶやいた。「おやじがそれでなんとかやってるんなら、おまえもなんとかやれるだろう」そんなわけで、ラリーは配車場にまわされ、チェーンからぶらさがったエンジン・ブロック、あけたボンネット、制服のポケットに煙草を入れた気のいい都会っ子たちに囲まれた。ラリーはみんなのジョークににやにや笑ったが、孤高を守り、ベッドでも、食堂でも、自分のきれいな作業場でレンチ、ラチェット、ねじ回し、プライヤーを操るときも、たった独りだった。それらの工具は父親のものとおなじ触り心地、おなじ重さで、においも輝きもおなじだった。ジープやトラックがひっきりなしにはいってくる陸軍基地の整備兵として一年の見習い期間を終えたときには、ラリー・オット陸軍上等兵、認識番号US五三二四一三一五は、父親がいったような機械おんちではなく、正式な資格を持つ整備士になっていた。ダッフルバッグとペイパーバッグを詰め込んだショッピングバッグを持ち、痩せて制服がゆるめになったラリーは、ミシシッピ州ジャクソンに配属された。この人生のあらたな部分は、小説のつぎの一章のようではなく、ひと晩の眠りで見るまったくちがう夢のように思えた。

賜暇《しか》に帰郷するたびに——クリスマスや感謝祭など——両親がともに年老い、他人のようになってゆくのがわかった。母親は塵取りのある場所やガスレンジの使いかたを忘れる。ラリーは、息子の顔を見ることができずにいる父親よりも背が高くなった。父親はつねに家を空けて、働いていた。もっとも、そのころの修理工場は、ラリーが受け継いだあととおなじようにがらんとしてた。カールは毎晩テレビのそばの椅子で酔いつぶれていて、ついにある夏の夜、家に帰る途中でピックアップが道路をそれて畑に突っ込んだとき、フロントウィンドウを破って首の骨を折った。ひっくりかえったピックアップには、ほとんど被害がなく、発見されたときもちゃんと走った。ラリーは、軍務三年目の終わり近くに中隊長室に呼ばれて、この報せを伝えられた。無事故除隊し、ほどなく故郷に帰って、全員の合意――新任の保安官、捜査主任、ラリーの部隊の小隊長――で、母親の面倒を見ることになった。

シャボットでは、サイラスが依然として帰っていなかった。依然としてシンディもいない。帰っていない。ハンターも森林作業員も、シンディの骨に行き当たることはなく、猟犬が嗅ぎつけることもなかった。セシルとシェリア・ウォーカーは引っ越し、行き先をラリーは知らなかった。ふたりがいなくなると、古い家はくじけてしまったらしく、果敢な抵抗を終えて、いかにも空き家らしく気が抜けたように崩れて、ステップから雑草が突き出し、窓をイボタノキが覆い、葛の蔓がポーチの欄干にずるずると巻きついた。だれかがドアに打ちつけた板の〝立入禁止〟という文字が、薄れはじめていた。

母親を〈リヴァー・エイカーズ〉に入れたあと、何年ものあいだラリーは毎朝、自分が売らなければならなかった土地で木を切り倒しているチェーンソーの遠いうなりとともに目を醒ましてきた。避難の合図の警報の悲鳴、ぬかるんだ轍をよたよたと進んで、ふるえている濡れた硬木を製材所の牙に送り込む木材運搬トラックの不満げな音。ラリーが少年のころに歩いた土地や登った木々は、籾殻を吹き飛ばすみたいに、たちまち三百エーカーに減ってしまった。その周囲は皆伐地となり、テーダマツが植林されて、あっというまに空に向けてのびていった。あと十五年もたてば伐採できるようになる。修理工場は商売ではなく儀式となり、ラリーは毎日、客が来るのを待った。夜にはポーチか暖炉のそばで本を読む。夜は独りで過ごし、ごくたまに、母親の昔のお祈りのことを考える。かけがえのない友だちをひとりよこしてくださいと、母親は神さまにお願いしていた。それがかなえられるまでずっと。

8

ランチの混雑の直前に滑り込み、サイラスは角のボックス席を取った。カウボーイハットを横に置いて待ち、通りの向かいにそびえているぼろぼろの郡庁舎を眺めた。アーチのある窓、円柱、長いコンクリートの段々のいっぽうを下っている白人の弁護士たち、反対側を下っている有罪か無罪を宣告された黒人の家族。簡易食堂《ダイナー》のドアがあき、白人女の一団が、いっせいにしゃべりながらはいってきた。サイラスは、ふだんはこの店は避けている——二十年以上も前に母親がここの店のウェイトレスをしていて、しじゅうこの店の料理を持ち帰ったので、それが大嫌いになってしまった。だが、きょうはここが安らげる。秘密を抱えてだいぶ前に死んだ母、アリス・ジョーンズに、精いっぱい近づけるかもしれない。こちらの秘密も墓に持っていった母に。

胸が馬鹿でかくてブルーのアイライナーを引いた若いウェイトレスが、アイスティーのピッチャーを左右の手に持ってやってきた。「どういう風の吹きまわし、３２ジョーンズ？　甘いの、それともガムシロ抜き？」

「甘いのにしてくれるかな、マーム」サイラスは、注いでもらうためにテーブルのグラスをひっくりかえし、ウェイトレスの名前を思い出そうとした。

「新聞であなたを見たわよ」ウェイトレスがいった。

「Ｍ＆Ｍの記事で」

「そうかい？」《ビーコン・ライト》がきょう出るのを忘れていた。では、郵便箱のガラガラヘビの件は載っていないのだ。死体や行方不明の若い女に比べれば、ニュースとしては弱い。週刊紙だから、ラリーが撃たれた事件が載るのはもうすこしあとになる。

「そうなのよ」ウェイトレスがいった。「もう注文する？」

　アンジーを待っているといいながら、サイラスはまだウェイトレスの名前を思い出そうとしていた。名札がついてる胸をじろじろ見たくなかったので、携帯電話をひらいた。そのときには、ウェイトレスは隣のテーブルに行っていた。着信はない。携帯電話を閉じ、アイスティーを飲むうちに、ドアがあき、アンジーがはいってきた。ライトブルーの制服のシャツと紺のパンツ姿でも、きれいだった。口をいっぽうに曲げ、髪は編んである。アンジーが化粧をせず、マニキュアもしないのが、サイラスは好きだった。立ちあがり、ちょっとキスをしてから、ボックス席にするりと座り、向き合った。

「忙しかった？」

「あなたが電話してこなければ忙しくない」馬鹿でかいプラスティックのメニューを、ラックから取った。

「なにが食べたい？」

「このアイスティーだけでいい」

　メニューの上から、アンジーがサイラスを見た。

「きのうからずっと気分が悪いんじゃないよね？」

「いや」サイラスはいった。「マーラのホットドッグを、さっきふたつ食べた」

「まったく、３２。タブに電話して、除細動器《AED》、持ってきてもらおうか？」

　ウェイトレスが来て、サイラスのグラスに注ぎ足した。

「ヘイ、シャニーカ」アンジーがいった。

「ヘイ、あんた。やっとこのひとをここに食べにこさせたのね」

「このひと、あたしのいいなりだもの」

　窓の外をずっと見つめていたサイラスは、ふたりをちらりと見て、にやりと笑った。「ありがとう、シャニーカ」

アンジーが、ハンバーガー一個と添え物ぜんぶを注文した。そうそう、ポテトもね——マスタード添え——ダイエット・コーク。

「なんで暗い顔してんの？」ウェイトレスがいなくなると、アンジーがきいた。「また新聞に３１って書かれたんじゃないよね？」

「ちがう」

「それじゃ、なに？」

「ラリー・オットのことを考えてるだけだ」

「会いにいったの？」

「いや」

「意識は戻った？」

「おれの聞いたかぎりじゃ、まだだ。けさはずっとあいつの家にいた。行方不明の娘の件を調べるあいだ、こっちを頼むと、ロイにいわれた」

「タブは、自分で撃ったと思ってるよ」アンジーがいった。

「ロイもそう思ってる。そうでなきゃ、おれに押しつけないだろう」

「ふたりともまちがっちゃいないよ」

「だけど、どうしていまごろ？」サイラスは疑問を投げた。「これだけ日にちがたってから、どうして自分を撃ったりする？」

「あの娘をやったんじゃないの」

サイラスは首をふった。「ちがう。そうは思えない」

「考えてもみて」アンジーがいった。「昔、その最初の女を彼が誘拐したとしたら、味をしめたかもしれない。何度も女をさらって、それでも捕まらなかったのかもしれない。それとも、これまでずっと我慢してきたか。とにかく、かわいいティナ・ラザフォードを見かけて、ハンニバル・レクターみたいに襲いかかった。そしたら、大ニュースになって、力のある金持ちの一族だと知って、心配になった」手を拳銃の形にして、自分の胸に向けた。「バーン」

「最初の女の子をやっていないとしたら？　ハイスクールのとき」

「やったとみんなに思われてるのが、とうとう重荷になったのかもしれない。何年ものあいだ、だれにも口をきいてもらえない。彼が女の子と寝たことがあると思う？　あんな評判があるのよ。ついにブチ切れて、自分にこういう。〝わかった。そういう仕打ちをするんなら、手近な女を捜そう〟」

　サイラスは首をふりながらいた。「自分で自分を撃つとは思えない」

「どうしてわかるの？」

　サイラスは、ひとつ息をついた。そして打ち明けた。

「友だちだったことがあるからだ」

　シャニーカが料理を持って現われたが、アンジーは気づかないようだった。


「召しあがれ」といって、シャニーカは離れていった。

「どういうことよ、友だちって？」

「遠い昔の話だ。おれは十四歳だった……」サイラスはいいよどみ、また窓の外を見た。三階建てのすべてのフロアが法に捧げられている建物の前を、人間や車が通り過ぎている。

「３２？」

「十四歳のとき、おふくろとふたりでシカゴからエイモスに来た。バスで」一度も口にしなかった事柄を、サイラスは語りはじめた。シカゴのジョリエットからバスでやってきて、カール・オットの小屋に住み、水道も電気もなく、近い道路まで二マイル歩き、カールとラリーに送ってもらっていたが、アイナに嗅ぎつけられ、古いコートをもらい、翌日、母親がノヴァに乗って帰ってきて、どこで手に入れたかはけっしていわなかった。サイラスが話をつづけていると、シャニーカがまたそばを通り、「あんたが食べないんなら、アンジー、だれかに食べさせるよ」

アンジーはシャニーカには目もくれなかったが、食べはじめ、まずマスタードの小袋をあけて、フレンチフライにつけるために皿に絞り出し、ハンバーガーをのろのろとかじって、ダイエット・コークをストローで飲んだ。そのあいだ、サイラスは、はじめのころ、シカゴとはちがい森がものすごく静かなことにびっくり仰天したと語った。人ごみも車のクラクションもサイレンもなく、けたたましい音をたてて通過する高架電車もない。でも、森では、足をとめ、じっとしていると、まったくべつのあらゆる物音が聞こえてくる。木の葉のシルエットを風がこすり、アオカケスやチャイロツグミモドキやショウジョウコウカンチョウやスズメが甲高く鳴き、おしゃべりをし、カラスや鷹が呼ばわり、リスが鋭く叫び、カエルがゲコゲコ鳴き、犬が遠吠えし、アルマジロが落ち葉のあいだから鼻面を出す。そのほかの数十種類の物音を、サイラスは徐々に聞き分けられるようになった。街にはほんとうの闇はなかったと悟った。だが、闇夜に小屋のポーチに立って覗き見たり、樹冠が星空を綴じ合わせている森を抜けて歩くと、どこにいるのかを忘れ、自分の姿が見えなくなったような気がする。田舎の闇、と母親は呼んだ。

「最初は、それが嫌だった」サイラスはいった。「こっちに来たのが。でも、しばらくたって、ラリーからライフルをもらい、そのあとしばらくして野球をはじめたら、ここが自分の居場所だと思えてきた。こんなにたってから戻ってきたのは、それもあるんだ。ここを忘れたことは、一度もなかった」

シャニーカがやってきて、ふたりの前でピッチャーをかざした。「甘いの、もっとどう？」サイラスにきいた。サイラスがうなずくと、注ぎ足した。「ダイエット・コークのお代わりは？」と、アンジーにきいた。

「いいわ。ありがとう」

　サイラスは、ハットの鍔をこすりながら、窓の外に視線を戻していた。カールと、ラリーとの喧嘩の話をするあいだに、アンジーはのろのろと食事をやめた。

「そのあと、おれとおふくろは引っ越した。ファルサムに。トレイラーハウスを買える金を貯めていたんだ。おれはファルサム・ミドルへ行って、ハイスクールまでラリーとは会わなかった。そのころはもう野球をやってた。みんなおれを３２と呼んだ。新聞にしじゅう載ったよ。ラリー・オットは、だれにも好かれないダサイやつだった」

「どうして？」

「変なやつだったんだ。ずっとはずれのほうの山のなかに住んでて、友だちがひとりもいなかった。野球の試合に来たことはないし、学年のダンスパーティにも来ない。ずっと本ばかり読んでた。学校にとんでもないものを持ってきた。捕まえたヘビとか。気を惹こうとしたんだな。三年生だったと思うけど、一度、ハロウィーンのときに、モンスターの仮面をつけて学校に来た」

　サイラスは、それを何年も考えたことがなかった。人造の髪をつけ、腐った皮膚に見せかけた、ゾンビの仮面だった。厚いプラスティックでできていて、赤い血糊が描かれ、それまで見たこともないくらい真に迫っていた。ほんものの生首みたいだった。「いまもありありと目に浮かぶよ」サイラスはいった。ラリーがそれをかぶって教室にはいると、生徒たちが群がった。サイラスは、体育館脇でラリーを見た。チアリーダーのかわいい女の子たちが、それをかわるがわるかぶっていた。驚きのあまり言葉を失っていたラリーが取り戻してかぶったときには、〈ラヴズ・ベイビー・ソフト〉の香水や〈スアーヴ〉のシャンプーや〈ＣＥＲＴＳ〉のミントのにおいがしていたはずだ。やがて、べつの女生徒の一団がラリーを呼ぶ。ちょっと見せて。かぶってもいい？　ファルサム・ファースト・バプティスト教会お化け屋敷に、今夜、それを持ってこない？　そこの部屋でかぶったら？

もちろんラリーはそうした。

その午後、サイラスは練習があり、そのあとでM&Mやチームメイトと、だれかのピックアップの荷台に乗り、ハイウェイ5の空き家へ行った。ラリーはすでに来ていて、白いシーツを切ってそこから首を出し、にんまり笑っていた。ラリーがぎこちなく手をふったが、サイラスは背を向けた。それから三時間、ラリーはお化け屋敷のひと部屋をまかされた。ストロボ・ライトで目がくらみそうなところに、偽物の人体の切れ端がちらばり、干草の梱《こり》に隠されたスピーカーから悲鳴が響く。夜通し客が流れた。ティーンエイジャーの群れ、押し合っている男の子たち、恋人たち、怯えた子供を連れた夫婦もいた。サイラスは、ピックアップの荷台でビールをこっそり飲みながら、高みの見物を決め込んでいた。ラリーを観察し、今夜はラリーもほとんどふつうになった気がするにちがいないと思った。

お化け屋敷が終わる午前零時に、ラリーは空き家から出てきて、仮面を脱いだ。暑かったせいで顔が真っ赤になり、髪の毛が頭にへばりついていた。目に留めてもらい、演技を褒めてもらおうとして、ラリーはじっと立っていた。仲間に入れてもらい、ビールでももらおうというように。シンディ・ウォーカーもそこにいた――。

「だれ？」アンジーが口を挟んだ。

「例の女の子だ」自分がその名前を出したことにとまどいながら、サイラスはいった。「行方不明になった」

アンジーが、サイラスをじっと見た。

「それはともかく」サイラスは話をつづけた。「ラリーがお化け屋敷から出てきたとき、おれたちはみんな、シカトした。ひとり残らず」

投光照明のなかに、ラリーが佇んでいたようすを、サイラスはアンジーに語った。合点がいかないようだ。腕にかかえた仮面がへしゃげている。ついに向きを変えたラリーが、未舗装路から舗装道路へと歩きはじめた。シートをはためかせて道路のきわで立ちどまり、車が来るのを待っているように見えたが、車は来ない。長いこと待っていたが、一台も来ない。上級生の何人かはラリーのことなど忘れて、煙草やビールをまわしていたが、サイラスはラリーがようやく道路を渡って駐車場へ行くまで見ていた。ラリーはそこでも立ちどまり、シーツを取って、買う車でも選んでいるみたいに、車の列を見渡した。母親のビュイックをどこにとめたのか、忘れてしまい、捜していたのだ。だれかが目を向けて気づき、「おい、見ろよ！　ラリーじゃないか！　戻ってこい。いっしょに騒ごうぜ！」と叫んでくれるかもしれない。

　だれもラリーを呼ばなかった。サイラスやシンディも。そして、ラリーが車に乗り、エンジンをかけたまままぐずぐずしていても、砂利を鳴らして駐車場をひどくのろのろと進んでいるときも、サイラスはラリーのあとを追おうとはせず、運転席のラリーがヘッドライトをつけて土の舗道を照らし、みんながそっぽをむいてしゃべっているほうに光を向けても、サイラスは手をふらず、ラリーはその横をのろのろと通り過ぎ、木立のあいだにいつまでも見えているブレーキランプをみんなして眺めた。まだ見えている。まるで戻ってこようとしているみたいに。ついにラリーが行ってしまうと、シンディもみんなも自分も笑い出したことを、サイラスは憶えている。

　アンジーの唇がいっぽうに寄ったので、考えているのだとサイラスにはわかった。「その晩から、その女の子、シンディがいなくなるまで、どれぐらいだったの？」

「二カ月かな」

　シャニーカがアンジーの皿をさげにきたので、サイラスは言葉を切った。「甘いの、もっとどう?」シャニーカが、サイラスにきいた。

「いや、結構」

「ありがとう」アンジーがそういってから、サイラスに向かっていった。「デートしたこと、あるの?」

「シンディと?」アンジーと目を合わさず、サイラスはテーブルの上でハットをまわした。いえばいいじゃないかと思ったが、首をふって否定した。「その子の継父が、抜け目ない黒人の男の子なら避けるような白人でね。ことにミシシッピでは」

あいかわらず、じっと見つめながら、「だれがあなたを抜け目ないなんてののしったの?」

サイラスは、にやりと笑った。

「でも、ラリーは連れ出したのね?」

「ああ」

「どうして行ったのかしら? 彼がそんな負け犬だとしたら」

アンジーの無線機が音を発し、タブが呼びかけた。

201で事故。

「ちっ」アンジーが、コークを持って立ちあがった。

「悪いけど、ベイビー。あんたがこんな長話をするの、はじめてだから、行きたくないんだけど」

アンジーが身を乗り出し、サイラスの頭にキスをした。「こんどは最後までよ」そういうと、急いで出ていった。救急車が回転灯をまたたかせ、道端にとまった。

シャニーカがテーブルに来た。「あんたたち、スケアリー・ラリーの話をしてたの?」

サイラスは顔をあげた。「ああ」

シャニーカが、皿を片づけはじめた。「母が学校でいっしょだったの。いつもポケットにヘビを入れてたそうね」

サイラスはカウボーイハットを脱いで、病院の自動ドアを抜け、総合案内でラリー・オットの病室はどこかときいた。赤いチョッキを着たボランティアが、顔をしかめてコンピュータの画面を覗き込んだ。口髭みたいなふさふさした眉毛の年配の白人で、眼鏡をかけている。

「家族かね?」きいてから薄笑いを浮かべたので、答える必要のない冗談だと、サイラスは気づいた。「ジョン・デイヴィッドソンだ」ボランティアが手を差し出した。「ジョンだ、h抜きの」

「はじめまして」

「あんたはジョーンズ治安官だね」

「ああ」

「この新聞で見たよ」折りたたんで例の記事を表にしてある《ビーコン・ライト》を渡した。サイラスはそれをちらりと見た。〝死体発見〟という見出しだった。記事は短く、燃えた車など、事実だけだった。サイラスは死体を発見した手柄を認められていたが、例によって談話はフレンチのものばかりだった。

「ああ、これだ」デイヴィッドソンが、画面をスクロールしながらいった。「まだICUにいるな。二階、エレベーターを出て左だ。面会時間は三時から五時だが、あんたは例外にしてもらえるだろう」ウィンクした。「当番の看護婦に、有名人だといえばいい」

サイラスはデイヴィッドソンに礼をいい、売店の前を通ってエレベーターに向かいかけたが、くるりとふりむいてひきかえした。

「だれかほかに面会に来たものは?」

デイヴィッドソンが眼鏡をはずし、鼻を叩いた。

「ええと。わたしは正午から六時まで、週五日当番だ。いや、だれも来ていない。ほかのボランティアにもきいてみようか?」

「もしよければ」サイラスはいった。「だれかが来ていたら、名前を調べて、教えてもらえますか?」

「わかった」

サイラスは、名刺に携帯電話の番号を書き、エレベーターに乗って二階へ行った。〝集中治療室〟と書いてあるガラス戸を押して通った。スタッフステーションは静かで、グリーンの手術着を着た黒人女が、コンピュータのキーボードを叩いていた。その奥のモニターから、苦しげな息遣いが聞こえる。壁はガラスで、ベッド数台が向こうに見え、ほとんどは空だった。

「やあ」デスクに近づきながら、サイラスはいった。

その黒人看護婦が顔をあげた。「こんにちは。なにかご用？」

サイラスは、ハットで太腿を叩いた。「ラリー・オットに会いにきた」

看護婦が眼鏡をはずし、サイラスを品定めした。

「どんなぐあいですか？」サイラスはきいた。

「きのうの夜の手術は無事に終わったけど、まだ意識はないわ。先生が五時に来てようすを見ることになってるけど、いまは安定してる」

「見てもいいですか？」

看護婦が立った。「ちょっとだけよ」

サイラスは看護婦についていき、そのときに、看護婦がコンピュータでソリテアをやっていたことに気づいた。

ＩＣＵにはラリーしかいなかった。周囲のベッドは暗く、ラリーのベッドはまんなかで、心臓モニター、人工呼吸器、点滴スタンドにつながれていた。シャツを着ておらず、蒼ざめて、胸に包帯が巻かれ、左右に排液管がのびていた。鼻や口にもチューブが差し込まれ、テープで皮膚に留めてあった。

「まだ生きているのが驚きよ」看護婦がいった。「運ばれてきたとき、ハティズバーグへ搬送する時間はなかったの。向こうのほうが銃創を処置する設備が整っているのよ。先生たちが精いっぱいやったけど……」

思っていることを、最後までいわなかった。

「助かると思いますか？」

「なんともいえない。でも、臨床的に見れば、手術中に二度死んだようなものよ」

「手術？」

「ええ。外科医が銃弾を摘出し、六単位輸血した。弾丸はほんとうにきわどいところで心臓をそれていたと、ミルトン先生がいってたわ。でも、ここに戻した直後に、ストレスから軽度の心臓発作を起こしたので、手術室に戻したの」

そばで見ると、ラリーの髪には灰色の条があった。テープのまわりののびた髭も灰色だった。目から液体が流れ、顔の乾いた皮膚を伝った跡があった。

「昏睡状態？」

「まだなんともいえない」看護婦がいった。「鎮静剤で眠らせているから」

「もっと詳しいことは、いつわかると思いますか？」

「先生にきいてもらわないといけないわね」看護婦がいった。

所轄は地理上の範囲を超えるものだと、サイラスは知っていた。それは責任の範囲を意味する。ラリーが撃たれたことを、だれかが母親に知らせなければならないし、この事件はフレンチから丸投げされた格好になっている。サイラスはジープをおりて、これまではどこかへ行く途中で通り過ぎたことしかなかった養護施設〈リヴァー・エイカーズ〉の駐車場に立った。だれでもおなじだろうが、こういう場所に来ると気が滅入る。ハットをきちんとかぶると、サイラスはひとつ息を吸った。建物は煉瓦造りの平屋で、こけら板を張り替える必要がある屋根の縁の雨樋から、松の若木が生えている。側面に窓がならび、多くはひび割れ、あいている窓もあれば、板で突っ支ってあるエアコンが出っ張り、バタバタ音をたて、下に水溜りをこしらえている窓もあった。

正面出入口はあいていて、サイラスとおなじような体格の黒人が、なかで座り、煙草を吸って、NASCAR（全米自動車競走協会。それが主催するストックカー・レースを指すことが多い）関連の雑誌を読んでいた。白い制服の前に大きな黄色い染みがある。サイラスはその男に見おぼえがあったので——酔っ払い運転で一年前に逮捕している——うなずいて見せた。なかのほうが暑いのに、どうして表に椅子を出さないのだろうと、怪訝に思った。

「おはよう」サイラスはいって、ハットを脱いだ。

「どこへ行けばオットさんに会える？」

男が顔をあげずに廊下のほうを顎で示したので、サイラスは礼をいって、ガラス窓のところへ行った。奥にはだれもいない。消毒薬のきつい臭気でも消すことができない、小便のかすかなにおいがしていた。窓を覗き込むと、デスクにはクロスワード・パズルの本があり、音を消してある十三インチのテレビに、オプラ・ウィンフリーが映っていた。ブザーを鳴らすと、大きな眼鏡をかけた肥りじしの女が、あわてるふうもなく、隣のドアから出てきた。「シャボットのジョーンズ治安官です」

女が椅子に座り、興をおぼえた目つきで見あげた。

「あなたを知ってるわ」爪が長く、星のネールアートをほどこしてあるので、どうやって電話のボタンを押すのだろうとサイラスは思った。名札には〝ブレンダ〟とある。「学校でわたしの先輩だった。野球をやってるのを見たことがある」

サイラスはにっこり笑った。「遠い昔の話だ」

「わたしを年寄り扱いするの？」

サイラスの笑みがひろがった。「そうはいわないよ」

「ここへはなんのご用？　クライドがまた保護観察違反をしたの？」

「おれの知るかぎりではしてない。オットさんと話がしたい。話ができればね」

女が両眉をあげた。「ご希望ならやってみて。何年か前に脳溢血を起こしたし、アルツハイマーもあるのよ」

「どれくらいひどいんだ？」

「かなりひどいわ。相手がだれだかわからないことが、ほとんどよ。左半身が麻痺してるの。寝たきりよ。どうして会いたいの？　あのひとの息子がなにかやったの？」

「どうしてそんなことをきくんだ？」

「だって、あのひとはきのう息子に電話しようとしていたから。ときどき調子がいい日もあるの。でも息子さんは来なかった」

「よく来るのかな？」

「週に二、三回。あのいかれぽんち、おふくろが調子がいいときには電話してくれっていうから、馬鹿こくなっていってやったわ」

「断ったのか？」

「あたりまえよ。こっちは電話応答サービスじゃないんだから。あのひとがかけたいときに息子にかければいいのよ」

「もう、あいつのことは気に病まなくていいよ。だれかに撃たれた。それでおれが来たんだ」

アイナ・オットは二人部屋にいて、病院用のベッドが二台置かれ、それぞれの横にリクライニングチェアがあった。壁の上のほうの棚にテレビがある。窓ぎわの奥のベッドには、年齢も定かでない黒人の老女が横たわり、外を見つめていた。おまるの交換を怠っているようなにおいがしていた。アイナ・オットはリクライニングチェアに座り、街灯が歩いてはいってきたとでもいうような目つきで、サイラスを眺めた。頭上の壁にあるテレビでは、クイズ番組の〈ホイール・オブ・フォーチュン〉をやっている。

うしろからブレンダが大きな声でいった。「ミス・

アイナ。ジョーンズ治安官よ。息子さんのことで話があるんですって」

　アイナが、うつろな目でサイラスを見た。

「用があったら呼んで」ブレンダが、サイラスの腕にそっと触れた。「すぐに来るから」

「ありがとう」

「あんただれだい？」すこし警戒する口調で、アイナがきいた。顔の左半分が凍りつき、口がへの字のままになっている。サイラスの肩ごしに、廊下で爪を眺めているブレンダのほうを見た。ブレンダの姿が見えると、ほっとしたようだった。

　はるか昔に母親と自分にコートをくれたのとおなじ女だとは、とうてい見分けがつかなかった。前をはだけたローブを着ていて、その下は寝巻きだった。胸はほとんどなく、首はサイラスの手首ぐらいの太さしかなかった。サイラスはキャスターつきのスツールをひっぱってリクライニングチェアに寄せ、腰かけて、ハットを持った。あまり大きく見られないように、背を丸めようとした。なんとなく疑わしげな目つきで、アイナがそれをずっと見守っていた。

「クライド」アイナがいった。「みんなにやめるようにいって」

「クライドじゃありません、ミス・アイナ」サイラスはいった。「３２です。息子さん、ラリーを、以前から知っていました」

「だれ？」

「息子さんですよ」サイラスはやさしくいった。「友だちでした。ずっと、ずっと前のことです。あなたはわたしにコートをくれたことがありましたよ」

「クライド？」アイナがいった。

「いいえ、３２です。名前は３２」

「３２？」警戒するような顔をした。「わたしはもっと年寄りだよ」

「ちがいます。わたしの本名はサイラスです」

「エリナー・ルーズヴェルトはどうしてる？」

サイラスは眉根を寄せ、ブレンダのほうを見た。

「鶏よ」ブレンダがいった。

「ああ」アイナのほうに向き直った。「元気ですよ、オットさん。鶏はみんな元気です。きのう餌をやりました」

「ロザリン・カーターがいちばん卵を産むの」

「でしょうね」

「でも、レディバード・ジョンソンが、いちばん容色《きりょう》よし」

「そうですね」

「あなた、だれ？」

サイラスはもう一度教えた。

「クライド？」アイナがいった。

サイラスはしばらく座っていたが、クライドではないというのをアイナに納得させることはできず、さよならをいって立ちあがった。廊下でブレンダに名刺を渡し、オットさんが調子がいいときには電話してくださいと頼んだ。いいわよと、ブレンダがいった。

　ペカンの大木が日蔭をこしらえている駐車場で、サイラスはサイドウィンドウから肘を出し、ハットを横に置いて、ジープの運転席に座っていた。遠い昔にオット家で過ごした一日のことが、つぎつぎとよみがえった。ラリーといっしょにトカゲを捕まえた。巨大なヘビ。納屋の鶏。用心深い爬虫類をびっしり入れた広口瓶をならべ、ラリーが爬虫類展示館《ヘルペタリウム》と呼ぶものをこしらえているときに、サイラスは低い木の棚の下に押し込んであった芝刈り機を見つけた。

「草を刈ったりする？」サイラスはきいた。

「刈ったりする？」ラリーがいった。瓶を置いた。なかのトカゲが、ラリーを見つめていた。「刈らなきゃならないんだ」

「刈ったことがない」

「やりたいのか？」

ふたりは芝刈り機を納屋から日向に押し出し、オイルとガソリンを点検して、ポンプで気化室に燃料を送り込み、紐を引いてエンジンをかけるやりかたを、ラリーがサイラスに教えた。つぎに、爆音に負けないように叫びながら、エンジンの回転を調節し、芝刈り機を縦横に四角く進め、まんなかに向けて刈り込んでゆくのをやってみせた。サイラスはハンドルバーをつかんで、だいじょうぶだ、おれの番だといった。サイラスはおおいに気に入った。エンジンのうなり、刈り立ての熱い芝草が舞い、素足の指のあいだに挟まり、野生のネギがフレームの上で焼かれ、握り締めたハンドルバーが振動し、ずたずたになった枝がときどき排出口から飛び出す。サイラスの横を歩きながら、ラリーが大声でいう。お父さんが草を刈ってて、見てたとき、石ころの上を通ってしまい、それが弾丸みたいに飛んできて、ぼくの裸の腹に当たって、真っ赤な痣ができた。お父さんが馬鹿笑いした。ポラロイド写真まで撮って、見るたびに笑う。ラリーは、排出口の向きに気をつけろといいたかったのだ。石が車や人間めがけて跳ねたらまずいだろう。サイラスは、佇んでいるラリーを残して、何列も何列も四角く刈っていった。草地を進んでゆくのが痛快で、自分の描いている模様が気に入った。髪をとかすのとおなじで、気分がよかった。ラリーはぶらぶらとポーチのほうへ行き、本を取りあげていた。読むふりすらせずにしばらく眺めていたが、やにわに本をほうり出すと、庭に走ってきて、サイラスを押しのけ、芝刈り機のエンジンを切った。

サイラスが押し戻したとき、エンジンの回転がばらついてとまった。「押すなよ」

「ごめん」ラリーがいい、ふたりは顔を見合わせた。サイラスの掌は、まだ震動していた。

「押されるのは気に入らねえ」

「だって」ラリーがいった。「あまり時間がないから」

「かまうもんか」サイラスは芝刈り機のエンジンをかけて、押しはじめた。ラリーはしばらく眺めていたが、ポーチに戻り、両手で膝を抱えて座った。

　つぎの瞬間、ぱっと立ちあがって、指差した。もう暗くなりはじめ、蛍が野原の上に浮かんでいた。サイラスは草刈りをほぼ終えていた。森を抜けてヘッドライトが近づいてくるのが見えた。サイラスは芝刈り機のエンジンをとめずに、芝草を蹴散らしながら野原を矢のように駆けた。フェンスを跳び越え、森にはいった。うしろでラリーがパタパタ音をたてている芝刈り機に駆け寄り、押しはじめた。ヘッドライトはカール・オットの車で、袋入りの氷と茶色い紙袋を持っておりてきた。仕事を終えて油にまみれていたが、庭を眺めてしきりとうなずいた。

「よくやった、坊主」ラリーのほうに声をかけた。

　サイラスがそれを知っているのは、トウモロコシ畑を抜けてこっそりひきかえしたからだ。カールはほかにもサイラスには聞こえないことをいい、母屋にはいっていった。ラリーが向きを変えて芝刈り機を納屋に押していき、サイラスの逃げた方角をふりかえって目を凝らした。まるでじかに見えているように。

　よくやった、坊主。

　サイラスはよく憶えている。その瞬間、父親がいないことをそれまでの人生でもっとも痛切に感じた。その夜、暗くなった森のなかを小屋に向けて歩き、その土地すべて——五百エーカー以上だと、ラリーはいった——が、オット家のもので、つまりラリーのものか、そのうちラリーのものになることを意識していた。無一文のサイラスは、空があったほうを見あげた。夜の闇が蔓草を剝くようにおりてきて、いまは梢さえ見えない。サイラスは怖くなって駆け出した。やってくる闇を怖れたのではなく、肋骨の裏側をひっかいている怒りが怖かった。

　小屋に帰ると、母親の車があった。なかでは、ふたりのベッドのあいだの小さなテーブルに、食堂から持ってきた発泡スチロールの容器が置いてあった。それがサイラスの夕食だった。ふたりは毎晩そこで食べる。紙パック入りのチョコレートミルクもあった。母親は制服を着たままで、ヘアネットもはずしていなかった。猫を膝に載せて、ベッドの端に腰かけていた。

「おまえ、どこ行ってたの？」

「森に」

「森に、サイラス？　暗くなってから？」

「ごめん、母さん」サイラスはいった。嘘がすらすらと出てきた。「迷ったんだ」

つかのま、猫の首をなでながら、母親はサイラスを見つめ、信じるべきかどうなのかと迷っていた。信じたのはあまりにも疲れていたからだろう、しまいにこういった。「食べなさい。冷えてしまったわ。ミルクは生ぬるくなったし」

いま、サイラスはジープのエンジンをかけた。バックで駐車スペースから出した。では、自分にはずっと父親がいたのだ。ぐうたらな黒人がアリス・ジョーンズをはらませて雲隠れしたのではなく、白人がメイドに手をつけて、子供ができるとシカゴに行かせたのだ。

運転席側のサイドウィンドウをあけて、木材運搬トラックやSUVに混じってハイウェイを流し、ラリー・オットの土地の方角へひきかえした。町境を越えて、車がまばらになると、あの小屋はまだあるだろうかと、ふと考えた。

キャンプ場・墓地道路に曲がったとき、四輪バギーが道路のまんなかを走っているのが目にはいった。そのうしろにつけ、四輪バギーが時速四十マイルほど出していたので、ヘッドライトをパッシングさせた。運転していたのは痩せた白人の若い男で、うしろを見て、缶を茂みに投げ込み、手をふって追い抜けと合図した。だが、サイラスは窓から腕を出し、道端に寄せるよう指示した。

　サイラスがジープをおりて近づいてゆくと、男はガソリンタンクに片脚を載せて、煙草に火をつけていた。サイラスの制服とガンベルトを見て、シートで背すじをのばした。

　サイラスはいった。「やあ、どうも」男がいった。「そいつで公道を走っちゃいけないことになってる」

　男が、サイラスのほうを見あげた。

「免許証はあるか？」

「おたく、狩猟監視員？」

「シャボットの治安官《コンスタブル》だ」

「うちに忘れてきたにちげえねえ。おたく、32ジョーンズだろ。聞いたことある。治安官《コンスタブル》って、なんなの？」

「警察官だ。名前は？」

「ウォレス・ストリングフェロー」

「このあたりに住んでるのか、ウォレス？」

　ウォレスが親指をうしろにしゃくった。「五マイルあっち」

「飲んでたんじゃないだろうな？」

「飲んでませんよ、おまわりさん」

「あそこの藪に缶ビールを投げ込まなかったか？」

　ウォレスが首をふった。

「あそこへ戻っても、おまえの指紋がついた缶が見つかることはないわけだな？」

「見つかるかもしれねえ。よく投げ捨てるからね。ついゴミを捨てちまう癖がある。でも、バギーに乗ってるときはやらねえ」

　汚れたピロケースが、シートのうしろの籠に突っ込んであるのに、サイラスは目を留め、なかを調べたほうがいいだろうかと思った。目の穴があけてあるかもしれないと、ふと考えた（クー・クラックス・クランのたぐいの団員が、顔を隠すためにかぶる布を連想している）。だが、じつのところ、現在の人種差別は、サイラスの少年時代とはちがい、それほど組織化されてはいない。「銃は持っているか？」

「いいえ」

「よくここを走るのか？」

「ときどき」

「ここはラザフォードの土地だ。ほとんどが。そこにいると、不法侵入になる」

「バギーに乗るだけで法律違反？」

「立入禁止の掲示があり、柵がある場合には」

「そう、毎日勉強することがあるね。教えてくれてありがとうございます」

「どこへ行く？」

「特にねえ。天気を楽しんでるだけだよ」

　サイラスは、ウォレスの顔を見ながら、狩猟小屋のことを考えていた。「いいだろう。今回は警告だけで見逃してやる。だが、うちまでずっと道路脇を走るんだぞ。こんど公道を走ってるのを見つけたら、飲んでいようがいまいが、違反切符を切る。あるいはもっと悪いことになる」

「わかりました。注意してくれて感謝します」

　ウォレスがキックスタートしてエンジンをふかすのを、サイラスは見守っていた。ウォレスがちょっと敬礼をして、がたごと揺れながら道路脇を走り去った。ピロケースがはためいている。サイラスは首をふりながら立っていた。


　ラリーの家の前で、ジープのエンジンがカタカタとアイドリングしていた。サイラスは、バッジをつけた紐を首からはずして、すこしでも涼しくするために制服のシャツを脱ぎ、また紐に頭を通し、シャツを腰に縛りつけた。顔をハットであおぎながら、野原を通って林に向かい、Tシャツを鉄条網にひっかけないように気をつけて、古いフェンスをくぐった。ツツガムシ、マダニ、蚊、ヘビのことを思うと、ぞっとしないので、用心していたが、ヌスビトハギがズボンの裾にくっつき、茨の棘がシャツにひっかかった。

おまえになにが足りないかわかる、サイラス？

サイラスの母親は、仕事をふたつこなし、住宅の掃除もやって、ファルサムでトレイラーハウスを買った。そのころサイラスは、母親はおれを厄介払いしたいのだと、自分にいい聞かせていた。だから大学に行かせたのだと。オクスフォードへ母親がよこす手紙をあけ、仕事をしなくても授業に出て野球がやれるようにと毎週送ってくる皺くちゃの五ドル札や十ドル札をひろげるときも、そうやって自分に嘘をついた。一度も返事を出さず、問題を起こし、恐怖を味わわせ、足りないところがあるにもかかわらず、母親が愛してくれたことを、いまは知っている。その愛情に応えるどころか、めったに家に帰らず、帰ったときは母親があふれんばかりの愛情を注いだ。どの食事もこれが息子の、自分の、最後の食事であるかのように、紙ナプキンをまっすぐに直し、皿にもう一本骨付きチキンを置き、ミルクやアイスティーを注ぎ足し、我慢できなくなるくらい世話を焼いた。母親が孤独のあまり餓えていたという真実を、見ようとしなかった。それどころか、顔を見ることもできなかった。急いで食べて、もじもじと退散し、夜は出かけて（母親の車で）、M&Mやハイスクールの友だちを捜す。そのあいだ、母親はサイラスの帰りをじっと待っていた。

いま、葉叢や蔓草や蔦や蜘蛛の巣や弓なりの茨のあいだをそっと抜けて歩いていると、土地のようすがすっかり変わっていることに気づいた。あっというまに変わってしまうものだ。もうすっかり、白茶けた倒木が傷痕をこしらえている、荒れ果てたジャングルになっている。数十年前にふたりの少年のものだったひとときの天国は、どこにもない。サイラスは斜面のてっぺんに出て、窪地の底へおりていった。しばし休もうと、木蓮の古木のそばで足をとめた。黒い幹は腕をまわしても届かないくらい太く、枝の付け根の節や渦巻きに、どことなく見おぼえがあった。足や手をかけるのにうってつけだ。ふと見あげると、枝のあいだにふたりの少年がいた。ひとりは白人、ひとりは黒人。猛々しい枯れた茨をくぐり、足早に進むと、また見おぼえのある木蓮があった。野球のボールをぶつけたために、腰の高さのところがなめらかになっている。カウボーイハットで茨をどかし、息を切らしていると、小屋に気づく前にその壁にぶつかりそうになった。

　なぜか小さく見える。木が黒ずみ、風雪にさらされて傷んでいる。蔓草と葛が、そこをほとんど乗っ取っていた。そこは植物が小屋をもとの木に戻して引き倒そうとしている、なにかの戦いの中心のようで、下の大地が不意に息づく有機体の塊となり、サイラスはそのせめぎ合いを感じ、物が消化されるときの粘っこい鳴動が聞こえるような気がした。

　小屋の正面でステップを登る。苔みたいにぐんにゃりしている。植物に四方を覆われたポーチは洞窟のようで、白い花からミツバチが湧き出し、生きている蔓が死んだ蔓を絞めつけ、屋根から垂れさがっていた。巨大な灰色の蛾が、壁に吸い付いている。サイラスは巻いた蔦をそっとどかし、鎌首をもたげている葛の葉のあいだから覗いた。玄関のドアに、錆びた南京錠がかけてある。

　数歩さがって、ハットを枝にかけ、小屋の横手にまわった。足もとには濡れた落ち葉が重なり、壁は葛にぐるぐる巻きにされて、ネズミトリヘビくらい太い数百本の蔓に締め付けられている。最初の窓で埃まみれのガラスごしに懐中電灯で斜めに照らし、自分が使っていたヘッドボードのないシングルベッドと、母親が使っていたベッド、ベッド二台のあいだのテーブル、片隅のストーブの錆びた鉄の残骸の形を光で探った。コートがなかった最初の数日の昼と夜、ふたりは暖を求めてそのそばでうずくまった。

　窓をあけようとすると、なかから鍵がかけてあった。何年もあけられていないように見えた。家の側面の植物のなかをもぞもぞと進み、角を曲がって裏の壁に行くと、そこの窓にも鍵がかかっていた。木の葉がうなじをくすぐる。蜘蛛の巣に、虫の死骸の殻や葉脈だけになった葉や小枝がひっかかっている。反対側の壁で足をとめ、丹念に見た。この窓にだれかが登っている。無理やりこじあけたあとが見えた。木の敷居が裂けて細くなり、ガラス四枚のうち一枚が割れて、なかの床に破片が落ちている。腕を突っ込み、錆びたロックをまわしたのだろう。窓をあげたくなるのを我慢し、ガラスが割れているところからなかを照らした。ガラスがないのでずっとよく見える。マットレスがくぼんでいる自分のベッドの横から、汚れた布を突き破って錆びたスプリングが出ている。はじめのうち、母親はいっしょに寝ていた。闇のなかで土間を横切り、ストーブの暗い炎で白い息が見えた。「横にずれて、おまえ。ふたりとも凍えちまう前に」

だれかがなかにいた。それがいまわかった。土間に長い跡が残っている。侵入した人間が、足をひきずって足跡を消そうとしているところを思い浮かべた。ベッドの下に光を据えたとき、動悸が激しくなった。あそこだ。乱された地面に、ベッドの投げる影に似た形がある。だれかがあそこを掘った。死体を埋めた跡だ、と気づいた。

9

ティナ・ラザフォードがいなくなる十年前、ラリーが三十一歳で、母親を〈リヴァー・エイカーズ〉に入れてまもないころに、納屋の物がなくなっているのに気づきはじめた。当時はまだアイナ・オットはしっかりしていて、アルツハイマーは初期段階だった。ラリーは毎晩、仕事から帰るときに母親を訪ね、週末にはもっと長くいた。もう一台のベッドの物いわぬ黒人女は、低いいびきをかいているか、窓から外を眺めていた。母親はいつも、工場に客が来たかとたずね、ラリーは答える。「ああ、ひとりかふたり」つぎに母親は自分の鶏《おばさん》たちのことをきき、ラリーはエリナー・ルーズヴェルトのことを話す。「けさ、まだらのでかい卵を産んだよ」

　仕事に出かけているあいだに、だれかが納屋から物を盗んでいると気づくと、ラリーは母親にその話もした。ある晩、裏の戸が半開きになっていた。三叉が掛け釘からおろしてあった。母親は怯えて、鍵をかけたほうがいいといった。冒険したがってる男の子だろう。「納屋は子供にはすばらしい遊び場だからね」と母親がいい、そこで自分がどういう少年だったか、そのころ自分がどういう子供だったかを思い出して、ラリーはそうだねと答えた。

　母親のアルツハイマーのいいところ――本人は恵みといった――は、最初に記憶から消えたひと刈りの過去が、シンディ・ウォーカーの事件とその長い影響だったことだった。ベッド脇の椅子にもたれている母親にしてみれば、そういうことはなにひとつ起きておらず、ラリーが話したいたずらと結びつけることもなかった。納屋の釣り具置き場の木箱があけっぱなしになっていたり、鶏の餌の袋がひっくりかえっていたり、チェーンソーの置き場所が変わっていたり、ラリーがきちんと整理しているカールの釣り道具箱《タックルボックス》の中身がめちゃめちゃになっていて、ルアーや錘がなくなり、釣竿がななめにかかっていたりした。母親があまり怯えるといけないので、ある晩に帰ると雄鶏がいなくなっていて、べつの晩には古い自転車がなくなっていたことは話さなかった。その代わり、納屋の裏に小さなはだしの足跡があったと話した。べつの面会のときには、その朝は車で仕事に行かず、納屋にピックアップを入れ、表から見えないようにして、二階の干草置き場で小説を読みながら待ち伏せした話をした。修理工場ではないところにいるのが変な感じで、きょうこそ客が来るのではないかと心配になったことは黙っていた。十時ごろに納屋の裏の乾いた落ち葉を踏む足音が聞こえた。ラリーは梯子をおりて、裏口近くの部屋の馬房に隠れた。例の古いゾンビの仮面を用意していて、それをかぶった。やがて裏口がきしんであき、もじゃもじゃのブロンド頭がそっとはいってきた。薄汚れた男の子で、卵みたいな褐色の肌だった。ラリーは仮面の下でにんまり笑った。男の子が完全にはいるのを待った――カットオフのジーンズ、シャツも靴もなく、曲がった枝を持っていた――男の子の小さな目が暗がりに慣れるのを待って、ラリーは馬房の奥から出て、両腕を挙げ、指を鉤爪のように曲げて叫んだ。「グワーッ！」

男の子が、射ち出されたみたいに地べたから跳びあがって、悲鳴をあげ、宙でまわって着地し、走って戸にバタンとぶつかり、起きあがったと思ったらまた倒れて、出ていった。ラリーはにやにや笑いながら、暑苦しい仮面をはずし、枝をほうり出して、納屋の大きな扉をあけ、ピックアップを出してから閉めた。仮面はクロゼットのいつもの場所にしまい、仕事に出かけた。

「それで悪さをしなくなるはずよ」母親がコールスローを顎につけて、にこにこ笑いながらいった。「あなた、聞いた、ドリス」半身不随になっている隣のベッドの小柄な黒人女にそういったが、相手は窓の外を見つめていた。

「かわいそうに」母親がささやいた。「自分の名前も忘れているのよ」

ラリーの過去のことがあるので、母親と同室になるのはつねに、面会者が殺人鬼かもしれないのがわからないくらい症状が進んでいる患者、家族がなく、だれも苦情をいわない人間だった。

そして、歳月が流れるうちに、その黒人女も逝ってしまった。アイナが生きつづけ、ラリーが来るのを待ち、一時間ごとに数日分、数週間分、数カ月分の記憶を失うあいだ、四人の同室者が眠ったまま死んだ。やがてアイナも自分とラリーの名前を忘れ、最後まで憶えていた鶏の名前もついに忘れ、土曜日にラリーが会いにいく母親は痩せ細るばかりで、じっと死ぬのを待っているが、それもわかっていない。そのかたわらでは、やはり自分が死ぬのをわかっていない黒人女が横たわり、おなじように死を待っている。

ラリーが納屋で脅かしてから十年後に、その男の子が戻ってきた。十一月の金曜日、仕事のあとでラリーは制服のまま、ポーチで本を読んでいた。汗をかいてはいるが、汚れてはいない。シャツの裾を出し、靴は玄関脇に置いた。これも母親ゆずりの習慣で、母親はけっして靴を家のなかに入れさせなかった。

食事はもう終えていた。いつものケンタッキー・フライドチキン、胸肉ふたつ、ウイングはなし、マッシュポテトのダブル。グレイヴィーソース、ビスケット(丸パン)、二本目のコーク。かつては木箱だったがいまは黄色いプラスティック・ケースで、それを修理工場からケースごと家に持ってくる。ラリーの人生のすべての夜とおなじように、その夜もほぐれていこうとしていた。本を読み、テレビを見て、シャワーを浴び、ベッドにはいり、眠り込むまでまた本を読む。朝になったら起きて、髭を剃り、洗ってある制服のシャツを着る。ただ、土曜日なので、いつものズボンではなく、ブルージーンズで仕事に出かける。夜には新しい花とアルバムを持って、母親に会いにいき、いっしょにじっと座って、母親が見つめているのとおなじ空間を見つめ、なにを見ているのだろうと考えるのではなく、自分のことを思い出してくれるといいのにと思う。いまでは、母親が電話して来た場合にそなえて、いつも携帯電話をポケットに入れているが、もう最近はめったにかけてくることがなく、どれも最後の電話になるかもしれないとわかっていた。母親はみずからが見つめている空間に滑り落ちてしまい、なにを見ているにせよ、永久にそこへ行ってしまうかもしれない。

二分の一マイルあまり離れたハイウェイの方角から車の音が聞こえると、ラリーは本を読むのをやめて、指を栞代わりに挟んだ。その爪は、ミシシッピのどの自動車整備士よりもきれいにちがいない。車がどんどん近づいてきて、じきにタイヤが砂利を嚙む音が聞こえ、庭の右手の境をなす木立を透かして白いひらめきが見えた。足を見て、靴を履くべきだろうかと考えた――はだしで客を迎えるのは無作法に思える――だが、履かなかった。この道路の住人はラリーだけだが、だれかが会いにくるとはとうてい思えない。道に迷ったのかもしれない。それとも、ビール瓶か爆竹でも投げにきたのか。コークをコンクリートに置き、本を椅子に置いて、立ちあがり、待った。

UPSが使っているような新しい型のバンだが、ブルーのトリミングがあり、ディレクTVと描かれていた。運転手は道に迷ったようには見えなかった。それどころか、手をふり、路肩に寄せると、ラリーのフォードのうしろにとめて、エンジンを切った。サングラスをかけた、くすんだブロンドの運転手が、運転席にしばし座ったまま、助手席のものをかき集め、ドアをあけると、車をおりてバタンと閉め、また手をふって、ラリーのほうへ坂をあがってきた。

「やあ、どうも」その男がいった。「ウォレス・ストリングフェローです」二十代のはじめだと、ラリーにはわかった。身長は六フィートに欠けるくらいで、山羊髭とむさくるしい頬髯を生やしていた。瘦せこけて、裾を出している皺くちゃのディレクＴＶのシャツは二サイズ大きい。長めのカーキの半ズボン、ぼろぼろのスニーカー。ファルサムにはストリングフェローという苗字の人間が何人かいるが、ラリーに知り合いはいなかった。

「こんばんは」ラリーは答えた。「なにか用か？」

ウォレスが手を差し出した。ラリーの手よりも汚れていて、小さい。ラリーは一瞬その手を見てから握り、ウォレスの掌がねっとりと冷たいのに気づいた。酒を飲んでいたことが、においでわかった。

「えー」ウォレスが腋の下にクリップボードを挟み、ディレクＴＶのシャツのポケットからマルボロを出した。「われわれ衛星アンテナ技術員が取り付けドライブって呼んでるやつをやってたんだ。ただ車であちこち走ってたら、道に迷って、たまたまおたくにないのがわかった。衛星アンテナがね」一本ふり出して、火をつけ、ラリーの家の屋根のほうに顎を突き出した。「ずいぶん古いアンテナだね？　いくつ映るかな？　三チャンネル？」

「わざわざ来てくれたのはありがたいが」ラリーはいった。「いらないと思うね。三チャンネルあればじゅうぶんすぎるほどだ」

「たしかに、一度に見られるのは一チャンネルだ」ウォレスがいった。「でもねえ、どんなのがあるか、おたくは知らないだろう。あらゆる好みのが、なにかしらある。衛星アンテナがあれば、ジャーン、おたくの夜はおたくがそうありたいって思うようなものになる」また指差した。「あそこに取り付けられるよ。耳みたいだって、いつも思う。空に聞き耳を立ててる。料理番組が見たい、ジャーン、お見せしましょう。殺人事件？　犯罪捜査？　レスリング？　チャンネルはぜんぶ揃ってる。なんでもござれだ」

「わざわざ来てくれたのはありがたいが」ラリーはいった。「でも――」

「はい」ウォレスが、パンフレットを一部渡した。

ラリーは受け取ってひろげた。チャンネルの膨大なリスト。「たしかにいっぱいあるな」

「それは半分にもならない」ウォレスがいった。「百二十チャンネルを月百ドル以下で提供できる。ESPN、HBO、スキネマックス」

ラリーは首をふるばかりだった。

「それじゃ、ただちょいと休ませてもらえるかな」ウォレスがいった。「長い一日だった。心配するな」

「ああ」ラリーはいった。「すまないね。あまりお客が来ないものだから」

ウォレスが、ラリーのあとからステップを昇って網戸へ向かった。ラリーが立ちどまったので、ぶつかりそうになった。

「ここでいいじゃないか」ラリーはいった。「そのほうが涼しい」

「おたくが大将だ」

ラリーはいった。「すぐに戻る」

ラリーはなかにはいり、時計を見た。もうじきニュースがはじまる。網戸からウォレスが覗いていた。

「きれいなうちだな。だれかに頼んで掃除させてるのか？」

「いや」

ラリーは、パンフレットをキッチンのテーブルに置き、椅子を引き出して戻った。ウォレスがべつのパンフレットをポーチに置き、クリップボードを重石にしていた。煙草をくわえて、ラリーが持ってきた椅子を受け取り、くるりとまわして、背もたれに肘をかけて座った。

ラリーは、ドアのそばに立った。「なにか飲むか？」

「そういうことなら、セヴン＆セヴン（シーグラムのウィスキイ〈セヴン・クラウン〉を7Upで割ったカクテル）はあるか？」

「ない。悪いね」

「バーボンは？」

「コークならある」

「なにを割るんだ？」ウォレスが、にやりと笑った。

ラリーは、うしろの家のなかを見た。「そういうものはない。アルコールは飲まない」

「ビールも？」

「悪いね」

「それじゃ、コ・コーラ（南部の田舎ではコカ・コーラをこう呼ぶ）をくれ」

ラリーはうなずいて家にはいり、冷蔵庫から一本出して、冷蔵庫のドアにくっつけてあるマグネット栓抜きで王冠をはずし、マグネットを戻して、外に出た。ウォレスは椅子の向きを直して、壁にもたせかけ、足をぶらぶらさせていた。

「ありがとう」といって、ウォレスは最初のひと飲みでほとんど飲んだ。「おたくの名前は？」

「ラリー」

「ラリー、なに？」

ラリーはためらった。「ラリー・オット」

べつだん気づいたふうはなかった。ウォレスがコークを飲み干し、瓶をカチンと鳴らして置いた。「それで、オットさん――」

「ただのラリーでいい」

「それじゃ、ただのラリー、ハイスクールはどこだった？」

「ファルサム」

「おいらとおなじだ。卒業した年は？」

ラリーは肩をすくめた。いいたくなかったが、ウォレスが待っていた。「しなかった」

「どうして？」

「やめた」

「おいらもだ」ウォレスが笑った。「どうしてやめたんだ？」

「ただやめた」

「おいらもだ。おたがい、ドロップアウトってわけだな。おふくろが、GED（高卒資格）をとれって、ずっといってるんだ。このごろ、そうしようかと思ってる」

　会社のバンを運転しているときに酒を飲んでも上司は気にしないのか、とはきかず、ラリーはつかのまじっと立っていた。それから自分の椅子に戻り、本をどかして座った。

「なにを読んでるんだ？」煙草を吸い終えて、ウォレスがきいた。

　ラリーは本を差しあげた。ウォレスがマルボロをポーチに落とし、爪先で消した。「映画のほうを見た。衛星アンテナをつけないか？　本なんか読まずにすむ」パッケージからもう一本出して、火をつけると、煙を吐きながら歯を剝き出して笑った。「ラリー・オットといったな？　聞いたことがあるかも」

　ラリーは、ウォレスのほうをちらりと見た。「このあたりでは、知らない人間はめったにいない」

「待てよ」ウォレスが、にたにた笑っていた。「おたく、例の女の子を殺ったといわれてる男か」

　ラリーは足もとに視線を落とし、靴を履いていればよかったと思った。

「それでハイスクールをやめたんだ。なんてこった」ウォレスがいった。「おたく、有名だぞ」椅子をゆっくりとおろした。「いや、悪名高い、か」

　ラリーは、ウォレスの思いちがいを正すのはやめて、尻をもぞもぞさせた。「まだ衛星アンテナを売りつけるつもりか？」

「おい、にいさん、おたくがなにをやろうが気にしない。ほしけりゃ衛星アンテナを売るよ。なんならふたつでも三つでも売る。あの屋根に登って、障害物なしに空に向けられる場所を見つけ、ネジ留めして、ケーブルを下まで引く。でも、月曜日まで待ってもらわないといけない」

「月曜日?」

ウォレスが、ポケットから携帯電話を出した。「もう午後五時半だし、金曜日だ。おいらの週末が正式にはじまってる」

「なるほど」ラリーは、ウォレスとともに立ちあがった。「楽しい週末を、ウォレス。月曜日に会おう」

「かっきりおなじ時間に」

その晩、ラリーはベッドに寝て、ウォレスのことを考え、暗がりで頬をゆるめた。気にしないというウォレスの言葉は嘘だ。何年も前に納屋に忍び込んだ男の子こそウォレスだと、ラリーは見抜いていた。おなじ顔だ。ただ長く、むさくるしくなった。おなじ小さな目。男の子が跳びあがって驚いたのを思い出し、また口をほころばせた。ウォレスは危なそうには見えない。ただ好奇心が強いだけだ。しかし、ルアーやいなくなった雄鶏のことを思い出し。あのバンも盗んだのでなければいいがと思った。

寝返りを打った。

毎晩、眠る前にラリーは母親のために祈る。その夜もそうした。あすが母にとっていい日でありますように、携帯電話が鳴るか、それともそのときが訪れたなら、神が母をそっと召しますように。眠っているあいだに。そして、神がぼくの罪を許し、お客をよこしてくれますように。

つぎの月曜日、ラリーは仕事を終えるとポーチに座り、本は読まずに、いつもの仲間のコウモリや鳥や虫を待ち、地球が息をして風が起こるたびに母親のウィンドチャイムが鳴るのを待っていた。夜が遠くの木立や道路の向かいのフェンスをこっそりと盗み、つづいて道路と最後に空を奪ったとき、失望したが、驚きはしなかった。ラリーのピックアップも闇に消え、納屋の屋根に釘で穴をあけたみたいに、空で星がまたたきはじめた。

　ウォレスが二ヵ月後に来たときには、もう来ないものとラリーはあきらめていた。本を読んでいると、低いうなりが自分の地所を渡ってきたので、顔をあげた。地面をかじっているみたいなエンジンの音がどんどん近づき、木立の切れ目から四輪バギーが出てきた。ヘルメットもかぶっていない男が、シートの上で跳ねている。ラリーの家に近づくと、男がエンジンを切り、惰性で進んでとまった。煙草が口からぶらさがり、皺くちゃの茶色い紙袋を股に挟んでいる。

「やあ、ただのラリー」馬にまたがるみたいに四輪バギーにまたがっているウォレスが呼んだ。

　ラリーは立ち、片手をポーチの欄干に置き、反対の手で本を持った。「やあ、ウォレス」

　ウォレスは、ガソリンタンクの上に片脚を跳ねあげ、カウボーイみたいにおりた。だぶだぶのTシャツと半ズボンは、前に来たときとおなじ服のように見えた。半ズボンをたくしあげ、底を持って紙袋を抱えてきた。

「おいらの顔を見て驚いたか？」

「ちょっとばかり」

　ウォレスがポーチにあがり、紙袋を柱のそばに置いた。パブストの缶ビールを一本出して、ラリーに勧めた。

「いらない。ありがとう」

「それじゃ乾杯」といって、ウォレスがプルタブをあけ、飲んだ。

「結局、衛星アンテナはなしか」

「信じられねえよ」ウォレスが、ビールの味に顔をゆがめた。「ディレクTVのやつら、おいらをクビにした」本をずらしてまた座ったラリーが見えるように、いちばん上のステップに腰かけ、柱にもたれた。

ラリーはいった。「それじゃ失業中か」

「いや、あっちこっちの家のペンキ塗りをやってる。ときどき。こんどはなにを読んでる？」

ラリーは教えた。

「ちぇっ、それも映画があるぜ。見ないのか？」

「見た」ラリーはいった。「本のほうがいい」

ふたりはしばしじっと座っていた。

「ラリー」ウォレスがいった。「おいらのこと、あまり好きじゃないんだろ」

それを聞いてラリーは驚いた。ウォレスの顔を見ると、ひどく強いまなざしで見守られていると気づいた。

「いいんだ」ウォレスがいった。「たいがいそうなんだから。みんな、おいらを変なやつだと思ってる。学校をやめたのは、馬鹿にされるのにうんざりしたからだ」

ラリーは、椅子を揺すりはじめた。「好きじゃないわけじゃない。ただ、あんたのことをあまり知らない」そしてつけくわえた。「それに、うちにはお客があまり来ないし」

「どうしてだ？　おたくは話がうまいじゃないか。昼も夜もおおぜいここに来て。おたくがジョークを飛ばし、大笑いさせる。ビールやセヴン＆セヴンを出して、キリンのあそこ《プッシー》みたいに高く《ハイに》なる」

思い出したくもないくらい久しぶりに、ラリーは他人の前で笑みを見せた。そして、長年の習慣で、口を片手で覆った。「前に来た客といえば、ここにいるディレクTVのやつを除けば……そうだな、何カ月か前に酔っ払ったティーンエイジャーたちがやってきた。午前一時ごろだ。フォード・エクスプローラーで乗り付けて、あそこにとまり」――道路を指差した――「ビール瓶を屋根に投げはじめた。出てこいってどなりながら」

「出てったのか？」

　ラリーは首をふった。カーテンの隙間から覗き、裏で鶏が騒ぎ、母親がここでこんな目に遭わなくてよかったと思ったのを憶えている。たとえ家のなかにはいってきても、電話で通報しなかっただろうと、ふと思った。

「そいつらのひとりが」ラリーはいった。「野球のバットを持っておりてきた」

「くそ」

「しばらく立ってた。でかい男だ」

「なにをした？」

「そいつの仲間が、出てこいとはやし立てた」ラリーを、殺人鬼、強姦魔、おかま、弱虫と呼んだ。どれも前に聞いたことばかり、これからも聞くようなことばかり。「そのうえに、そいつがバットでぼくの車のヘッドライトを叩き割った」

「ちくしょう」

「それからフロントウィンドウも」

「おたく、銃はないのか？」

　ラリーは首をふり、ウォレスは銃がないという意味がわからないとでもいうように、口をあけてじっとしていた。「ウォルマートへ車で行って、安売りの単発一二番径を買えばいい。一ドル九十八セントってとこだろう。いっしょに行ってやるよ」ビールを飲んだ。

「そのあと、どうしたんだ？　そいつらは？」

「なにも。いなくなった」

　そのあとの話はしなかった。そいつらが行ってしまったあと、べつに気にもならなかった。ヘッドライトを直す？　フロントウィンドウ？　つぎの日にやることができた。パーツ屋へ行ったとき、フロントウィンドウは網みたいに垂れていた。店番のジョンソンが注文を受けていった。「あんたとおなじ型のフォードかね？」ラリーがそういうと、ジョンソンは両眉をあげ、奥へ行き、なにもいわずに、フロントウィンドウを茶色の紙で包み、ラリーのピックアップの荷台に運ぶのを手伝った。だれかに野球のバットで叩かれたように見えるピックアップを、じっと見ただけだった。

「くそ」ウォレスがいった。「白人のクズどもがおいらにそんなことをしたら、おいらは三〇-〇六《オート・シックス》（同口径のライフル）を持ち出すぜ。なあ？」

「なんだ？」

「どうして犬を飼わない？」

「アレルギーだ」

「うちにいい犬がいる。闘犬《ピットブル》とチャウチャウのあいのこだ。名前はジョン・ウェイン・ゲイシー（大量の連続殺人を犯したことで有名）。あれほどすごい番犬はいねえな。なによりもニガーが大ッ嫌いでよ」

「どうして？」

「利口なんだろうな。庭に黒人がはいってきたら、興奮しまくる。借りたいんなら、ひとこといってくれよ。ここに連れてくる。そうしたら、だれもおたくにかまったりしねえよ」

「いいんだ。ぼくにかまうのは黒人じゃないからな」

ウォレスがビールを飲み干して缶をつぶし、紙袋に入れて、もう一本出した。しばらくじっと座って、飲み、煙草を吸い、やがてジョン・ウェイン・ゲイシーの前に飼った犬の話をはじめた。「一匹はちっぽけな白い雌犬、トリクシー、フィラリアにやられた。床を歩いてたと思うと、とまってこわばり、倒れて、脚を突き出して横向きになった」その格好が可笑しくてたまらなかったが、とうとう起きあがらなかった、といった。べつの犬、パルという茶色のでかいむく犬は、何代か前にコリーが混じっていて、車を追いかけるのが好きで、木材運搬トラックに轢かれてぺしゃんこになり、道路の染みしか残っていなかった。そうさな、道路では五匹か六匹殺された、とウォレスはいった。三匹は撃ち殺された、一匹はおいらが殺した（咬み癖があった）、一匹は罠にかかり、一匹は不凍液を飲み、もう一匹はヌママムシに咬まれた。「首がワニみたいにふくれあがったよ」

「そういう犬は、どこで生まれたんだ」

「たいがい野良犬だ」ウォレスが、もう一本ビールをあけた。「それと、ジョージア・パイナップルっていうふしだらな雌犬がいて、二年に一度仔犬を産むから、犬には事欠かなかった。そいつが死ぬまでは」

ラリーは、死んだわけをききたくもなかった。

「列車に轢かれた」ウォレスがいった。「それはともかく、一度、床下で産んだことがあってな。ガス管に穴があいてて。おれら、知らんかった。それで、さかりがついたとき、漏れてるところでそいつが交尾して、ガス管のそばで仔犬が生まれた。みんな奇形だったよ」ウォレスは笑っていた。「一匹は目がない。もう一匹は尻尾がなかった。脚がぜんぶおかしいのが一匹いた」

ラリーは首をふっていた。「そういうのはどうするんだ？」

「おふくろが片づけろっていったから、池に投げ込んだ。メキシコ人が闘犬に使ってたジョン・ウェイン・ゲイシーを手に入れたのは、そのあとだ。こいつがすごく気が荒いんだ。夜に出てったと思ったら、アルマジロを何匹も捕まえて庭に持ってくる。朝に二匹も三匹も死んで転がってることがあった。めちゃめちゃに食いちぎるもんだから、古い革のハンドバッグが地べたにならんでるみたいだった。おふくろが出てきて、犬をつなげといった。おいらとジョン・ウェイン・ゲイシーは、そんなところが似てる」

「なにが？」

「アルマジロにゃ耐えられねえ。おふくろの彼氏の配管工は、そいつを甲羅の張形《アーマー・ディルド》って呼んでた。おいらがガキのころ、みんなで捕まえたもんさ。尻尾を持ってふりまわしたり、フットボールみたいにトスしたり。

溺れさせたり。いまじゃ、アーマー・ディルドは悪い病気を持ってるっていわれてるな」

「ウォレス」ラリーは、話題を変えようとした。「ほんとうのことをいえ」

「有罪にならなきゃいってもいい」

「ディレクTVにつとめたことなんか、ないんだろう?」

ウォレスがにやにや笑い、ビールの残りを飲んだ。

「ああ、ばれたか。あのバンは、おふくろの彼氏から借りたんだ。衛星アンテナを取り付けてるのは、そいつだ。うちのはただで付けてくれたよ。有料チャンネルからなにから」

「そいつは、あんたが借りたのを知ってるのか?」

「知るわきゃねえだろう。そいつとおふくろはドッグレースに行ってた。おいらが使ったとばれたら、利子付きでしこたま絞られるだろうよ。犬の話で思い出したが、あそこにはすげえのがいるぜ」ウォレスはいった。「グレイハウンドだっけ? ものすごく足が速い。レースから引退したのを手に入れられる。ペットにでもするか。でも、気をつけなきゃいけねえよ。よちよち歩きの子供がいて、そばを走ったらどうなる? グレイハウンドは、電気仕掛けのウサギを追いかけるみてえに追いかけて、ずたずたに食いちぎっちまう」

「どうしてバンで来た? あの四輪バギーで来ればいいだろう」

「おいおい、おたくの評判があるからね。おいらも切り刻まれて、森に埋められないともかぎらねえ」にやにや笑っていた。「だからよ、なんていうか、いい方法だと思ったんだ。ほら……」

「下見ってやつだな」

「ああ」

それからしばらく、ふたりはじっと座っていた。ウォレスは空き缶をつぶして、他の空き缶といっしょに紙袋に入れた。「ほんとになんにも飲まないのか?」

「コークだけだ」

「それじゃ、もう行くぜ。飲みはじめたら、途中でやめるのは嫌なのさ」

ウォレスが立ちあがり、柱にもたれた。「なあ、ラリー、アンテナがほしけりゃ、おふくろの彼氏をここに来させて取り付けてもいい。おいらがバンを借りたのを黙ってるって約束してくれりゃ」

「それはもう気にするな」

「それとも、ジョン・ウェイン・ゲイシーを連れてこようか。この柱につなげよ」

「ありがたいが、断る」

「おたく、結婚したことは？」つぎに来たときに、ウォレスがきいた。

したことはないと、ラリーはいった。

「彼女は？」

「いない」

「ちんちんがその気になったときは、どうするんだ？」拳を固めて、差しあげて見せた。「まさか四十歳で童貞じゃねえだろうな？」

「いや」ラリーはいった。「四十一歳だ」

こんなに可笑しなことを聞くのははじめてだというように、ウォレスが笑い、口と鼻から煙を勢いよく吹いた。

「まあ」息が落ち着くと、ウォレスはいった。「おいらも独身だ。でも、ファルサムになじみの女がいる。たまに会う。切れたりつながったりっていう関係さ。

それに、叔父貴と家のペンキ塗りの仕事でデントンヴィルに行くこともある。そっちのニガーの女のところにも、ときどき行くよ。クラックをやってやがって、おしゃぶりで二十ドル、白目剥きそうなくらいやりまくって三十ドル。名前がワンダだったかな。おたくの車でいっしょにいって、童貞捨てちまおうぜ」

「ありがたいが、断る」

「ずっとそっちへ行ってたんだ」

「家のペンキ塗り？」

「ああ。トラブルに巻き込まれた」

「どんなトラブル？」

「バーで喧嘩」

ウォレスは、そのときはビールをケースで持ってきていた。四輪バギーの後部にバンジーコードでくくりつけ、それをほとんど飲んで酔っ払ったので、ラリーは心配になった。涼しくなり、木の葉が宙を舞い、路を軽く引っかき、雁行が頭上で南を指している。ラリーは制服のジャケットと帽子を身に着けて座り、ウォレスはフードつきのスウェットシャツのフードをかぶったり脱いだりしていた。長ズボンの裾はほつれている。ピットブルのジョン・ウェイン・ゲイシーの写真を携帯電話に保存していて、ラリーに見せた。

「たしかに獰猛そうだな」

「そうなんだよ。おふくろの彼氏がさ、撃ち殺せってしょっちゅういうんだ。おいらはいつもこういうのさ、〝ジョナス、あんたがその犬を撃て。そいつを怒らせるだけでも恥さらしだからな〟」ビールをひと口飲んだ。

「ウォレス」ラリーはいった。「あんたが子供のころ、脅かしたことがあったよな？　納屋で？」

ウォレスが、肩ごしに視線を投げ、にやりと笑った。

「ああ。罪を認めるよ。あの仮面でおたくに脅かされて、死ぬほどたまげた」

「古い納屋で怪我をしてもらいたくなかっただけだ」

「まあ、行くのはやめたよ。一週間ばかり」

「また来たのか？」

「納屋へ？　とんでもねえ。だが、あれっくれえじゃ、あっちの沢で釣りをするのはやめなかった。おたくの釣り場も見つけたよ、ラリー。五ガロンのバケツがあったし、木にひっかかって取れなくなったぼろぼろの浮きを見つけた。棹とリールを持って、おたくとおなじ水でパープルワームを流したが、なにも釣れなかった。おたくがぜんぶ釣って魚がいなくなったんだろ」

「いや、ぜんぶ釣ったなんていうことはない。製材所の下流だから、ヘドロがいっぱい溜まって、何年も前からなにもいないんだ」

「服を脱いで泳いだこともある」ウォレスがいった。「裸で。おたくのことを、いつはじめて知ったと思う？　学校でだ。四年生。みんなその話をしてた。おれらとおなじ学校へ来て、おなじ机を使ってた不気味なやつが、女の子を誘拐して殺しちまったって」

「生徒がそんな話を？」

「何人かだけど。教師はみんないうんだ。〝その男のことは忘れろ。ほうっておけ。危険かもしれない。かまうな〟」ウォレスが、にんまり笑った。「それで、おいらはこうして、おたくにかまってるわけだ」

「そんなことはない」

「おいらはね、学校で教わるようなのは、とにかくあまり得意じゃなかった。だけど、おたくのことを好きな女教師がいた。マッキンタイア先生。国語と美術を教えてた。おたくが絵を描くのがうまいっていってた。絵も見せてくれた。ちっちゃなトラックの絵。接近法が完璧だといってた」

「遠近法」ラリーは正した。

「だけど、最初におたくを見たのは」ウォレスがなおもいった。「教会だ。十一年くらい前だっけ？　デントンヴィル？　セカンド・バプティストだっけ？　おふくろの彼氏がそこに住んでた」

「ディレクＴＶのやつか？」

「ちがうよ。こいつは機械工だ。週末におれらを迎えにくるんだ。あのでぶ野郎——もう名前も思い出せない——そいつは教会に行かねえんだが、おふくろはいつも行ってた。つきあってる男がどこに住んでようが、ねむたいおいらをソファからひきずり起こして、男の車を借りて、どんな教会でもいいから行く。バプティストがあればそこへ行くが、なければメソジストだ。ニガーの教会でなきゃ、なんでもいい。カトリックもだめだ。でも、メソジストがいちばんいい。早く出てこれるから。

お説教の前にいつも表で、おんなじ齢かすこし年下のガキどもとしゃべってると、ひとりがいった。〝やつがまた来ると思うか?〟

〝来ねえほうがいい〟、もうひとりがいう。

〝だれが来るっていうんだ?〟、おいらはきいた。

最初のがいった。〝スケアリー・ラリー。おめえ、知ってるか?〟

あたぼうよって、おいらはいった。学校がおなじだった、おいらとやつは。ミシシッピのシャボットで。

〝そんなわきゃねえよ〟そのガキがいった。

〝くそったれ、どうしてわかる?〟おいらが教会のポーチで悪態をついたんで、みんな感心してた。

そのうちにどっかの母親がドアから首を出して、早くはいんなさいっていった。歌がはじまりそうだった。それで、みんななかにはいり、それぞれおふくろやおやじの隣に座った。だが、おいらはうしろのほうの席に行った。おふくろは、おいらがおとなしくしてりゃ、ならんで座ろうがどうだろうが、気にしねえ。

案の定、最初の歌がはじまったときに、そうっとドアがあいて閉まるのが聞こえたんで、見るとおたくがいた。一度も見たことがなくても、そのとたんにとわかった。はいってきたときの感じ。ふりかえって見てるやつらと目を合わさねえ。スーツにネクタイだった。通路の向かい、おいらとおなじうしろのほうの席に座った。あとのやつらも気づいて、ふりむき、ささやいてた。おたくがいるのが気に入らなかったんだな。あんなふうに遅れてはいってくるなんてずる賢いって、おいら思った」言葉を切って、ポーチに灰を落とした。

「ずっとおたくを見ていた。立って歌を歌い、歌詞をみんな憶えてて、腰をおろし、説教師の話を聞いて、自分の聖書で聖書の文句をなぞる。目を閉じて祈る。みんなより先に出てくはずだと思ったら、やっぱり、最後のアーメンが終わると立ちあがって出てった。

　おいらはおたくのすぐうしろにいた。ドアを出て、聖書を抱えてものすごい早足で歩いてたな。〝ヘイ!〟って呼んだけど、おたくはふりむきもしなかった。あの赤いピックアップまで駆けてった。あそこにとまってるやつに」ウォレスが身を乗り出した。「おたく、憶えてるか?」

　ラリーは憶えていた。ウォレスを憶えていた。いまの顔に、そのときの少年の面影が見える。追いかけてきて、「ヘイ!」と叫んだとき、そのいいかたには、それまで聞いたことのないものがあった。怒りではなく、好奇心。小さな目、細い髪の毛、突き出した耳、教会にふさわしい服を着ていない、むさくるしい男の子が、礼拝のあいだずっとひとりでうしろのほうの真横の席にいて、もじもじしながら、こちらを盗み見ていた。ほかの何事よりも、その少年がいたせいで、二度とそこへは行かなかった。

「まあ」ウォレスがいった。「遠い昔のことだよな。つぎの週もその教会へ行ったかも。でも、おたくは来なかった。ガキどもがいってたぜ。もしおたくが来たら、万が一また来たら、だれかが手紙を書くだろうって。〝上品なメソジスト教会〟には来ていただきたくありません、とかなんとか」

「まあ、そうだろうな」ラリーはいった。「仕方ないよ」

「そうか」ウォレスがいった。「でも、ひでえやつらだ」

　そして、話をつづけた。「ビールがだめなのか?　ひと晩飲んだって、小便が出るだけでどうってことないぜ。だが、ほかにいいもんがある」ズボンのジッパー付きポケットを叩いて見せた。「これで頭がまともになる」ジッパーをあけて〈スクレッツ〉(咳止めドロップ)

の四角い缶を出し、合わせた膝にうやうやしく置くと、蓋をあけて、ポリ袋と、たわんでいる剝ぎ取り式の巻紙を出した。

ラリーは口ごもった。「できたら、それをやるのはうちに帰ってからにしてもらえないか」足もとを見つめた。

巻紙を一枚剝がして半分に折ると、ウォレスが砕かれたグリーンの〝はっぱ〟をそこに落とした。「なんでだよ？」顔はあげない。

「トラブルはごめんだ。警察との」

「評判があるから？　メアリ・J・ワナ（マリファナ）が怖いのか？　くそ。サツなんか気にするな。どこにいるっていうんだ？　ここにゃおれらドロップアウトとやつらハゲタカがいるだけだ。だけど、なかにはいりゃ、もっと居心地がいいんだけどね」

指で巻紙を筒状にしながら、ウォレスがラリーのほうを見てウィンクし、紙のへりをなめ、全体を口に突っ込んでから、曲がった白いマリファナ煙草を引き出した。ラリーのはじめて見る光景だった。吸いかけの煙草を落として爪先で消すと、ビックのライターでマリファナに火をつけ、深く吸い、つまんで、ラリーのほうに差し出した。

「いや、いらない」

「ほんとか？」息を詰めたまま、歯のあいだから煙を出した。「シャボットのあのニガーから買ったいいやつだぞ。M&Mとかいうやつだ。知ってるか？」

「知らない」ラリーはいったが、ハイスクールで知っていた。サイラスのチームメイトのひとりだ。

ウォレスが煙の条を宙に吹き出した。「いつもこういうのさ、〝M&M？　ブレインか、それともピーナツか？〟（M&Mのチョコレートにひっかけて）」またマリファナをふかし、ラリーに勧めた。「ほんとに？　ほんとにいらねえのか？」

「いらない」

渦巻く煙に囲まれて、ウォレスはじっと座っていた。野原の向こうを見た。自分がどこにいるのか、忘れているように見え、ラリーが椅子を揺するあいだ、コウモリが視界の上のほうで羽ばたき、ポーチのまわりのヒメヤブランのなかでコオロギが鳴き、母親のウィンドチャイムが鳴っている。金属とは思えないやわらかい繊細な音で、針金に脆い骨でも吊るしているようだ。ラリーはいつも、骸骨がギターを弾いている音のようだと思う。ふたりはひととき、ポーチにいっしょに座り、太陽が空を赤く焼き、木々を黒ずませるのを眺めた。

十二月二十四日水曜日、仕事のあと。ウォレスの姿は、何週間か見ていなかった。翌朝のクリスマスは、ラリーが毎年とるわずか四日の休みのうちの一日で、〈リヴァー・エイカーズ〉へ行き、ウォルマートで買ったプレゼントを母親に渡すつもりだった。新しい寝巻き、鶏の形の花瓶に活けた花、スリッパ。おなじ部屋の女にもスリッパを買った。巨大な店で一時間近く過ごす、一年でいちばん大好きな夜だった。

家に帰ると、暖炉に火をおこし、両親の写真を眺めた。それから、ＴＶディナーのビーフカツレツを温め、テレビをつけて、食べながら、グリンチが他人のクリスマスをぶち壊し、もとに戻すのを見ていた。それから、この季節の大好きな映画〈ア・クリスマス・ストーリー〉を見て、ラルフィーが父親に空気銃を買ってもらう場面で目を潤ませた。ウォルマートで買ったエッグノッグを飲み、暖炉の脇の椅子で本を読みながら眠りこんだ。

午前零時ごろ、なにかで目を醒ました。ポーチにだれかがいる。ラリーは座ったまま身を起こし、本が胸から転げて絨毯に落ちた。こんな夜中に悪ふざけをしにくる人間はこれまでいなかったし、窓ぎわへ行ったが、だれも見えなかった。明かりをつけずにそっとドアをあけ、網戸越しに寒い闇を覗き込んだ。白い息が風に吸い取られ、ウィンドチャイムが速く鳴り、揺り椅子が勝手に揺れている。

なにもない。

枝が風でポーチを転がったのだろうと思い、ドアを閉めようとした。だが、そのとき揺り椅子のそばになにかが見えた。網戸を押しあけ、籐の座面に置いてある靴箱のほうへ行った。よれよれの赤いリボンで、しっかりと閉じてある。

あたりを見た。それから、箱を持ってなかにはいり、暖炉のそばの椅子に腰かけて、箱を抱きかかえた。ふってみて、耳を当てた。リボンをほどき、蓋をあけると、古い拳銃がはいっていた。二二口径のリヴォルヴァーで、滑りどめの網目模様《チェッカリング》が擦り減り、青焼きもほとんど剝げていた。だが、木のグリップそのものはゆるんでおらず、照準器も無傷だった。取りあげてかざすと、手にオイルがつくのがわかった。だれかがクリーニングしたばかりだ。下に箱入りの弾薬があった。二二ロング。脇にふたつに折った白いノートの紙があった。ひらくと、〝メリークリスマス、ラリー、サンタより〟と書いてあった。

大晦日にウォレスが袋いっぱいのロケット花火を持ってきて、ふたりで野原に飛ばした。

「お客があったよ」空がはじけるのを見ながら、ラリーはいった。

「そうかい」

「ちょっとしたものを置いていった」

「なにを？」

「拳銃。なかなかいい二二口径」

「ああ、そりゃあよかった。こんどやつらがふざけたことやりに来たら、空に何発か撃てば追い返せるさ」

「ありがとう」ラリーはいった。

「なにが？」

ラリーは、花火用にコークの瓶を二本持っていったが、ウォレスは棒のところを持って火をつけ、導火線が燃えるあいだ待ってから投げて、のろのろ飛んでから離昇し、空で爆発するのを見ていた。

それでラリーは、ウォーカー家の三人とロケット花火をやった大晦日のことを思い出し、ウォレスにその話をした。サイラスにも話したが笑わなかったことを憶えているが、セシルがポケットを叩きながら走りまわったくだりで、ウォレスはげらげら笑った。

そのあとで、ふたりはコート姿でポーチに座った。ラリーは椅子を揺すり、ウォレスがステップに座ってビールを飲んだ。今夜の分のマリファナをぐずぐずになるまで吸い、吸殻をポーチでそっと揉み消して、〈スクレッツ〉の缶に入れて、蓋を閉じ、缶をポケットにしまってジッパーを閉めた。ときどき花火に火をつけては、庭にほうり投げた。夜の闇が濃くなり、星がなかったので、ラリーには花火の火の動きと、ウォレスの煙草やマリファナの火しか見えなかった。闇はいつもの夜の物音に変わりはじめていた。自分たちの声、ラリーの揺り椅子のきしみ、ウォレスがプルタブをあける音、コオロギ、骸骨の弾くギター。午前零時近くにラリーがあくびをして、ウォレスが煙草で花火に火をつけ、庭にほうり、ふたりで導火線の燃えるのを見ていたが、それで終わりだった。

「不発だ」ウォレスがいった。

「ラリー」

ラリーはあくびをして、体をのばした。一カ月後で、ウォレスは一週間に一度か二度来て、夜が深くなるあいだ、ビールを飲み、煙草とマリファナを吸っていた。

ウォレスがいった。「あの女の話をしてくれ」

「女?」

「ほら。例の……」

「ああ」

「やったのか？」

「いや」ラリーはいった。

「話をしてもいいか？」

「そうだな、もう長いこと、だれにもきかれていない」

「やったんなら、話してくれるか？」

「デートしただけだ」

「ほう。なにがあった？ デートで？ パンツにはいり込めたか？」

「いや」

「どうして？」

「しなかった」ラリーはいった。

「おたく、あっち系じゃねえよな？」

「ちがう」ラリーはいった。「そっちの意味なら」

「よかった」ウォレスがいった。「おかま野郎にゃ我慢できねえ」


ウォレスがいった。「おれら、いつかやらなきゃならねえな」

「なにを？」

「おたくの小屋へ行くのさ」

「それじゃ見つけたのか？」

「ああ」

「崩れかけてると思う」

「まあな。おいらがなにをやってたか、知ってるか？」

「なんだ？」

「あそこで遊んだ」

「鍵がかかってるだろう？」

「ああ。だが、こじあけられる窓があった。裏の窓だ。埃や蜘蛛の巣にまみれてよじ登る。オポッサムを見たことがある。くそをちびりそうになって、一カ月ぐらい行かなかった。恐ろしくてたまらなかったよ。そんなふうに忍び込んで、スケアリー・ラリーの狩猟小屋にいると思うと。おまえ正気かって思うのさ。だがな、おいらは考えていたんだ。ここが、やつが女を隠した場所じゃないかって。

おたくが女を隠しそうな場所を見つけようとしたんだが、なにも見つからなかった。ポルノ雑誌も古いコンドームもない。

　これはおたくにいわないほうがいいのかもしれねえが、おいらはときどき笑気を吸ったハゲタカみたいにハイになってね。小屋で遊んでるおいらをおたくが見つけて、縛りあげ、囚人にするんじゃないかって空想した。だが、おたくはおいらを殺さずにあそこで飼って、そのうちに仲良くなる」

　あたりは暗く、ウォレスが〈スクレッツ〉の缶をあけるきしみが聞こえ、ウォレスがゴキブリ《ローチ》と呼んでいるマリファナの吸い差しをつまみだしているのだとわかった。ビックで火をつけるひらめきが見え、ウォレスが二度吸ってからつぶやいた。「くそ」指のあいだから庭に飛んだマリファナが、一瞬、死にかけの蛍みたいに明滅した。

「話はまだある」ウォレスがいった。「おたくがやろうがやるまいが、その女を殺していようが、おいらは平気だぜ。やったとしても友だちだ」

「やってない」

「気にしないっていってるんだ。やったとしてもな。おたくがそいつをレイプしたとしても。それから殺したとしても。ときどき女にゃ頭にくることがないか？答えなくてもいい。

　だがな、おいらは信用していいぜ、ラリー。おれたちゃ友だちだ。友だちっていうのは、親友っていうのは、そういうことはやらねえ。友だちがどんなことをやっても、サツを呼んで友だちを売ったりしねえ。なにをやろうが、友だちは信用できる。それが友だちになるってことなんだ」煙草に火をつけた。「だから、おたくがその女を殺したんなら、知りたいんだよ。どうやったのか。レイプしたんなら」

「してない」ラリーはいった。

「女は好きなことがあるんだ、レイプされるのが。やってもらいたがる。あの小屋へ連れてって、床に転がす。猿轡をはめる。服をひきちぎって、ちょっと殴る。白いケツをひっぱたく。ベルトで絞めて、ワンワンスタイルで乗っかり、ケツの穴に突っ込み、どっちが偉いか思い知らせてやる」

「ウォレス、そういう話は嫌だな」

「考えたこともねえのか？　おふくろと相手の男の話を、おいらはよく聞いていた。おふくろはケツをひっぱたかれるのが好きだった」

　ラリーは立ちあがり、膝の関節が鳴った。「そろそろ寝るよ。あんたはだいぶ酔っ払った。それに、ハイに、なってるみたいだ」

「待てよ――」

　ラリーは、ウォレスが座っているそばを通り、慣れ親しんだ闇を抜けてポーチを進み、ドアをあけてなかに手を入れると、スイッチを入れて、夜陰に光をあふれさせた。ウォレスが目をしばたたいて、片手で両目を覆い、反対の手で股を隠した。だが、その前にラリーは、ウォレスのズボンのふくらみを見ていた。

「おやすみ」そういって、ラリーは目をそむけた。

　なかにはいり、網戸を閉めて、掛け金をかけ、ドアを閉めた。ロックした。

　表では、窓から明るく照らされ、ウォレスが股のぐあいを直して、丸めた両手をガラスに当て、なかを覗きこんでいた。

「ラリー」ウォレスが叫んだ。「待てよ」

「うちに帰れ」ラリーが大声でいった。「注意して運転しろ。しらふのときにまた来い」

「待てったら！」

「おやすみ」

　一瞬、ウォレスがべそをかいているように見えたが、窓に額を打ちつけた。「くそったれ！」といってから、もっと大きな声でいった。「おまえがやったのはわかってるんだ。あの女をレイプして、殺したんだ。みんながいうとおりだ」――もうわめいていた――「おまえは狂ってる！」

　また窓に頭突きし、壁を蹴った。「くそったれの変態！」ウォレスがわめいた。「サツにいってやる。おまえがやったっていったと、女を殺して、おいらになにもかも白状したって――」

　ラリーはドアのロックをはずしてあけ、ポーチに出た。ウォレスがあとずさりし、ネズミ花火みたいにまわりながらステップから落ち、庭に着地してもなお、わめいていた。「おまえは狂ってる！」

「ぼくは一生に一度もひとに危害をくわえたことはない」ラリーはいった。「だから、このままうちに帰れ」

　ウォレスがわめき散らしながら、四輪バギーに向けて駆け出した。ずっとわめきながらまたがり、ポーチの明かりに照らされ、スターターをキックし、やがてエンジンがかかった。バックで庭を横切ると、ラリーのピックアップのほうへ行って、ヘッドライトを蹴り、一度はずして、また蹴り、左のライトを割って、右も割り、それからボンネットによじ登って、フロントウィンドウを脚で踏みつけながらわめいた。「くそったれ！　くそったれ！　スケアリー・ラリー！」

　ラリーは向きを変えて家にはいり、ウォレスが疲れ果ててピックアップからおりて、エンジンがバタバタ鳴っている四輪バギーに乗り、ヘッドライトをつけて、エンジンをふかし、ラリーの芝草の上でUターンをして猛スピードで走り去るのを見ていた。

　しばらくラリーは窓ぎわに立ち、夜の闇を眺めていた。あしたまたフロントウィンドウを交換しないといけない。ヘッドライトも。ボンネットのへこみも叩いて直す。

ラリーはそうした。またパーツ屋でフロントウィンドウ、ヘッドライトを買い、ジョンソンにまた両眉をあげられた。バスルームのプランジャーでへこみを直し、接着剤でバックミラーを付けた。

一週間たっても、ウォレスは来なかった。一カ月たった。ラリーは心配になり、引き出しから電話帳を出して、ストリングフェローを捜した。二月下旬で、ミシシッピ南部としては近年でもっとも暖かな冬だった。地球温暖化だとニュースキャスターがいっている。ストリングフェローは九人載っていたが、最初の電話で出た女がいった。「ラリー・オット？」名乗る前だった。肝をつぶして、ラリーは電話を切った。

すぐに電話が鳴り、男がいった。「どうしてうちに電話してきた、くそったれの変態？」

ラリーはいった。「すみません。まちがえました」

「ほんとうだろうな。もう一度この番号にかけてきたら、警察を呼ぶぞ」

番号が向こうの電話機に表示されるのを忘れていた。ラリーは電話帳をしまった。

昼間は修理工場で待ち、夜はポーチで待った。本を読むのを途中でやめて、顎をあげ、車の音は聞こえないかと耳を澄ました。母親に会いにいくとき、ウォレスの話がしたかった。神さまは時間をかけるが、ちゃんとやってくださり、吃音を治し、喘息を治し、とうとう友だちもよこしてくれた、と。だが、母親はほかのすべてとともに昔のお祈りを忘れていたので、鶏の話だけをした。

アイナのとなりの骨と皮だけになったぼけた黒人女は、疑わしげに鋭い目つきでラリーを見たが、それはラリーの前歴のせいではなく、肌の色のせいだった。家族によってここに入れられたその女は九十に近く、ほとんど一世紀におよぶ一生で白人の非道な仕打ちにいったい何度耐えたのだろうと、ラリーはふと思うのだった。ときどき、アリス・ジョーンズやサイラスのことを考え、母親がコートはあげても車には乗せなかったことを考えた。一見親切に見えても、それがひどい仕打ちになる場合がある。

五月にウォルマートに食料品を買いに行ったとき、パブスト・ブルーリボン・ビールをひとケース買った。数夜あとに一本をあけて味見し、流しに捨てた。ときには晩方に、クロゼットの隠し場所にしまってある箱から、ウォレスがくれた拳銃を出して、弾薬をこめ、頭上に浮かぶハゲタカを狙ったが、撃ちはしなかった。

六月には、修理工場に客がふたりやってきた。ひとりは給排水設備のセールスマンで、モービルから北へ行く途中でラジエターがオーバーヒートを起こした。もうひとりはメンフィスの黒人女で、バッテリーが充電できなくなっていた。バッテリーを交換した夜、バスルームの鏡で自分に向かってにやにや笑い、これだけ仕事があるとひとを雇うべきかもしれないと思った。ウォレスが来たら、酒と煙草を減らし、仕事のあいだはやらないという条件で仕事をやってもいい。自動車整備士になるよう鍛え、オイル交換やタイヤのローテーションからはじめて、ブレーキ調整、チューンアップ、キャブレターの組み立てにまで向上させる。自分は永久に生きられるわけではないし、修理工場はいずれ人手に渡る。それがあれば、ウォレスも堅気の暮らしをしてゆくはずだ。

七月下旬のある晩、ポーチに座って、シャボット・バプティスト教会のつぎにときどき行っていた教会が、母親にとって〝居心地悪く〟なったことを思い出した。ファルサムの北のホリー・ローラー（集会中に熱狂的になって体を揺らす信者の多い、ペンテコステ派などの教団）の一派で、ファースト・センチュリー教会といい、とうていありえない宗教的な体験を語り、信仰による癒しを行なっていて、一年の特定の時期に信者が三日間断食するよう求めていた。ラリーは、母親といっしょにその金属製のプレハブの教会に行ったことは、一度もなかった。殺人犯そのものよりも殺人容疑者の母親のほうが、会衆に受け入れられやすいと考えたからだが、神に餓えていたため、母親が断食をするときには、自分も食べるのを控えた。最初の一食を抜くのがもっともつらく、飢えとはうつろな疼きだとわかった。だが、ずっと食べずにいると、二日目と三日目には、苦しみは疼きから疼きの記憶へと弱まり、ひとつの記憶の記憶にすぎなくなる。つぎに食べるまで、どれほど飢えていたか、どれほど空っぽであったかに気づかない。ウォレスの訪れは、孤独であることはそれ自体が断食だというのを、ラリーに教えた。長いあいだ栄養をあたえられていないと、ものすごくまずいひと口であっても、食べるのを欲していたことを体に思い出させてしまう。気づかないうちに飢えている場合もあるということを。

「お優しい神さま」ラリーは夜に祈った。「どうかわたしの罪を許して、仕事をよこしてください。母によいあすをさずけ、そのときがきたらお召しください。それから、ウォレスをお助けください。神さま、お願いします」

10

まだ月曜日なのか？　先週はろくに眠れず、製材所が怒れる都市よろしくうしろで轟音をあげ、連打を発しているにもかかわらず、サイラスはあくびがとまらなかった。通りすがりの車のスモークを貼ったウィンドウの奥から、ドライバーが憤怒の形相を向け、ホイッスルを歯でくわえて道路のカウボーイハットの日蔭に立っている、のっぽの黒人治安官を睨みつける。ピックアップがつぎつぎと線路を越えて、製材所から出てくるあいだ、いらいらした乗用車やSUVが一寸刻みに前進する。

　一週間前に、サイラスはティナ・ラザフォードの死体をラリー・オットの所有する小屋の土間で発見し、地元紙すべてと全国紙数紙に、今回は写真入りで載った。小屋のそばに立ち、ジャクソンの刑事局《CIB》の捜査員たちが遺体袋を運び出すのを眺めているサイラスを、警察番の記者が撮ったスナップ写真だった。記事には、ラリー・オットが銃で怪我をした自殺の可能性がある事件を捜査しているうちに、たまたま古い小屋に行き当たったと書かれていた。

　生きているティナを発見したのなら、ヒーローになっていただろう。

「なんていった？」フレンチが、無線できいた。

　息を切らし、「彼女だと思う、ロイ」

「なんにも触れるな」フレンチが命じた。「それから、だれにもいうな。周辺を警戒しながら、じっと待て」

　ロイと保安官が、ほどなく四輪バギーにふたり乗りして到着した。捜査令状を手に、小屋のドアの南京錠をこじり取り、ベッドをどかしながら、フレンチが、このあたりには二度来たが、葛にカムフラージュされていたせいで、二度とも小屋を見つけられなかったといった。よくおまえに見つけられたな？

「ついてただけです」サイラスは嘘をついた。

その夜、小屋は三脚付きの投光器《フラッド・ライト》のきつい光に照らされ、四輪バギーで牽いてきた携帯発電機が置かれた表まで、オレンジ色の太い延長コードがのびていた。〈タイベック〉防護服と空気呼吸器を身につけたCIBの鑑識課員が、塹壕掘りの道具で土間を掘り、柔らかい土をどかすのを、フレンチがビデオカメラで撮影した。三十分後、ひとりが顔をあげ、フレンチに親指を立ててみせた。

　ストーブのそばに立っていたサイラスは、自分の感情を頭のなかでまとめるどころか、しばらくにおいを嗅いていただけで、喉からなにかがごぼごぼと込みあげ、小屋から逃げ出した。ドアを出て、光を浴び、カーテンを引いたみたいになっている蔓草や蔦のあいだを抜けた。検屍官と保安官助手ふたりと保安官が、表に立ち、煙草を吸って小声でしゃべっていた。闇に飛び出したサイラスは弱々しくうなずき、光に見つからない場所へ行って、目が灼け、下腹が痛くなるまで吐いた。

　そのあとでなかに戻った。鼻と口を手で覆い、捜査員たちが検討し、写真を撮っている対象を見おろした。ティナは裸でうつぶせに投げ込まれていた。背骨の一部が見えたが、ありがたいことに顔だったところは見えなかった。目にはいったものは若い女ですらなく、ラリーの読むホラー小説に出てくるようなもので、黒く、どろどろに溶けているように見えた。二度目にサイラスが小屋から退散した理由は、入り組んだ線に泥がはいりこんだ背骨でも、撚り合わさった肉の巻きついた肩胛骨でも、たるんだ頭皮から生えている緑色のもつれた髪でもなく、厚いゴム手袋をはめた手でCIBの捜査員が持ちあげた手首だった。指を曲げている小さな骨ばった手がフレンチのビデオカメラに向けられ、爪にはすこし剝げた赤いマニキュアが残っていて、指の一本にはクラスリングがゆるくはまっていた。

　そしていま、ピックアップの列をとめるためにサイラスが両手を挙げたとき、携帯電話が鳴りはじめた。交通整理をしているときにかぎって鳴る。仕事の用事なら無線機で伝えてくるから、私用に決まっている。

　かまうものか、と思った。携帯電話を出した。

「ジョーンズ治安官？」

「そうだが」

「ブレンダよ」

「だれだっけ？」

「〈リヴァー・エイカーズ〉。養護施設の」

　車の音がうるさくて聞きづらく、サイラスは反対の耳に指を突っ込んだ。

「ヘイ。いまはちょっと話せない」

「オットさんが調子がいい日には教えてっていったわね」

「ああ」

「いまがそうなの」

「ありがとう」サイラスはいった。「できるだけ早く行く」

「急いだほうがいいわ」ブレンダがまだしゃべっているあいだに、サイラスは電話を切った。

　製材所は、ティナ・ラザフォードの葬儀のあいだ休業していた。いや、シャボットそのものがそうだった。会社や商店のドアには黒いリボンがかけられ、バプティスト教会からハイウェイまで、霊柩車に従う長い車の列ができた。サイラスはその交通整理もやり、ハイウェイ１０２と11の交差点が持ち場だった。そこは所轄内の十字路で、葬列が木材運搬トラックに分断されるおそれがある。ヘッドライトをつけた車の連なりが通るあいだ、鳥の群れの影が道路の上をかすめ、プレスがきいた制服を着て、カウボーイハットを胸に当てたサイラスは、何年もやっていなかった海軍式の気をつけの姿勢をたもった。ラザフォードのリムジンのウィンドウはスモークガラスで、両親の顔は見えず、ハンドルを握っている白い手が見えただけだった。百台になんなんとする車列が通り過ぎたあと、サイラスは教会へ行って、ジープの車内に座り、なかにはいることができずにいた。そのあと、葬列の最後尾につき、田園地帯を何マイルも行ったところにある、白人のみが埋葬される墓地へ行った。美しい景観に造られた敷地では、ライブオークが日蔭をこしらえ、そこにかぶさるサルオガセモドキが、死んだ将軍たちの顎鬚よろしく風でななめに流れている。葛に食い荒らされた山の斜面で、アリス・ジョーンズが小さな石の下に眠り、造花が風に吹かれて散らばっている森の墓地とは、まるでちがう景色だった。ティナ・ラザフォードの埋葬のあいだ、明るい太陽が高く昇り、小さな飛行機が二機、空を横切り、サイラスは死の悲しみから離れて、遠い木立のきわに立っていた——ティナの死をラザフォードに告げる役目をフレンチがやってくれたことが、サイラスにはありがたかった——墓穴の近くに白人たちが立ち、黒人たちがすこし離れてそれを囲み、バグパイプの伴奏で〈アメイジング・グレイス〉を歌い、ラリー・オットは意識がないまま病院のベッドにくくりつけられ、保安官助手がドアのそばで番をしている。

　サイラスはフレンチに、午前零時から六時までの当番をやらせてほしいと頼んだ。サイラスは保安官助手ではないが、フレンチには使う権限がある。「おれはかまわない」と、フレンチがいった。「眠ったりしなければ。だれもやりたがらないし、うちは人手が足りない。だけど、どうしてだ?」

「金がほしい」サイラスはいった。嘘は一度つけばいくらでも出てくるものだ。

「なるほど」

　もっと注目を浴びたいのだろうと、フレンチは思ったにちがいない。事件を手放したくなく、情報の輪のなかにいたいのだ、と。それも多少は事実だし、ティナを見つけたあと、毎日ラリーの家にサイラスが行っている口実にもなる。最初の日、そこに配置されていた保安官助手が、ポーチでラリーの揺り椅子に座り、足を組んでラリーの本を読んでいた。サイラスはパトカーのうしろにジープをとめて、おりると、うなずいてみせた。

「どうしたんだ、３２?」

「鶏に餌をやる」

保安官助手が裏の納屋についてきて、トウモロコシをサイラスが鶏小屋にほうり投げ、鶏がつついているのを眺めた。ラリーのトラクターのエンジンをかけて、檻を新鮮な草が生えているところへ曳いていったら、頭がどうかしたと思われるだろうか、とサイラスは考えていた。

「おれがやってもいい」保安官助手がいった。「あんたがここまで来ることはないさ」

「べつに平気だよ」

「卵も取ったほうがいい。雄鶏がいないから、腐るだけだ」

「ほしいのか」

「とんでもない。スケアリー・ラリーの家の卵を持って帰ったら、女房にそいつを投げつけられる」

「eベイで売ったらどうだ?」サイラスはいった。「それとも多重殺人犯のウェブサイトで」

保安官助手が、芝刈り機の車輪を爪先で蹴った。

「これはなんのためだ?」

サイラスはタイヤの水飲み場に水を入れながら説明し、雌鶏を足でどかして、糞がまだらについている乾いた茶色の卵を五、六個集め、ジープに持っていった。そのうちに〈ハブ〉のマーラに届けるようにすると、卵はなんでも卵だからありがたいと、マーラがいった。

夜にはラリーの病室の外で折り畳み椅子に座り、コーヒーを入れた大きな魔法瓶と、マーラのくれた脂がしみている紙袋を足もとに置いた。頭上の明かりは暗く、サイラスは椅子をきしませて、ここにいる理由を自分に納得させようとしていた。事務所から『ナイトシフト』を持ってきて、尻が痛くなるので病院の廊下を歩きながら、子供のころには読まなかった物語を読んだ。

　覗きにくる人間を近づけないために、病院ではラリーを廊下の突き当たりの部屋に入れていた。こそこそとやってくる患者を追い払うために、サイラスは何度か立ちあがらなければならなかった。点滴のスタンドにしがみついているローブ姿の老人、他の階の看護婦。一度などは、ローブ姿で病院のサンダルを履いている、腹がぱんぱんに膨れた妊婦が、産気づいたとサイラスにいった。

　サイラスはいった。「分娩室からだいぶ離れてる」サイラスの脇から覗こうとして、ラリーのドアが細めにあけられた。「歩いたほうがいいっていわれてるのさ」妊婦が、腰のうしろを両手で押した。「このチビ助に活を入れてやらないと」

　ラリーはいまや一容疑者――ティナ・ラザフォード殺しの容疑者――なので、サイラスはフレンチにタイヤの型と、証拠品袋に入れた割れたガラス、マリファナを渡した。ラリーの鍵も。事件を追っている新聞とテレビが、二十五年前にラリーがシンディ・ウォーカーをデートに連れ出して、何時間もたってから独りで戻ってきたことについて、とぼしい事実をほじくり返した。ラリーの所有する小屋まで新しい道が造られ、小屋が解体され、その下の地面が掘削された。そこでシンディの骨も見つかり、一件落着になるのではないかと、フレンチがあてこんだのだ。だが、もう骨は見つからず、レポーターやニュースキャスターは、ラリー・オットはティナ・ラザフォードとおそらくはシンディ・ウォーカーにやったことが原因で自殺を図ったのだと推理し、ひょっとしてほかにも女を殺しているかもしれないと述べていた。モービルに十一年間行方不明の女がいる。メンフィスにもひとりいる。ことによると、このふたりも――ほかに何人いるかわかりはしないが――ラリー・オットが最後まで製材所に売るのを拒んでいる最後の土地のどこかに埋められているのかもしれない。

　レポーターと話をしてはいけないと命じられているので、サイラスはラリーの見張りという残業のことをヴォンシルに話さなかった。眼鏡の上からヴォンシルが覗き、ハンドルを握っているときに居眠りして、ジープで木材運搬トラックに突っ込むのではないかと心配するのが目に見えている。ヴォンシルが、夜も忙しくしていたら昼の仕事がまともにできないと陰口をいったり、サイラス自身のためといいながらモー町長にいいつけるのも、目に浮かぶようだった。

　だが、サイラスのいちばんの悩みの種は、アンジーだった。サイラスのことを心配しているのはべつとしても、いっしょに寝るのに慣れきっているせいで、サイラスの長い腕と脚が自分のスペースを満たしていないと、アンジーは眠れない。もうひとつの長いモノはいうまでもない。ふたりは左側を下にして、スプーンを重ねた格好で眠る。サイラスの左腕がアンジーの首の下を通って、右の乳房をくるみ込めるようにのばされる。右腕は脇を越えて、左の乳房をくるむ。アンジーの鼓動がそうやって感じられるのが、サイラスは大好きだった。簡易食堂《ダイナー》でランチをいっしょにしたあと、一度もアンジーに会っていないし、見張りの仕事を口実に、最後まで話をするのを避けていることは承知していた。アンジーは毎晩ベッドのなかから携帯電話にかけてきて、耳もとでささやく。交通事故、心臓発作、タブ、イラク戦争反対のシュプレヒコールをしている老ヒッピーなどについて、一日の詳しい話をする。姉がバグダッドの東にある駐屯地の薬局で働いているのよ。そうそう、べつの姉はちがう男にまたはらませられたの、見た映画の話、教会の牧師が気に入ったという話をした。土曜と日曜の夜は当直だとアンジーがいったので、月曜の夜は非番にするとサイラスは約束した。アンジーにある程度話をしないといけないし、真実を話さなければならないかもしれないと怖れていた。真実の残りを。これほどの歳月、自分でもそれを避けていたせいで、一九八二年に起きたことがほんとうとは思えないこともあった。なにもかもアンジーに打ち明け、自分がほんとうはどういう人間であるかを教えるのは、どういう気分だろうと思った。それによってアンジーがこちらを見る目が変わりはじめるのではないかと心配だった。

椅子で舟を漕ぐようなときには、立ちあがり、病院の廊下を行ったり来たりした。ときどきラリーの病室にはいり、機械やケーブルやチューブやコードにからみつかれて横たわっているラリーをじっと見た。手首を縛っている革の拘束具も。ラリーは弱々しく無力に見えたが、安定しているという話だった。胸の傷は感染症を起こしておらず、したがって回復しつつある。膿もちゃんと出ているが、まだカテーテルを使い、点滴を受けている。

だが、ラリーは大きなニュースになっていた。

最初の報道のあと、葬儀の前後に、ジャクソン、メリディアン、モービルにくわえ、メンフィスからも報道機関のバンがやってきて、病院の駐車場に陣取り、衛星アンテナを空に向けていた。だが、もう影も形もない。ラリーが眠りつづけ、世界があらたな恐怖、飛行機事故、自爆テロ、若者の乱射事件などを提供しつづけるあいだに、このニュースは色褪せた。ラリーが意識を回復することがあれば、そのときにはまた駐車場が混み合うはずだ。

毎晩、早くもあくびをしながら病院に着くと、サイラスは夜間当番の保安官助手のスキップに、だれかが来たかとたずねる。フレンチが来たと、スキップが報告する。保安官のローリイじいさんも、たまに来る。医師、看護婦。患者。レポーターもときどき来る。

「チューブで栄養をとってる」スキップがいった。「おれにいわせりゃ、あのちんぽしゃぶりは飢え死にさせりゃいいのさ」

最初の夜に、サイラスはベルトをはずすようにして革の拘束具をはずしたが、つぎの夜にスキップが、当直の看護婦にはずさないようにと文句をいわれたと告げた。

看護婦がいないときに、サイラスはラリーを上から眺め、点滴の機械の淡い光がまたたき、心臓モニターがビーッ、ビーッと鳴ったりうなったり、人工呼吸器が吸ったり吐いたりするのを見ていた。人生のさまざまな出来事に、ラリーはどれほど打ち砕かれ、傷を負ったのだろうと、ふと考えた。目を醒ましたら、なにをいおうか？　目を醒ましてほしくないと思わずにいられないこともあった。

「ラリー」サイラスは呼びかける。

返事はない。

「ラリー」

二夜目、窓の外で雨が降り、サイラスはドアをちらりと見てから、ささやいた。「おまえに聞こえるかどうかわからないが、ラリー、目を醒ましたらひどいことになるぞ」ベッドをまわり、スツールを動かして、ラリーの顔に顔を近づけ、耳もとでいった。「やつらにはなにもいうな、ラリー。聞こえるか？　やつらは自白させようとするだろうが、なにもいうな。ラリー、聞いているか？　なにもいうな」

病院を出ようとすると、だれかが呼んだ。「ヘイ、ジョーンズ治安官」

総合案内。

「h抜きのジョン」サイラスは向きを変えてそこに行き、年配の案内係がコーヒーのはいった発泡スチロールのカップを渡した。

「ありがとう。午後の当番じゃなかったのか」

「やらせてもらえるときは、やるようにしている。わたしのいうことを聞きなさい、お若いの。引退なんざするもんじゃない。あんたは若くて、昼間は時間がなく、夜はどうせずっと眠りこける。しかしな、わたしのような年齢になったら、眠りなど昔の思い出だよ。ただで働かせてくれと、必死で頼むのさ」

「憶えておきますよ」

「いや、忘れるだろうね。それとも、手遅れになってから思い出す」

サイラスはあくびをして、時計を見た。

「オットさんにだれかが会いにきたかときいたね？ べつのボランティアが、あんたが最初に来た日のすぐあとで、会いにきた人間がいたのを思い出した。この騒ぎになる前だ。そいつがもっと早くわたしに教えてくれなかったのは、わたしたちのなかには、多少ぼけがはいっているものがいるからだよ。わたしも、そいつの名前を思い出せれば、あんたに教えるんだがね」

ジョンは、サイラスが笑うのを待っていた。「レポーター？」

「いや、前はいっぱい来たが。それを知りたいわけじゃなかろう？」

「ああ」

「この男は、名乗っていない。ただ、ラリーは――そう名前で呼んで――目を醒ましたかときいただけだ」

「人相は？」

「マーロンというのが、そのボランティアなんだが、二十代前半で、ガリガリに痩せた白人だといってた。なんていういいかただったかな？ そうそう、〝筋張った感じ〟だといってた」

「ありがとう」サイラスはいった。うしろをちらりと見た。「監視カメラはあるんだろう？ そいつの画像がないかな？」

「カメラはあるだろうが、すこし前から壊れてる。修理の予算は用意されているというんだが、予算の仕組みはわかるよな。なにかに使う金は、ほかのことから工面する」

「まったくだな」サイラスはいった。

その午後、ラリーの家に寄ると、新顔の保安官補と刑事局の私服捜査員が、家のなかでラリーの書類を調べていた。ふたりとも出てきて、サイラスが鶏に餌をやるのを、なにかのショーみたいに眺めた。ラリーの家では毎日ようすが変わり、ちがう捜査員がいた。翌日の午後にはフレンチがいて、農夫治安官になったサイラスにしきりと首をふってみせた。

「どうなってるんだ？」フレンチがきいた。

サイラスは、餌を投げた。「なんのことです？」

「とぼけるなよ」

サイラスは肩をすくめ、卵を取りにいった。フレンチに目を向け、金網ごしにじろじろ眺めながら、筋張った男の話をした。それだけでは、ビデオも身許確認もないのでは、調べようがない、とフレンチがいった。

「筋張った？ くそ、そいつはミシシッピ東南部の全住民に当てはまるぞ」

翌日、サイラスが行くと、母屋も納屋もひと気がなく、納屋も含め、すべてのドアに保安官事務所の封印があって、ここは犯罪現場なので無断立入は禁止であるという警告文があった。

「どうやっておまえらに餌をやればいいんだ？」サイラスは口に出してそういった。「どうやって卵を取る？」

鶏たちから返事はなく、金網の向こうに集まり、コッコッと鳴き、体をついばみ、待っていた。たしかにサイラスに慣れたようで、鶏が横目で見ており、どの一羽がどれなのか見分けられそうな気がした。

その晩、ウォルマートへ行って鶏の餌をふた袋買い、ジープの後部に積んで、月明かりを頼りに餌を投げた。

古いミルク容器に母屋の裏の蛇口から水を汲み、鶏が飲めるようにボウルに注いだ。卵のジレンマは、まだ解決されていない。

昼間はぼうっとしていてジープのシートで眠り込み、スピード違反者が取り締まられないまま下のハイウェイを通過した。ジープのエンジンが、いよいよかかりにくくなった。ある日、製材所にある自動車修理工場へ行くと、整備士がボンネットをあけ、口笛を吹いた。「こいつが馬なら、とっくに撃ち殺されてるぜ」整備士がいった。翌週のはじめに持ってきて、二、三日置いていけば、廃品置場から調達できないかどうかきいてみる。「キャブレターをな」昔を懐かしむ口調だった。

夜のパトロールのあと、サイラスは汗まみれのシーツをかぶって眠ったり目醒めたりして、じりじりしながら時計のアラームが鳴るのを待った。病院へ行って眠っているラリーを見られるように。ある晩、見張りの椅子に座ったままうとうとして、自分のいびきで目が醒めた。目をしばたたき、廊下の先を見ると、暗がりに筋張った男が立ってこちらを見ていた。と、姿を消した。サイラスは立ちあがり、他の病室の前を駆け抜けて突き当たりまで行ったが、廊下は無人だった。だれかが向こうのコークの自動販売機の前を通ったので、サイラスは「待て」といい、その廊下を走っていった。

角をまわったが、なにも見えない。また廊下があるだけだ。階段に通じるドア。サイラスは廊下の先へそっと進んでから、向きを変え、ラリーの病室に戻った。自分の創りあげた幻想だろうかと、首をふった。

その晩はずっと、眠らずにいた。

月曜日になり、サイラスは交通整理を終えた。あくびをして、養護施設のアイナ・オットがきょうは調子がよければいいのだがと思った。

町役場に行くと、ヴォンシルが電話をかけながら、コンピュータでソリテアをやっていた。サイラスはハットとサングラスをきょうの分の書類で散らかったデスクに置き、コーヒー・カップを持って、ウォーターサーバーから水を汲み、速く飲みすぎて喉がひりひりした。

「新聞社のシャノン」電話を切って、ヴォンシルがいった。椅子を転がして、伝言のメモを渡した。「あなたと話がしたいんですって。大穴を当てたことについて、といってたわ。いい特集記事になると思ってるんじゃないの。すばらしい治安官さんの」

「わかった。これから〈リヴァー・エイカーズ〉へ行ってくる」

「なんで?」

「アイナ・オットに会う」

「ラリーの母親?」

「そうだ」

「ねえ。あなた、一カ月も寝ていないような顔よ。でも、やっと顔を出してくれて、ほっとした。働きに出かけて違反切符を切らないと、町長に首を切られるわよ」

五時三十分、〈リヴァー・エイカーズ〉で、サイラスはジープをおりた。エンジンが吃音みたいな音をたてて、すぐにはとまらなかった。最近ずっとそうなのだ。

はいるとブレンダがデスクで雑誌を読んでいた。

「あのひと、息子の携帯電話にかけようとしたの。だれも出ないので興奮しはじめた」

フレンチの事務所の箱のなかで、携帯電話の画面が明るくなり、ガタガタと鳴って、写真その他の証拠品を震動させているところを思い描いた。

「いまはどう?」

「ちょっと落ち着いた。アルツハイマーのいいところは、長いこと怒っていられないことなの」

サイラスはブレンダに礼をいい、行きかたはわかるといった。

部屋にはいると、糞便のにおいが襲いかかった。アイナ・オットが仰向けに寝て、右手をばたばた動かしていた。窓から射し込む明るい光のなかで、蠅がうなっていた。となりの小柄な黒人女は眠っていた。

「オットさん」サイラスはハットを脱いだ。

アイナ・オットはサイラスを見あげたが、見分けたようすはなかった。「粗相をしたの。ラリーはどこ？」

股のあたりのシーツに黒いしみができているのが見えた。動かない手が、そのそばに置かれている。

「ごめんなさい」アイナ・オットがいった。

「看護婦を呼んでくる」サイラスはいった。その部屋と悪臭から逃れられるのでほっとした。

「第二当直が三十分後に来る」ブレンダが、ろくに顔をあげないでいった。

「いつからあんな状態で寝ていたんだ？」

「知らないわ」

「なんだと？」

「どうせ寝たきりだから」

「自分の悪臭にまみれて寝ていなきゃならないわけじゃない」

「あなただってそういいにおいじゃないわよ」

「息子が来てあんなふうなのを見たら、あんたらはどうする？」

「息子はどこへも行けやしないって聞いたけど」

「ここじゃ、ああいう扱いをするのか？」

ブレンダが、棘々しい目を向けた。「ニガー、ここへ来てあたしに仕事のやりかたをとやかくいうんじゃないよ。ここには年寄りが四十五人いるし、あたしたちゃ精いっぱいやってるんだ。新聞に写真が出たからって、そんなに偉そうにすることはないだろう」

「頭にきた」サイラスはそういって、廊下に戻った。洗濯済みのシーツや使い捨ての紙タオルが置いてあるクロゼットを見つけ、棚からシーツをひったくり、紙タオルを脇に挟むと、介護士を捜しにいった。箒のそばに立っていた男が、廊下の先を指差したので、奥のガラス戸を押しあけると、壁に寄りかかって煙草を吸っているクライドがいた。

「いっしょに来い」サイラスはいった。「早く。オットさんがちょっと厄介なことになってる」

「落ち着きなよ、きょうだい」クライドがいった。「おらあ休憩中なんだ」

サイラスは顔を突きつけた。「オットさんをいますぐきれいにしてやらなかったら、きさまをムショに戻してやる」

「どうやって？」

サイラスは、クライドの口から煙草をむしり取って投げ捨て、シーツと紙タオルを押しつけた。「なにか考えるさ」

部屋の外のクライドが見えるところにいて、ちゃんとアイナ・オットの始末をするのを見届けた。「ごめんなさいな」アイナがいうのが聞こえた。「また汚しちゃって」

「いいんだ、オットさん。きれいにしてやるよ。あんたに会いにきたひとがいるよ」

「うちの子？」

「いや、ちがうよ。べつのひとだ」

「嘘でしょう」アイナがいった。「みんな、なんていってるの？」

ゴム手袋をはめ、汚れたシーツと寝巻きをポリ袋に入れたクライドが出てきた。「ご満足かね、くそ野郎」クライドがいった。

サイラスは相手にせず、なかにはいった。アイナ・オットはだいぶましに見えた。ベッドをリクライニングしてあり、においはほとんど消え、窓があいていた。

「オットさん」

ハットを持って立っているサイラスのほうを、アイナがふりむいた。よく見えるほうの目が大きくなったほかには、病室にいる大男の見慣れない黒人治安官への驚きを示さなかった。

「サイラス・ジョーンズです」サイラスはいった。「みんなは３２と呼びます」

「３２？」

「はい、マーム」

アイナが、首をめぐらし、べつの角度からサイラスをしげしげと見た。二台のベッドのあいだに挟まっている小さなテーブルには、擦り切れた聖書だけが置いてあった。まだ眠っている黒人女の向こうの窓から、金網のフェンスと、その先のハイウェイが見える。それが死にゆくアイナの視野だった。

「会ったことがあるかもしれない」アイナがいった。「でも、忘れっぽくて」

「ええ、マーム。前に一度、息子さんのことでここに来ました。以前は友だちだったんです。遠い遠い昔に」

「あの子はだいじょうぶなんでしょう？」

「それがその」サイラスはいった。

「電話したけど、だれも出ないのよ」

サイラスは、カウボーイハットを見おろした。警官がハットをかぶる理由はこれかもしれない。だれかに、おたくのお嬢さんは絞め殺されただけではなく、その前に殴られ、レイプされていたと告げたり、母親に息子さんは銃で怪我をしたばかりか、自分で撃った疑いがあり、意識が戻ったらそのお嬢さんを殺した容疑で告発されるでしょうと告げたりするときに、気を紛らすのに役立つからだろう。

「それがその」サイラスはくりかえした。

「あの子にはあまり友だちがいなかったのよ」アイナ・オットがいった。ハットから目をあげたサイラスは、見つめられていることに気づいた。

「おれの母親についておききするために来たんです」サイラスはいった。

「名前は？」

「アリス・ジョーンズ」

「だれ？」

　サイラスは財布から写真を出して、アイナに見せた。赤ん坊のラリーを抱いている写真。見た目はわからないが、この写真に写っている母は妊娠していたにちがいないと、サイラスは気づいた。

「あら、これはうちの子ね」アイナがいった。「それに、うちのメイドだわ。名前は思い出せない」

「アリスです」サイラスはいった。

「そうよ。アリス・ジョーンズ。でも、辞めないといけなくなった」アイナが声をひそめたが、写真を見つづけていた。「黒人《カラード》のいい娘《こ》だったけど、身持ちが悪くて。子供ができたんだけど、結婚しなかった。それからどうしたのかは知らない。名前は、なんだったかしら？」

「アリスです」サイラスはやさしくいった。「何年か前に死にました。眠っているあいだに心臓発作で」

　アイナが手をのばして、ベッドのへりに置かれていたサイラスの手に触れた。「ほんとうにお気の毒に」

「おれが来たのは」サイラスはいった。「アリスの子供の父親をご存じかどうか、きくためです」

「名前をもう一度いって」

「３２」

「それは名前じゃない。お母さんに、なんて呼ばれていたの？」

「サイラス」

「思い出した、サイラス。ラリーの友だちだったわね」

「はい、マーム。そうでした」

　アイナが長いあいだサイラスを見守り、その目に自分が見えていたり、消えたりするのを、サイラスは見ていた。いまサイラスがわかっていたかと思うと、わからなくなる。そして、つかのま、またわかるようになる。

「サイラス」

「はい、マーム」

「怖いわ」

「なにが？」

アイナが首をふった。「思い出せない」

ふたりはじっとしていた。窓ぎわのベッドの老女が、眠ったまま身動きし、低い声を漏らした。

サイラスは、アイナ・オットのいいほうの目に涙があふれ、ひとしずくの涙となって落ちて、深い皺にたまるのを眺めていた。涙はそこから出てこなかった。

「すみません、オットさん」サイラスはいい、アイナの意識を捕らえそこねたことを知った。一度も見たことがないという目つきで、アイナがこっちを見ている。

「クライド？」アイナがいった。

「いいえ、マーム。サイラスです」

「だれ？」

それからしばらくじっと座り、とうとう、そうです、クライドですと認めた。鶏のことを質問するのを聞き、エリナー・ルーズヴェルトが卵を産もうとしているが産めず、ロザリン・カーターが肥り、バーバラ・ブッシュがひと晩に卵をふたつ産み、そしてようやく、鶏たちが鶏小屋に移動し、ぼんやりとした記憶のかけらになると、アイナは目を閉じて眠りはじめた。サイラスはアイナの折れそうな手から指をまわして抜き、シーツに落ちていた写真を取った。それをいいほうの手に握らせて、立ちあがり、ドアからの明かりのなかにアイナを残して、廊下を進み、表のジープへ行った。

サイラスは、アンジーとの食事に遅れた。アンジーが頬を向けてキスを受け、あけたアパートメントのドアのそばにサイラスを立たせたまま、ステップをおりて自分の車へ行った。サイラスはジーンズに白いボタンダウンのシャツを着ていた。カウボーイハットは、制服と組み合わせているときしかアンジーが好きではないので、置いてきた。

　めずらしくアンジーが運転した。ふたりいっしょのときにはめずらしく、機嫌の悪いしるしだった。十分後、サイラスはファルサムの〈ピザ・ハット〉のボックス席でアンジーと向き合って座り、向こうの壁のテレビではブレーヴスが負けていた。

「ベイビー」Mサイズの〝サプリーム〟を前に、サイラスはようやく口をひらいた。「どうしたんだ?」

「どういう意味?」

「意味はわかるだろう。やけに口数がすくない」

「一週間も会ってないし、あんたが遅れたし、電話もくれないからじゃない? いちばんいいジーンズをはいたのに、すてきだともいってくれないし」

「すてきだよ」

　アンジーが首をふった。「あんたにいわれなくてもわかってる。いいたいのは、どこにいたのよっていうこと」

「疲れてただけだ」

　アンジーがピザを取って、ひと口かじり、のろのろと食べた。「あのね、あんたが嘘をつくと、あたしにはわかるの、３２」

　サイラスは、アンジーと目を合わせた。「どうして?」

「例のハットをいじりはじめるじゃない」

　いつもならカウボーイハットが置いてあるテーブルに、サイラスは目を向け、空をもてあそんでいる自分の指を見た。手を膝に置いて、にやにやするしかなかった。「ほかにいつ嘘をついた?」

「先週、簡易食堂《ダイナー》で。例の女の子とデートしたかときいたときに」

シンディ・ウォーカー。

サイラスは、テレビをちらりと見た。ブレーヴスがピッチャーを替えている。と、サイラスはにわかに、ファルサム市営公園の内野にいた。ハイタワー監督がピッチャーと話をしていて、ショートのサイラスは、ふたりの向こうのスタンド、いつも彼女が座っている場所を見ていた。

アンジーが、ピザを置いた。「どうなの？」

「ちょっとここにいてくれないか」サイラスは立ちあがろうとした。「ハットを取ってこないといけない」

「嘘つきのおケツをおろしなさい、32。あたしに話をするのよ」

サイラスがプレイしているとき、シンディが試合に来て、高いスタンドでミニスカートの下の脚を組み、煙草を吸った。髪はシュシュでまとめている。サングラスをかけている。シンディに見られているのはわかっていて、そのうちに、シンディのためにプレイしていると気づいた。抜けたかと思えるようなライナーやショートバウンドした弾丸ゴロをはたくようにキャッチし、セカンドのM&Mにトスするか、ファーストに投げてアウトにする。白人にも黒人にも見られ、ダイヤモンドでは無敵だと思うこともあった。ハイスクール三年生には身長六フィートに達し、成長があまりにも早いので、腰のうしろに伸展裂創が残っていた。ボールをできるだけ手もとに呼び込み、さあ来いと心のなかでつぶやき、バスケットボールなみに大きくなるのを見ながら、ホームベースにかがみ込み、思い切りぶっ叩く気配を見せる。野手がすべてさがったとたんにバントすると、敵は刺そうともしない。三塁かキャッチャーが素手でボールをつかむ前に、サイラスは一塁に悠々立っている。

内野で、スパイクシューズをグローブで叩いて土を落としながら、八回が終わるとシンディが帰るのを見送る。町から歩いて帰るが、つねにうしろをふりかえる。

その後、五打席五安打（三塁打一本を含む）で、ライナーを宙でキャッチし、ゲームを終わらせたことがあった。チームメイトが押し寄せて、グラウンドから担ぎ出し、サイラスはその高みからいつもの場所にいるシンディを見て、笑みを向けた。シンディが笑みを返した。

そのとき、シンディは試合が終わるまでいた。

サイラスはシャワーを省いて、そっと脱け出し、汚れたユニフォームのままシンディを追って、追いつき、野球帽とグローブを抱えて、郵便集配路沿いをいっしょに歩いた。木立の奥に家が何軒かあり、ふたりが藪のなかの郵便箱をよけて急ぎ足で進んでいると、ポーチの下から犬が躍り出て吠えかかった。

「あのキャッチ、見た？」

「あたしがいるのを見たのね？」

「野球が好き？」

「ううん」

「野球が好きじゃない女の子にしては、ずいぶん試合を見てるね」

「見てるのは試合じゃないかもよ」

サイラスは目を伏せた。ズボンに芝の色がつき、グラウンドの泥にまみれている。「おれは左利きなのに、ショートにしてもらった。オール・ミスの奨学金が受けられるかもしれないって、監督がいうんだ」

「ラッキーね」

「ずっとつづけられるかもしれないっていわれた。集中してやれば。気を散らすようなことを頭から追い出して」

「それって、あたしのこと？」

そうだ、といいたかった。シンディはほっそりしていて、小さな明るいブルーの目には、激しい輝きのようなものがあった。ことに眉間に皺を寄せて、サイラスを見るときに。砂粒みたいに小さな雀斑が、鼻や喉や剝き出しの肩にあり、髪はブロンドでカールし、ひっつめにしていた。汗をかいていても、いいにおいだった。トップの下の乳房はちっちゃい。サイラスはそれを見ないようにしていた。無駄な肉のない体つきで、パンチを吸収しようとしているみたいにおなかをへこませ、ちょっと誘うような歩きかたをする。その日はサンダルを履いていて、雀斑の散る白い足と赤いペディキュアにサイラスは見とれた。

「シカゴから来たのよね？」

そうだとサイラスは答えた。

「あっちはどんなふう？」

「抜群さ」リグレー・フィールド、カブス、ファーストのビル・ダラム、セカンドのライノ、ショートのボワ、そしてサードのペンギンことロン・シー、センターのボビー・ダーニエの話をした。サイラスと友人たちは学校をサボって、リグレー・フィールドの外の通りでホームラン・ボールをキャッチした。バウンドしているボールを追いかけているときに、サイラスはあやうくタクシーに撥ねられそうになり、そして舗道ですばらしいキャッチをした。パーキングメーターをよけて身を躍らせ、中央分離帯の芝生に着地した。〈マーフィーズ・バー〉から白人の一団が見ていて、年配の男が出てきて、ホームラン・ボールと交換に入場券を四枚くれた。翌日、サイラスは友だち三人とリグレー・フィールドへ行き、日向のスタンドで観戦した。酔っ払いにビールをおごってもらい、お返しに一杯おごった。グラウンドの妙技を眺めながら、サイラスは自分の天職を見つけたと思っていた。

「ほかには」シンディがいった。「野球以外のこと」

ときには車がすっかり雪に覆われてしまうことを、サイラスはシンディに語った。自分の住んでいた界隈のこと、黒人の老人たちが路地裏でゴミ容器の焚き火のまわりにたむろして、ジム・ビームをまわし飲みしながら、ほら話をして、たがいに相手をしのごうとする。回転式改札口を飛び越えて、高架電車にただ乗りする。ブルース・バーへ行くと、演奏のあいまにミュージシャンたちが裏の路地でマリファナを吸っている。車のクラクションの音が鳴りやむことはなく、凍りついたミシガン湖が街の明かりにギラギラ輝き、ビルが空をさえぎっている。シカゴのピザは最高で、台が厚い、ブリトーは頭くらいの大きさだ。

「ショーもあるのよね？」シンディがきいた。

「映画のこと？」

「ちがう」口をとがらし、顔をしかめたが、歩きつづけた。「ブロードウェイのお芝居みたいなの」

「ああ」《シカゴ・トリビューン》で題名を見たのを憶えている。日曜日の朝、絨毯に寝転がって、オリヴァーがスポーツ欄を読み終えるのを待つ。「おふくろは一度行ったことがある」サイラスはシンディにいった。「誕生日に。〈ウィズ〉を見た」

「それがやりたいの」シンディがいった。

「女優になるってこと？」

「ちがう。ショーが見られるようになりたい。ここじゃなんにも見られない」

「女優になれるよ。すごくきれいだから」

　あなたは無邪気な子供ねというような、わびしい笑みを、シンディがサイラスに向けた。それでも話しつづけ、早くミシシッピを出たくてたまらない、セシルと臆病なネズミみたいな母親から逃げたいといいながら、道路を歩いていた。もう家はなく、フェンスの向こうの野原にいる牛たちがふたりを追い、サイラスのスパイクが舗装面でカチカチと音をたて、通りすがりの車が速度を落として、ハンドルを握っていた白人男が、サイドウィンドウからぎょろりと睨んだ。

「だいじょうぶかい？」男がシンディに大声でいった。

「そのガキにからまれてるんじゃないのか？」

「よけいなお世話だよ、田吾作」シンディがそういって指をふり、追い払った。男が首をふりながら、速度をあげて走り去った。

「ヘイ」サイラスはいった。「おれは行ったほうがいい」

「好きにしなよ」

サイラスは、シンディとならんで歩きつづけた。

「きみの継父、きみが黒人の子と歩いてたら、嫌がるだろう」

「どう思うのさ？　あいつは雑草なみに無知だよ。仕事を捜そうともしない。製材所で背中を痛めたっていって」

また車が通り、運転していた女が通りしなに首をめぐらしてじろじろ見た。

「白人の子とキスしたことある？」

「いや」サイラスはいった。「黒人の子とキスしたことは？」

「あるよ」サイラスの手をとると、シンディは斜面を下って、木立に連れていった。

そこからはじまって、メモを学校で渡し、野球場の裏の森を秘密の逢い引きの場所にした。サイラスは童貞だったが、シンディは処女ではなく、叢に敷いた毛布のうえでふたりは深い仲になり、ハイスクール三年生の後半は、最高に幸せだった。打率がたいがい四割五分をすこし超えていたすばらしいシーズンで、秘密の白人の恋人がスタンドから見ている。おおぜいが自分を見るために試合に来るのだとわかっていたし、成功するという予感があり、カール・オットですらときどき来た。

シンディはビールが好きで、サイラスはいっしょに飲み、ふたりは他人に自分たちの関係をいっさい明かさなかった。知れれば仲を引き裂かれるとわかっていたので、サイラスはM&Mにもいわなかった。ふたりとも、ラリーが来て仮面をかぶったハロウィーンのお化け屋敷のときのように、それぞれの友だちからこっそり離れ、立ち去るときはべつでも、あとで会った。どちらかが借りられたときには、シンディの母親の車か、サイラスの母親の車を使った。ドライブイン・シアターへ行くときには、シンディが運転し、手前の道ばたでサイラスをおろす。サイラスは木立を抜けて、最後尾の端にとめたシンディの車へ行く。見つかるかもしれないというスリルが、シンディは好きなようだった。サイラスは怖かったが、シンディの煙草くさい熱烈な口吸い、ふたりの歯の当たる感触、シンディのやわらかな舌、すばらしい乳房、ジーンズのなかの秘密の茂みにあらがえなかった。

　あるとき、地面に敷いた毛布にふたりして横たわっていると、セシルにタオルを引き剥がされかけたのを森から出てきてかばってくれたときに好きになりはじめた、とシンディが打ち明けた。

「あいつ、ああいうくそたわけたことを、しょっちゅうやるの」シンディがいった。「あたしが裸になってるのを見ようとしたり、いちもつ握ってバスルームにはいってきたり。酔っ払ってるときにやって、しらふになると憶えてないふりをする」

「お母さんはどうしてるんだ？」

「なめくじ野郎と結婚したって、母さんにいえるわけないよ。それに、母さんはいつだってあいつの味方する。あたしのひどいとこだけしか見ない。あたし、ずっと迷惑かけてるからね。悪態ついて、煙草吸って、男とふしだらなことしてるから、よけいさ」

「ふしだらなことしてる」サイラスはいった。「それがおれたちのやってることか？」

「それしかいいようがないだろ」

　ある日、学校の喫煙所でサイラスがそばに行くと、殴られたとシンディがいった。セシルに。淫売といわれた。ガキどもとやってる、と。

　だれにも気づかれないように、ふたりはさりげなく立っていた。

「きみのお母さんは、そんなこと許すのか？　殴ったりするのを？」

「うちにいなかった。でも、いまじゃ、学校へ行くとき以外、出してもらえない。出かけたら、おれを誘惑しようとしてるっていいつけるっていうのよ」

「お母さんはそんなことを信じるのか？」

「あいつがいったら、たぶん信じるよ。あたし、ほうり出される」

　シンディはいつも、友だちのタミーに学校まで送ってもらっていた。セシルはいま、タミーが帰りも送ってこられないようなら、自分が迎えにいくといい放っていた。

「あたし、いったの。〝あんた、車なんかないくせに〟。そうしたら、手に入れるって、引き離すためなら――」

「おれから」サイラスが最後をいった。

　数夜して、ファルサムのトレイラー・ハウスに帰ると、暗いリビングルームで、母親がキッチン用の椅子にしゃちほこばって座っていた。いまではほとんど目が見えなくなった牡猫が、膝で喉を鳴らしていた。

「サイラス」母親がいった。

「なに？」

「おまえ、あの白人の娘《こ》はやめな」

　どうして知ったのか、サイラスには見当もつかなかった。

「母さん、なんの話だよ」

「サイラス、あたしに嘘をつくな」

「ただの友だちだ」

「肌の色がちがうのが交わると、ろくなことにならないよ」

「母さん――」

「おまえがやってるこれこれしかじかは、シカゴだって危険だが、ここはミシシッピなんだ。エメット・ティルは」母親がいった。「シカゴの出だった」（ミシシッピの親類を訪ねていたときに、商店の既婚白人女性と親しげに口をきいただけで拉致され、虐殺された黒人少年。殺されたときは十四歳だった）

「ここへ連れてきたのは母さんだ」

サイラスは冷蔵庫のほうへ行き、扉をあけて紙パックのミルクを出した。

「サイラス、坊や」猫を胸に抱いて、母親が立ちあがった。「あたしにはおまえしかいない。おまえにはおまえだけだ。やめるといっとくれ。お願い、おまえ」

やめると、サイラスはいった。野球に集中して、オール・ミスの奨学金を受けられる成績がとれるよう勉強をすると約束した。でも、本気ではないとわかっていた。シンディに会いつづけるだろう。森のなかの毛布で眠りにつく娘。シンディの口がひらき、サイラスがかがみ、シンディの息を嗅ぐ。煙草とビールの割りには甘い。

最後の週末に会える計画があるといったのは、シンディだった。あんたが母親の車を借りられれば、セシルをだまくらかす。金曜日、アリスは食堂で七時まで働いて家に帰り、十二時間勤務でへとへとになって、テレビのそばの椅子で眠り込む。食事もしない。サイラスは断らずに車を借りた。

そしていま、〈ピザ・ハット〉で、サイラスの皿のピザは冷めていた。ブレーヴスは負けて、映画がはじまり、ウェイトレスがお代わりのビールのピッチャーを持ってきた。サイラスはグラスを干して自分で注ぎ、アンジーのグラスに注ぎ足した。アンジーはずっとサイラスを観察していて、話が進むうちに目つきが険しくなっていった。

「知らなかったんだ」サイラスはいった。「ラリーが彼女を連れ出すとは」

アンジーがいった。「彼女、どうやって連れ出してもらって、おろしてもらったの？」

「妊娠してるといったのさ」

「そうだったの？」

「いや。ちがうと思う」

だが、あのときサイラスはそれを怖れていた。もし妊娠していたのだとしたら？

「おれたちは、静かな場所へ行った」サイラスはいった。「ずっと口喧嘩してた。うまくいかないとおれがいうと、シンディは泣き出して、うまくいくっていった。なにもかも捨てて逃げればいいっていうんだ。どこへってきくと、シカゴと彼女はいった。どうして独りで行かないんだってきくと、そりゃ行きたいっていう。堂々めぐりで、しまいには彼女の家へ通じてる道路へ送っていった。ラリーが迎えにくるはずだった。でも、早く着いたんで、シンディはドアを叩きつけて、道路を駆けていった。真っ暗だった。おれはそこで一分間じっと考えてたが、追いかけていくわけにはいかなかった。酔っ払ったセシルがいるから。

うちに帰ると、おふくろが待ってた。おれの顔を見て、どこへ行ったか察した。ひとこともいわなかった。自分の部屋へ行って、ドアを閉めただけだ。一度もやったことがないことをした。ぐあいが悪いから休むと、食堂に電話した。月曜におふくろは監督に会いにいったが、だれもかれもラリーの話をしてた。ラリーがシンディをデートに連れ出し、シンディが帰ってこなかったと。一カ月後、おれは北へ、オクスフォード・ハイスクールへ行って、監督の家の地下室で暮らした」

アンジーがずっとサイラスの顔を見ていた。

「正直いって」サイラスはいった。「行けてうれしかった。なにもかも、ずっとよかった。グラウンドも、学校も。スパイクシューズや道具はもらえた。じきに彼女もできた」名前は思い出せなかった。

アンジーがいった。「それで、ラリーは」

サイラスは、いつもならカウボーイハットがあるはずの場所を見た。

「忘れた。あいつのことも、シンディのことも」

「ラリーのことを忘れたの？」

「そうむずかしくなかった。オクスフォードでは忙しかった。それに、おふくろは手紙にラリーのことはいっさい書かなかった」

「あんたは彼に罪をかぶせてきたのね。こんなに長い歳月」

「シンディはただ家出したんだろうと思った。じきに姿を現わして、遅かれ早かれ、片がつくと」

「二十五年間、そう思ってきたの？」

哀願の音色が、サイラスの声に混じった。「ことが起きたときには、そんなにはっきりしてなかったんだ、アンジー。あのころは十八歳で、野球をやり、なにもかもうまくいってた。それが、突然、二十五年間過ぎて、そのころをふりかえってみると、自分がまったく別人に見える。昔の自分なんか、見分けもつかない。自分がどんな泥沼をこしらえたかは、ここに戻ってきてはじめてわかった」

「それじゃ、シンディを殺したのはセシルだったのね？」

「おれの推理では」

「いまどこにいるの？」

「死んだ。やつの女房も」

サイラスは、テーブルのまんなかに手を動かした。アンジーが手を置いてくれるといいと思ったが、そうはならなかった。窓に目を向けると、ふたりが映っていて、アンジーがこっちを見守っているのが目にはいり、その横顔に焦点を合わせた。目を合わせて、考えているにちがいないことを見てとるよりも、そのほうが楽だった。

「ときどき」サイラスはいった。「ラリーが死んだほうがよかったと思うことがある」

「あんたのために？」

「あいつのために」

「そうね。あんたのためでもある」

「ああ。おれのために」

「あたしの顔を見て」

サイラスはそうした。

「あたしにわかってるのは、32ジョーンズ」アンジーがいった。「あんたが彼を死なせなかったってこと。わかる？ あんたのおかげで、あの男は生きてるのよ。仮に意識が戻ったら、目が醒めたら、彼にとって最悪になる。それを考えて」

「ずっと考えてる」

「それじゃあ」アンジーがいった。「どうするつもりなの？」

　夜中にラリーの部屋の外で見張りをするのに慣れたせいで、サイラスはあまり眠れず、翌朝の六時半にそっとベッドを出て、寝巻きを着てシーツにくるまっているアンジーを残して出ていった。アンジーがベッドで寝巻きを着るのは初めてだった。食事のあと、ふたりはセックスをしなかった。そういう気分ではなく、ためそうともせずに、離れて横になり、たいして話すこともなく、アンジーの心臓はサイラスに抱かれていない胸のなかで鼓動していた。

　表に出ると、サイラスはドアを閉めてロックした。よく晴れた九月の朝、吊り鉢植物のあるバルコニーを雀が飛び抜ける。バードフィーダーを吊り、テーブルと椅子を置いてあるところに立った。ふたりでよくここで過ごしたものだ。頼まなくても、アンジーがグラスにビールを注いでくれる。CDプレイヤーでアル・グリーンをかける。

　首からバッジを吊り、ステップをおりた。道路に出ると、ジープのウィンカーがつかなくなっているのに気づき、サイドウィンドウをあけて、手で合図し、ハイウェイ5に乗った。ラザフォードの土地の東部分で早朝のパトロールを行なうことにして、テーダマツのあいだを抜け、洗濯板みたいな道路でガタゴト揺れ、大きな鍵束の鍵を使ってゲートを出入りした。七時半ごろにシャボットに戻ったときには、汗をかいていた。手信号で製材所の向かいの駐車場にはいり、ステップを昇って町役場にはいると、ヴォンシルがまだ来ていなかったのでほっとした。コーヒーをいれ、書類仕事をせかせかとやって、電子メールを確認した。オレンジ色のベストを着て八時五分前に町役場を出て、駐車場を横切り、勤務交替の交通整理をした。ヴォンシルがやってきたのを目にして、ピックアップから彼女がおりるときに、ホイッスルを鳴らした。

　腹はすいていなかったので、いつもの〈ハブ〉には行かなかった。道中のほとんどを木材運搬トラックに挟まれて、ラリーの家へ行き、金網ごしにボウル一杯分の餌をほうり、最初のおばちゃんたちがつつくのを眺めた。フェンスのあいだから水を足し、扉の奥にある松葉に雌鶏が座っている箱を見やり、卵が傷《いた》むまでどれだけかかるだろうかと考えた。せっかく卵を産んでも、腐った殻になるだけでなんにもならないことに、雌鶏が気づくまで、どれくらいかかるだろう。

　いったいどれだけじっと立っていたのかわからないが、無線機から甲高い音が聞こえた。

「コーヒーをありがとう」ヴォンシルがいった。

　サイラスは送信ボタンを押した。「どういたしまして」

「だいじょうぶ？」

「ああ」

「シャノンがまた電話してきた」

「わかった。話をするよ」

「そうね、ちょっと寄ってあげなさい」ヴォンシルがいった。「時間があれば」

　サイラスは電話を切った。ラリーの草が高くのびて、雑草が生え、芝刈り機のハンドルバーを握る拳が震動し、ラリーがポーチから見ていたことを思い出した。いま草刈りをやりたいと痛切に思った。草を刈って昔の自分に戻り、ラリーとちがうふうにそれをやりたかった。警察に行き、「彼女はおれといっしょでした」という。

サイラス、おまえになにが足りないかわかる？

勇気だ、と思った。

臆病者《チキン》の群れといると安心できるのも不思議はない。

携帯電話が鳴り、ポケットから出して、毎日ジープをとめるおなじ場所、おなじオイルの染みのほうへひきかえした。

「治安官《コンスタブル》？」

「そうだが」サイラスはいった。

「ジョン・デイヴィッドソンだ。病院の」

「ヘイ、h抜きのジョン」

「知りたいだろうと思ってね」デイヴィッドソンがいった。「保安官とロイ・フレンチがやってきて、しかもばたばたしていることからして、あんたのオットが目を醒ましたんだろうと思うね」

11

自分とサイラスの夢を見ていた。高い木の枝に登っている。やがて、それが自分とウォレスになった。

目をあけると、世界があまりに色鮮やかなので、また目を閉じ、モンスターの仮面をして、納屋で悲鳴をあげる女の子たちの体をひっぱっている夢を見た。そのあとで上のほうにあるテレビを見て、〈リヴァー・エイカーズ〉の母親のベッドで眠ってしまったのだろうかとまず思った。おふくろは死んだのか？

また目を閉じて、闇のなかであけた。サイラスが軽やかに病室にはいってきて、なにかをいっている。自白するな、聞こえるか？　どれが夢でどれが夢ではないのか、区別がつかなかった。つぎに目醒めたときには、病院にいるようだった。となりのベッドは空で、シーツもかけていない。首をまわすと痛く、拘束されている感じで、喉が渇いてしゃべれなかった。窓がまぶしくて、外が見えない。胸が痛い。それはほんものらしい。鼻が痛い。口がこわばっている。動いている爪先もほんものらしい。曲げている指も。

目を閉じ、救急車の夢を見て、サイレンを聞き、平らなベッドに括りつけられた。黒人女（猿口）が、上にかがみ込んで叫んでいる。「気をしっかり、ラリー。がんばって」また頭上の高いテレビ、窓。蛍光灯。病院。

息をすると痛かったが、速く息をしていた。頬を涙が伝い落ちるのが感じられる。

ふたたび目を醒ました。動くと眩暈の波が頭に覆いかぶさった。だれか内線二〇二にかけて先生を呼ぶようにといっているのが聞こえた。顎を引くと、包帯を巻いた胸と両腕につながっているチューブが見えた。鼻になにかが突っ込まれ、口になにかがひっかけられている。こんなに喉が渇いたことはなく、息が詰まるのではないかと思った。スティーヴン・キングの小説『デッド・ゾーン』で、ジョニー・スミスが昏睡からよみがえって目をあけたときのことを思った。看護婦は驚かず、前からずっと目があいていたにちがいないと、ジョニーは思う。

また気が遠くなって眠りに戻った。

つぎに目をあけたとき、看護婦が、見つめられていることに気づいて肝をつぶした。「まあ」と看護婦がいった。

やがて、ブルーの制服の男が、戸口に立った。無線機で話をしている。

すぐに医師がはいっていて、ラテックスの手袋をはめ、名前をきいた。答えようとすると、医師が口のチューブを動かした。

「水をすこしあげて」医師がだれかにいい、すぐにストローが唇に触れた。

「ゆっくり飲みなさい」医師がいった。スーツを着て、聴診器を首からかけている。灰色の短い髪。紐で眼鏡を吊っている。目をペンライトで照らし、脈をとっていた。

「気分はどうかね？」

ひどい、といいたかった。

「名前は？」

「ラリー」声がかすれていた。「ラリー・オット」

「よし。齢は？」

「四十一」

「大統領は？」

ラリーは咳をした。「あの娘を見つけたのか？」

医師が、うしろの警官を見た。警官は戸口にいた。

「そうだ」警官がいった。


気分がよくなっていた。すこしだけ。口と鼻のチューブはなくなっていたが、顔がほてり、テープを剥がした跡が荒れていた。

　また眠り、夢を見て、目醒めると、三人の男がじっと見ていた。医師は壁にもたれている。迷彩柄のTシャツのロイ・フレンチが、耳に煙草を挟み、新聞を持っていた。もうひとりの、禿げた年配の男には、見おぼえがなかった。三人がいるせいで病室は狭く、ひっつめにして手袋をはめ、手術着を着た看護婦もいた。看護婦がボタンを押してラリーのベッドがあがり、座った姿勢に近いようにした。看護婦がストローをラリーの口もとで支え、ラリーは飲んだ。

「あんたたち、長引かないようにしてくれよ」医師がいった。「まだ体力がない」ラリーに向かっていった。「こうして生きてるのが不思議なくらいだ。それはたしかだぞ。ジョーンズ治安官が救急車を呼ばなかったら、救急救命士の到着が三十分遅れていたら、救命士の処置がすべて適切でなかったら……」肩をすくめた。

「それに、うちの緊急治療室《ER》のイズラエル先生は、天才だからね」

「先生はバグダッドにいた」フレンチがいった。「二度の出征期間をこなしている」

「心臓の近くを撃たれたんだよ」医師がいった。「血がだらだら出る穴があいた。すさまじく血が出てた」

「ジョーンズ治安官？」ラリーはささやいた。

「32ジョーンズ」フレンチがいった。「あいつがおまえの命を救ったんだ、ラリー」

　サイラス。

「ひとり部屋でよかったな」フレンチがいった。「おれは胆石で三年前にここに入院したんだが、しょっちゅう屁をひるじいさんと同室だった。そいつは耳が遠いんで、自分の屁がどれほどやかましいか、気づいてなかった」

「おれのことじゃないだろうな？」もうひとりがいった。白人で、がっしりした体つきで、腹がでっぱり、ボタンダウンのシャツにストリングタイを締めている。短い髪、ベルトの上のほうにつけた拳銃。胸に留めた星の徽章。

「最初に運ばれてきたとき、ひとりいたのよ」看護婦がいった。「でも、部屋を換えてくれといって」

「やめないか」医師がいった。

「ご用がありましたら」看護婦がいった。

「呼ぶよ」

　看護婦が出てゆき、ドアを細めにあけたままにした。フレンチがそこへ行って、表の保安官助手に顎をしゃくり、ドアをきちんと閉めて戻ってくると、見おろした。

「おれがわかるな」ラリーにいった。「だが、この御仁は知らないかもしれんな。ジャック・ローリイ保安官だ」

「おはよう」ローリィが、ラリーに会釈した。フレンチが、封筒とテープレコーダーを空のベッドに置いた。

「話をしなきゃならない」

ラリーはこわばってひりひりする左腕のぐあいを直そうとして、手首をなにかが押さえていることに気づいた。見ようとしたが、なんなのか見えなかった。

右手首もおなじだ。そこで気づいた。

フレンチがテープレコーダーを持ちあげて、ボタンを押し、また置いた。「もしよければ、この会話は録音したい。おれや保安官みたいに齢を食うと、忘れっぽくなるんだよ。かまわないね？」

「いいですよ」ラリーの声はしわがれていた。

「休みたくなったら、そういってくれ。時間はたっぷりある。おまえは生き延びるだろうって、ここの先生がいってる。弾丸は心臓からそれていたそうだ。肋骨に当たり、腹のなかをしばらく跳ねまわった。心臓発作を起こし、内臓の機能が低下し、脾臓を摘出された。だが、こうして生きている」

「奇跡だ」ローリィ保安官がいった。「自分で自分を撃ったのか？」

思い出せなかった。ウォレスが銃をくれたことを思った。どうしてベッドに拘束されているのか、理由をききたかった。考えようとして、思い出せるようなことがあるのはわかっていたが、どこになにがあるのか？ 母がじっと目を凝らしているが、なにを見ているのかはわからない。これが母の見ていることなのか？

「わからない」ラリーはいった。

「では」フレンチが、ローリィに目配せをした。「それはまたあとで話そう。さて、この先生がいうには、けさ、おまえが気がついたときに最初にきいたのは、ティナ・ラザフォードを見つけたかということだったそうだが」

それもラリーは憶えていなかった。そこで思い出した。古いゾンビの仮面のことを思い出した。父親がそれを見て首をふっていた。母親が、「まあ、ひどい、ラリー」といっていた。

「記憶の一部をなくすのは、めずらしいことじゃありません、オットさん」医師がいった。「意識の混濁です。落ち着いて。時間をかけて」

「話してもらえるか？」フレンチがきいた。「最後に彼女を見たのはいつだった？」

　ラリーは視線を動かした――それすら痛かった――フレンチから保安官へ。医師へ。

「無事だったのか？」

「いや、ラリー、無事じゃなかった。おまえの土地の東の端にある例の狩猟小屋に埋められていた。推定では、埋めてから九日たっていた。レイプされ――」

「なんだって？」ラリーは身を起こそうとして、手首の拘束具に引き戻された。

「殴られ」

「そんな――」

「絞殺されていた」

　痛むのもかまわずラリーは首をふり、両腕を動かし、革の拘束具をひっぱり、足の上のシーツがばたばた持ちあがった。

「落ち着いて、オットさん」医師が顔をしかめた。「まだ早すぎると、あんたたちにいったはずだ」

　ラリーは身もだえしはじめ、押さえつけようとする男たちの姿がぼやけた。

「看護婦！」医師が叫び、フレンチに向かっていった。「出ていってくれ！」声が螺旋を描いて遠ざかり、ラリーは顔から倒れ込んで、天井が後退し、明るくなり、歪んで……。

　目を醒ますと、包帯と拘束具を巻かれ、母親と鶏のことを思って、独り横たわっていた。餌をもらえずに鶏小屋で死んでいるのではないか？　看護婦がはいってきたので、かすれた声できいた。「助けてほしいんだけど」

顔を見ないで、看護婦がいった。「なにをしてほしいの？」

「だれかに頼んで、鶏に餌をやってもらいたいんだ」

つぎに目が醒めたとき、彼らが戻っていた。フレンチとローリイ。じっと見ている。

「鎮静剤を打った」ミルトン医師がいった。「あとにしたいのなら、このかたたちに帰ってもらう。あなたしだいだ」

ラリーは首をふった。おなじ日なのだろうと思った。ふたりともおなじ服を着ていた。

「いてもいいんだね？」

弱々しくうなずいた。

フレンチがそばに来た。「先生」医師のほうを見ずにいった。「ちょっとはずしてもらえるかね」

「それは――」

「助かるよ」

医師が、よりかかっていた壁から背中を離し、ドアをあけた。「すぐに戻る」

フレンチがふたたびテープレコーダーのスイッチを入れ、咳払いをして、その場にいる人間の名前、日付、時間、場所を述べた。

「気分はどうだ、ラリー？」

ラリーは、弱々しく肩をすくめた。

「長引かないように、できるだけおまえを煩わせないようにする。鶏のことを頼まれたと、あの看護婦がいっていた。鶏はみんな元気だよ。おまえの昔の同級生、32が世話をしている。おまえの母親にも会いにいっている。母親も元気だ」

「どうして」ラリーはきいた。「彼はそんなことをすべてやるんだ？」

「まあ、おれが人間の動機を理解しようとするのは、そいつらが犯罪を犯したあとなんでね」フレンチが笑みを浮かべ、半身になった。「さて、こちらのローリイ保安官だが、もうひとりの娘、ウォーカーの娘が行方不明になったとき、保安官助手だった」フレンチがどいて、ローリイが進み出て、もう一台のベッドに、ラリーと向き合って座った。

「まず」ローリイがいった。「拘束具のことはすまない」左手の拘束具をはずし、ラリーの上に身をかがめて、右手のものもはずした。「病院側が要求したんだ」重い腕をラリーは胸の上に持ちあげて、ラムウールの内張りのせいで汗ばんでいる左右の手首を交互にさすった。

「われわれはふつう、そんなことはしない」ローリイがいった。「まして胸に銃創を負って、おなじ日に心臓麻痺を起こした男に対しては。おまえは起きあがって逃げるどころか、点滴をはずすこともできないだろう」

ラリーはうなずいた。まだ手首をさすっていた。

「とにかく、あちらのフレンチ捜査主任がいったとおり、おれはシンディ・ウォーカーが行方不明になった一九八二年に保安官助手だった。当時、二年勤務して、あちこちで令状を執行し、酔っ払い運転を取り締まったりしてた。新米のやる仕事さ。しかし、あの事件はよく憶えているよ、ラリー。当時のおれの仕事人生で、最大の出来事だった。

当時、おまえを逮捕しなかったのは、死体が見つからず、おまえが自白しなかったからだ。死体か自白がなかったら、おまえがシンディを殺したことは証明できない。われわれが状況証拠というものしかなかった。記憶が正しければ、おまえには三時間半ほど、説明のつかない時間があった。それだけあれば、シンディをどこかへ運ぶにはじゅうぶんだ。しかし、おまえの話では、シンディを車からおろして置き去りにし、ドライブイン・シアターへ行って、道路で拾うことになっていたという。ただ、シンディは現われなかった。そのまま、パッと消えてしまった」

ラリーは口をあけた。

「なにかいいたいのか？」

「話ができるかな……」ラリーは生唾を呑んだ。「サイラスと」

「だれだ？」ローリイが視線を返した。

フレンチがいった。「32のことだよ」近づいた。

「やっこさんはこの捜査にはくわわっていないんだ、ラリー。つまり、あいつの所轄からは、はずれてる。どうしてあいつと話がしたいんだ？」

「昔、友だちだったから」

フレンチがうなずいた。「あいつもそんなふうなことをいってたが、友だちっていう口ぶりじゃなかった。ただ学校がおなじだったというようなことだったぞ」

「ほんとうに友だちだったんだ」ラリーはいった。

「わかった。人間の記憶というのはあてにならんもんだ」フレンチが保安官と入れ替わり、保安官はさがって窓ぎわの椅子に座った。フレンチはテープレコーダーをちらりと見た。「これまでおれは、何年もおまえにかなり厳しく当たってきた、ラリー。しかし、ウォーカーの娘ともうひとりの娘の件でおまえを有罪にするようなものは、なにひとつ見つからなかった。これまではな」首をふった。「おまえの森のなかのあの小屋のことを知ってる人間は、ほんのひと握りなんじゃないかな――」

「おれもまったく忘れてた」ローリイがいった。

「おまえが売りたがらなかった森の最後の区画にある小屋だ。うちの手のものがたまたま、そこで死体を見つけた。まずまちがいなく見つからなかったはずの場所だ。それでおれは考えたね、ラリー」フレンチが、頭をかきながらしゃべった。「考えたんだ。おまえみたいな前歴の人間は、この世にうんざりしてたのかもしれないと。おぞましい狭い世界だ。ことにこのミシシッピ東南部は。みんなに自分がどう思われているかっていうことに、おまえは嫌気がさしたのかもしれないな。いや、おれたちにも責任の一端がある。郡じゅうの人間が、おまえをのけ者にしてきた。おまえは話し相手がほしかっただけかもしれない。彼女、その気があるように見えたのかもしれないな。若い女のああいう服装、へそピアスなんかでな。刺青とか。おまえはなんていうか、地元の有名人だからね。ひょっとして、彼女がおまえにちょっかいを出したのかもしれない。おまえの最大のファンっていうわけだ。そういう女がここにいて、あちこちで見かける。デイリー・バー（アイスクリームやジュースや軽食を売る屋台）、郵便局、ウォルマート。若い女、美人で、髪が長い。おまえはしばらく我慢したのかもしれない。だいぶ長いあいだ。

　だが、男はそう長くは我慢できない。やりたくなったときには。おまえの冷蔵庫にあったパブスト・ブルーリボンをしこたま飲んで、マリファナを吸い、見境がつかなくなって、気づいたときには彼女を連れ出していた。ただ話がしたかっただけかもしれん。相手がほしかった。男は淋しがり屋だ。ところが、わかるだろう、女ってもんはヒステリックになる。おまえは怖くなった。彼女に殴られたのかもな。脅されたのかも。逃げようとして、おまえは自分でもやるつもりのなかったことをやった。成り行きだったのかもしれないが、彼女は死んだ。はっきりなにが起きたのか、どんなふうにそれが起きたのか、おまえは憶えていないかもしれない。おれの知ってるやつなんか、空軍の仲間と酒を飲みはじめて、朝起きたら肉切り包丁がその仲間の胸から突き立ってたっていうぜ。

　それでおまえは自分で自分を撃ったのかもしれないな、ラリー。罪の意識が積み重なって。自分はその気でなくても、突然どうにもできなくなってやったんだ。それに、過去を埋めようとしても、なんらかの形で、つねによみがえってくる。彼女の顔。ニュース。新聞。

世界中が彼女を捜してて、真実を知ってるのはおまえだけだ」

　フレンチが穏やかな声で、レイプを、殺人を、もっともらしく語り、ラリーは耳を傾け、頭をふわふわさせる薬物がいっぱい血管を流れ、頭がぼうっとして、おまえがやり、彼女を絞め殺し、埋めたというのが理屈にかなう、おまえの人生のことをわれわれは見抜いている、この世の人間の心のなか、頭のなかを知っている、パブスト・ブルーリボンをしこたま飲んでマリファナを吸ったらなにができるか知っている、親友に包丁を突き刺すことができる、女はときどきレイプされたがる、やってくれという、自分じゃないみたいに仮面をかぶり、どうせ女が望むことを他人になってやるのさ、彼女に頼まれたのかもしれんとフレンチがいいつのるあいだ、ラリーは母親が見ていた空間、真実の記憶が隠れているところを見ようとした。真実が自分を待って、亡霊みたいにあたりを漂っているのが感じられた。血液が足りないから、脳が思いちがいをしたり、譫妄状態に陥るかもしれないと医師はいっていた。その脳が仮面を思い出し、銃を思い出し、自分が仮面をかぶってドアのそばで待ち伏せていた男になったように思え、ラリーがピックアップをおりて庭を通り、ステップを昇って、ポーチに乗り、鍵を使って家のなかにはいると、仮面ラリーがラリーにずんずん近づいてきて、銃を胸に突きつけ、ふたりのラリーが合体してひとつの心臓を持つひとりになり、自分で自分の胸に銃を押し当て、自白して必要不可欠なまっとうな仕事をしているまっとうな男たちをよろこばせることができたらどんなにいいだろうという考えが浮かんでいた。

「ラリー？」

　ラリーは目をしばたたき、フレンチに焦点を合わせた。「ぼくがやったと思ってるんだな？」

　フレンチは、ローリイ保安官のほうをちらりとふりかえった。「ああ、そうだ、ラリー。ふたりともおまえがやったと考えている。ティナ・ラザフォードとシンディ・ウォーカー。この保安官も、そう考えている。どうしてやったのかはわからないが、教えてくれればおおいに助かる」

「どうしてかはわからない」ラリーはいった。「だって、ぼくがやるはずがない。ラザフォードの娘なんか知らない。ぼくは母親しか知らないし、母親にはぼくがわからない。ケンタッキー・フライドチキンの店の子以外とはだれとも話をせずに一週間終わることもある」

「そうかい」フレンチがいった。「理由もわからずに悪いことをやる場合もある。それはおおいにありうる。いまもいったが、突然どうにもできなくなって、世界が早回しになることもある。だが、いまの気持ちはどうだ、ラリー？　自分の胸に銃を当てて引き金を引いたときの気持ちは？　それは消えないんだ。ひどくなるばかりだ。おれは長年、法執行にたずさわってるが、確実にひとつだけいえるのは、気が晴れるようにするには、白状して報いを受けるしかないんだよ」

「わかった」ラリーはいった。

12

サイラスは心配でやきもきして、カウボーイハットを左右の手に持ち換えながら、病院のエレベーターが来るのを待った。三階のランプがあまりながいあいだついていたので、だれかがドアを押さえているにちがいないと思った。いまそこでなにが起きようとしているかが、わかっていた。ローリイとフレンチがラリーを強要し、口車に乗せ、自白をでっちあげているはずだ。フレンチは自分が面談と呼ぶものが得意で、やっこさんは切り株に〝材木です〟と自白させることができると、だれもがいっている。

ついにエレベーターのドアがあき、サイラスは乗って、３のボタンを押し、ドアが閉まった。三階で、煙草とライターを持った看護婦ふたりのあいだを断りをいって通り、廊下を急いで進んでいった。新聞を持ったスキップが出迎えた。医師が反対の耳に指を突っ込み、携帯電話でしゃべっていた。

「ヘイ、32」スキップがいった。

「スキップ」ドアのほうに顎をしゃくった。「来てるんだろ?」

「ああ。二十分ぐらいになる」

医師が携帯電話を閉じた。「なにか用かね? ダン・ミルトン。オットさんの担当医だが」

サイラスは手を差し出した。「32ジョーンズです」

ふたりは握手を交わした。

「ラザフォードの娘を発見した警官だね」

うなずきながら、スキップからミルトンへ目を向けた。「はいってもいいですか?」

ふたりが答えなかったので、サイラスは病室にはいった。スキップと医師がいっしょに「待て」といい、ついてきた。

　フレンチがふりむき、ローリイが椅子から立ち、拳銃に手をかけた。

「噂をすればなんとやら」フレンチがいった。ドアのほうに顎をしゃくると、スキップがうなずいて出ていったが、医師は残った。

　ラリーが顔をあげ、サイラスを見ると笑みを浮かべ、目は投薬のためにかすんでいたが、それでも子供のころとおなじように手を唇に当てて口をふさいだ。拘束具で手首が赤くなっていた。

「ヘイ、サイラス。来たな」

「ヘイ、ラリー。来たよ」握手を求めたほうがいいだろうか、と思った。「気分はどうだ？」

「あまりよくない。ぼくが自分を撃ち、例の娘を殺したというんだが、どっちも憶えていない。しかもいまになって、シンディ・ウォーカーを殺したといえというんだ」

「もうたくさんでしょう、オットさん？」ミルトン医師がいった。「こちらのかたたちに、あすに来てもらうようにいいましょうか？」

　ラリーはいった。「いいえ、先生。サイラスが来てくれてほっとしました」

「ブザーを押してください」ミルトンがいった。「用があれば」フレンチをちらりと見てから、ローリイも見て、出ていった。

「主任」サイラスはいった。「ちょっとふたりにさせてもらえませんか？　ラリーと？」

「まだだめだ」フレンチがいった。「だが、ここにいて面談の証人になるのはいい」

　面談。

「夜にぼくの部屋に来ていたね」ラリーは、サイラスにきいた。

「ああ」サイラスはラリーを黙らせたかった。なにもいわないようにして、ふたりきりになるまで待ちたかった。ベッドの手摺、長いステンレス、そのなかごろに輪になっている拘束具に目を据えた。嘘をいっているのがばれた子供みたいな気分だった。「何度か」

「おふくろの鶏に餌をやってる?」

「ああ、あんたがやってたみたいに檻は動かしてないが」

「『ナイトシフト』を持ってきてくれたね?」一同がラリーの視線を追い、ベッド二台のあいだのテーブルの本を見た。ガーゼにくるまれた手の表紙絵、掌の目がこちらを凝視し、すべてを見てとっている。

「ああ」サイラスはいった。

「ありがとう」

「いいんだ」

「読んだ?」

「ああ」

「気に入った?」

「いや」サイラスはいった。「ホラーは好きじゃない。じっさいの人生にありすぎるほどある」昔、ラリーが語ってくれた物語のほうがずっとよかったといいたかったが、フレンチが咳払いをした。

「〝オプラさんご推薦本〟のお話はすんだかね。われわれはさきほどラリーに、自分のやったことを白状するまで罪の意識は消えないという話をしていたんだよ。事実はそういうことじゃないか、３２?」

「こいつがなにかしでかしたのだとすればの話ですがね」サイラスは、フレンチが身をこわばらせるのを感じ、ローリイが椅子をきしませるのを聞いた。

「いってくれ、サイラス」ラリーはいった。「ぼくたちは友だちだったと」

「そうとも」フレンチがいった。「いってくれ、サイラス」

「友だちだった」サイラスは、ラリーに向かっていった。

「友だちか、フン」フレンチが、サイラスに視線を据えていた。「学校で会ったのか？」

「ちがう」ラリーは、だいぶ体力が戻ったように見えた。元気になり、頬に血の気が差しはじめていた。シーツの下で体を動かし、両手を曲げのばしした。「サイラスは黒人だから、学校では友だちになれなかった。ぼくらは森で遊んだ。憶えてるだろう、サイラス？」

「これが」フレンチがいった。「話を戻すいいきっかけかもしれないな。シンディ・ウォーカーの身になにがあったのか、話してくれないか、ラリー？」

「待て」サイラスはいった。

三人のうしろで保安官が咳をして、フレンチが厳しい視線を向けた。その目が、邪魔するな、といっていた。

「ぼくは、シンディに頼まれたところへ連れてった」あたりに高まっている緊張に気づかないのか、ラリーがいった。「そこでおろした。そのまま車で走り去った」

「長年、そういいつづけてるな」フレンチがいった。「ほかの話をしろよ。ラリー、潮時だぞ。さっきもいったように、消えないんだ。罪の意識というやつは」

「こいつじゃない」サイラスはいった。

「ジョーンズ治安官」こんどは保安官がいった。「廊下で待っていたいのか？」

「いや、ちがう」

ラリーがつながれている機械のカチカチ、ビーッという音がするだけで、病室は静まり返った。サイラスは、フレンチの怒りのこもった視線が顔に、保安官のおなじ視線が背中に、レーザー照準器の赤い点のように当たるのを感じた。

「なにかいいたいことがあるのか？」フレンチがきいた。

ついに来た。二十五年の歳月が殺到し、重くのしかかり、急ブレーキをかけたトラックが激突し、積荷の木材が滑って、運転台を超え、ウィンドウを突き破り、後頭部に激突し、道路に吹っ飛んでゆく。

「おれだった」フレンチから顔をそむけて、サイラスはいった。

「おまえ」

「ラリーがおろしたあと、シンディを拾ったのはおれだ。森のなか。道路におろしたのもおれだった」

ラリーはいった。「なんだって？」

フレンチがサイラスの肩をぎゅっとつかみ、顔が見えるように向きを変えた。「ちょっと待て。一九八二年にラリーが送っていったとき、シンディが待ち合わせていた男は、おまえだったというのか？」

そう、おれだった。

「つまり、ラリーはずっと事実を述べていたわけだな？　そして、じつは、シンディが生きているのを見た最後の人間は、おまえだった？」

サイラスはうなずいていた。

「きみだった？」ラリーはきいた。

「そうだ」

「シンディは妊娠していた」ラリーはきいた。「きみの子供？」

サイラスは、ベッドの手摺をつかんだ。

「それで行ってしまったのか？」ラリーはサイラスをじっと見つめていた。「オクスフォードへ」

「それもある」

「シンディと落ち合うために？」

サイラスはいった。「ラリー――」

「男の子、それとも女の子？」

「えっ？」

「子供だよ。きみの子供」

「子供なんかいない」

フレンチが、むかむかしたように手を引いた。「なんてこった」

「ロイ――」ローリイがいった。

ラリーは、きょとんとした顔をした。

「ラリー」サイラスはしいてラリーに顔を向けた。

「おれはあんたに謝らなければならない。それだけじゃすまない。いいか、シンディは妊娠してなんかいなかった。彼女はただ……そういったのは、そうすればあんたがおれのところへ連れていくと思ったからだ。でも、彼女がどういう手を使ったのか、そのときのおれは知らなかった。おれたちは愛し合っていた。というか、そう思っていた」

ラリーはなにもいわず、隠し立てのない顔をしていた。

「あの晩」サイラスは話をつづけた。「あんたがシンディをおろしたあとだが、いつも行く野原へ行って、おれたちは口喧嘩をした。シンディがいっしょに逃げようといったが、おれは——」どういえばいい。「おれには野球っていう将来があったし、おふくろに会うなとしつこく責められてた。うまくいくはずがなかった、理由はいくつもあった。だから、うちへ送っていった」

ラリーはいった。「シンディのうちに」

「そうだ」

「早く着いたんだな」

「そうだ。おれに腹を立ててたせいで、シンディはあんたが来るのを待たなかった。闇のなか、道路を走っていった」

「セシルがいるところへ」

「そうだ」

ふたりはたがいを見つめ合った。ラリーが考えているにちがいないことを、サイラスは意識していた。シンディが家にはいると、セシルが立ちあがる。シンディの顔は赤く、頬に涙の縞ができている。セシルがビールを持って、よろよろと歩き、わめきながらシンディに迫る。表ではサイラスが母親の車で走り去る。どんどん速度をあげる。ラリーがほぼ同時にそこへ向かっていたが、ふたりは数分の差で会わなかった。ひょっとして、暗いハイウェイで、ふたりの車はすれちがったかもしれない。ふたりとも、ヘッドライトを下向きにするのも忘れるくらい気が散っていて、ハイビームのまま、近づくまぶしい光に、ふたりともたじろぐ。

「やつがシンディを殺したんだ」ラリーがいった。

医師が病室に戻り、時計を叩いた。

「この面談は」――ローリイがサイラスとフレンチのあいだにはいり、やさしさをこめた腕で、ふたりの肩を抱いた――「終わらせたほうがよさそうだ、みんな。いまのところは」

「待って」フレンチが拘束具を締めはじめると、ラリーはいった。「ぼくたちは友だちだった。そうだね、サイラス？」

ほんとうのことをいえ、３２。サイラス。

「あんたはそうだった」サイラスはいった。「おれはどうだったかな」

サイラスは、フレンチとローリイにつづいて保安官事務所へ行き、フレンチのブロンコの隣にジープをとめた。フレンチがおりて、アスファルト舗装に煙草を落とし、ブーツの爪先で踏み潰して、高波が起きてビルの上を乗り越えてきそうに見える、ふくれた雲の暗い礁《リーフ》を見あげた。サイラスの頬を風がなぶり、旗竿のミシシッピ州旗がばたばた鳴り、舗装面に雨粒の斑点ができた。ローリイが、身体障害者用スペースの隣の専用スペースに走っていって、自分の車のサイドウィンドウを閉め、フレンチがドアを押さえて、三人はなかにはいった。サイラスは、この赤煉瓦の建物に召喚されてきた数多くの人間とおなじように、これから事情聴取を受ける。面談。三人は受付で足をとめ、フレンチとローリイが伝言を受け取るあいだ、サイラスはぼんやりとうしろに立っていた。

三人は、書類キャビネットがならんでいる、フレンチの箱のようなオフィスへ行った。下に証拠品箱が積んであるデスクに、フレンチがテープレコーダーをほうり出した。頭上の本棚には、ビデオテープや取扱説明書や三リングのバインダーがならんでいた。左手には、現在の事件が列記されているホワイトボード。ティナ・ラザフォードが第一、M&Mが第二、住居侵入窃盗数件、自動車窃盗一件、レイプ一件、そして一番下に、ラリー・オットの発砲事件。サイラスは折り畳み椅子に座り、ローリイがドアを閉め、フレンチがコーヒーメーカーのスイッチを入れた。ローリイが書類キャビネットの上に両腕を載せて立ち、ポケットから〈スコール〉の嗅ぎ煙草を出して、ひとつまみした。

フレンチが、デスクから椅子をごろごろと引き出して座り、コーヒーのドリップがはじまった。

「よし」フレンチがいった。「話せ」

「とてつもない話だな」ラリーが腹ちがいのきょうだいであることだけを省いてサイラスが洗いざらい話すと、フレンチがいった。

コーヒーを注ぎ、サイラスにわたし、もう一杯注いで、ローリイに渡した。「だが、ちょっと助言しようか？　おれがおまえの立場だとしたら。おれなら、そいつは公表しない。おれのいいたいことはわかるな？　一九八二年の話だぞ。いいかげん時がたってる。そのときは、セシル・ウォーカーを容疑者にできなかった。事情聴取が精いっぱいだった。しかし、だいぶ前に死んだし——」

「癌だ」ローリイがいった。「慰めになるかどうか、最後はだいぶ苦しんだ」

「それがいまになって」フレンチがつづけた。「おまえは四半世紀もこの情報を胸に畳んでた。理由はわかる。だが、ウォーカーの娘の死体は見つかってないし、ラリーも刑期をつとめたわけじゃないから——」

「くそ」サイラスはいった。「ラリーは一生刑期をつとめてきたみたいなもんだ」

「ほう、ようやく倫理に目醒めたってわけだな。あるいは市民としての義務に。とにかく、どっちもわれわれの所轄をちょっぴりはずれてる。まあ、ラリーは刑務所に行かなかったんだから、眠っている犬はそっとしておくほうがいい。現在の事件に集中しよう。やっこさんが無罪なら、すぐにわかる」

「それじゃ、おれがあんたたちに話したことは、なにも変えなかったわけか」サイラスはきいた。「ティナ・ラザフォードの事件に関して？」

「たとえばなんだ？」

「だれがティナを殺したにせよ、ラリーの評判を当て込んだとする。おれが彼女を殺したとして」サイラスはいった。「どこに埋めると思う？」

「おまえが埋める場所は知ってる」フレンチがいった。「だが、あのささやかな墓穴のことを知ってる人間は、そんなにいないだろうな。それに、おまえが乱入してきて、なにもかもぶち壊す前に、オットは仮自白ともいえるようなものをいいかけてたんだ。あんたどう思う、保安官？」

「おれにもそう思えた。ベッドに拘束するにはじゅうぶんだ。スキップをドアに張りつけて」

「だが、おまえはだめだ」フレンチが、サイラスにいった。「こうなったからには、おまえを見張りからはずす理由はわかってもらえるな？」

「ああ」サイラスはいった。


病院で、肩とカウボーイハットが雨でずぶ濡れになったサイラスは、ドアの前の椅子から立ったスキップとしばし話をした。

「早いな」スキップがいった。「やつが自白するのを聞いたか？」

「ああ」きょうは嘘をつく日らしい。「おれはしゃべらないよ」

「ちょっとお守りを頼めるか？　煙草が吸いたい」

「いいよ」

サイラスは、スキップがせかせかと廊下を進むのを見送り、行ってしまい、戻ってこないとわかると、そっと病室へはいった。ラリーは目を閉じて窓のほうを向いて横たわり、包帯を巻いた胸が高くなったり低くなったりしていた。

サイラスはいった。「ラリー」

ラリーはもぞもぞした。目をあけて、カウボーイハットを持って立っているサイラスのほうをうかがった。

「ヘイ」サイラスはいった。

ラリーはじっとサイラスを見ていた。やがて口をあけて、なにかをいい、声がひどく低かったので、サイラスは近づいて身をかがめた。

「どうだって、ラリー？」

「こんなに長いあいだ」ラリーはいった。「彼女は死んでいたんだね？」

「わからない。かもしれない。たぶん」

「それに、こんなに長いあいだ、彼女をおろしたのはきみだった」

「すまない」

「こんなに長いあいだ、みんなはぼくだったと思ってた」

「なあ」サイラスはいった。「その話をしよう。こんど。あんたに話したいことがいっぱいある。山ほどある。あんたが知らないことがあるんだ。でも、いま、ほんとにだいじなのは、死んだ女のこのひどい事件をちゃんと片づけることだ。ティナ・ラザフォードの事件を。あんたが自白したと、連中は思ってる。でも、おれもあんたも、やってないと知ってる」

「ぼくがやってないと、どうしてわかるんだ、サイラス？」

「あんたが自分で自分を撃ってないのとおなじことだ」

「どうして？　ぼくと親しかったのは三ヵ月だけだろう？　二十五年前の。どうしていまのぼくのことがわかるって思うんだ？」

「だれに撃たれたかいえよ。そいつがティナを殺したかもしれないと、おれには見当がついてるんだ」

表で雷。ラリーは窓のほうを向いた。

「おれに電話してきたじゃないか」サイラスはいった。すがりつくような声だった。「撃たれる直前に。だいじなことだと、あんたはいった。なにがいいたかったんだ？」

「きみは折り返し電話してこなかった」

「留守番電話を聞くのが遅れたんだ」

「前にも何度も」

「すまなかった。でも——」

「ぼくが」ラリーはいった。「きみが話をしたくないと思ったとき、最初にいいたかったのは、悪かったっていうことなんだ。ぼくがいったこと、父さんにぼくらが喧嘩させられたときに」

「いいんだ、ラリー。遠い昔のことだ」

「でもいま」ラリーはいった。「どう考えればいいのかわからない。悪かったと思ってるかどうかも」

「いいさ」サイラスはいった。「でも、だれに撃たれたか、わかってるんだろう？　どうしておれに電話してきた？」

「３２」スキップが、戸口からいった。「なにをしてる？」

「なにも」サイラスはいった。ラリーのほうをふりかえると、窓のほうを向き、目を閉じていた。サイラスはひと呼吸待ち、病室を出てドアを閉めた。

「主任が連絡してきた」スキップがいった。怪訝な顔をしている。「夜は非番か？」

「らしいな」

「どうして？」スキップがきいた。「なんでだよ？」

サイラスは背を向けた。「話せば長くなる」

〈シャボット・バス〉の奥にあるプラスティックのテーブルの、プラスティックの椅子に腰をおろし、グラスがあればいいのにと思いながら、バドワイザーの瓶を指で上下になぞった。やかましく、汚れた、製材所の従業員たちは帰ってしまい、店を独り占めにしていた。人生の二十五年を奪われていたと知ったとき、ひとはどう感じるのだろうと、ずっと考えていた。ＤＮＡ鑑定で無実の罪が晴れた元服役囚のようなラリー、ついに捕まった真犯人サイラス。

午後十一時だった。雨はやんでいた。バーテンダーのチップ、山羊髯を生やした白人の伊達男が、カウンターの向こうでスツールに座り、ライムを櫛型に切ってボウルにほうり込み、ナイフで蠅を追っている。長年バーを切り盛りしているチップは、客を独りにしておくほうがいい頃合を知っていて、ビールがなくなるとお代わりを持ってきて、空き瓶をさげ、チンという音をたててゴミ容器に捨てる。警察番記者のシャノンがまた携帯電話にかけてきたが、サイラスは話したくなかった。

目の前にならぶ窓の外にもテーブルや椅子があり、その向こうの雨裂は葛があふれ出し、蜘蛛の巣にかかった虫みたいにゴミがそれにひっかかっている。子供のころ、カール・オットの土地にある小屋を出てファルサムに引っ越し、スクールバスに乗ったのを憶えている。学校へ、野球へ、将来へ向けてバスが走り、窓の外の景色がぼやけた。バーに改装される前のこのバスそのものに、乗ったことがあったかもしれない。いま窓の外を見ても、雑草に埋もれた雨裂とゴミしかない。なにもかもが凍りついて動かない。物事がどんどん流れ過ぎ、動きにつれて木と木がくっつき、あまりにも速くて先行きが見えないのが、幼年期というものなのだろうか？　だとすると成人期は？　バスはとまろうとしている？　過去に激突された四十代の男よりも、葛の動きのほうがよっぽど速いのか？

「ヘイ、おまわりさん。ハットはどこ？」

独りで飲みたいんだと文句をいおうとして、サイラスは目をあげた。だが、相手は白人の屑通りのイリーナだった。腰をはすかいに曲げ、牙を剝き出しているみたいな笑みを浮かべ、蒼白い肌が雨でぬめぬめ光っている。

「また郵便箱にヘビ？」サイラスはきいた。

「あけるのが怖くてしょうがないよ。それで、またやりにくるのを捕まえようって、子供たちが見張ってる」イリーナは、ブロンドの髪に赤いメッシュを入れていた。デニムの短いスカートと赤いカウボーイブーツも濡れている。刺青が見えるローカットのタンクトップ。大麻の葉っぱの刺青か？　じろじろ見ないように気をつけた。手首にプラスティックのブレスレットをじゃらじゃらいうほどいっぱいつけていて、手には煙草、マニキュアは赤。「電話代を払うのに、ベルサウスの支店に行かなきゃならなかったんだ。お邪魔していい？」

サイラスは、となりの空いた椅子に顎をしゃくった。

「ヘイ、チップ」イリーナがいった。「バドワイザー」

「あんたも、３２？」

「ああ。二本ともおれにつけといてくれ」

サイラスはブーツで椅子を押し出し、サイラスの郵便箱にヘビが這い込むみたいにイリーナがずるりと座った。アンジーがたまたまはいってきたら、ヘビをほうり込まれかねない。きのうの晩からふたりは話をしていない。電話をかけてこないのは、あんたには失望したといいたいからだと、サイラスは受けとめた。まあ、みんなそう思ってるのさ。

イリーナが身をかがめて、サイラスの目を覗きこみ、タンクトップの深い襟ぐりが誘い、レースの黒いブラのカップ、ちっちゃなストラップを見せびらかす。

「だいじょうぶ、おまわりさん？」

　チップの腕がふたりのあいだに現われた。「ごゆっくり」

「乾杯」イリーナが、自分の瓶の首でサイラスの瓶の首に軽く触れた。

　サイラスは乾杯を返し、ふたりでちびちびと飲み、イリーナが煙草を灰皿に押しつけた。

「どうしたの？」イリーナがきいた。「酔っ払っちゃうの？」

「とっくに酔っ払ってる」

「それじゃ、追いつかなくちゃ」イリーナが、テキーラをワンショット、塩抜きで頼み、それが来ると飲み干してグラスをテーブルに置いた。「ましになった」目がうるんでいた。「パーティへ行こうとしたら、あんたのちっちゃなジープが表にとまってた」

「目立つからな」

「かわいいじゃん。ヘイ」拳でサイラスの腕を押し、ブレスレットがちゃらちゃら鳴った。「いいこと教えたげる」

「非番なんだ」サイラスはいった。「でも、教えてくれ。いい情報はいつだって役に立つ」

　イリーナが、ビールをぐびりとらっぱ飲みし、テーブルにもっとかがみ込み、乳房を載せた。

「イヴリンていって、あたしのもうひとりのルームメイト。あんたが来たとき、彼女、仕事だったから、会ってない。でも、こないだの晩、ヘビなんかの話をしてたとき、その子が謝ったの。あたしたちにいってなかったけど、変なやつとつきあってたって。あたしたちんとこへ越す前に。で、イヴがある晩、そいつの家へ行って、どんちゃん騒ぎをしたら、銃が山ほどあったって。ピストルが何挺も。角にはライフルが一挺」

「それが情報？」

「銃？　とんでもない。イヴは銃が得意なの。撃つのが好きで。でも、それだけじゃなくて、そいつは生きてるヘビをいっぱい飼ってるのよ。ガラスの水槽に。棚にも。キッチンのテーブル、リビングにも。集めてるんだと、イヴにいったの」

サイラスは、しゃべっているイリーナを見ていた。瞳孔がひらいている。マリファナ。それとも覚醒剤か。

「で、イヴたちはじゃれ合ったんだけど、すっごく変だったってイヴがいうの。ヘビに見られてネッキングよ。ヘビってまばたきしないよね？　そんで、そのうちつらくなってイヴはやめようとしたんだけど、そいつがやめないの。アブない感じになってきて、イヴは怖くなった。二度目の別れた旦那に、イヴはちっちゃなピストルをもらってた。単発。ハンドバッグ用よ。なんとかそれを出して、放さないと撃つって、そいつを脅した。そいつは嫌な感じでにたにた笑って、長いことずっとただイヴを見つめて、片手をテーブルの自分のピストルのほうにそろそろとのばした。撃てるもんなら撃ってみろっていう感じで。この野郎を本気でぶっ飛ばさなきゃならないかもって、イヴは思った。でも、ようやくそいつがイヴをくそ女ってののしって、出てけっていった」

「警察に訴えなかったのか？」

「まさか。だってイヴリンは警察になんかいう女じゃないよ」

イリーナはおそらく麻薬がからんでいる部分を伏せているのだろう。通報したらそいつに売られるとイヴリンは考えたのかもしれない。

イリーナがパッケージを叩いて煙草を一本抜き、ライターを出して火をつけた。「逃げ出すのもやっとだったみたいよ。携帯電話をかけて、だれかに迎えにきてもらって」

「で、そいつが、ヘビを郵便箱に配達したと思ってるんだな？」

「かもね。そいつのせいで、前に住んでたところから越したって、イヴが打ち明けた。しじゅう前を通って、名前を呼ぶんだって」

「そいつの名前は？」

「ウォレス。ウォレス・ストリングフェロー。ナマズの養殖場の向こうに住んでる」

サイラスは手探りでポケットからボールペンを出し、紙ナプキンに殴り書きして、ジーンズのポケットに突っ込んだ。なんとなく聞きおぼえがあった。四輪バギーに乗っていた男か？　ピロケースを載せて。あいつがそんな名前じゃなかったか？　ラリーが昔、ピロケースはヘビを入れるのにちょうどいいといってなかったか？

「もう行ったほうがいいよ」サイラスはいった。「パーティに。運転できなくなるぞ。そんなに飲んでたら」

「あんたも来る？」

「おれが？　シャボットの治安官《コンスタブル》だぜ。ほんとに来てほしいのか？　ある種のパーティだと、おれにはしらけさせる効果があってね」

イリーナが、舌で瓶の口をくるむようにして、ビールをちびちび飲んでいた。「いえてる」

結局、ビールを二、三本とテキーラ数ショットを飲んでから、サイラスのジープでイリーナの家に行った。マーシャと赤ん坊は一週間実家に行っていて、イリーナ独りだけだった。イヴリンはパーティへ行っている。道路は雨で滑りやすく、サイラスは慎重に運転した。酔っ払っておまわりの車に乗るなんて最高、とイリーナがいった。酔っ払い運転であげられる心配がないもんね。イリーナの家の庭で、泥まみれの犬たちをかき分けて進み、サイラスはドアの脇の壁に手をついて体を支え、イリーナがしゃがんでマットの下から鍵を出した。なかにはいるとイリーナが明かりをつけ、部屋が現われ、イリーナがビールを取りにいくあいだに、サイラスはソファに向かった。けっこうきれいに片付いていて、赤ちゃんのおもちゃが散らばり、脇テーブルの上で溶岩ランプの光が揺れ動き、カーテンがあいて夜の闇を見せていた。くらくらする頭を押さえようとサイラスは手を当て、考えていた。おまえ、なにやってるんだ、32ジョーンズ。ここから出なきゃだめだ。

イリーナがバド・ライトを二本持って戻ってきて、隣に座り、一本をサイラスに渡し、自分のをコーヒー・テーブルに置いて、サイラスの膝に足を載せた。

「脱がして、おまわりさん」イリーナがいった。ブーツのことだ。サイラスは立って片方をゆっくりと脱がせ、靴下をひっぱった。イリーナの指がもぞもぞ動いて手助けし、靴下がするりと脱げると、指の爪は赤く、いい感じの獣くさいにおいがした。サイラスはイリーナの脚に視線を流し、膝の上へ進ませ、スカートの下の赤いパンティを見た。太腿のずっと上のほうに刺青（かじった跡のあるリンゴ）があった。眠たげな笑みを浮かべて、イリーナがサイラスを見ていた。反対のブーツを脱がそうとしてサイラスはバランスを崩し、勢いあまってドアまでさがり、ノブにぶつかった。イリーナがくすりと笑って、足をサイラスのほうにふった。こっちにおいで。サイラスはノブにしがみついて、窓の外を見た。スモールランプだけをつけた車が通り過ぎた。ノブにもビール瓶にも指紋を残していると思った。イリーナのカウボーイブーツにも。それに、目撃者がいま見えないところに、カーブの先の暗がりにいる。自分のベッドに寝ているラリー、自分のベッドに寝ているアンジーを思った。おれはいったいなにをやってるんだ？

「もう行かないと」サイラスはいった。

13

ラリーは、ケーブルテレビのチャンネルをあちこちに変えながら、郵便箱のことを考えていた。長年のあいだに五、六回は修理した。朝、仕事に出かけるときに、ハイウェイのそばに落ちているのを見つけたり、支柱の上で傾いていたり、支柱ごと叩き倒され、泥の地面に大の字になっていたりした。放された鶏みたいに雑誌が道路に散らばっていたこともあった。ラリーにはわかっていた。ティーンエイジャーたちが車でやってきて、野球のバットを持って箱乗りする。よその家でもやられるとわかれば気が楽になるのだが、このごろは修理工場へ車で行くときに、よその郵便箱がちゃんと立っているのを見て、自分のところだけが狙われているのだとわかった。

疲れていた。ずっと眠っているだけなのに、こんなにくたびれたことはなかった。

郵便箱を何度も買うのにも飽き飽きしていた。

上半身を起こして、リモコンを持ち、明かりを暗くしてある。表では高い黒雲が空を締め出して、夜が早く訪れていたが、いまは稲妻が解き放たれ、盛大に、そして頻繁にひらめき、この世は奇怪なストロボに照らされて相争い、夜と昼が神と悪魔のように支配をめぐって戦っている。ラリーのテレビは、そのなかでも鮮明に映っていた。悪天候で画面がぼやける家のテレビとはちがう。一九七〇年代のクリストファー・リー演じるドラキュラ映画のチャンネルで、ラリーはリモコン操作をやめた。それまで六十六チャンネルを数えていた。ケーブルテレビだ。ディレクＴＶではない。ディレクＴＶにはもっとチャンネルがある。ウォレスがそういっていた。

ウォレス。

三チャンネルしかないことに、ラリーは飽き飽きしていた。

リモコンの狙いをつけ、トーク番組に切り換えた。つぎは〈ボナンザ／カートライト兄弟〉。つぎはニュース。知らないシチュエーション・コメディ。昔のジェリー・ルイスの喜劇映画。またサイラスのことを考え、耳が熱くなり、胸の内でいままでにないなにかが焼けていた。シンディのことを思った。チャンネルを変えると、男と女がジュエリーを売っていた。ひとびとが電話をかけ、それを買っている。少年のサイラス、少女のシンディの顔を思い出すと、胸が痛んだ。テレビが、イーゼルの前に立ち、絵を教えている男の画像をつかのま流した。ラリーは目を閉じた。一九七九年の夏、紙と色鉛筆を買い、ライフルを持って森へ行った。サイラスとふたりで、絵を描く道具を地べたにひろげ、ならんで寝そべって、コミック・ブックを描いた。ラリーはごくふつうのスーパーヒーロー、ありきたりの筋立て。ラリーが盗み見ると、サイラスのページはもっとおもしろかった。奇妙な描きかたの登場人物で、バランスは悪いが、おもしろかった。頭がひどく長く、手と足が大きい。どの場面にも背景がない。人物が枠にはいっているだけだ。サイラスが描いていたのは、フランケンシュタイン風のコミックで、悪者の異常な科学者が、死体を生き返らせるというようなものだった。吹き出しに科学者の助手の名前がＥｒｇｏとあるのに、ラリーは目を留めた。ラリーは胸のなかでつぶやいた。いい名前だ。自分の紙をどかして転がり、手を曲げのばしした。サイラスはなおも描いていた。「おい」ラリーはいった。「その名前、なんて読むんだ？」赤鉛筆で、Ｅｒｇｏを指した。「イゴール」と、サイラスはいった。

肉を閉じているステープルのあいだから心臓がせり出すのではないかと心配になって、ラリーは目をあけた。外では空がメリメリと裂けている。どれほど長いあいだ、ポーチで待ったのか。チャンネルが三つしかないテレビ、パチパチはぜる暖炉のあるリビングルームで。修理工場で、父親の古いオフィスの椅子に座り、おなじ本を読み返しながら、どれほど長いあいだ待ったのか。父親のピックアップで一カ所からもう一カ所へと走り、これが自分の人生で、サイラスとシンディが戻るのを待っていて、そのあいだにサイラスはスパイクシューズを履いて世界をさまよった。シンディはセシルだけが知っていた場所に埋められているにちがいない。ラリーはチャンネルを変えた。合唱。ソープオペラ。またニュース。コマーシャル。野球のハイライト。内野を守っている得意げなサイラスが見える。一塁への投球は、白くぼやけるほど早い。二塁の上で凍りついている。投球の瞬間を捉えた写真。シンディとのデート前の自分の姿が見える。バスルームの鏡に映るにやけた顔。父親が語った、セシルがロープから落ちたときの話。三人とも笑い、家族にとって最後の楽しい夜だった。窓に光がひらめいた。デートの日の自分が見える。喫煙所でシンディと話をしていると、グラウンドからサイラスが目を向けていた。お化け屋敷で友だちといっしょにいるサイラスが見える。シンディもそこにいて、ふたりはずっといっしょだったのに、だれも知らず、ふたりともこちらには目もくれず、背を向けて、仮面を持ったぼくを置き去りにした。仮面。ウォレス。リモコンをピッと押し、手首がひりひりし、アニメ、バッグス・バニーでもダフィー・ダックでもなく、日本ぽいアニメ、なにか見落としている、ほかにもなにか見落としている。ピッ。また西部劇。ピッ。ニュース。イラク。コマーシャル。ピッ。連続殺人犯と、それをまねた連続殺人犯についての番組。手にしたリモコンに汗がつく。天気、テニス、男、女、子供、犬、飛行機、大統領が手をふっている、目が据わっているテレビ伝道師が祈りながら寄付を求めている、ピッ、キングコブラが頸部をひろげて鎌首をもたげ、カメラがパンしてその単眼鏡のデザインを示す。チャンネルが多すぎる。またボタンを押した。腕の毛のなかにいる蚊のクローズアップ、小刻みに動いている皮膚に口吻が刺さってゆく。

地元のチャンネル5で、見慣れた光景をしばしそのままにした。この病院、昼間、駐車場からの撮影。そして、十六歳の自分の顔。ハイスクール三年生の卒業記念アルバムの写真。リモコンのボタンを押すと、レポーターがしゃべっていた。「……ファルサム総合病院にいて、自分で撃った可能性のある胸の怪我から回復しつつあります」粒子の粗い映像に画面が切り替わった。駐車場で急いで遺体袋を運んでいる救急車の運転手たち、パトカーの回転灯。と、ほほえんでいる若い美しい女性の顔写真。「オットには、十九歳でミシシッピ大学三年生のティナ・ラザフォードさんを誘拐し、レイプし、残虐に殺した容疑がかけられています。発見されたティナさんの遺体は、ジェラルド郡の山野にあるオットの所有地の使われていない小屋の土間に埋められていました。警察の捜査関係者は、これについてコメントを避けていますが、オットの病室の外には、現在、保安官助手が配置されています」

ラリーは上半身を起こして息をし、胸がひりひりと痛んだ。雨が激しくなり、窓はひどく暗くなっていたが、水の条が流れる窓ガラスを稲光が照らした。ラリーは、ドアのほうを見た。

「すまないが」表の保安官助手を呼んだ。四回呼んでようやく、保安官助手――名札にスキップ・ホリデイとある――が立ちあがって覗き込んだ。渋い顔。

「なんだ？」

「ロイ・フレンチと話ができるかな？」

保安官助手が、ラリーの顔をしげしげと見た。「気が変わったのか？」

「伝えてくれ」ラリーはいった。「だいじなことを思い出した」

「ああ、いないんだ。あすまで帰ってこない。ほかに話をしたい人間はいるか？　保安官では？」

「いや。フレンチが帰るまで待つ」

保安官助手がうなずき、出ていった。

ラリーは、知っていることを話すつもりだった。これまでは、サイラスのほうがいいと思っていた。だが、いまではフレンチに話をする気になっていた。ティナ・ラザフォードが行方不明になってから二、三日後の夜、なぜかしら目を醒まして、目をあけ、ベッドに起きあがった。時計を取り、目の前にかざして時間を見た。午前三時十五分。パジャマのままベッドを出て、ローブの前を閉めながら、廊下を進み、リビングルームに立った。一瞬、拳銃のことを考えたが、ややあって玄関のロックをはずし、丸腰で外に出た。ウォレスがステップに座り、煙草を吸っていた。こちらに背を向け、首を垂れ、闇のなかでずいぶん小さく見えた。

月は低くなっていたが、それでもラリーのピックアップの影を映し出していて、その横の庭にセダンがとまっていた。

「ウォレス」

「ヘイ」ふりむかずに、ウォレスがいった。

「酒を飲んでるのか？」

「ああ」

「真夜中だぞ」

「やっちまった」

「なにを？」

ウォレスはなにもいわず、煙を吸い、吐いた。

「いつからここにいるんだ？」

「さあな」

「これまでずっと、どこへ行ってた？」

ウォレスは答えなかった。ラリーは自分の椅子へ行って、腰をおろし、膝の上で手を組んで前かがみになった。ポーチの床に素足を置く。「どうかしたのか、ウォレス？ なにをやった？」

　ウォレスは答えなかった。

「ジョン・ウェイン・ゲイシーは元気か？」

「あいかわらずめっぽう荒いぜ。おふくろが犬を怖がるんで、おいら、うちを出たんだ。ディレクTVのくそ野郎、いまじゃおふくろんとこに住んでる。ナマズ養殖場の近くに家を借りた。近所に家はねえ。ナマズだけだ。養殖池を四輪バイクに乗った野郎が見まわってるが、ときどき忍び込んで釣る」

「うちの沢でやったみたいに」

「ああ、だがいまはときどき釣れる。あそこにゃ、馬鹿でけえやつがいるぜ」

「釣らせてもらえる」ラリーはいった。「料金を払えばな。専用の池があるらしい。子供連れが行くんだ。釣った重量で払うんだと思う」

「あのなあ、ラリー。おれは無法者《アウトロー》なんだ。法律どおりになんかできねえ。でねえとおもしろくねえ」

「新しい車を手に入れたのか？」

「ああ。だけど、ぜんぜん走らねえ」

「いい考えがある」ラリーはいった。

「そうかい」

「ああ。車の修理を習ったらどうだ？」

「なにいってんだよ」

「ぼくがいうのは、うちの修理工場に来ないかっていうことだ」

　ウォレスが黙り込んだ。

「うちの見習い工になればいい」

「うまくいかねえと思うな、ラリー」

「どうして？」

「おいら、ろくでなしだ」

「どうしてそういうんだ、ウォレス。ぼくに習えたんだ、だれだってできる。おやじに機械おんちだといわれてた。でも、陸軍で教わって、けっこう得意だとわかった。チャンスさえあればいいんだ」

ウォレスが、ステップで煙草を揉み消した。「だれか、あんたをかまいにこなかったか？」

「しばらくだれも来ていない」

「おれが来てから、だろ？」

「きみはぼくをかまったりしてない、ウォレス」

ふたりはしばらくじっと座っていた。

「考えてみてくれ」ラリーはいった。「見習い工のこと」

長い時間いたわけではなかったし、ウォレスはなにをやったかをけっしていわなかったが、帰るのを見送ったあと、ラリーはその夜ずっとポーチにいて、朝陽が悪ガキの群れみたいに木立のあいだから忍び込んできた。

フレンチが病院にきたら話そうと、ラリーは肚を決めた。憶えていることを教える。まず、自分を撃った男を護ってやりたいと感じたことを話す。友だちだったから。でも、サイラスのことも、ずっと友だちだと思っていた。そうではないか？　友だちという言葉を、自分は誤解しているのかもしれない。こんなに長いあいだ、だれからものけ者になっていたせいで、他人がやった悪事を吸い取ってしまったのかもしれない。長い歳月の末に、他人の目に映る自分の姿をほんとうだと思いはじめていたのかもしれない。

だが、もうちがう。

この男、フレンチに教える男は、教会でぼくを見たという。子供のころにもうろついていた。自分の姿をそこに見てしまったのかもしれない。変わりものの孤独な子供。自分には理解できないその世界で、その子供にとって、自分はヒーローであるのかもしれない。

だが、その心象風景を眺めているうちに、ラリーは世界がどうなってしまったかを理解しつつあった。父親が子供のころ、ショットガンを学校に持っていって、薪ストーブのそばの隅に置いておき、帰りに夕食にするリスを撃ちながら歩いて帰ったような、嫩緑《わかみどり》の世界は、もはやどこにもない。カール・オットは夏にはシャツを着ないで外で遊び、日に焼けて真っ黒になり、髪にマダニがこびりつき、ツツガムシが血を吸ってふくれた。いまその土地は皆伐されている。蚊は西ナイルウイルスを媒介し、マダニからはライム病がうつる。太陽は皮膚癌を引き起こし、学校に銃を持っていくのは、同級生を殺すときだ。

ぼくはここでずっと嘘をついていた、とフレンチにいおう。だれが撃ったか、見当はついていた。ティナ・ラザフォードをだれが殺したかも、わかっていた。

そいつはパブスト・ビールを飲む、といおう。四輪バギーに乗ってる。M&Mことモートン・モリセットという黒人からマリファナを買う。ジョン・ウェイン・ゲイシーという獰猛な犬を飼ってる。ぼくに拳銃をくれて、それでぼくを撃った。女はレイプされたがっていて、それが好きだといった。ぼくの家に来て、やっちまったといった。仮面をかぶっていた彼の目を見た。ぼくの仮面。それに、生きている人間で、ティナ・ラザフォードが埋められていた小屋のことを知っているのは、四人だけだ。ぼく。なにも思い出せない母。サイラス・ジョーンズ。そして、ウォレス・ストリングフェロー。

ラリーは、テレビの音を消した。チャンネルを変える。ウォレスのこと、あるいはサイラスやシンディのことを、考えまいとした。考えると、摘出された弾丸とは関係なしに、胸が痛む。あのちっちゃな情けない筋肉、心臓の上を引っ掻いた傷とは関係ない。

郵便箱を野球のバットで叩き壊されることに対する解決策を、なにかで読んだことがある。それをやるには、郵便箱をふたつ買う。小さいのと、それがはまるようなずっと大きいのを一式。小さいのを大きいのに入れて、コンクリートを流し込み、しっかり埋め込む。乾いたら、金属製の柱に載った重い郵便箱を地面にセメントで固定する。つぎに車が轟然とやってきて、不良のガキが窓から体を出し、バットをふりかざしたら、叩かせてやればいい。そいつは腕を折る。

ピッ。ホッキョクグマの番組。ピッ。うちに帰ったら、郵便箱をセメントで固めよう。ドッグフードのコマーシャル。うちに帰ったら、犬を飼おう。ピッ。また上等そうなスーツを着た宣教師。百合で飾られた演壇へ行き、聖書をかざして、無音の説教をしている。

ピッ。

14

服を着てブーツを履いたまま、サイラスは目を醒ました。いつもより数分遅いだけで。湯を使い切るまでシャワーを浴びていた。汚れたうがい薬を流しに吐き、鏡を見ながら口をあけたり閉じたりした。頭にうっすらと柔毛《にこげ》がのびている。うなりをあげる電気剃刀で剃るのは考えるだけでもぞっとしたので、カウボーイハットをそっとかぶり、玄関を出ながらシャツのボタンを留めて、煙草とイリーナの香水がかすかににおうジープでがたごとと揺れながら、頭痛を連れて仕事に出かけた。夜の最後のほうはぼやけている。サイラスが逃げ出し、イリーナが片脚だけブーツを履いたままで玄関へ来て、あんたがそんな役立たずなら、せめてパーティをやってるところまで送ってよといった。送っていないという確信はあるが、どうやって家にたどり着いたか、ほとんど記憶がない。とにかく起きたのは自分のベッドだった。十一時ごろに、アンジーから携帯電話にメッセージがあり、来ないかときいていた。午前零時にも、もう一本。どこにいるのよ？

シャボット町役場に着いたのは、七時半だった。きょうはアンジーは非番で、電話をするには早すぎるので、駐車場を通り、製材所に喚《おめ》きかかられながら、通過する乗用車やトラックにたじろぎつつ立ち、ホイッスルの物悲しい音のたびに目の奥のどろどろしたところに熱した針金が突き刺さった。

「その顔を見りゃわかるよ」サイラスが〈ハブ〉にはいってゆくと、マーラがいった。「駐車場をよたよた歩いてるのを見た」スツールをおりて、サイラスにコーヒーのカップを渡した。サイラスは礼をいい、いつもの奥のテーブルへ行って、ベストを脱ぎ、ハットをずらして、顔を伏せたいのを我慢した。マーラがほかの客とおしゃべりをしていたが、しばらくすると、発泡スチロールの皿にソーセージ・ビスケットをふたつ載せて持ってきた。もっとありがたいのは、〈バイエル〉のアスピリンの瓶だった。マーラが向かいの椅子にするりと座り、朝食を押してよこし、瓶の蓋を取った。

「ありがとう」サイラスは三錠受け取って、コーヒーで流し込んだ。

「深酒したんだね？」

「底が抜けるまでね」

「飲んでたときのことを思い出すよ」

「問題は、思い出せないことのほうなんだ」

「きっかけはなに？」

「罪悪感」

マーラが煙草をつけた。「ああ、罪悪感ね。バプティストの阿片。話がしたいかい？」

「いや。そいつはさんざんやった。たいして効き目がない」

ドアのベルが鳴り、マーラが煙草を持って立ちあがった。「それじゃね、シュガー」足をひきずるような歩きかたで離れていった。「あまり自分を責めるんじゃないよ。ときどきは責任逃れしてもいいんだよ」

だが、それが問題なのではないか？　責任逃れをする、それがずっと自分の生きかたではなかったか？

サイラスは町役場に寄った。ヴォンシルが、町の予算の決算をしていて、ｉＰｏｄのイヤホンからゴスペル・ミュージックが漏れていた。

「きょうは違反切符を何枚か切れるかしら？」ヴォンシルがきいた。

「がんばるよ」サイラスは自分のデスクにつき、腹のなかでビスケットがぐるぐる動くのを感じた。

「ほかにだれが電話してきたかしらね」

「シャノンだな」

「あなたが避けてるっていってるわよ」

サイラスは、報告書に注意が向いているふりをした。

「前には平気でシャノンと話をしてたじゃないの、32。どうしたのよ？」

答える前にヴォンシルの電話が鳴ったので、サイラスはこそこそと出ていった。

ファルサムに向けて車を走らせ、オットモーティヴの前を通った。ドアに、〝連続殺人犯《シリアル・キラー》〟というスプレーのいたずら書きがある。オフィスの窓も二カ所割られていた。ガソリン・ポンプのノズルがない。サイラスは走りつづけた。

病院には新手のバンが三台いた。衛星アンテナを立て、日蔭でレポーターたちが煙草を吸っている。噂がひろまったのだ――殺人犯が目醒めた。ラリーにとっていよいよ最悪の事態になる、とサイラスは思った。

駐車場に入れて、保安官事務所に電話をかけ、フレンチの予定を知ろうとした。フレンチは事情聴取と、あわよくばM&M殺害容疑者のチャールズ・ディーコンを捕縛するために、オクスフォードへ行ったと、通信指令員が告げた。帰るのは暗くなってからです。保安官につなぎましょうか？

「いや、ありがとう」サイラスはいった。しばしそこにいて、ラリーの病室を見あげた。

やがてジープのギアをごりごりとローに入れ、ゆっくりとハイウェイに乗った。ラリー・オット・ロードに向かい、めちゃめちゃに叩き壊されている郵便箱のそばを通った。そこで曲がり、ラリーの家へ行って、餌の容器を持っておりると、母屋をまわり、芝草が高くのびた野原を抜けた。鶏に餌をやった。しばらく眺める。水やりは雨がやってくれた。フレンチがもう一度ラリーと話をして、薬物で朦朧としていたときの自白を固めようとするはずだ。だが、外出しているので、一日の余裕がある。サイラスは納屋をあとにして、前に四輪バギーのタイヤ跡の型をとったところへ歩いていった。釘が刺さっているタイヤ。四輪バギーを走らせるのはみんなやっていることだし、スケアリー・ラリーの地所で走ってもおかしくはない。あった。雨ですっかり薄れているが、そこに立ち、丈の高い雑草をつぶしている轍を見おろした。野原を歩きはじめると、ズボンが雑草にこすられ、濡れてきて、林に向けて歩いたり戻ったりして、なにを無駄なことをやっているんだろうと思いながら、納屋からだいぶ遠ざかった。パブストの空き缶が目にはいり、しばらく見据えて、目印にする棒を探していると、四輪バギーの新しいタイヤ跡に気づいた。やはり丸い部分、釘の頭がある。だれだか知らないが、何度もここに来ている。

ほかにも目に留まった。タイヤ跡のそばの泥に、べつの渦巻き模様。足跡。こいつはここで四輪バギーをおりたようだ。

それから一時間、敷地を歩きまわり、パブストの缶をポリ袋に入れ、ここまで来たのだから、例のウォレス・ストリングフェローに会いにいこうと考えた。郵便箱のガラガラヘビのことをきこう。

ハイウェイ7の急坂を登るとき、ジープがバックファイアを起こし、登り切って惰性で坂の向こう側を下るときに、ナマズ養殖場のそばを通り、酸素マスクをはめた男が、養殖池のあいだを四輪バギーで走っているのが見えた。サイラスは手をふって、速度を落とし、ブロックの土台に建てられた汚れたアルミの羽目板のボロ屋に通じる私道の横を通った。屋根に衛星アンテナがある。汚い庭、みすぼらしい木々。気が荒そうな犬がいた。ピットブルとなにかのあいのこのようだ。チャウチャウかもしれない。木の杭につながれ、立ちあがって吠え、ロープをぴんと張っている。茶色で、耳がとがり、尾を下げ、頭がスイカほどもある。水のボウルはなく、日蔭もない。やろうと思えば、それを攻め口にできる。動物虐待を。それを口実に訪問し、家のなかにはいれるかもしれない。対象に面談するときには事務所で、自分の縄張りでやるほうがいいと、フレンチはつねにいっている。そのほうが安心できる。だが、サイラスはヘビを見たかった。

私道におんぼろのセダンがあり、四輪バギーが増築された木のデッキのそばにあった。郵便箱に名前はなく、番地だけだ。ゆっくり通りながら、サイラスは無線機を手にした。

「ミス・ヴォンシル？」

「なに？」

「カントリー・ロード六〇二一五に住んでいるのがだれか、調べてもらえないか？」

「いいわよ。何分かちょうだい」

「ありがとう」

すこし先で道路からそれてジープをとめ、待った。

頭痛がましになっている。あとで保安官事務所からタイヤの型を持ってこようと思った。

「３２」ヴォンシルが無線で呼びかけた。

「はい、マーム」

「名前がわかった」

「ウォレス・ストリングフェローだな?」

「そうよ。どういうこと?」

「郵便箱のヘビの犯人かもしれない。これから話をしにいく。家にいればだが」

「応援はいる?」

「いや。いるようなら連絡する」

「気をつけて」

「はい、マーム」

無線機を助手席に置き、家のところまでひきかえして、私道に入れた。犬があわてて起きあがって吠えた。ロープは古い革の首輪に結んである。犬が頭を低くした。

「落ち着け、クージョ」スティーヴン・キングの小説に出てくる狂犬の名で呼びながら、サイラスは車をおりた。

犬がロープをぴんと張り、首輪が食い込み、泡を吹き、前足で空を叩いた。

落ち着けよ。

杭が抜けないことを祈りつつ、拳銃の留め帯のスナップをはずしながら、サイラスは犬の軌道の外側で庭をそろそろとまわった。ピットブルから目を離さず、家に向けて迂回し、これだけやかましければ、行くのをストリングフェローに勘付かれているはずだと意識していた。庭には車や四輪バギーのタイヤの跡がいっぱいあり、ラリーの庭で見つけたのとおなじ丸いしるしがないかどうか、それをじっくり見ようとした。

「ヘイ」

だれかが出てきた。

サイラスはピットブルをちらりと見てから、ウォレス・ストリングフェローが立っているポーチへ行った。上半身裸、痩せこけ、ブルージーンズ、片手で煙草を吸い、もういっぽうの手でコーヒーのマグカップを持っている。手摺にはパブストの空き缶が数本。

「ヘイ」サイラスは、ポーチのステップの下からいった。聞こえるように、大きな声を出さなければならなかった。「元気か？」

サイラスの目を見ずに、「なんか用か？」

「あんたの家か？」

道路のほう、犬を見て、「ああ」

「あんたの犬？」

ストリングフェローが、ドアを閉め、ポーチに立った。「ああ。うるせえ！」犬をどなりつけた。「なんか飲むか？」

「話がしたいだけだ。ちょっとだけいいか」

「もうハイウェイじゃ乗ってねえよ。おたくにいわれたとおり、オフロードだけだ」

「それはよかった」犬がやかましい。サイラスは耳に片手を当てた。「話せないか？　なかで」

ストリングフェローが、うしろを、ドアを見た。ノブを引いた。「時間がねえ。やりかけのことがある」

サイラスがステップをあがると、ストリングフェローがあとずさった。煙草を手摺ごしに落とした。素足だった。手のマグカップを見て、うしろの手摺のビールの缶のあいだに置いた。「どうしてなかにはいりてえのさ？」

「話が聞こえるように」

「なんのために」

「いくつかききたいことがあるだけだ」

「なにをだ？」

「あの犬だ」

ストリングフェローが、サイラスの背後の道路のほうを見た。肩をすくめ、コーヒーのマグカップを持ち、ドアをあけた。サイラスはあとからはいり、静かに深く息を吸ったが、期待していたマリファナや覚醒剤のにおいはせず、ビールと煙草と汚物のにおいがしただけだった。コーヒーテーブルに灰皿があったが、マリファナの吸殻も麻薬吸引の道具もなかった。部屋は狭く、板すだれを閉めてあるので、光がはいらず、ファストフードの包装紙がテーブルにあった。カウンターに沿って水槽がならび、金網の蓋があって、ヘビがそれぞれに一匹、二匹、三匹はいっていた。胴体が輪になり、木の枝に巻きつき、隅でとぐろを巻いていて、何匹いるのか見分けられなかった。どれもゴムのヘビみたいに微動だにしない。

「あんた爬虫類のコレクターか？」ラリーの両生類学者という言葉が記憶によみがえり、隅に引きさがり、ボールにロージンをつけるみたいにマグカップをこすっているストリングフェローから目を離さずに、サイラスはきいた。自分のしていることに気づいたストリングフェローが、窓台にマグカップを置き、両手をポケットに入れた。

「趣味だよ」といって、キャメルとライターを出した。

「見てもいいかな？」サイラスはストリングフェローに頼んだ。「ヘビとはどうも相性が悪くてね。こういうふうならいいな。ガラスごしなら」

　ストリングフェローは、ライターの着火に苦労していた。「いいよ」

　サイラスはカウンターをまわってキッチンにはいり、目を配った。水槽を挟んでストリングフェローと向き合うと、しゃがんで、焼け焦げた太い腕が転がっているみたいに見える、肥ったヌママムシに顔を近づけた。凍りついたしかめ面、細い亀裂みたいな目の下の窪みが見え、ちろちろ動いている舌だけが、生きているしるしだった。汚れたガラスを透かして、ストリングフェローがやっと煙草に火をつけたのが見えた。

「なんの用だよ？」ストリングフェローがいった。

「おいら忙しいんだ」

サイラスは、つぎの水槽の前に行った。そっちのヘビは小さく、赤と黄色と黒のあざやかな縞模様だった。

「これはサンゴヘビだね？」ラリーに教わった区別の文句を思い出しながら、サイラスはきいた。赤地に《レッド・オン》黒い《・ブラック》輪、ジャックの友だち、赤地に黄色い輪《レッド・オン・イエロー》、仲間《フェロー》殺す。

「ちがう」ストリングフェローがいった。「ニセサンゴヘビだ」

「これがガラガラヘビを食うっていうのはほんとうか？　丸呑みにするんだろう」

「よく聞くけどな。ためしたことはねえよ」

サイラスは背をのばした。薄暗がりに目がだいぶ慣れていて、べつの水槽のそばにある壁際の本棚に、モンスターの仮面が置いてあるのに気づいた。見たことがある仮面。ゾンビ。

「あの仮面」サイラスはいった。

ストリングフェローが、サイラスの視線を追った。

「どこで手に入れた」

もじもじしている。「知らねえ」

「そうか」

「どっかだ」

表では、犬がずっと吠えている。

「ちょっと待て」ストリングフェローがいった。「待ってくれ」汗をかき、キャメルをすぱすぱ吸っていた。ドアを閉じた。

「おい」サイラスはカウンターをまわり、ストリングフェローのあとから外に出た。ポーチに出て、ステップを下り、ストリングフェローが逃げているのを目にするだろうと思った。ところが、ストリングフェローは犬の上にかがみ込み、黙れとわめいていた。

ホルスターの拳銃を握りながら、サイラスはステップをおりた。「おい」また叫んだ。

「待てったら！」ピットブルの首輪をつかんでいるストリングフェローの両手が、ふるえていた。ピットブルはいまやサイラスに注意を集中して、うなり、吠えかかっていた。「こいつをおとなしくさせようとしてるだけなんだから」

　ピットブルが首をうしろに向けて、ストリングフェローの手首を咬んだ。ストリングフェローはその手を離したが、反対の手で首輪を握ったまま、血が出ている手でピットブルの頭を殴った。「このくそったれ」

「離れろ」サイラスはそういいながらポーチをまわり、無線機を手探りしたが、見つからなかった。ポケットから携帯電話を出そうとした。「おい」もう一度呼んだ。

　ストリングフェローが首輪をはずすと、ピットブルが鉄砲玉みたいに飛び出した。地面に一度ぶつかってから、宙を飛んでサイラスに襲いかかり、拳銃を抜くひまもなかった。のしかかって両腕と手を食いちぎり、胸のなかに故障したエンジンでもあるみたいにうなりつづけた。いっしょに倒れて、サイラスは熱いべとべとの顎を押しのけ、顔を遠ざけながら、片手でピットブルの喉首をつかもうとした。両目を閉じて顔をそむけ、ピットブルの顔面をぶっ叩くと、腕に食いつかれ、牙が深く刺さるのがわかった。だれか、いや自分がわめき、泥のなかでピットブルと揉み合い、肘をくわえられ、骨が折れた。反対の手で喉のたるんだ毛皮をつかみ、締め付け、喉笛の腱を握ったのがわかると、そこを握り締めた。

　そのとき銃声を聞いた。間近に。転がった。また銃声。けたたましく、鳴り響いた。ピットブルが鳴き、毛皮が血だらけになる。当たったのだ。それともおれに当たったのか。ピットブルが逃げようとしたが、こんどはサイラスが放さなかった。楯に使う。ストリングフェローがわめいている。「そいつを殺っちまえ！」サイラスと犬は、ポーチの下に転がり込んだ。サイラスはまた銃声を聞き、走っているストリングフェローの素足が見えた。腕に冷たい泥を感じた。ピットブルはふるえていて、サイラスはその蔭に伏せ、拳銃をまさぐっていた。糞のにおいが立ち込め、ピットブルがガタガタふるえながら、弱々しく咬みついた。サイラスは拳銃を抜いていて、右手でぎこちなく握っていた。ピットブルの頭のうしろに押しつけ、撃った。びくんと一度ふるえて、ピットブルが動かなくなる。ポーチの上からはストリングフェローの足音、「おれの犬を殺しやがった!」とわめきながら森に向けて発砲し、やかましい銃声が鳴り響いた。

サイラスは床下を這い進んでいた。左腕の感覚がなく、動かせない。心臓が血を押し出しているのが感じられる。頭上で玄関ドアが叩きつけられ、ストリングフェローが床板を踏み鳴らし、まだ犬のことで叫んでいる。サイラスはぬかるみとビールの空き缶のあいだの土管のそばを這って、奥に見える光に向かった。下水のにおいをさせて外に出ると同時に、銃身の長いリヴォルヴァーを持ったストリングフェローが、裏口から跳び出した。その背後の地面に伏せていたサイラスは見つからずに、右手の揺れる拳銃で狙いをつけた。発砲したが、はずし、二発目を放った。ストリングフェローが悲鳴をあげて倒れたが、太腿を押さえて立ちあがり、でたらめに撃ちながら、足をひきずって離れていった。窓が砕け、アルミの羽目板が反響する。やがて庭の向こうの松林に達して、鉄条網を抜け、姿を消した。

サイラスは、荒い息をしながら、意識を失うまいとしていた。口がからからに渇いていた。腕を見て、出血がかなりひどいとわかった。突き出した骨が見え、傷口に泥や藁がはいっている。拳銃を置いて、シャツを裂き、包帯をしようとしたが、力がなくなっていた。うしろの家の床下に目を向け、死んだピットブルの小山の向こうで、ぬかるみに転がっているテイザー、ジープのタイヤを見た。体を起こし、羽目板にもたれて立った。

携帯電話があったのを思い出したが、見つけられなかった。

ドアがあいていた。腰の高さ。ステップはない。仰向けに体を入れ、足を持ちあげて、なかにはいった。ハンバーガーみたいになっている痛む腕を押さえ、膝立ちし、火薬のにおいがする空気のなかで身を起こし、壁を頼りに立つと、あたりがぼやけた。電話はなく、子機の台だけが脇テーブルに置いてある。腕をつかむと、指のあいだから血が流れ落ちた。よろよろと進んで、テーブルの上に倒れ、水槽をひっくりかえし、ガラスが割れ、ガラガラヘビが尻尾を鳴らす乾いた音が、あたりを満たした。仰向けになると、ヘビが絨毯を這っているのが見えた。モンスターの仮面が、棚から見おろしている。立ちあがりたかったが、痛む腕を押さえていなければならない。寒くなってきた。ヘビが頭のそばを通り過ぎた。

15

朝食を食べるのを見ていた保安官助手が、いや、フレンチはまだ帰っていないといったあとで、ラリーは看護婦に『ナイトシフト』を手に置いてくれと頼み、午後はずっと、よく知っている物語のなかをさまよい歩いていた。疲れた片手で本を支え、ページをめくるのは、ひどく難しかった。その角度では、字も見づらく、ここ数年間はどんどん目から離して本を持っていることに気づき、老眼鏡がいるのだとわかった。退院したら眼科医の予約をとろう。

夕方に、ラリーはまた保安官助手を呼んだ。「フレンチが夜には来るっていったね。聞きたいはずのことを知ってるんだ」

「事件があってね」その保安官助手、スキップがいった。「いま犯罪現場の捜査に出かけてる。まだしばらくかかるかもしれない」

「どうしたんだ？」

「警官が怪我をした」

「怪我？」

「ああ。ここによく来てた黒人がいただろ？　夜にあんたの見張りをした」

「サイラス・ジョーンズか？」

「ああ」

「どうしたんだ？」

「ある男に会いにいったら、そいつがピットブルをけしかけ、何発か撃った」

きく前から、ラリーにはその男の名前がわかっていた。「そいつの名前は、ウォレス・ストリングフェローだろう」

スキップが、ラリーの顔を見た。「くそ。もうテレビに出てるのか」

「いや」

スキップが、さらにしげしげと顔を見た。

「彼は無事か？」

「わからない。いま手術中だそうだ。犬にだいぶ食いちぎられたらしい。フレンチ主任と保安官と何人かが、ストリングフェローの家にいる」

「フレンチ主任となんとか話ができないか。重要なんだ。ウォレス・ストリングフェローのことだ」

スキップが待てといい、廊下に出ていった。すぐに無線機を持って戻ってきて、雑音まじりのフレンチの声が聞こえた。話ができるように、スキップが無線機を支えた。「おれがボタンを押したら話せ」

「フレンチ主任？」

まわりの雑音、べつの無線通信。男たちがしゃべっている。「ああ、どうぞ」

「こちらはラリー・オット。病院の」

空電雑音。「どうぞ」

「ずっと話をしようと待っていた。ぼくを撃ったのはウォレス・ストリングフェローだと思う。娘を殺したのもあいつだ」

「どうしてわかる？」

ラリーは話しはじめ、無線機を支えているスキップがしだいに口をぽかんとあけた。死体が発見された小屋についてウォレスが知っていたこと、撃たれたときに仮面の下の目で見分けたこと、死ねといった声にも聞きおぼえがあったことを、ラリーは話した。

「仮面？」フレンチがきいた。「特徴をいってくれ」

ラリーは教えた。背中が汗ばみ、体を起こした。

「サイラスは無事か？」

また空電雑音。「もう切るぞ。情報をありがとうよ。行けるようになったらそっちへ行く」

その夜晩く、ラリーは起きていて、表にフレンチが来たのを聞きつけた。フレンチと夜間当直の保安官助手が、低音でしゃべり、やがて煙草と汗のにおいを発し、ラリーに銃口が向いている黒いTシャツを着たフレンチがはいってきた。〝銃規制《ガン・コントロール》〟と書いてある、〝すなわち狙ったところに命中〟。大きなポリ袋を持っていて、なかには生首みたいなものがはいっていた。

ラリーの仮面。

フレンチがそれをもう一台のベッドに置き、そうっとラリーの右手の拘束具をはずして、ベッドの反対にまわり、左手のもはずした。拘束具をほうり出すと、向かいのベッドに腰かけて、眼鏡をはずし、疲れたようすで、鼻梁をさすった。

「なんて日だ」といい、仮面のはいったポリ袋を取って、ラリーに見えるように掲げた。仮面の目がいまは死に、黒い穴となっている。「識別できるか？」

「ええ」ラリーはいった。「ぼくのです」

フレンチがポリ袋をもとのところにほうり、腕組みをした。ラリーはそれを見ながら、注文したときのことを思い出していた。毎朝、郵便箱にははいらないので、郵便配達が支柱にもたせかけなければならないはずの大きな箱が届いていないかと、自転車を走らせたものだった。

「あとで返す」フレンチがいった。「だが、いましばらく預からせてもらう」

「いらない。捨ててください」

無線機がやかましい音をたて、フレンチがなにやらぼそぼそと応答した。

交信が終わると、ラリーはいった。「サイラスはどんなぐあい？」

「回復室だ」

「だいじょうぶかな？」

「だいじょうぶだろう。咬まれた腕がちゃんと動くかどうかはわからん。ピットブルにひきちぎられそうになってた」

「ジョン・ウェイン・ゲイシー」ラリーはいった。

「なんだ？」

「犬の名前」

「いまは亡き犬のな」フレンチが眼鏡をかけて、尻ポケットを探り、メモを出してそれを書きつけた。「頭の残った部分はジャクソンに送って狂犬病の検査、胴体のほうは焼却炉行きだ」

「ウォレスは？」

「死んだ」

「なにがあったんだ？」

「ニュースを見てくれ」フレンチがいった。「それでわかる」

ラリーはベッドに背中を預けた。

「おまえさんとやつの関係を、どう見なすつもりだ？」フレンチがきいた。「ウォレス・ストリングフェローとの」

「友だちだと思ってた」

「友だちの好みが変わってるな」

「わかってくれてないかもしれないけど」ラリーはいった。「ぼくにはあまり選べなかった」

フレンチが書くのをやめたが、目はあげなかった。

「おふくろを施設に連れていく連中が来たあと、ぼくの家に来たのは、あんただけだった」ラリーはいった。「いってみれば、ウォレスが来るまで、ぼくにはあんたがいちばん友だちに近い人間だったんだ」

「ああ、そうかね。やつのことを話してくれるか？」

ラリーは、連続殺人犯とそれをまねた連続殺人犯を取りあげた番組のことを思った。昔、ヘビを捕まえて学校へ持っていったことを思った。納屋にいた男の子、教会にいた男の子、成長して大人になり、十年後に、無断で借りたディレクTVのバンに乗って戻ってきた男のことを思った。パブスト・ビールとマリファナのことを思った。拳銃、二十五年間でただ一度のクリスマス・プレゼント。「ふたりとも孤独だった」ラリーはいった。「それが、彼がぼくに会いにきたそもそもの理由だと思う。彼には尊敬できる人間がいなかった。父親も叔父も。異常だと思えるかもしれないが、それでぼくを選んだんだ」

「やつが最後に来たのは、いつだといったかな？」

「ぼくが撃たれる前の晩」

「やつは、やっちまったといったんだな？」

「ああ。でも、なにをやったかはいわなかった。でも、ひょっとしてティナ・ラザフォードじゃないかと、見当がつきはじめていた」

「どうして通報しなかった」

「しようとした」

「３２に電話して」

「サイラスは、ぼくに会いにきた」ラリーはいった。「あんたらがきのう訊問したあとで。あわててた。ここにいるのはまずいという感じで。ぼくが自分を撃っていないし、あの娘も殺していないのを知っている、といってた。ほんとうにやったのがだれなのか、当たりをつけるのに役立つことを教えてくれというんだ。手がかりが結びつきはじめ、ウォレスにちがいないと思っていた。拳銃や小屋のこと。でも、サイラスにいわなかった。話をしたくなかったんだ」

「まあ、カウンセリングは得意じゃないが」フレンチがいった。「おまえさんたちは、もっと前に話をしてもよかったんじゃないかね」拘束具を手にした。「今夜はこれをつけないといけない。でも、あしたにははずせると思うね。二度といらなくなると」

　フレンチがいなくなると、ラリーは機械に囲まれて横たわり、サイラスのことを考え、時が新しい歳月を古い歳月の上に詰め込んでも、古い歳月がまだそこにあることを思った。ちょうど目の詰まった最初の年輪が木の中心にあって、固く秘められ、闇にくるまれ、風雨から護られているように。だが、そこへチェーンソーが悲鳴をあげて切り込み、木が倒れ、年輪は太陽に打ちのめされ、樹液がぎとぎと光り、切り株はこの世にさらけ出されてじっとしている。

　ウォレスのことを思い、かわいそうなティナにウォレスがやったこと、レイプし、殺し、地面に埋めたことを思った。起きたことをぼくが食い止められたかもしれない、なにかいえたはずだと思い、ある面では自分の責任だと思った。ウォレスの欲望は、ぼくがやったとウォレスが思っていることと、その意識のなかで絡み合い、つながり合った。あの晩、それがわからないままに、ウォレスを帰らせた。ウォレスがまねしようとしていたのだとすると、あれはぼくがやったようなものではないか？　ぼくのせいなのか？　それに、サイラスがきいたときに、知っていることを打ち明けていたら？　結果はちがっていたのではないか？　ウォレスはまだ生きていて、サイラスの両腕は無傷だったのではないか？

　それを解きほぐそうとしていると、車輪つきベッドのへりでドアが押しあけられ、看護婦ふたりが、左腕がギプスにくるまれて眠っている黒人を運び込んできた。

「ルームメイトができたわよ」看護婦がいった。

サイラス。

16

早朝にサイラスが闇のなかで目を醒ましたとき、薬物のせいで熱っぽく、ギプスをはめられて病室の窓ぎわで仰向けに寝ているとわかっても、驚きはなかった。隣のベッドでラリーが上半身を起こし、チャンネルをちらちらと変えていた。サイラスが目醒めたことに、まだ気づいていない。一瞬、ずっとこんなふうだったと、サイラスは想像してみた。ふたりはふつうの兄弟で、おなじ人種で、おなじツイン・ベッドをならべて眠っている。でも、これがふたりなのだ。赤の他人。カール・オットの息子ふたりが、爆発の生存者みたいに、怪我をして、包帯を巻かれている。

テレビがちらちら光っているだけで、病室は暗く、スキップがいまもドアのそばに配置されている。サイラスは、牽引されて胸の上に吊ってある重い腕を動かした。指がちくちく痛み、末端が熱い。回復室で、しばらくかかるかもしれないといわれた。投球で何年も肩を酷使し、痛めているうえにこれなので、苦しいリハビリテーションが必要になる。肘の骨は折れただけではなく砕けていて、腱が切れ、筋肉が裂け、鋼鉄のネジとピンで接ぎ合わされている。それでも、いつか腕の機能をほとんど取り戻し、手を動かせるようになる可能性がある。字を書くようなことが、いちばん厄介だろう。だが、運がよかった、といわれた。ウォレスが三八スペシャルを六発も発射して、犬に一発が当たっただけで、あとははずれたのも、幸運だった。

「きみは馬鹿でかいピットブルと闘ったようだね」ＥＲの医師がいった。「咬み傷の大きさからして、生きているのが不思議だ」サイラスはつぶやいた。「ああ、あの犬を見せたいよ」ＥＲのロビーでアンジーが心配そうに口をとがらしてたのを憶えている。鼻を鳴らしたのが嫌悪なのか、涙をこらえたのか、サイラスにはわからなかったが、いてくれて、動くほうの手を握ってくれたのがうれしかった。

手術のあと、サイラスは看護婦に、ラリーとおなじ部屋に入れてくれと頼んだ。看護婦がフレンチに電話しなければならなかったが、眠りかけていたサイラスが驚いたことに、フレンチは許可した。

ラリーはチャンネルを飛ばすのをやめて、チャンネル6の最新ニュースにしていた。アンカーは赤毛のかわいい女性。みなさんごきげんようといってから、

〝地元の暴力と正義の物語〟という見出しのトップ・ニュースからはじめた。「通称３２、シャボットのサイラス・ジョーンズ治安官は、地元女性の郵便箱にガラガラヘビが入れられた事件について、ある男の情報を得て捜査していたところ、ヘビの巣に自分が転げ込むことになりました」ウォレスの家の映像――サイラ

スのジープがとまっている——それから家のなかの映像、ガラスの水槽、巨大なヌママムシ、ニセサンゴヘビ、ガラガラヘビ。「ジョーンズ治安官が、シャボットに住むウォレス・ストリングフェローだと身許が判明している容疑者から話を聞こうとしたとき、ストリングフェロー容疑者が、ピットブルとチャウチャウの混じっている犬を放して、けしかけたということです」泥の地面に横たわっている犬の静止画像、イノシシなみの大きさ。ポーチの床の弾痕の静止画像。「ジョーンズ治安官は重傷を負い、ストリングフェロー容疑者が発砲して攻撃した際に犬はその弾丸により死亡しました」

サイラスがもっとも鮮明に記憶しているのは、ゾンビの仮面だった。遠い昔にお化け屋敷で、母親のビュイックに行こうとしているラリーを追い、路を渡っていたら、ふたりの世界はどんなふうにちがっていただろう？　手をのばしてラリーの肩をつかみ、「待てよ」といっていたら？

アンカーがなおもいっていた。シャボット町役場の職員ヴォンシル・ブラッドフォードが、無線でジョーンズ治安官に連絡がとれなかったので、ジェラルド郡保安官事務所に連絡し、パトカー二台が現場に急行した。「保安官助手たちが、意識を失って大量に出血しているジョーンズ治安官を家のなかで発見しました。脚のそばに長さ三フィートのヒシモンガラガラヘビがいました。保安官助手たちが何事もなくヘビを取り押さえて、ジョーンズ治安官はファルサム総合病院に運ばれ、現在は安定した状態だと伝えられています。

家の住人ウォレス・ストリングフェローは、森に逃げ込み、保安官助手たちの追跡を受けました。短い銃撃戦の末に、ストリングフェロー容疑者は拘束される前にみずから命を絶ったということです。他に負傷者はいなかったもようです。

ところが」アンカーが鼻の穴をふくらませた。サイラスはそれが好きだった（アンジーを思い出すからだと、いま気づいた）。「物語はここで意外な方向に進みます。ストリングフェロー容疑者の持ち物を調べた保安官助手たちは、違法な麻薬の吸引装置にくわえて、べつの事件の驚くべき証拠を見つけたのです」

ひどい照明の当てかたのフレンチの顔に、画面が切り替わった。ストリングフェローの家の外で、緊急記者会見がひらかれていた。「ストリングフェロー容疑者の家を捜索し」フレンチがいった。「ティナ・ラザフォードさんのものだった財布を見つけました」

「ティナさんは、ジェラルド郡に住むミシシッピ大学の学生です」アンカーが説明をくわえた。「九日間行方不明で、先週、ジョーンズ治安官に発見されました。残虐な殺されかたで、地元の自営業者ラリー・オットの所有する土地にある小屋に埋められていました。それ以来、オットはティナさんを殺害した容疑者とされています」

フレンチの顔に戻る。

「これらの発見については、まだコメントできません――」

「これにより」カメラに映っていないレポーターがきいた。「ラリー・オットの容疑は晴れますか？」

「いまも申しあげたが」フレンチがくりかえした。

「まだコメントできません」

「ちかごろでは、こういった田園地帯の町も、あまり平穏ではありませんね」アンカーがしめくくった。

「この件について進展があれば、追ってお伝えします。それでは、アフガニスタン情勢について、いま――」

サイラスは、ベッドの上半身部分をあげるボタンを押した。サイラスが動きはじめると、ラリーはテレビを消音にした。

「きみはヒーローだね」サイラスをしげしげと見ながら、ラリーはいった。

「ヘイ」サイラスはいった。上半身を起こしたほうがぐあいがいい。「おれたちはペアじゃないか？」

ラリーはテレビに目を戻して、音を出し、またチャンネルを飛ばしはじめた。

サイラスは顎を引き、いうべきことをどういおうかと考えた。どこから切り出せばいいのか、からきしわからなかった。

「ラリー」サイラスはいった。「あんたにいわなければならないことがあるんだ。いくつも」

ラリーは、リモコンを押しつづけていた。「どうぞ」

「テレビを消してもらえないか」

ラリーは、知らん顔をした。

「まあ」——サイラスはラリーのほうを向いた——「あんたはベッドにくくりつけられているから、どうせ話を聞くしかないだろう」

ラリーはそうした。話のなかごろでテレビの音を消した。やがてすぐにテレビを消し、ふたりの機械のグレーとグリーンの用心深い目が光っているだけで、病室は暗くなった。

サイラスは話をしながら、アリスに抱かれている写真のことや、〈リヴァー・エイカーズ〉へサイラスが行ったことを聞くあいだ、ラリーが身じろぎもしないのに気づいた。サイラスが口を閉じ、物語が終わるまで、ラリーはじっと座っていた。最後の場面、それぞれに怪我をしたふたりは、病室でベッドをならべて横たわり、ふたりとも無言で、身じろぎもせず、月がやわらかな黄色い光で、部屋のあちこちの影を床や壁に沿って押していった。サイラスは真実のために、あるいは真実を語ったために、しょぼたれて、肺がからっぽでひりつき、目の奥のうろがずきずきした。

「おれたちは兄弟だ」サイラスはいった。

「腹ちがいの」

「知っていたのか？」

「いや」そういってから、ラリーはいい直した。「ああ。あの朝、きみとお母さんがぼくらのピックアップに乗ったときから、なんとなくわかっていた。そのあと、おふくろがきみたちにコートをあげたとき……」

サイラスの胸に、記憶がよみがえりはじめた。いまとはまったくちがう、はきはきしたラリーの母が、これまで他人のものを使っても平気だったろうから、コートをもらうのに文句はないはずだという意味のことをいった。

「父《あいつ》は、きみが白い子供だったらよかったと思ってた」ラリーはいった。

サイラスの頭にあったのは、アイナ・オットの車が走り去ったときの情景だった。自分はもらったコートを着て、首までジッパーを閉め、毛皮の裏打ちのポケットに手を突っ込んだ。だが、母親は凍れる大気のなかに立ち、もらったコートを握り締め、それをじっと見ていた。「着ないの、母さん?」歩きはじめるとサイラスはきき、母親はだれかに死んだ赤ん坊を渡されたかのように、グレーの長いコートを持っていた。そのうちに片腕を袖に通し、もういっぽうも通し、上からボタンをかけていった。そのコートが敗北、屈辱、喪失、失望のしるしであることを知らないままに、サイラスは母親のあとをついていった。そんなふうに飲み込みが悪かったせいで、こうして成長し、こういう大人になったのだと、いまでははっきりとわかる。

「あいつといっしょに暮らしたほうが、よかったと思うのか?」ラリーはいった。

「いや」サイラスは正直にいった。「そんなことはない」それからこういった。「でも、父親《それ》がいないのは楽じゃない。おれがあんただったらと思ったよ。土地があって、銃があって。温かい家、それに納屋」

「でも、いまはそう思ってないだろう」ラリーはいった。

サイラスはどう答えればいいかわからなかったが、それでもよかった。ラリーが親指でブザーを鳴らした。

看護婦がはいってきた。「なに？」

「病室を移るのは、どれくらいめんどうなのかな？」ラリーは看護婦にきいた。

看護婦が目をぱちくりさせ、やがて口を閉じた。

「あなたが。あなたが病室を移りたいの？」

「ああ。必要な手続きをはじめてくれないか。差額は払う。ひとり部屋にしてもらいたいんだ。頼む」

「そう、そのひとはあす退院よ」看護婦が、サイラスのほうに顎をしゃくった。「いなくなるのよ。あなたが移る前に。それでも、わざわざ手続きをしろっていうんなら――」

「してほしいんだ」ラリーはいった。

17

ラリーに面会するのは警察関係者だけだったが、サイラスにはひっきりなしに面会があった。ラリーが病室を移りたいといった直後に、救急救命士の制服を着たかわいい黒人女がはいって来て、ラリーにぱっと笑みを向けてから、サイラスのベッドのほうに行き、忍《スィ》冬《カズラ》の藪の香りみたいに、その香水がラリーの上をふんわりと覆った。ラリーは看護婦に頼んで、仕切りのカーテンを閉めてもらい、声は聞こえるが、姿は見えなくなった。

「ベイビー」女がいった。「だいじょうぶ？」

「ああ」サイラスはいった。咳払いをした。

「ごめんなさい」女がいった。「ずっとあんなふうで」

「どんなふうでもないさ」サイラスはいった。「あれで正しい」

　ガサゴソという音。シーツが動いている。

「その腕」

「ひどいだろう」

「高度障害保険は認められた？」

「認められるっていてる」

「全額補償、３２？」

「だそうだ」

「そのときにならないと信用できないわね」

　ふたりは例の犬の話をして、最初に現場に急行したのでなくてよかったと女がいった。ちゃんと手当てできたかどうかわからないし、あんたがどうかなっていたかもしれない。だいじょうぶだと、サイラスは何度も女を安心させようとした。すごいリハビリのやりかたを知ってるし、かならずあんたにそれをやらせるから、腕は治る、まあ見ていて、と女がいった。やがてふたりがひそひそ声になったので、こちらのことを話題にしているのだろうとラリーは思った。頭上のテレビをつけ、あまりうるさくないようにした。サイラスのベッドにもリモコンがあり、一台をふたりで共用していたが、チャンネルを変えるのはラリーだった。べつの音がして、ふたりがキスをしているのだとわかった。

　つぎの瞬間、女がカーテンの縁から顔を出した。秀でた額が美しく、目が大きく、淡い笑みを浮かべている。

「ラリー」女がいった。

「ああ、マーム」

「わたし、アンジー・ベイカー」進み出て、革の拘束具をはめられているラリーの手の甲に触れた。爪にマニキュアはない。噛んだ跡があるのが見えた。アンジーがあまりにもあけすけに目を覗き込んだので、ラリーは目をそむけた。「32の恋人なの」ラリーの視野にはいるように、アンジーが身をかがめた。

「ぼくを見つけてくれたね」

「32が見にいけといったのよ」

「ありがとう」

「ひとこといいたかったの」アンジーがいった。「あなたのこれまでの身の上、お気の毒に思うわ。サイラスが話してくれたの。それから、教会に行きたかったら、ユニオン通りのファルサム・サード・バプティストがあなたを歓迎するわ」

ラリーは、どう答えればいいのか、わからなかった。黒人の教会だ。ようやくこういった。「サイラスもそこへ行ってる？」

「サイラスのことなんか、ほっときなさい」アンジーがいった。「あの黒いおケツを教会の近くに持っていくなんて無理。だれかが教会で撃たれないかぎり」

アンジーは夜のあいだずっといて、ラリーがうとうとしたときもまだいた。

翌朝、アンジーの姿はなく、デイジーの花束を持った肥りじしの女が来ていて、花を活け、部屋を片づけるときに、ラリーに会釈した。サイラスはその女をヴォンシルと呼び、保安官助手たちを応援によこしてくれたことに礼をいった。花の礼も。

ラリーにもシャボット町長だとわかる男が来て、ギプスをはめていても交通整理ができるかと、サイラスをからかった。右腕で速度取締りのレーザー・ガンの狙いをつけ、報告書を書くことができるか？ そんな冗談はさておき、わたしたちはきみのことを誇りに思っている、と町長はいった。

そのあとで、保安官助手ふたりがはいってきて、サイラスと話をした。ウォレスのヘビを証拠品として押収したとき、それまで見つかっていなかったボアがキッチンの床を通り、撃ち殺されて、ブラックコメディの一幕になった。ヘビの餌のネズミの水槽も、奥の寝室にあった。それをどうするか、議論が起きている。逃がすか。下水に流すか。地元のペットショップに渡すことになり、現在、パーヴィン保安官助手のブロンコの後部に積んである。

　帰るときに、保安官助手ふたりがともにラリーに会釈した。

　フレンチが九時ごろにやってきた。こぎれいな身なりで、ボタンのあるシャツにチノパンという服装を、ラリーははじめて見た。体を休めたらしく血色がよく、ふたりが見えるようにカーテンの端に立っていた。

「おふたりさん」フレンチがいった。

　サイラスはいった。「きょうはもっとテレビに出るね」

「おまえもだぞ」フレンチがいった。「退院したらな。あの別嬪のアンカーが、おまえと話をしたがってる」

「最初に」サイラスはいった。「ラリーの手を自由にしてやってくれ」

「いいとも」仕切りのカーテンのラリーの側へ行ったフレンチが、右手の拘束具をはずして、ベッドをまわって左手のほうへいった。「すまなかったな」

　ラリーは手首をさすり、フレンチには目を向けずに、テレビのキャットフードのコマーシャルを見た。

「あのな」フレンチが、カーテンをまわって、サイラスの側へ行った。「交通整理にひとを雇った」

「ありがとう」

　フレンチが、サイラスの横に手をのばし、カーテンを引いた。ラリーが視界にはいった。目をテレビに向けている。

「おまえたちふたりに話がある」フレンチがいった。「オットさん、そいつを消してくれないか」

　ラリーはテレビを消した。

　ティナ・ラザフォードの財布のほかに、ウォレスの家には十一挺の銃があった。拳銃、ライフル、ショットガン、弾薬。二分の一オンス近いコカイン、覚醒剤、マリファナ八分の一オンス、二種類の吸引パイプが一本ずつ。

いかにもウォレスらしいと、ラリーは思った。

フレンチが、なおも話をつづけた。ゾンビの仮面には、ラリーの血液型と一致する血痕があり、ラリーの証言が裏付けられ、ストリングフェローが引き金を引いたことには、ほとんど疑いの余地がない。また、ストリングフェローがM&Mとつながりがあるというラリーからの情報をもとに、新証拠にかんがみてそちらの事件も捜査できる。おれの推理か？　ストリングフェローはM&Mも撃ったんだ。

「さて、おふたかたには」フレンチがふたりの顔を見比べながらいった。「ちょっとした履歴ができた。だが、われわれはレポーターやカメラなどいっさいがっさいも抱えていてね。CNNやフォックス・ニュースまで来ているよ。退院したら、みんな取材しようとするぞ。それに、もう事情を伏せておく理由もない。子供を持つ親たちは説明されて、オットさんに詫びをいってきている」ラリーのほうにうなずいてみせた。「それに、おまえさんにも感謝を、32。しかし、あまり深入りしないほうがいいと注意しておこう。やつらはおまえさんたちがあたえた材料に牙を立てて、視聴者の興味をそそる人間ドラマにしようとするだろう。おまえさんたちはどうか知らんが、おれは人間ドラマになんかされたくない」

そのあとしばらくして、退院するサイラスは車椅子で連れ去られ、看護婦が押してドアを出るときにいった。「また会いにくるよ、ラリー」

つぎに看護婦がべつの車椅子を押してやってきた。ラリー用の車椅子を。

「お部屋の用意ができたわ」看護婦がいった。

「もういいよ」ラリーはいった。「ここにいる」

18

アンジーが、カウボーイハットとマーラのホットドッグ二本を持ってきた。シャボット町役場まで車で送るあいだ、アンジーがついつい手をのばして触るので、とうとうサイラスはいいほうの手で、アンジーのハンドルを握っていない手を握った。ギプスをはめて三角巾で吊った腕がひどく痛かったし、疲れていたが、病院を出てハットをかぶると、気分がよくなった。事件について話がしたかった唯一のレポーター、シャノンとの会見を終えたところだった。ＣＮＮやフォックスに先駆けて、特ダネをとらせてやりたかった。ふたりは簡易食堂《ダイナー》で会い、シャノンが録音し、話しているうちに興奮して、早くも記事を書き出していた。カメラマンがそこいらを動きまわり、椅子に立ったり、しゃがんだりしていた。いま書いている記事は木曜日に載る、とシャノンがいった。「ピュリッツァー賞がとれるかも。ラリー・オットは、これを裏付けてくれるかしら？」

「本人にきかないといけないね」と、サイラスはいった。

アンジーがぺちゃくちゃしゃべっていて、機嫌がいいのがわかった。事務所に寄ってからアンジーの家へゆき、アンジーがベッドにサイラスを寝かせて、何日か世話をするというのが、ふたりの計画だった。

轟音を響かせている製材所の向かいの駐車場に、アンジーが車を入れた。「いっしょに行ってほしい？」

「いや」ドアをあけながら、サイラスはいった。「町長に叱りつけられるだろうし、そういうのを見られたくない。おれへの尊敬の念をなくすかもしれない」

「そんなもの、あったかしら」アンジーがいった。

「用意ができたら迎えにくるわ」

モー町長とヴォンシルが、事務所で待っていた。ヴォンシルも町長も、デスクについている。サイラスがはいっていって、いいほうの手でカウボーイハットを脱いだとき、どちらも口をきかなかった。サイラスはハットをデスクにほうり、町役場の会議をやるときとおなじように椅子をまわして腰かけた。

「最初にいわせてくれ」サイラスはいった。「いっておきたいことがある」

「なんについてだ？」町長が、リーガルパッドを見おろした。「交通違反取締りをないがしろにしたことか？　町のささやかな予算にどでかい穴をあけたことか？　この三週間に三度の表彰を受けたことか？〈リヴァー・エイカーズ〉の受付にいやがらせをしたことか？　莫大なERの医療費？　いくらでもならべられるぞ」リーガルパッドを叩いた。

「これまでもずっと、問題は枚挙にいとまがありませんでしたものね」ヴォンシルがいった。

「それはぜんぶ」サイラスはいった。「つまり――」

モー町長が、リーガルパッドをうしろにほうり投げ、立ちあがった。「彼をどうしたものかね、ヴォンシル？」

「クビにはできますが」ヴォンシルがいった。「あの給料では、代わりが見つかるかどうか」

サイラスは、ヴォンシルとモー町長の顔を見比べた。

「考えられるのはひとつだけ」モー町長がいった。「パートタイムの手伝いを雇ってやることだな。どう思う、ヴォンシル？」

「そうね」ヴォンシルが、いまではにやにや笑っていた。「新聞に載せる求人広告を書いていたの」――自分のリーガルパッドを見て読みあげた――「まずは〝交通整理〟ね」

サイラスは、言葉を失っていた。

「ラザフォードさんが」モー町長がいった。「承認したんだ。きみがもっとパトロールをやるほうが、町民みんなのためになるという考えだ。ほんとうの警察の仕事、とラザフォードさんはいっていた」

「そういったんですか?」

「そうとも。それで、まずきみにもっとましな車を支給することを考えたほうがいいかもしれないと、わたしはいってやった。たとえば、中古のブロンコに換えるとか」

サイラスは、ふたりを交互に見た。「ありがとうございます」ようやくそういった。「でも、受けられませんよ。まだ。新聞が出るまで待ったほうがいい」

「どうしてだ?」町長がきいた。「新聞になにが載る?」

「待ってもらうしかない」サイラスは立ちあがった。「とにかく、感謝します。うちに帰ってベッドに寝ないといけない」


その日から夜にかけて、サイラスは快方に向かい、助けが必要になった場合のために一日休みをとったアンジーが、大きなクッションでサイラスの腕を支え、網焼きのテンダーロインをベッドに運ぶなどして、せっせと世話を焼いた。サイラスは座って、水槽の底を探りまわっているアンジーの小さなナマズを観察していた。その晩、ふたりはベッドで映画を何本か見て、体をくっつけて眠り、サイラスは闇で目醒めて、ラリーのことを思った。

翌日、サイラスはアンジーに頼んで、ラリーの家に連れていってもらい、それから病院へ行った。アンジーが包帯を換えるのを手伝い、ジッパーのところをしばらくいじくり、片手でマスタングを運転して、反対の手をサイラスの膝に置いていた。

病院で、アンジーはサイラスが郵便物を入れた箱を持つのを手伝った。片手ではつらい。

「いっしょに行く?」サイラスのために箱を持ちあげ

て、アンジーがきいた。

「いや、ありがとう」サイラスは、駐車場で、アンジーの車のそばに立った。「ただ、あそこでなにをいえばいいのか、わからない」

「なにもいわなくていいんじゃない」アンジーがいった。「行ってそばに座ってれば。それでどうなるかよ」

　サイラスはそのとおりにした。病室にはいり、ベッドのへりに腰かけた。ラリーはサイラスのほうを見ようとせず、テレビを見つめていた。チャンネルはWGNで、カブスの試合が映っていたが、例によって負けていた。サイラスは郵便物のはいった箱をラリーのベッドの脚のほうに置いたが、ラリーはそれに目をくれなかった。

「そこへよく行ったよ」サイラスは、テレビを指差していった。「リグレー・フィールド。子供のころに」

　ラリーが腕をあげて、チャンネルを変えた。ヘラルド・リベラ。

「いいさ」サイラスはいった。「どうせ弱いしな。

　おばちゃんたちにいまも餌をやってるよ」サイラスはいった。「卵も取ってる。どうしてると思う？　シャボットの〈ハブ〉のミス・マーラにあげてるんだ。あの店、知ってるよな？　ミス・マーラは、〝平飼いの鶏の卵〟っていってるよ。

　だれかを雇って草刈りをさせないと、かなりのびてる。自分でやりたいんだけど」三角巾を持ちあげてみせた。

　一時間近くいてから、腰をあげた。「よし。あしたまた来る。郵便を持ってくる」

〈リヴァー・エイカーズ〉では、ギプスを載せられるように脚を組んで座った。そいつがどえらく重い。肘がしじゅうずきずき痛んだが、ロータブを飲むのはやめようと思った。自分をごまかしてはいけない。痛みは罰だ。アイナ・オットに会うのは、もっと重い罰だろうか？

　アイナが椅子に座って、まるで箒を見るような目でこちらを見つめているとき、サイラスは記憶を掘り起こして、自分とラリーと鶏たちの話をした。遠い昔のある昼下がり、ふたりだけになれたときに、森を抜け、野原を越えて跳びまわり、無敵の少年たちが空からバッタをつかみ取り、蓋に釘で空気穴をあけた広口瓶に小分けし、丸太をひっくりかえして、そこで成虫になったカブトムシやゴキブリを四散させ、蜘蛛の巣から蜘蛛を盗み、広口瓶を鶏小屋へ持っていくと、たちまち鶏がザザッと集まってきて――。

「あんた、だれ？」アイナ・オットがきいた。

「サイラス」腕を持ちあげて、サイラスはいった。

「あら。だれなの？」

　そのあとで、エンジンがカタカタ鳴っているジープをうしろにして立ち、ウォーカーの家を眺める。葛とイボタノキがほとんど乗っ取っていて、家に謎の幕をもう一枚くわえている。足もとをなにかが通ったので見おろすと、ほっそりしたクロヘビが、ブーツからずるりと離れていった。サイラスは息を呑んだ。草がぴくりと動き、ヘビは姿を消した。サイラスはカウボーイハットを脱ぎ、それを持って佇み、打ちつけられた板と蔓草の蔭にシンディの窓があったところを見て、シンディの亡霊があそこにいて、ともすれば消えそうになる霞をたなびかせながら、部屋から部屋へと動いているのだろうかと思った。

　翌日、ラリーの玄関から保安官事務所の封印を引き剝がしてゴミ袋に入れた。うしろでは、古いジーンズをはいてあねさん被りにしたアンジーが、ブラシと〈エイジャックス〉の洗剤を入れたバケツを手にポーチにあがってきた。アンジーが床の血を洗い流しはじめ、サイラスは銃器戸棚へ行って、カタログやダイレクトメールをキッチンのテーブルに運んだ。戸棚を空にして埃を払うのにしばらくかかり、つぎにアンジーのマスタングへ行って、トランクをあけた。家のなかに戻り、膝を突き、ゴム手袋をはめてこすり、鼻歌を歌っているアンジーのそばを通って、廊下に戻った。

アンジーがその朝にクリーニングを手伝ってくれた古いライフルを、サイラスはしばし捧げ持っていた。昔よりもずっと軽く思える。クルミ材の前部握把《フォアアーム》を動かしづらい指で握り、反対の手でレバーを動かすと、なめらかなラチェットの音がした。ガンオイルがにおう。　職人芸の賜物を惚れ惚れと眺めた。床尾の網目模《チェッカリ》様《ング》、顔が映っている青焼きの表面、だいぶ薄れているフォアアームの猟犬の浮き彫り。それを握っていると、子供のころに戻り、世界は遠い昔の世界になった。未知のことばかりの世界、成功の見込みと希望でいっぱいの世界。だが、やがて手をのばして、ライフルを床尾から先にグリーンのベルベットの楕円形に置き、グリーンのベルベットの溝に銃身をはめると、しかるべき場所に戻った物らしく、ライフルはそこに立った。

サイラスは息を吸った。ひとりの男として、いまや未知のことがいっぱいあるが、それでもまだいくらか成功の見込みが前方にある。希望もすこしはあるだろう。しばらく眺めていたが、背を向け、自分の恋人が立ちあがり、腰のうしろに手を当てているほうへと、廊下をひきかえした。

19

サイラスは四日つづけて面会に来た。ラリーはなにをいえばいいのかわからなかったので、黙っていた。その面会は楽しみで、サイラスが落ち着かないのを見てとったが、頻繁に来てくれるのはうれしく、それどころか、サイラスが落ち着かないのが楽しかった。なにをいえばいいのか見当がつかないときには、話をせずにいるのは簡単だし、それが自分の特権だと思った。きのうの郵便物には、新しい本が何冊かあった、ラリー・マクマートリイの『ロンサム・ダヴ』（ドラマ化され〔邦題『モンタナへの道』〕エミー賞を受賞している西部小説。ピュリッツァー賞受賞作）、ジョン・グリシャムが数冊。サイラスは、着替えも持ってきてくれた。チノパン、シャンブレーのシャツ。ワークブーツはクロゼットにしまってくれた。サイラスが家に行って、そこにあるものをすべて調べたということだ。頼みもしないのに、入院費が払えるように小切手帳まで持ってきた。修理工場に届いた郵便物も持ってきた。ラリーの質問すべてを見通しているみたいに、サイラスは鶏のようすについてべらべらしゃべり、そこからラリーの母親の話になって、母親のようすも知らせた。いつ家に帰るのかときいたが、答を求めてはいないようだった。

サイラスが退院してから五日目に、ミルトン医師が巡回してきて、ラリーの背中と胸に聴音器を当て、傷を調べた。だいぶよくなっていて、周囲の皮膚の痣も薄くなっていた。目にペンライトの光を当て、あれこれきき、あちこちをつつき、納得したようだった。傷はだいぶ治ったし、心音もまともなようだが、脂肪を減らして生野菜を食べるように食事を改善したほうがいいと、ラリーにいった。

「立ちあがって、廊下を歩きなさい」

「許されていないと思いますが」

「だいじょうぶだ」ミルトンがいった。「許されている」眉根を寄せていた。「おめでとうといいたいところだが、どうもふさわしくなさそうだ。きみの身に起きたことを思えば。まったく独特の状況だからね、オットさん。どんなふうだったか、想像もできない。でも、もう終わったようだから、よかったね」

「いつ帰れますか？」

ミルトン医師が、戸口でふりむいた。「二、三日後だね。銃創をもうすこし観察したい」

ミルトンが行ってしまうと、ラリーはブザーでスタッフステーションを呼び、これまでずっと冷たい態度だった看護婦が来た。

「歩いてもいいと先生がいった」

看護婦がうなずき、手摺をおろした。カテーテルは二日前にはずされていて、看護婦が空のおまるをテーブルに置いた。ラリーが立つのに手を貸し、肘を持って、ベッドからそろそろと離れさせた。

「ありがとう」ラリーはいった。

「どういたしまして。いっしょに行きましょうか？」

なんとか行けると思うと、ラリーは答えた。

病院のローブを着て廊下を歩きながら、ミルトンの言葉は合っているだろうかと思った。ほんとうに終わったのか？　エレベーターに乗り、下におりた。エレベーターをおりてしばしロビーに佇むと、ガラス戸の向こうに報道機関のバンが何台もとまっていて、スーツ姿の男たちがたむろしていた。ぼくを待っている。いまはだれも見ておらず、だれも気がつかない。男も女もいて、何人かがカメラを持っている。サイラスはすでに彼らと話をして、自分の物語を教えたから、こんどはぼくを待っている。エレベーターのドアが閉まりかけ、ラリーは乗り込んだ。

その晩の十時、看護婦のほとんどが休憩しているときに、ラリーはベッドを脱け出した。服を着ると息切れがして、病室を出てエレベーターに向かい、ドアがあくのを待ちながら、これは犯罪だろうかとふと思った。鍵も財布も携帯電話もない。フレンチに返してもらうようにいわなかったことを悔やんだ。

　ズボンがゆるく思え、ベルトをきつく締めた。エレベーターから生暖かい闇に出ると、〝非常口〟の表示が遠くで光っていた。暗い売店でだれかが咳をするのが聞こえ、頭を低くして、総合案内のボランティア、眼鏡をかけた年寄りの前を、できるだけ急いで通り過ぎた。そしてやはり急いで表に出ると、顔を伏せたまま舗道を歩き、煙草に火をつけている看護助手ふたりに近づいた。ラリーが会釈すると、ふたりが会釈を返し、目をそらして、邪魔にならないように道をあけた。

　報道機関のバンはひっそりしていた。レポーターやカメラマンは、たぶんモーテルにいるのだろう。ラリーは両手をポケットにつっこみ、できるだけ早足で駐車場を横切った。木の葉が割れ目をかさこそとひっかき、草の茎にひっかかっている。夜風は冷たく、ラリーはひとりきりで、虫がまわりを旋回している頭上の明かりにゆがめられた影をれていた。

　サイラスが野球帽《キャップ》を持ってきてくれればよかったのにと思いながら、ファルサムの中央に向けて南にのびているハイウェイ沿いの舗道に出た。だが、たっぷり二マイルあり、野原や森を通り、つぎつぎとある住宅地を通る。昔ながらのガスの街灯、寄せ植えの花、庭に立つ子供たちが通るのを眺め、つながれた犬が吠える。ファルサムにはタクシーがない。レンタカーはあっただろうか？　でも、どうやって払う？　修理工場まで行けばなんとかなる。町の中心部の向こう、さらに二マイル半。

　かなりの距離だ。

　あふれる光のなかから出て、松林を通り、街灯が前方にあるが、いまは暗い。ほんとうに終わったのだろうかと、また考えた。スケアリー・ラリー。ほんとうに、物事がそんなに変わるものだろうか。その晩、病院を脱け出す前にニュースを見ると、地元のアンカーがウォレスの死によって自殺の線は消え、サイラス・〝32〟・ジョーンズは自宅で療養していて、地元の自営業者ラリー・オットはティナ・ラザフォード殺害の容疑が晴れたと発表していた。ウォレス・ストリングフェローがティナを殺したと確信されており、ジョーンズ治安官が二週間前に死体で見つけたモートン・モリセットも殺した可能性もある。

ラリーは、暗い木立のなか、でこぼこの舗道を重い足で歩いた。脚がこわばり、片手を心臓の上に当てていた。鼓動ひとつごとに憶えのないつらさを感じ、どういうことなのだろうと思った。顔が汗にまみれ、背中がぐしょ濡れになった。息が荒くなり、胸のなかがちくちくと痛んだ。

歩きつづけた。

痛み止めを飲むまいとしながら、サイラスが鎮痛剤の瓶を持っていると、部屋の向かいのカウンターで携帯電話が鳴り、アンジーの水槽にその光が反射した。アンジーはいま夜勤で、交替してもらえる相手がおらず、十二時間、サイラスをひとりにすることになった。サイラスは、母親のことを思い出すくらいずっと猫かわいがりされていたが、それがちっともわずらわしくなかった。

いま、サイラスはソファで身を起こして、テレビの音を消し、リモコンを携帯電話のそばに置いた。

「ああ」

「ジョーンズ治安官？」

「ヘイ、h抜きのジョン」

「気分は？」

「そんなに悪くない。どういった用事かな？」

「じつはな、わたしはここでコンピュータを見ていて、それじゃ退院したことにはなってないんだが、やっこさん行っちまった。ドアを歩いて出てった。ふつうは車椅子に乗せるだろ。いつでも」

「待てよ、ジョン。いったいなんの話だ？」

「ラリー・オットだよ。勝手にチェックアウトしたんだと思う」

　十分後、サイラスはカウボーイハットをきちんとかぶり、三角巾のぐあいを直し、ジャケットのそっちの袖は垂らしたまま、アンジーのアパートメントのステップをおりていた。片方のポケットに水のペットボトル、もういっぽうのポケットにポリ袋を入れていた。右手でジープのドアをあけるのはやりづらく、乗るのはもっとやりづらかった。キーをまわすと、調子がいいときよりも長めにスターターがガリガリと鳴り、ガソリンのにおいがした。ちょっと間を置いてからかけなおすと、エンジンがばらついた音で息を吹き返した。右脚で三つのペダルを交互に踏み、左膝でハンドルを操作し、右手でシフトチェンジすれば、溝に落ちずに走れるとわかった。何事もリズムが肝心だ。ほどなく、ミシシッピの夜がサイドウィンドウの外で低くうなっていた。虫、鳥、カエル、顔に当たる風。肘が痛いだけで、あとは鋭敏で、頭もはっきりしていた。病院を過ぎると東へ進み、速度を落とした。ラリーは家に向かい、この道をたどるはずだ。

　果たして、重い足どりで歩いているラリーがいた。足にくくりつけられた影を、街灯が長くひきのばしている。

　サイラスはジープの速度をゆるめて、シートから上半身をのばし、右側のサイドウィンドウをあけた。ラリーの顔は蒼ざめ、汗にまみれていた。

「乗るか？」サイラスはドアをあけた。

　答えずにラリーは乗り、はあはあ息をしていた。シートにもたれ、目を閉じた。

「病院へ行くか?」

ラリーは首をふった。「うちへ」とささやいた。

「規則違反かもしれないが」サイラスはいった。「行くよ」

しばらく走るうちに、ラリーの呼吸が落ち着いた。サイラスが水のペットボトルを差し出し、ラリーが受け取った。しばらくしてキャップをあけ、ほとんど飲み干した。

静かなファルサム町広場、日焼けサロン兼マニキュア・ペディキュア店に変わった金物屋、レンタル・ビデオ店になったがウィンドウに閉店予告が張り出されているドラッグストアの前を通った。理髪店二軒も閉店し、三色ねじり棒の回転看板はステッカーといたずら描きに覆われている。一ブロック東の街灯の光のまんなかに背中を丸めた犬がいて、道路のまんなかでなにかを食べ、ジープが通過するときにあとずさりした。箱入りのチキン。

それから、道路沿いの小規模なモールを何度も通り過ぎた。ラリーは車に乗って満足しているようで、目を閉じ、建物がうしろに遠ざかり、夜の闇がふたりを包んだが、ウィンドウの外は何エーカーものテーダマツで、フェンスで囲まれ、切り倒されるのを待っていることを、ふたりとも知っていた。

しばらくすると、ラリーの呼吸がゆっくりになった。目をあけ、水を飲んでしまうと、ジープの車内を見まわした。「何年型だ? 七五年?」

「七六年」

「直列四気筒だな」

「ああ」

サイラスは、ジープをゆっくりと走らせていた。シンディを乗せていたときとおなじだと気づいた。別れたくなく、おやすみをいいたくなかった。あのころの夜、いつまでもシンディを離さずにいたかった。

「キャブレターが」ラリーは、小首を傾げた。「分解修理したほうがよさそうだ」

「そういわれた」

　それからしばらくして、サイラスが手信号で合図し、曲がって、ラリーの郵便箱のそばをガタゴトと走った。下は懐かしい砂利道、見慣れた林が暗いヘッドライトから通り過ぎる夜へと滑ってゆく。前方を一頭の鹿がつっと横切り、あっというまのことだったので、アクセルペダルを放すひまもなかった。どのみち速度を落とした。一頭だけということはない。二頭か三頭いるはずだ。やはり二頭目が、砂利道を跳びはねていった。

　つぎの瞬間、ウォーカーの家の前を通った。私道が草に覆われている。家のあたりは見えなかったが、見えたとしても目にはいるのはイボタノキと葛だけだ。どうもこの土地は、ひとびとの悪行を覆い隠すふうがある。

「どうだろう」サイラスはいった。「このおんぼろジープを持っていったら、キャブレターを見てくれるか？」

　ラリーは、ひと呼吸置いて答えた。「修理工場をいつ再開できるかわからない。しばらく静かにしていたほうがいいといわれた」

「それはそうだな」

　サイラスは、ラリーの家の前でジープをとめた。ラリーが置いたままに、古いフォードがそこで待っていた。ラリーはドアをあけて、ペットボトルを持ったままおりると、つかのま佇んだ。明かりはジープのヘッドライトだけだった。「送ってくれてありがとう」

「いいってことよ」サイラスはいった。「おっと、待った。忘れるところだった」ラリーにポリ袋を渡した。ラリーの財布、鍵、携帯電話。

「ありがとう、サイラス」ラリーはジープのドアを閉めた。

　ラリーが家に向けてのろのろと歩くあいだ、サイラスは待っていた。半分行ったところで、ラリーが肩ごしにふりかえった。「サイラス。あす、ここへジープを持ってくればいいよ。そこのピックアップにも工具が積んである」

「そうする」サイラスはいった。

ふたりはふたたび、つかのま視線を交わし、やがてラリーが向き直って歩きつづけ、苦労してステップを登り、ポリ袋をあけ、なかにはいって、明かりをつけた。整頓され、血を洗い流され、アンジーのような香りがする家のなかを見たラリーが、びっくりして身をこわばらせるのを、サイラスは窓ガラスごしに見た。アンジーがテーブルに置いた百合、プレゼントの果物のバスケットのことを、サイラスは思った。シナモンの香りの蠟燭。ラリーはまだ知らないが、冷蔵庫にも食べ物や飲み物がある（ビールが二本減り、マーラのホットドッグが代わりにはいっている）。サイラスが衛星アンテナを取り付けたことも知らないだろう。片手でトラクターを運転する方法を憶え、鶏の檻を曳いて新鮮な草を食べさせ、二十四個の卵が待っていることも知らないだろう。

サイラスは、ジープのギアをローに入れて、そろそろとクラッチをつなぎ、走り出した。テーブルに置いてあるランプのほかにまったく明かりがない、こうした夜のことを、アリス・ジョーンズはよく田舎の闇といった。サイラスは速度をあげ、前方にあるものに両目を集中させ、帰路を急いだ。

そして、ジープのライトが薄れ、夜がいっそう暗くなってからしばらくして、どこかで犬が吠えて、べつの犬がそれに応えるころに、ラリーはポーチの椅子から立ちあがり、なかにはいって、廊下を進み、ライフルをじっと見つめた。しきりと首をふる。それから、ひと部屋ずつまわりながら明かりを消していって、ベッド脇の電気スタンドだけが残った。眠りに落ちる前に考えたのは、朝になったらサイラスに電話し、パーツ屋に寄ってジープのキャブレター一式を手に入れるようにいわなければならない、ということだった。サイラス、型はぼくが知っているよ。

謝辞

ベス・アン、ナット、ジュディスという読者のドリーム・チームに感謝する。ジュディスの辛抱強い理性の声は、居間で猫を抱いているときにもっともよく聞かれた。大切な叔父ナットは、外野からのボールを中継する最高のカットマンで、味方陣営にいてくれるのがありがたい。ベス・アンは最初の読者、完璧な編集者、親友である。人前でキスするのはやめなければならないね。最初から鋭い質問をしてくれたデイヴィッド・ハイフィルに感謝する。いまも電話してくれるマイクル・モリソン、ビールを何杯もおごってくれたゲイブ・ロビンソン、友人にして宣伝担当のシャリン・ローゼンブラムに感謝する。マイクル・ナイトとジャック・ペンダーヴィスは、早くに本書を読んでくれた。ジョーイ・ローレン・アダムズ、オードリー・ペティ、デイヴィッド・ライトは、その後に読んでくれた。ラッキー・タッカーは、ずっと読んでくれた。ありがとう諸君、忌憚のない意見、見識、着想、割いてくれた時間に感謝する。アラバマ州クラーク郡保安官事務所の捜査主任ロン・バゲットに感謝する。貴重な時間を惜しみなく割いて、懇切丁寧に説明し、すばらしい物語をいっぱい教えてくれた。彼が保安官に立候補するようなことがあれば、わたしたちはみんなで彼の郡に住民登録を移すべきだろう。ロバート・イズラエル医学博士に感謝する。医学面の細かい事柄について協力してもらった。イズラエル博士は、わたしの父の健康を維持してくれていて、そのことでも感謝している。長年の物書き仲間、バーバラ・スパフォード、タミー・トンプスン、ウィンストン・ウィリアムズ、ウェイン・コーツ、ゲアリ・カニンガムの早くからの支援と友情に感謝する。後輩であるわたしをいつも気にかけてくれたデニス・ルヘインに感謝する。原稿を何度も読んでくれた父ジェラルド・フランクリンと叔父D・ブラッドフォードに感謝する。子供のころ、機械工のふたりが何時間も働くのを見て、話を聞きながら、レンチを渡したものだった。最後に、夭折した家族や友人に別れの言葉を述べたい。モニカ・ブラッドフォード、バリー・ハナ、ハロルド・ノーマン・〝スキップ〟・ホリデイ・ジュニア、ジム・ラリモア、グレアム・ルイス、ジェイ・プリフォンテイン、そしてジュリー・フェンリー・トゥルードに。

ねじれても、ねじれても――懐かしくも新しい〈南部の物語〉

ミステリ書評家
川出正樹

「わたしの内には、あの素晴らしい魔法の王国で過ごした少年時代《ボーイズ・ライフ》の思い出がしまわれている」

ロバート・R・マキャモン『少年時代』

「小さな町だ。一度噂が流れたら、野火みたいに瞬く間に広がるだろう」

ジョー・R・ランズデール『ダークライン』

読後、静かに本を閉じ、しばし余情に浸りたい。出来ればその日一日は何もせず、たった今見届けたばかりのいくつもの人生について反芻しながら過ごしたい。そんな気持ちにさせられる物語に、ごくまれに出会うことがある。本書『ねじれた文字、ねじれた路』は、まさにそういう小説だ。

ミシシッピ州東南部の片隅に位置する田舎町シャボット。住民五百人前後の瑞々しく緑深きこの地で、ひとりの少女が消えた。製材所を経営し町を統治するラザフォード家の十九歳になる娘ティナが、夏休みの終わりに大学のある州北部の街オクスフォードに戻るために家を出たきり行方が判らなくなったのだ。

州の警官が総出で捜す中、シャボット近郊のさびれた集落に独りで暮らしている自動車整備士ラリー・オットは、令状を携えた保安官事務所の捜査主任ロイ・フレンチの訪問を受ける。ラリーに〝前歴〟があるためだ。

一九八二年、当時十六歳だった彼は、近所に住み同じハイスクールに通う少女シンディ・ウォーカーとドライブイン・シアターに行った。けれどもその晩、帰ってきたのはラリーのみ。シンディはそれっきり姿を消し、以来二十五年、杳として行方がしれない。死体は見つからずラリーも自白しなかったが、郡の人間は全員、彼が何かしたに違いないと確信し、おっかない《スケアリー》ラリーと呼んで彼をのけ者にし続けてきた。

自宅にもハイウェイ沿いにある古びた整備工場にも滅多に客が訪れることはなく、〝あの日〟を境に止まってしまった時間の中で孤独な日々を送るラリー。だが、家宅捜査の翌日、帰宅した彼を出迎えてくれた者がいた。ラリーが子供のころから持っていた不気味なモンスターの仮面を被ったその男は、「おまえがなにをやったか、みんな知ってる」と言い放つやいなや、彼の胸に銃口を押しつけ引き金を引く。薄れゆく意識の中で、なぜかラリーは男を許す気持ちになっていた。

冒頭の一章、若干九ページの間で、二十五年の時を隔てて起きた二人の少女の失踪事件について軽く触れ、主人公ラリーの現在の暮らしぶりを簡潔に素描し、孤独な魂が抱える深く静かな哀しみと諦念をくっきりと浮き彫りにしたのち、作者は、視点をもう一人の主人公へと切り替える。

サイラス・ジョーンズ。通称〝32〟、もしくは〝治安官《コンスタブル》〟。シャボット唯一の法執行官である彼は、元郵便配達用の古ぼけたジープでパトロールし、スピード違反を取り締まり、住民の苦情処理に駆け回る。さらにその上、本来の職務からは外れていると思われる製材所の交通整理までやらされている。

ハイスクール時代から背番号32をつけてショートを守っていた彼は、大学で肩を壊したため野球を諦めて海軍に入隊。除隊後、警察学校へ行き、オクスフォードで十年間大学生のお守りをしたのち、二年前にインターネットに掲示された〝集落の治安官《コンスタブル・オヴ・ア・ハムレット》〟という募集要項に惹かれて故郷の町シャボットに戻ってきたのだ。本物の警察官の仕事が出来ると信じて。

しかし、待っていたのはスモールタウンの住民のお守り役だった。「これが人生の最終目標だとでもいうのか」、そんな不満を抱えながら日々の業務をこなしてきたサイラスに、突如転機が訪れる。パトロールからの帰り道、空にハゲタカが大勢群れているのを見て植林地に分け入り、沢の中に浮かんだ死体を発見したのだ。それは、高校時代に二人して鉄壁の二遊間を組んだものの、今や麻薬密売人となり疎遠になってしまっていたM&Mことモートン・モリセットの変わり果てた姿だった。

さらに同じ日の夕方、フレンチ捜査主任との会話から、遠い昔に友人だったラリーの様子に違和感を覚えたサイラスは、恋人で救急救命員のアンジーを彼の家に向かわせる。やがて、彼女からラリーが何者かに銃撃され血の海に倒れているという報告が。

ここまでで約五十ページ。作者はこののち一章ごとに視点を切り替えて、ラリーとサイラスというかつて親友同士だった二人に、過去の出来事を追想させ、現在の状況を語らせていく。失われた日々を鮮やかに再構築し読者を魅了する一方、今の鬱屈した心境を明示し読む者にやるせない思いを抱かせる。

そうして描き出される物語の、しみじみと胸に迫ることといったら！　まさに卓越した文章力の成せる技だ。とりわけ二人の出会いから訣別までを描いた少年時代の描写が素晴らしい。

十四歳の時に大都会シカゴから南部の片田舎の町シャボットに母とともに流れてきた黒人の少年サイラス。彼に親愛の情を抱いた同い年の白人の男の子ラリー。人種の壁を越えて友だちとなった二人が、森の中を駆け巡り、自転車に乗って走りまわり、沢で釣りをするシーンのなんと瑞々しく輝いていることか。ライフル撃ちや、ジャックナイフ投げ、追いかけっこ、戦争ごっこ、カウボーイとインディアンごっこ、そして木登りと、ある時代のアメリカの男の子にとって重要な通過儀礼であった遊びに真剣に興じる様を、簡潔な言葉を連ね、独創的な比喩を交えて、平易な文章で綴っていく作者の力量は、どれだけ強調してもしすぎるということはない。

そんな輝かしい少年時代をともに過ごしたものの、不幸な出来事により仲違いし、その後、ひとりの少女の失踪によって分かたれた二人の少年の路は、二十五年の後、新たにひとりの少女が行方不明となった時、再び交わることになる。胸の奥底に沈めてきた真実と向き合わざるを得なくなった二人のねじれた路が交叉した果てにたどり着くのは、更なる哀しみか、それとも一抹の希望か？

　やましさと誇らしさという二本の紐で丁寧に綴じられ、心の核に大切に保管されてきた四半世紀の物語を、じっくりと味わってみて欲しい。そしてできれば読後静かに本を閉じ、ラリーとサイラスの来し方行く末に、しばし思いをはせて欲しい。それだけの価値がこの作品にはあるのだから。

　さて最後に、作者トム・フランクリンについて簡単に記して締めくくりとしたい。一九六三年、アラバマ州南西部にある人口四百人程度で白人と黒人の比率が半々の小村ディキンソンに生まれる。狩猟好きの一族にあって、狩りよりも読書や文章を書いたり絵を描いたりすることを好み、少年時代はスティーヴン・キングやエドガー・ライス・バロウズの小説に熱中する（大人になってからはバリー・ハナ、リック・バス、コーマック・マッカーシーの諸作を愛読）。八一年、モビールに移住。サウス・アラバマ大学在学中に、グリット工場の重機運転手、化学工場建設現場監督、病院の霊安室職員などさまざまな職業を経験する。九八年、アーカンソー大学で芸術修士号取得、二〇〇〇年にミシシッピ州オクスフォードに移り、一一年現在、妻で詩人のベス・アン・フェンリイと三人の子供とともにこの街で暮らし、執筆のかたわらミシシッピ大学で教鞭をとる。
九九年、短篇集『密猟者たち』で作家デビューし、表題作でその年のアメリカ探偵作家クラブ（M

ＷＡ）賞最優秀短篇賞を受賞するという快挙をとげる。二〇〇三年に*Hell at the Breech*、〇六年に*Smonk*と、過去に材をとった長篇を二作出したのち、一〇年、初の現代を舞台とした長篇ミステリとなる本書『ねじれた文字、ねじれた路』を発表。

　主人公ラリーの造形に自身の少年時代の体験を色濃く反映したこの作品は、瑞々しい青春小説であると同時に鬱屈を抱えた中年男性の再生譚でもある新しくも懐かしい〈南部の物語〉だ。マーク・トウェイン、ウィリアム・フォークナー、トルーマン・カポーティ、フラナリー・オコナーらが生みだしてきたこの分野の新たな里程標として、そしてもちろん優れたミステリとして二〇一〇年を代表する話題作となり、ＬＡタイムズ文学賞（ミステリ／スリラー部門）を受賞。ＭＷＡ賞最優秀長篇賞は惜しくも受賞を逸したが、アンソニー賞最優秀長篇賞、バリー賞最優秀長篇賞、ハメット賞、英国推理作家協会（ＣＷＡ）賞ゴールド・ダガー（最優秀長篇賞）とメジャーな賞に軒並みノミネートされ、二〇一一年八月現在、結果待ちの状態にある。

二〇一一年八月

〈トム・フランクリン作品リスト〉

◎短篇集

1　Poachers (1999)　『密猟者たち』（創元コンテンポラリ　二〇〇三）

［収録作品：Introduction Hunting Years 序　ハンティング・シーズン／Grit グリット（ドナルド・E・ウェストレイク／オットー・ペンズラー編『アメリカ文芸〔年間〕傑作選　アメリカミステリ傑作選2002』〔DHC〕所収）／Shubuta シュブータ／Triathlon トライアスロン／Blue Horses 青い馬／The Ballad of Duane Juarez デュアン・ファアレスのバラード／A Tiny History 小さな過去／Dinosaurs ダイノソア／Instinct 衝動／Alaska アラスカ／Poachers 密猟者たち（ローレンス・ブロック他『エドガー賞全集〔1990〜2007〕』〔ハヤカワ・ミステリ文庫〕所収）］

◎長篇小説

1　Hell at the Breech (2003)

2　Smonk (2006)

3　Crooked Letter, Crooked Letter (2010)　本書

◎アンソロジー　※妻ベス・アン・フェンリイとの共同編纂

1　The Alumni Grill: Anthology of Southern Writers Volume II (2005)

HAYAKAWA POCKET MYSTERY BOOKS No. 1851

伏《ふし》見《み》威《い》蕃《わん》

1951年生，早稲田大学商学部卒，英米文学翻訳家
訳書
『ミッションＭＩＡ』Ｊ・Ｃ・ポロック
『ホース・ソルジャー』ダグ・スタントン
『レッドライト・ランナー抹殺任務』クリス・ライアン
（以上早川書房刊）他多数

この本の型は，縦18.4センチ，横10.6センチのポケット・ブック判です．

〔ねじれた文字《もじ》、ねじれた路《みち》〕

2011年9月10日印刷　　2011年9月15日発行

著　　者　トム・フランクリン
訳　　者　伏　見　威　蕃
発 行 者　早　　川　　浩
印 刷 所　星野精版印刷株式会社
表紙印刷　大平舎美術印刷
製 本 所　株式会社川島製本所

発行所　株式会社　**早川書房**
東京都千代田区神田多町２－２
電話　03-3252-3111（大代表）
振替　00160-3-47799
http://www.hayakawa-online.co.jp

（乱丁・落丁本は小社制作部宛お送り下さい
送料小社負担にてお取りかえいたします）

ISBN978-4-15-001851-1 C0297
Printed and bound in Japan